죽은 왕녀를 위한
파반느

Pavane pour une infante défunte

죽은 왕녀를 위한 파반느

박민규 장편소설

이런, 나를
그럼에도 불구하고 사랑해 준 아내에게

역시나

누군가를 사랑하고
사랑해야 할 당신을 위해

목차

라스 메니나스(Las Meninas)...*8*

무비 스타...*38*

내가 처음 당신의 얼굴을 보았을 때...*64*

켄터키 치킨...*86*

루씨, 인 더 스카이 위드 다이아몬드...*116*

겨울, 나무에 걸린 오렌지 해...*154*

딸기밭이여, 영원하리...*194*

달의 편지...*246*

바람만이 아는 대답...*290*

어떤 해후(邂逅)...*342*

해피엔딩...*382*

Writer's cut...*388*

작가의 말...*414*

라스 메니나스(Las Meninas)[*]

눈을 맞으며 그녀는 서 있었다.

그해의 첫눈이 내린 날이었고, 열아홉 살이던 내가... 정확히 스무 살이 되던 날이었다. 길고 쓸쓸히 이어진 빈 논과 드문, 드문 서 있던 나무들... 창밖의 어둠과, 덜컹이며 교외를 달리던 버스가 생각난다. 아무리 달려도 아무도 서 있을 것 같지 않은 풍경이었다. 있을... 까? 그, 팔이 부러진 허수아비 같은 표지판과 작은 정류장이 보일 때까지도 그런 생각을 했던 것 같다. 하모니카로 부는 올드 랭 사인이 잡음이 심한 라디오에서 흘러나오고 있었다. 있을... 거라고 서늘한 창에 이마를 기댄 채 나는 생각했다. 어스름도 사라지고... 줄곧 따라붙던 밤이 버스를 저만치 앞질러 간 느낌이

---

* 시녀(侍女)들. 스페인 화가 디에고 벨라스케스의 작품명이기도 하다.

었다. 지나쳐도 하나 이상하지 않을 그 정류장을, 십여 미터쯤 지나친 후에야 버스는 멈춰 섰다. 기울어진 표지판의 그림자가 끝난 곳에서 그녀는 눈을 맞으며 서 있었다.

미처 발을 내리기 전에 버스가 출발했으므로, 잠시 균형을 잡으며 땅이 움직인 듯한 기분에 휩싸였었다. 아닌 게 아니라 어둠 속에서도 지구는 돌고 있었고 올 거야, 있을 거야 ─ 보이지 않아도 자신의 궤도를 순항하던 그날의 달처럼, 우리는 그렇게 서로를 볼 수 있었다.

올 줄 몰랐어요.
하지만... 기다렸잖아.

그런 말을 나눈 것은 아니었지만, 그런 소리를 서로가 속삭인 기분이었다. 내면(內面)의 귀가 듣는 내면의 소리처럼 그때의 어둠 속에도 보이지 않는 달의, 달빛이 스며 있었을 것이다. 실제로 우리가 어떤 인사를 나눴는지는 기억나지 않는다. 다만 체온을 빼앗긴 그녀의 손과... 빠르게 들판을 가로질러 사라지던 길고 긴 기차의 불빛이 생각난다. 우리는 한동안 그 불빛을 응시했고 약속이라도 한 듯 말없이 눈길을 걷기 시작했다. 조금씩, 그녀의 얼굴에서 입김이 피어올랐다. 주변의 어둠 때문에 그것은 선명했고, 주위의 고요 때문에 눈이 쌓이는 소리가 들리는 듯했다. 장례식장을 나서는 사람들처럼 표정 없고 쓸쓸한 초설(初雪)이었다.

그 길은 뚜렷이 기억에 남아 있다. 헐벗은 채 드문, 서 있던 나무들... 주변의 논과 불 꺼진 공장들, 무엇 하나 이름을 알 수 없던 개천과 언덕들... 겨울은 많은 것들의 이름을 뺏어간다고 눈을 맞으며 나는 생각했다. 줄기와 가지만 남아 그저 알 수 없는 〈나무〉들과, 지명마저 사라진 듯 새하얗던 오솔길... 그녀의 손을 꼭 잡은 채, 나는 이름 모를 그 길 위를 걷고 또 걸었다. 다만 조금씩 서로의 손이 따뜻해지고 있음을 알 수 있었다. 그녀의 손이 전해주던 체온과 기분, 말로는 전할 수 없는 감정... 이를테면 그런 것들이 얼음 속을 흐르는 물처럼 손을 타고 흘러드는 느낌이었다. 이상하리만치 나는 슬퍼졌고, 이상하게도 그 순간 그녀가 울고 있다는 기분이 들었다. 흐리고 불확실한 그녀의 얼굴 위로 몇 점의 송이눈이 사선으로 떨어졌다. 겨울이 흘리는 눈물처럼, 혹은 그녀가 흘린 눈물처럼 눈은 그녀의 뺨 위에서 말없이 녹고, 사라져갔다. 무언가 말을 하고 싶었지만 어떤 말을 해야 할지 도무지 알 수 없었다. 그녀의 손을 더 꼭 쥔 채, 그저 나는 걷기만 했다. 스무 살은... 그런 나이였다.

어쩌면 그 순간... 나는 처음으로 잎과 열매, 색색의 꽃과 같은 것을 모두 벗어버린 〈그녀〉를 느낀 건지도 모르겠다. 외피를 벗으면 이름을 알기 힘든 나무처럼, 그 순간 그녀가 아득히 멀고 낯설게만 느껴졌다. 그녀의 머리 위로 흩날리던 눈과 우리가 걸어가던 길... 손을 쥔 나 자신과, 끝없이 이어진 세계마저도 모두가 불확실한 느낌이었다. 서로의 손을 잡지 못하는 나무들이 서로의 손을 포기한 채 불확실한 어둠 속에서 떨고 있었다. 서로의 손을 놓지 못하는 인간들은, 그래서 서로를 포기해선 안 된다고 길을 걸으며 나는 생각했다.

그, 늘어선 나무와 나무 사이로 희미하게 〈산토리니〉의 불빛이 보이기 시작했다. 수명을 다해가는 은하처럼 외롭고 쓸쓸한 빛이었다. 실은… 안 올지도 모른다 생각했어요. 눈의 무게로 일그러진 눈사람처럼, 고개를 숙인 그녀가 나지막이 말했다. 이상하게도 그 순간

너무 보고 싶었어,

라는 목소리가 희미한 환청처럼 마음속에서 울려퍼졌다. 마음속의 말도, 아무런 변명도 늘어놓지 않았다. 다만 잠시 걸음을 멈추었고, 나는 그녀의 머리와 목도리에 쌓인 눈을 정성껏 털어주었다. 그녀의 손도 내 머리의 눈을 조심스레 털기 시작했다. 마주선 채 서로를 다독이는 눈사람처럼 우리는 그렇게 서로를 바라보았다. 그리고 아무 말 없이 나는 그녀를 껴안았다. 모든 것이 갑자기, 그러나 오래전부터 예정되었던 일처럼 느껴졌다. 죽은 왕녀의 몸처럼 그녀는 차가웠고, 그렇게 잠시 우리는 눈을 맞으며 서 있었다. 울타리 너머의 철제 기둥 위에서 수탉 모양의 풍향계가 끼익, 쇳소리를 내며 우리를 내려다보았다. 〈임시휴업〉이 붙어 있던 한 달 전과는 달리, 칠이 벗겨진 산토리니의 울타리에는 드문드문 전구가 나간 크리스마스 조명이 반딧불처럼 붙어 있었다. 죽어 빛을 잃은 반딧불도, 살아 반짝이는 반딧불도 그 모두가 우리에겐 축복이었다.

그녀의 가슴이 뛰던 소리, 그 진동을 잊을 수 없다. 내 품속에, 아니 내 몸속에 그녀의 심장이 들어와 박힌 듯했다. 격렬했던 그 진동은 팔을 풀고, 함께 실내로 들어와 구석진 창가에 앉은 후에도 멀어져가는 메아리처럼 내 가슴에 남아 있었다. 벽난로의 장작이 타는 소리, 어디선가 잔잔히 물이 끓는 소리, 창을 두드리던 12월의 바람과... 출입구에 매달린 풍경이 흔들리는 소리... 그리고 그녀의 가슴이

뛰던 소리. 가슴이 뛰던

소리. 가슴이 아플 정도로 내게 머물러 있던 그 소리가 지금도 느껴진다. 실내는 어두웠고 장작을 가지러 간 주인이 돌아와 꾸러미를 풀 때까지, 우리는 말없이 엽차를 마시고 있었다. 잠시만 기다려요, 곧 훈훈해질 테니... 덥수룩이 수염을 기른 사십대의 주인은 유럽을 가보고 싶어 하거나, 혹은 다녀와 그리워하는 인물로 보였다. 곳곳에 놓인 앤티크풍의 가구와 소품들, 유럽 곳곳의 풍물들이 넓지 않은 실내를 빼곡히 채우고 있었다. 온기로 인한 약간의 나른함을 느끼며 나는 창밖의 어둠과 쏟아지는 눈들, 우리가 지나온 눈부신 설경을 오래오래 바라보았다. 아니 그보다는, 그녀의 얼굴을 똑바로 쳐다볼 수 없었다. 가지런한 무릎 위에 두 손을 포갠 채 그녀 역시 창밖의 어둠을 응시하고 있었다. 기억나지 않는... 지극히 일상적인 물음과 몇 번의 끄덕임이 있었을 뿐, 간단한 식사를 주문한 후에도 우리는 좀처럼 입을 열지 않았다. 다시

장작이 타는 소리, 양파를 써는 소리, 기름을 두른 팬에서 무언가 볶이는 소리… 갑작스런 포옹은 황량한 논과 공장을 지나 유럽의 풍경이 도배된 카페에 다다르는 일만큼이나 그녀와 나 사이를 어색하게 만들었다. 어떤 말을 해야 할지… 나는 알 수 없었다. 침묵 속의 식사는 얼어붙은 눈처럼 딱딱한 느낌이었다.

미안해요.

그녀가 속삭였다. 더없이 작은 목소리였지만 금이 간 얼음처럼 나는 흔들리고 불안했다. 무엇이… 도대체… 왜? 그리고 바로, 그녀는 울기 시작했다. 아무리 생각해도 그녀가 우는 이유를 알 수 없었다. 눈의 파편 같은 샐러드를 입에 머금은 채 스무 살의 남자는 AM 라디오와 같은 것이라고 나는 생각했다. 아무리 채널을 돌리고 고정해도 여자라는 이름의 전파를 잡을 수 없다. 잡지, 못한다… 심야의 FM처럼 선명한 눈물 앞에서 나는 전원이 꺼진 라디오처럼 우두커니 앉아 있었다. 무언가 큰 잘못을 저지른 기분이 들었다.

스무 살의 여자 역시, 남자가 수신할 수 없는 전파와 같은 것임을 안 것도 꽤나 오랜 세월이 지나서였다. 실은 그녀도 무엇을 어떻게 해야 할지 몰랐을 것이다. 젊음은 결국 단파 라디오와 같은 것임을, 좋은 쪽이든 나쁜 쪽이든 모든 연애의 90%는 이해가 아닌 오해란 사실을… 무렵의 우리는 누구도 알지 못했다. 어쨌거나 우리는 스무 살이었고, 좋든 싫든 연애의 대부분을 운에 의지할 수밖에 없는 나이였다.

모든 사랑은 오해다. 그를 사랑한다는 오해, 그는 이렇게 다르다는 오해, 그녀는 이런 여자란 오해, 그에겐 내가 전부란 오해, 그의 모든 걸 이해한다는 오해, 그녀가 더없이 아름답다는 오해, 그는 결코 변하지 않을 거란 오해, 그에게 내가 필요할 거란 오해, 그가 지금 외로울 거란 오해, 그런 그녀를 영원히 사랑할 거라는 오해... 그런 사실을 모른 채

사랑을 이룬 이들은 어쨌든 서로를 좋은 쪽으로 이해한 사람들이라고, 스무 살의 나는 생각했었다. 결국 내게 주어진 행운이 있다면 바로 그것이었다. 그런 서로의 이해가, 오해였음을 깨닫지 않아도 좋았다는 것... 해서 고스란히 서로가 이해한 서로를 영원히 간직할 수 있었다는 것... 아무런 내색 없이, 마음 놓고 그녀가 울 수 있도록 나는 스스로의 마음을 그녀의 눈물 밑에 펼쳐 주었다. 따뜻한 벽난로를 등지고서도, 해서 내 마음은 한 장의 손수건처럼 자꾸만 젖어들었다. 젖고, 젖었으며... 내가 젖을수록 조금씩

말라가는 그녀의 눈물을 느낄 수 있었다. 그녀가 마르고 따뜻해질 때까지, 언제까지고 나는 그녀의 고통을 흡수해 주고 싶었다. 할 수 있다면 고통의 전부를 가져오고도 싶었다. 갈수록 마음은 젖어갔지만, 어쩐지 그것이 사람이 사람을 사랑하는 이유란 생각도 들었다. 내가 건너는 쪽이 어쨌거나 훨씬 이익이 아닌가, 그런 생각이 들기도 했다. 아무리 사랑해도 결국 타인의 고통은 타인의

고통일 뿐이니까. 그것이 자신의 고통이 되기 전까지는, 어떤 인간도 타인의 고통에 해를 입지 않는다. 미안해요... 몇 번이고, 그러나 각기 다른 의미의 〈미안해요〉를 읊조린 후 그녀는 눈물로 얼룩진 스스로의 눈가를 닦기 시작했다. 내색 없이, 그래도 접시의 대부분을 나는 비워가고 있었다. 빈 접시에 스푼을 내려놓을 때쯤, 또 실내를 흐르던 라흐마니노프가 잠잠해졌을 때쯤 괜찮... 아요? 라며 눈물을 그친 그녀가 물었다. 아무렇지 않다고는 말할 수 없었지만 아무렇지 않아. 라고 나는 답했다.

그보다는... 내가 이 자리에 있다는 사실이 기뻐. 너와 함께 한다는 사실이... 지난번엔 문을 열지도 않았던 이곳에서 식사를 할 수 있다는 사실도 기뻐. 벽난로마저 있고, 이렇게 따뜻하다는 사실도. 이제 또 어떻게 살아갈지는 모르겠지만 스무 살이 되었다는 사실도 기뻐. 눈이 오는 것도 기쁘고, 저렇게 조명이 반짝반짝 하는 것도 기뻐. 그리고 무엇보다... 네가 눈물을 그쳐서 기뻐. 양이 얼마 되지 않는 그 밥을 다 먹어준다면 더 기쁠 것 같아.

그날의 그녀는 평소와 많이 다른 느낌이었다. 그날의 나 역시 그랬다고 생각한다. 물론 그것이 오해라 할지라도, 우리는 운 좋게 서로를 좋은 쪽으로 이해했다고 나는 생각한다. 작은 빙산처럼 남아 있던 식사를 그녀는 천천히 입으로 가져가기 시작했다. 더디게, 한 척의 쇄빙선처럼 접시를 가르던 그녀의 스푼도... 조금씩 드러나던 접시의 흰 바닥도, 무거운 닻처럼 피클을 집던 그녀의 포크도... 모든 것이 평소와 다르게 느껴지던 12월의 밤이었다. 실레가 아닐까 싶습니다만... 후식으로 나온 커피를 내려놓으며 지나칠 정도로 깍듯하게 주인이 말을 건넸다. 지금 그리고 있는 그림이 있어서요. 요컨대 작업을 위해 화실로 쓰는 별채에 가 있겠다, 필요한 일이 있으면 카운터의 벨을 눌러달라는 얘기였다. 그럼 계산을 먼저 하겠다고 말을 했지만 주인은 그다지 신경을 쓰지 않는 눈치였다. 벨을 눌러주세요. 주인이 문을 나서자 턴테이블에 걸린 새 레코드에서 빙 크로스비가 흘러나왔다. 보름도 더 남은 성탄절을 노래하는 30년 전의 캐럴이었다.

단 둘이란 사실이, 이상할 정도의 평안을 우리에게 가져다주었다. 커피 잔으로 입을 가리긴 했지만 처음으로 그녀가 고개를 들어 나를 보았다. 그런, 그녀의 얼굴을 그래서 나도 똑바로 쳐다볼 수 있었다. 아까부터 느끼던 건데 말이야. 여기 이상해, 하고 내가 말했다. 뭐가요? 산토리니라면 그리스의 섬이잖아. 그런데 알프스며 빅벤이며... 저기 장식품들도 개선문에다 또 에펠탑... 풍차... 피사의 사탑... 뭐 그렇다 쳐도... 맙소사 저건 피라미드잖아?

그녀가 웃었다. 다보탑은 왜 없는 거지? 말은 하면서도 나는 지중해의 작은 섬에 그 모두를 옮겨다 준 주인에게 감사하고 감사한 마음이었다. 그녀가 웃었으니까. 나로 인해 웃는 그녀의 얼굴을 거의... 처음으로 보았으니까.

그래서 마치 〈켄터키 치킨〉*에 앉아 있는 기분이야. 산토리니라고는 하지만 피라미드가 있질 않나, 뒤져보면 어딘가 돌하르방 같은 게 있을 것도 같고 말이야. 어쩐지 마음이 편하더라니... 편한 대로, 왼손에 턱을 괸 채 내가 말했다. 요즘도... 거길 가나요? 그녀가 물었다. 이따금... 이라며 얼버무렸지만, 그녀가 떠난 후로 나는 예전처럼 그곳을 자주 찾지 않았다. 요한 선배는 어때요? 그녀가 물었다. 글쎄, 하고 머뭇했지만 결국 사실을 말해 줘야 한다고 나는 생각했다. 요양원에 들어간 후로 더 나빠진 것 같아. 행동하는 거나 의식도 그렇고... 그러니까, 하고 나는 잠시 말을 잇지 못했다. 인간이란... 참 이상한 거야, 그렇지? 대답 대신 그녀는 창밖의 어둠을 향해 고개를 돌렸다. 그리고 말없이 한참을 스며들듯 바라보았다.

눈이 그쳤어요.

나지막이 그녀가 속삭였다. 눈이 그쳤군, 나도 속으로 중얼거렸다. 어쩐지 한 시절이 지나간 느낌이었다. 눈은 모든 것을 지우고, 혹은 썩어 사라질 모든 것을 보존시키고... 잠시나마, 그래서 고스란히 흩어진 모두의 가슴속에 추억을 떠올리게 만들었다. 그리고 이제

눈은 그쳤다. 파헤친다 한들 낙엽의 전부를 되찾지 못하듯이, 그 누구도 기억의 전부를 되찾지는 못한다. 지나간 시절 속에, 혹은 저 눈 속에 나 자신의 일부가 묻혀 있는 기분이었다. 다시는 찾

---

* 두 사람이 자주 들르던 술집의 이름.

지 못할 나 자신, 그러나 언젠가는 떠올리게 될 나 자신... 그리고 다시는 하나로 결합되지 못할 과거의 자신을 생각하며 나는 커피를 마셨다. 지나간 시절 속에 자신의 어떤 부분을 시체처럼 파묻었는지, 또 어떤 부분이 남아 이렇듯 식어가는 커피를 마시며 앉아 있는지 알 수 없었다. 그 순간 처음으로 나는 〈스무 살〉을 자각할 수 있었다. 그것은 마치 눈이 그쳤군, 하며 고개를 끄덕이는 것과 비슷한 감정이었다.

어둠 속의 세상은 조문이 그친 장례식장처럼 공허한 느낌이었다. 엄숙한 순은(純銀)의 능선을 따라 그녀의 눈길이 실내로 돌아왔고, 그 눈길은 창틀과 모서리의 회벽을 지나 근처의 작은 풍경 사진에 머물렀다. 눈 덮인 알프스가 그곳에 솟아 있었다. 사진의 스케일에 비해 웅장한 느낌이었고, 보기에 따라 창밖의 세상과 이어진 먼 배경의 산처럼도 생각되었다. 융프라우(Jungfrau)예요. 그녀가 말했다. 어떻게 그런 지명까지 다 알고 있는 거지? 내가 물었다. 마이엔펠트(Maienfeld)*가 아니라도 같은 알프스니까... 어렸을 때의 꿈이었거든요. 꿈? 하고 나는 되물었다. 등산... 같은 걸 말하는 건가? 쓸쓸히 고개를 가로저으며 그녀가 말했다. 저기서 태어나고 싶었어요. 알프스에서... 하이디가 아니라면 작은 염소로라도.

두 달이건 석 달이건, 아니 언제까지고 찾아오는 사람도 없는

---

* 요한나 슈피리의 소설 『알프스 소녀 하이디』의 배경인 스위스 고원지대.

거예요. 할아버지 정도의 가족 한 사람과 염소를 키우며... 학교나 거리, 그런 델 나가지 않아도 그럭저럭 할 일이 있고... 봄에도 겨울에도 줄곧 나는 혼자인 거예요. 아무도 나를 발견 못하고... 나 역시 남을 볼 수 없는 삶... 서로가 보이지도, 보이지 않아도 되는 그런 삶을 생각했어요. 클라라가 찾아오거나 그런 일은 어쩔 수 없겠지만, 프랑크푸르트 같은 곳엘 따라가진 않을 거예요. 거긴 너무 많은 눈(眼)들이 있으니까. 물론 클라라와는 더없이 좋은 친구가 될 수 있어요. 만날 수 있는... 일생에서 만나는 예쁜 여자애가 단 한 명이라면, 어떻게든 나도 잘해볼 수 있는 게 아닌가 생각했었죠.

그럴 순 없잖아, 라고 내가 말했다. 바닥이 드러난 커피 잔을 바라보며 그 순간 커피를 좀더 마시고 싶다는 생각이 들었다. 이런 곳에 이런 가겔 차린다 해도 결국 사람을 만나야 하는 거라구. 벨을 누르면 달려와 리필을 해주거나 하면서 말이야. 당연하죠. 게다가 아주 어렸을 때의 꿈이었으니까... 누구나 어릴 땐 그런 생각을 하는 거잖아요. 말 그대로 벨을 누를까 하다, 카운터의 선반에 놓인 작은 유리주전자를 볼 수 있었다. 커피였다. 정말이지 그리스며, 지중해, 지상의 낙원... 그런 단어들을 떠올리며 나는 주전자에 담긴 주인의 배려를 빈잔 가득 따르기 시작했다. 커피는 아직 따뜻했고, 그리스와는 전혀 상관없는 맥심이었다.

가능하다면 말이야... 언젠가 함께 저곳에 가보자구. 가능성이 전혀 없는 얘기를 잘도, 진지하게 그녀에게 건넸었다. 융프라우를

요? 다보탑으로부터 그런 얘길 건네들은 석가탑처럼, 그녀는 표정 없이 커피 잔의 손잡이를 매만지기만 했다. 분명 우리보다는 탑들이 알프스에 오를 확률이 높을 정도로 우리는 가난했었다. 하지만 그 순간 누구도 그것을 농담이라 생각하지 않았다. 우리는 스무 살이었고, 이끼가 긴 탑보다는 확실히 푸른 인생의 가능성을 보유하고 있었다. 있잖아요, 하고 그녀가 속삭였다. 정말... 정말로

부끄러웠던 적이

있나요? 그녀가 물었다. 도무지 어떻게 할 수 없는... 죽고 싶다는 생각 외엔 다른 어떤 생각도 할 수 없을 만큼이요. 눈을 뜰 수도, 눈을 감을 수도 없는데... 사람들은 모두 나를 보고 있는 거예요. 아무리 숨으려 해도 결국 들킬 수밖에 없는, 말하자면 그런... 왜 갑자기 그런 걸 묻는지 알 수 없었지만 나는 진지하게 생각을 거듭했다. 그 정도의 부끄러움이라... 그 정도의... 말하자면 인생에서 가장 부끄러웠던 순간 같은 거로군, 하고 나는 크게 심호흡을 했다.

음... 그러니까 열두 살 때의 일이야. 여기 이마에 커다란 종기가 생긴 거야. 한복판이었지. 불그스름하게 조금씩 부풀어 오르더니 어느 날 마치 화산 하나가 폭발한 듯 우뚝 하고 치솟았어. 좀 어지럽긴 했지만... 종기 자체의 고통보다는 가려워도 손을 댈 수 없다는 짜증... 그런 게 도리어 견디기 힘들었지. 자칫 깜박 손을 댔다간 아악 하고 용암을 피하려는 폼페이 시민들이 이마 속을 마

구 뛰어다니는 느낌이었거든. 어쨌거나 월요일 아침이었어. 우리 아버지였던 그 인간은 말이야, 건강은 둘째 치고 얼굴에 흉(瘢)이 생기는 걸 죽어도 용납 못하는 성격이었어. 자신의 얼굴이든 자식의 얼굴이든, 아니 누구의 얼굴이라도 말이야. 이리 오너라 하더니 글쎄 이 정도 크기의 조고약을 누런 기름종이와 함께 꾹꾹 눌러 붙이는 거야. 그러니까 이 정도였어, 이렇게... 이만큼이나 말이야. 그리고 학교를 가라는 거야. 전교생이 다섯 명인 알프스의 학교도 아니고 오전반 오후반을 나눠야 할 만큼 학교가 아이들로 넘쳐나던 시절이었어. 삼사백 미터 정도의 등굣길이었는데 말이야, 하나의 육교와 다섯 개의 횡단보도를 아직도 또렷이 기억하고 있어. 믿을 수 없을 만큼 화창한 날이었다는 것도. 수많은 아이들이 길을 건너고 또 여기저기서 터지는 웃음을 듣긴 했는데 누군가를 봤다고는 도저히 말할 수 없어. 마치 혼자 그 길을 지났던 것처럼 말이야. 육교와 횡단보도를 건너... 또 수업을 받고... 아이들이 몰려오던 쉬는 시간... 다시 집으로 돌아온 그날 하루를 보내고 뭐랄까... 그 전과는 전혀 다른 인격체가 되었다는 느낌이야. 말로는 잘 설명할 수 없지만 아무튼 그래.

실은 집에 돌아와 가방을 내려놓을 때까지도 내내 아무렇지 않다는 표정을 짓고 있었던 것 같아. 하루 종일 아무렇지 않아, 힘을 준 얼굴이 마치 굳은 찰흙처럼 변해 있었지. 하지만 전혀 그런 사실을 알지 못했어. 스스로도 말이야. 아무도 없는 집과 오후의 볕... 마루 위에서 이리저리 더듬이를 움직이던 작은 귀뚜라미를 본 것도 생각이 나. 가방을 내려놓고 털썩 마루에 걸터앉은 것도... 마루는 따뜻했고 나는 잠시 마당의 꽃과 빨랫줄에 널린 요며 이불보... 그런 것들을 보고 있었어. 그리고 펑, 갑자기 터져버린 거야. 말 그대로 펑! 하고 말이야. 그 전에도 그 후에도 나는 그렇게 많은 눈물을 흘려본 적이 없어. 얼굴이 굳었다는 사실을 느낀 것도 그때였지. 얼굴의 내부는 온통 울부짖는데 얼굴의 겉은 울 수가 없는 거야. 목구멍에서 정말 이상한 소리가 새나왔다구. 두려워지기 시작했어. 그리고 갑자기 그날 마주친 아이들의 얼굴 하나하나가 또렷이 떠오르는 거야. 믿을 수 없을 정도로 또렷하게... 옆 반이나 다른 학년의 이름도 모르는 아이들까지, 즉 마주친 모두가 말이야. 그리고 나는

정신을 잃었어.

언제 눈을 떴는지는 기억나지 않아. 다만 뺨이니 목덜미니, 밤 늦도록 그런 델 닦아주던 어머니의 물수건이 생각 나. 계속 내가 울기만 했던 것도... 눈을 감은 채 묻는 말엔 대꾸도 않으면서 말이야. 그리고 이틀 학교를 쉬었어. 고름을 빼내고 붓기가 다 빠지고... 분명 몸은 아무렇지 않은데 일어날 수도, 일어나고 싶지도 않았던 거야. 다친 고양이처럼 웅크리고 누워 나는 끝없이 스스로의 어딘가를 핥고 또 핥았어. 이를테면 혀... 같은 걸로 말이야. 그때의 내 마음은 커다란 선인장 위에 놓인 어린 고양이와 같은 것이었어. 다시 등교를 하고, 멀쩡한 얼굴로 아이들을 만났지만 확실히 예전과 같은 생활은 아니었지. 뭐랄까, 그날 마주친 얼굴 하나하나를 고스란히 몸이 기억하고 있었던 거야. 즉 마주치거나 그

죽은 왕녀를 위한 파반느

들이 얘길 걸어오면 움찔, 뭔가 가시 같은 게 갑자기 발바닥을 찌르는 기분이었지. 눈에 보이진 않아도 분명 그런 가시가 발바닥을... 어떤 건지 알겠어?

알아요.

하고 그녀가 가느다란 목소리로 답했다. 이상하게 그 순간 가느다란, 그러나 단단한 가시 하나가 내 몸속에 남아 있는 기분이었다. 그것은 너무도 단단해서 바늘처럼 느껴졌고, 너무나 오랜 것이어서 한 조각의 녹(綠)처럼도 생각되었다. 고스란히, 아직도 남아 있구나... 보이지 않는, 그러나 혈관을 타고 순환하는 바늘을 감지하며 나는 흐트러진 목소리로 얘기를 정리했다.

참 이상하지? 어릴 때의 일이고, 그 후론 까마득히 잊었다고 생각했는데 말이야. 자위를 하다 들키거나, 나보다 작은 녀석과 싸워 졌다거나... 커서 그보다 더한 일이 숱하게 많았는데도 이상하게 그 일이 떠올라. 그러고 보니 그 후로 줄곧 나는 조용한 아이로 살아왔다는 생각도 들어. 조용한 소년으로... 또 그 때문에 조용한 어른으로 인생을 살아갈지도 몰라. 아마도 그럴 거라 생각해. 길이길이 기억되리(go down in history)... 길이길이 기억되리... 해묵은 빙 크로스비의 판에선 바늘이 튀고 있었다. 기억의 트랙을 돌고 도는 한 마리의 사슴처럼, 나도 덩달아 어두운 골짜기를 맴도는 기분이었다. 나는 일어나 카운터 뒤의 턴테이블을 찾았고, 조심스레 바늘을 들어올려 지쳐 있는 사슴을 문밖으로 내보내주었다. 인간은 누구나 〈루돌프의 코〉를 가지고 있다. 아무리 놀려대고 웃어도 산타는 오지 않는다. 부끄러움에 대해

　그녀는 더 이상 어떤 얘기도 하지 않았다. 다만 물끄러미 내 눈을, 아니 이마를 바라보았고 손을 뻗어, 다친 사슴의 이마를 쓸어주듯 조심스레 만져주었다. 눈을 감으세요. 그녀가 속삭였다. 시키는 대로 눈을 감자 친근한 동물의 혀 같은 그녀의 손길이 느껴졌다. 그것은 부드럽게 이마 위를 맴돌았고, 한 조각의 녹이나... 그런 무언가를 뜨겁게 녹이고선 서서히 멀어져갔다. 다시 장작이 타는 소리, 창을 흔드는 바람소리, 기둥이나 계단의 나무가 미묘하게 뒤틀리는 소리... 나란한 호흡으로 그녀와 내가 숨 쉬는 소리... 길이길이 이 순간을 잊지 않게 해달라며 누군가를 향해 나는 기도를 올렸다. 눈을 떠요, 하고 다시 그녀가 말했다. 잠든 고양이처럼 고요해진 마음으로 나는 그녀를 바라보았다. 생일 축하해요. 몹시 부끄러워하는 얼굴이

　몹시 부끄러운 기억을 고백한 얼굴 앞에서 두 눈을 깜박이고 있었다. 그리고 커피 잔 옆엔 곱게 포장된 한 장의 레코드가 놓여 있었다. 눈길을 내내 옆구리에 끼고 왔던, 해서 포장지의 군데군데가 울어 있는 생일 선물이었다. 불분명하지만 어쨌거나 고맙다느니, 와 같은 인사말을 분명 건넸을 거라 생각한다. 아니, 보다 반짝이고 그보다 분명한 기억은

　한참을 만지작거리던 포장지의 감촉... 뜯어보세요 라던 그녀

의 목소리와, 루돌프의 코처럼 빛나던 은박의 리본이었다. 그것은 모리스 라벨의 곡모음이었고, 상단의 타이틀엔 커다란 필기체의 불어로 죽은 왕녀를 위한 파반느(Pavane pour une infante défunte)가 적혀 있었다. 개봉된 나의 스무 살이 보이지 않는 운명의 턴테이블 위에서 막 회전을 시작하던 순간이었다.

들어볼까?

시간의 폭설 속에서 그날의 기억 전부를 되찾진 못하겠지만 — 한 장의 LP를 걸고 음악을 듣던 그 순간만큼은 한 폭의 그림처럼 내 가슴에 남아 있다. 날지 못하는 새떼처럼 실내를 서성이던 느린 음표들... 흐르는 무곡(舞曲)과 머릿속에 그려지던 죽은 여인의 얼굴... 그... 얼굴... 어둠 속에서 귀를 굽히고 선 나무들과... 풀어헤친 북극(北極)의 머리카락처럼 땅을 뒤덮던 바람...

어쩌면 그, 한 폭의 그림을 간직한 채 나는 시간과... 어둠과... 죽음의 골짜기를 지나온 것인지도 모른다. 좀더 많은 표현을 알았더라면... 모든 순간의 의미와, 다가올 일들을 내가 미리 알았더라면... 나의 이십대는 전혀 다른 음(音)들을 쏟아내며 또 다른 인생의 테이블을 돌고 돌았을지도 모를 일이다. 앞날을 알 수 없는 인간의 순간과... 그런, 운명의 마디 수를 다 채운

음악이 끝난 순간 마음에 드세요? 하고 그녀가 속삭였다. 무어라 답하진 않았지만, 무어라 답하지 않아도 알 수 있을 만큼 나는 행

복했었다. 나는 말없이 고개를 끄덕였고, LP와 쟈켓을 정성껏 꾸린 후 다시 포장지로 감싸주었다. 이젠 일어서야 할 거 같아요. 시계를 쳐다보며 그녀가 속삭였다. 막차가 오기까지는 삼십 분 정도의 시간이 남아 있었다.

벨을 누르고, 우리는 한동안 카운터 쪽의 의자에 앉거나 기대서 있었다. 카운터 안쪽의 벽면엔 어디선가 오려낸 수십 장의 명화(名畵)가 붙어 있었다. 엽서만한 사이즈부터, 큰 것은 어지간한 달력과 맞먹는 - 밀레, 램브란트, 고흐와 피카소들이 압정으로 빼곡하게 부착되어 있었다. 벨라스케스예요. 그녀의 손가락이 그중 하나를 가리켰다. 어디, 하고 눈길을 돌렸지만 벨라스케스란 이름도 그의 그림도 나는 알지 못했다. 저 그림? 아니, 그건 베이컨이구요. 그 오른쪽? 그건 고갱, 그러니까 고갱의 아래쪽 왼편... 그럼 저 그림? 맞아요, 벨라스케스의 〈라스 메니나스〉... '시녀(侍女)들'이란 뜻이죠. 그리고 주인이 올 때까지, 나는 마르가리타 왕녀라든가... 그녀를 그린 벨라스케스... 또 그의 그림에 매료된 모리스 라벨... 해서 탄생한 〈죽은 왕녀를 위한 파반느〉의 이야기를 들어야 했다. 주인은 오지 않고

대신 벨 아래에 놓여 있던 인터폰이 울렸다. 주인이었다. 뭐... 불편한 점은 없었습니까? 군데군데 물감이 잔뜩 묻은 느낌의 지친 목소리였다. 없었습니다. 그러자 후, 주인은 한숨을 쉬었고 잠시 후 기어들어가는 목소리로 이렇게 얘기했다. 그냥... 가십시오. 네? 괜찮습니다. 그냥... 가시라구요. 그래도... 라며 말을 이으려

는데 문만 잘 닫아주시면 됩니다, 안녕히 가세요. 하고는 수화기를 내려버렸다. 뭔가 이상하다는 생각을 하면서도 통화 내내 나는 〈시녀들〉이란 그림 속의 시녀들에게서 눈을 뗄 수 없었다. 이상하게도, 그랬다. 특히 내 눈길을 사로잡은 것은 고개 숙인 개의 뒤편에 선, 검푸른 드레스의 키 작은 여자였다. 이상하리만치 궁정의 분위기와 어울리지 않는 그녀의 얼굴을 바라보며 나는 수화기를 내려놓았다. 뭐래요? 그녀가 물었다. 그냥... 가래.

메뉴판을 뒤져 엇비슷한 금액의 돈을 카운터에 올려놓고, 홀의 전등을 *끄고*... 혹시 몰라 주방을 한 번 둘러보고... 문을 잘 닫고 나와서도... 그림 속, 검은 드레스를 입고 선 그녀의 배웅을 받고 있는 느낌이었다. 그냥 가도 될까요? 어쩔 수... 없잖아. 얼어붙어 더욱 위엄을 갖춘 어둠 속으로 다시 우리는 발을 내딛기 시작했다. 우리가 머무른 동안에도, 풀어 헤쳐진 북극의 머리카락은 더욱 무성히 자라 있었다.

이상한 밤이었다. 또 모든 것이 불분명한 밤이었다. 서로의 본심을 묻지도... 정리된 이야기를 나눈 것도 아니었다. 쏟아진 첫눈역시 어딘가 모르게 서툰 느낌이었고, 올 때의 느낌에 비해 돌아가는 길은 터무니없이 짧은 것이었다. 눈길을 걸으며, 그러나 스스로는 많은 것을 고백했다 믿고 있었다. 그리고 정확히, 전달한 기분이었다. 설령 그것이 오해라 할지라도, 그 오해를 믿지 않고선 살아갈 수 없는 것이 인간이다. 인간은 참 이상해, 하고 나는 말했다. 왜요? 하는 그녀의 입에서 터무니없이 분명한 입김이 피어울렸다.

벌써부터 캐럴을 틀고 말이야... 올드 랭 사인조차 두 번이나 들었지 뭐야.

그만큼... 아쉬워하기 때문이 아닐까요? 아쉬우니까... 곧... 이렇게 가버리니까.

왜 미리 아쉬워하지? 그때 가서 해도 되잖아?

어쩌면 그 순간 아쉬움이 사라지기 때문이겠죠. 이제 더는 어쩔수 없으니까. 아쉬워해봐야 아무런 소용도 없는 거니까...

정 그렇다면 봄부터라도 틀었어야 하는 거잖아.

그때부터 아쉬워하기엔 너무 아까운 거예요.

뭐가?

그러니까... 가능성 같은 거겠죠. 아쉬워하지 않아도 될 가능성...

어떻게 그런 걸 알고 있지?

그런 질문을 봄에 품었다면 지금쯤 어느새 이런 식으로 변해 있는 거예요. 어떻게 그런 걸 모를 수 있었을까? 라고... 인간의 아쉬움도 같은 거라고 생각해요.

그렇군.

어쨌거나... 1986년이 가고 있어요. 그리고 다시는...

안 오겠지.

스무 살이 된 기분은 어때요?

글쎄... 잘 모르겠어. 그런 걸 제대로 느끼는 사람이 있을까? 단지 뭐랄까... 무언가 갑자기 줄어든 느낌이야.

줄어들었다구요?

음... 이를테면 요구사항 같은 거야. 세상에 대한 요구... 이랬으면 좋겠다, 저랬으면 좋겠다 같은... 예전엔 온통 그런 것들로 가득 차 있었는데 말이야. 왠지 그런 것들이 사라진 기분이야. 더는 그래선 안 될 것도 같고... 설명은 잘 못하겠지만 아무튼 그래. 뭐, 스무 살이 된 건 자기도 마찬가지잖아. 달라지거나 그런 거 없어? 예를 들면 이제부턴 말을 놔야지, 라든가.

아, 아직은요. 그리고 전 정반대예요.

반대라니?

스무 살이 되면서... 처음으로 요구하고 싶은 게 생겼거든요.

요구?

하지만 잘 모르겠어요. 그래도 되는 건지. 또... 어떻게 해야 할지. 나... 단 한 번도 뭔가를 요구할 수 있다고 생각해 본 적이 없어요. 요구해선 안 된다고... 어떻게... 내가...

눈이 뚝 그치듯 그녀가 멈춰 섰으므로 나도 발길을 멈춰야만 했다. 갑자기 그녀는 고개를 숙였고, 두 손을 들어 스스로의 얼굴을 손바닥 깊이 파묻었다. 그런 자세로 우는 성인을 본 적이 없어서일까, 우는 구나 —라고는 생각하지 않았다. 다만 어린아이와 같은 그녀... 어릴 때부터의... 그녀, 태어나기도 전의 그녀... 앞으로 늙어갈 그녀... 그런 그녀의 존재 하나하나가 갑자기 내린 눈처럼 그 자리에 쌓여 있는 기분이었다. 그녀는, 혹은 그녀들은 아무런 소리도 내지 않았다. 실제로 그녀는 울지 않았고, 잠시 울음을 참았을 뿐이었다. 아니 그보다는, 들썩이던 그녀의 어깨만이 그날 그 자리에서 잠시 울었을 뿐이었다. 눈물 없는 얼굴을 들어 그녀는 나를 보았고, 나를 향해... 혹은 내 어깨 너머의 말없는 어둠을 향해 힘없이 속삭였다.

안아줘요.

주변의 나무처럼 차가운 그녀의 몸을 나는 힘껏 껴안았다. 그녀를... 아니... 그 속의 그녀와, 그 속의 그녀... 또 그 속의 나이테처럼 굳어 있는 모든 그녀들을 나는 안아주고 싶었다. 몹시도 뜨거운 무언가가 밀착된 가슴을 통해 흘러가고 흘러드는 느낌이었다. 눈을 감고 있었지만 그 황량한 벌판의 축복을 나는 느낄 수 있었다. 단단히, 우리를 하나의 집합으로 묶어주던 어둠과... 떨리는 현(絃)처럼 길고 긴 무곡을 연주하던 북극의 머리칼... 순은(純銀)의 가루눈을 흩, 뿌려주던 나무들의 축복을 나는 느낄 수 있었다. 서서히... 나는 그녀의 입술 위에 내 입술을 가져갔다. 첫눈처럼 부드러운 무언가가

혜성처럼 강렬하게 다가오고 부딪혔다. 그, 비밀스런 어둠 속에서 우리는 잠시 그렇게 서 있었다. 분화구에 갇힌 사람들처럼 아무것도 볼 수 없었고, 구덩이 너머의 세상은 깊은 물속에 잠긴 듯 고요하고 고요했다. 그것은 꿈이었을까? 혹은 가혹한 세계가 우리에게 베풀어준 한순간의 환(幻)이었을까? 서서히 떨어지던 입술과... 내 뺨을 스치던 그녀의 입김과... 그녀의 눈과... 무곡의 리

듬을 탄 두 개의 북처럼… 끝없이 울리던 서로의 가슴을 나는 아직도 잊지 못한다. 어쩌면 그 순간을 위해… 나는 평생을 살아온 기분이었다.

걷는 내내 그녀는 울고 있었다. 그녀의 눈물을 닦아주고… 또 어깨를 감싼 채 내딛던 발과… 두 사람의 발자국과… 드문, 나무로 이어진 오솔길의 전부가… 내게는 마치 정해진 하나의 궤도처럼 느껴지고 다가왔었다. 선로처럼 이어진 오솔길을 나와 다시 정류장에 이르기까지 우리는 아무 말도 하지 않았다. 마지막 운행을 마친 협궤열차처럼, 우리를 운반해 준 어둠도 말없이 지나온 길을 되돌아가고 있었다. 춥지 않아? 느닷없이 그런 말을 건넨 것이 생각난다. 또 당연하다는 듯 고개를 가로젓던 그녀의 모습도 떠오른다. 기울어진 가등의 불빛 아래엔 그날의 가장 눈부신 눈[雪]이 새하얀 섬처럼 어둠 위에 떠 있었다.

후회하지

않으세요? 그녀의 속삭임도 떠오른다. 왜냐고 묻기보다는 그녀의 두려움과… 떨림의 전부를 있는 그대로 받아들이고 싶었다. 땅밑으로 연결된 소리굽쇠의 한 축처럼, 나도 당연하다는 듯 고개를 가로저었다. 내가 바래다줘야 하는데… 괜찮아요, 기숙사는 바로 저 앞이에요… 아마도 그런 말들을 더 나눈 것과, 무게를 못이긴 한 더미의 눈이 어디선가 풀썩 쏟아지던 소리가 기억난다. 버스를 기다리는 짧은 시간인데도, 영원히 그 순간이 이어지고 이어질 것만 같았다. 아니 이대로... 버스가 오지 않아도 좋다고 나는 생각했었다.

　모르겠어... 하고 나는 중얼거렸다. 뭐가요? 지금 이 순간이 아쉬운 것인지... 아니면 아까운 것인지... 결국 지나가버릴 이 시간에 대해 그녀도 나도 판단을 미룰 수밖에 없었다. 인간은 결국 이런 식으로 모든 것을 맞이하고, 모든 것을 떠나보낸다고 나는 생각했다. 소리굽쇠의 다른 한 축처럼 그녀도 그 순간 비슷한 생각에 잠겨 있는 모습이었다. 지극히 먼 곳에서... 눈길을 헤치며 달려오는 버스의 진동이 느껴졌다. 진동은 서서히 희미한 불빛이 되었고, 밝아진 불빛은 곧 실체가 되어 커다란 소음과 함께 우리 앞에 멈춰 섰다.

　한 번 더, 우리는 서로의 손을 꼭 쥐었고 버스의 문이 열리는 순간 결국 끊어진 굽쇠처럼 서로의 손을 놓아야 했다. 제대로 된 인사조차 나누지 못한 기분이었다. 계단을 오르고... 토큰을 건네고... 하필이면 열리지 않던 희뿌연 창과... 움직이기 시작한 버스와... 서려 있던 김을 소매로 문지르던 내 모습과... 문질러도 다시금 서리던 김과... 너머에서 손을 흔들던 그녀와... 따라, 몇 발짝을 떼던 그녀의 발걸음과... 덜컹이며 내 이마를 부딪던 서늘한 창과... 결국 흐린 창문을 통해서밖에 볼 수 없던 그녀의 얼굴이 떠오른다. 그것이 내가 본

　그녀의 마지막 모습이었다.

그녀의 마지막... 모습이었다, 라는 문장을 한 번 더 반복하고 나는 키보드에서 손을 뗀다. 오래된 차(茶)주전자에서 물이 끓고 있다. 어둑해진 창밖은 여전히 빗소리로 흥건하고, 나는 잠시 두 개의 물소리가 만들어내는 묘한 화음에 빠져든다. 주전자의 손잡이를 잡을 때의 이 느낌이... 나는 좋다. 동(銅)으로 이뤄진 몸체의 열기와, 앤틱한 곡선의 손잡이를 둘러싼 사기(沙器)의 두툼한 느낌이 좋다. 그리고 무엇보다 낡고, 충분히 그을었다는 점이 마음에 든다. 티백이 담긴 찻잔에 물을 따르고... 나는 라디오를 켠다.

한 번 더, 베이비*

브리트니 스피어스의 목소리가 흘러나온다. 누가 뭐래도 올해는... 〈기적처럼〉 아름답다는 브리트니 스피어스의 해다. 한 번 더, 베이비... 한 번 더, 나는 그날 밤의 일과 그녀를 떠올린다. 그리고 더는... 어떤 기억의 편린(片鱗)도 찾지 못하는 스스로의 한계를 실감한다. 아마 더는, 찾을 수 없을 것이다. 즉 이것이... 내가 간직한 그날 밤과, 그녀에 대한 기억의 전부이다. 설령 그날 내린 눈의 전부를 파헤친다 해도 마찬가지일 것이다. 지나온 삶이

---

* 1999년 발표된 브리트니 스피어스의 데뷔곡 〈Baby One More Time〉

아까울수록 인간의 기억은 아쉬워진다. 터무니없이 짧았던 우리의 사랑도 그런 것이었다. 라디오를 끈다.

거세지는 빗소리 속에 나는 서 있다. 증발해 버린 청춘의 수증기들이, 문득 비가 되어 이곳을 적시고 있는 느낌이다. 아직도 나는 그날의 눈 속에 서 있고, 지금도 나는 그날의 눈을 맞고 있다. 그런, 기분이다. 떨어지는 빗방울의 수만큼이나 나에게도 많은 일들이 있었다. 누구에게나 많은 일들이 있었을 것이다.

눈을 감는다. 어렴풋하던 사물의 윤곽마저도 깨끗이 사라진다. 누구에게나 주어진 빛. 누구에게나 주어진 어둠. 그리고 누구에게나... 주어진 삶. 그녀는 아직 살아 있을까, 나는 생각한다. 살아 있다면 어디서... 그리고 어떤... 그런 허망한 생각들과... 그리움이 무수한 동심원의 파문을 일으키며 비처럼 나의 맨발을 적시운다. 전화벨이 울렸다. 전화가 올 리 없는 시간인데, 생각하며 나는 찻잔을 내려놓는다. 잡음처럼 아, 접니다... 로 시작한 상대의 목소리가 한참을 이어진다. 예, 일을 할수록 난감합니다... 이쪽 일이 보통... 예, 예예, 그 공장은 없어진 지 오래고 말입니다. 백화점의 기록도... 예, 다 조사를 했습니다... 주소도 모르시지 않습니까... 그러니까 이런 경우를... 예, 이건 차지(charge)가 훨씬 더 발생할 수 있고요... 예, 예... 차지에 따라 일의 속도가... 예, 조사의 범위가 일단 다르고 말입니다... 문제는 차지가...

알겠습니다, 라고 나는 상황을 정리한다. 상대가 요구한 액수를 메모하고, 모레 오전 중 —으로 입금시기를 못박아준다. 꼭 찾아야 하는 사람입니다. 예, 잘 좀 부탁드립니다. 통화를 끝내고, 나는 왠지 초조한 마음으로 몇 평 되지 않은 거실을 서성이고 서성인다. 그의 말대로... 나는 그녀에 대해 실은 아무것도 모르고 있었다. 왜 그랬을까? 왜, 그랬을까... 찻잔에 다시 물을 따르고 나는 습관처럼 CD 꽂이의 번호를 더듬는다.

다시 라벨을 듣는다. 그녀가 준 LP도, 그녀의 어떤 흔적도 남아 있지 않지만... 또다시 재생되는 그날의 음악처럼 나는 그 벌판과... 눈과... 나무들과... 그녀를 떠올린다. 실은 더없이 초라했을... 우리의 모습을 떠올린다. 가혹한 세상과... 들러리 선 시녀처럼 서 있던 그녀와 나를 떠올린다. 무엇 하나 정확하지 않은 기억 속에서 정확하게 말할 수 있는 것은 오직 하나다. 지금의 나도, 스무 살의 나도 그녀를 사랑하고, 사랑했었다. 그것이 나의 전부다. 늦었지만 이제 그 전부를 이해해야 할 때가 되었다고

나는 생각한다.

또 얼마나 시간이 지났는지 모르겠다. 창밖의 비가 그친 지도 오래... 음악이 끝난 것은 그보다 더 오래... 이 자세로, 어둠 속에서 어둠과 하나가 된 것은 그보다 더... 오래.

이곳은 어디일까?
바다 속처럼 낯설어진 방(房)이거나

그래서 낯익은 물 속

실은 상관없이 눈을 감은 채

나는 앉아 있거나

잠겨 있고

웅크린 채로

　그녀를 생각한다. 만날 수 없으므로 죽은, 나의 왕녀를 생각한다. 실은 죽은 지 오래였던 나를, 돌이켜본다. 내게 남은 건 과연 무엇일까. 과연 이 글을 나는 끝까지 쓸 수 있을까... 모르겠다, 너무나 오랜 시간이 사막의 바람처럼 우릴 휩쓸고 지나갔다. 헤어진 모래처럼 서로를 찾을 수 없다면, 다시 저 바람에 몸을 맡기는 것 외엔 다른 도리가 없다고 나는 생각한다. 바람이 다시 데려다 주기만을, 나는 기다리고 기다릴 것이다. 검푸른 드레스를 입고 선 그녀의 곁으로... 이제는 죽은, 왕녀의 곁으로... 다가서듯 몸을 일으키고, 어둠을 더듬어 나는 책상에 다다른다. 어둠 속의 키보드와, 언제나 낯선 글의 세계와 다시 대면한다. 자막이 떠오르기도 전의 은막(銀幕) 같은 모니터 앞에서... 아무래도, 아마도 이야기는 1985년에서 시작되어야 할 것이라고 나는 생각한다. 더듬어 음성 전환의 키를 작동시키고... 나는 묵묵히 〈무비스타〉라고 쓴다. 바람은 다시 나를 어디론가 데려갈 것이다. 모래를 실어가는 바람소리처럼, 느리고 끊어진 음절의 무·비·스·타가 낡은 스피커를 통해 쏟아져 나온다. 불어, 온다.

무비 스타

그 무렵 읽은 잠언집의 한 귀퉁이에는 다음과 같은 문구가 적혀
있었다.

인디언들은 말을 타고 달리다
이따금 말에서 내려 자신이 달려온 쪽을 한참 동안 바라보았다
한다.
말을 쉬게 하려는 것도, 자신이 쉬려는 것도 아니었다.
행여 자신의 영혼이 따라오지 못할까봐
걸음이 느린 영혼을 기다려주는 배려였다.
그리고 영혼이 곁에 왔다 싶으면
그제서야 다시 달리기를 시작했다.

1985년을 떠올리면 언제나 그, 잠언집의 문구가 떠오른다. 달리

는 사람만 가득했을 뿐 그 누구도 자신의 영혼을 기다려주지 않던 시절이었다. 나 역시 마찬가지의 삶을 살았던 인간이다. 영혼의 걸음은 생각보다 느리고, 세월은 내가 올라탄 말과도 같은 것임을

그때는 알 수 없었다. 하지만 누구라도, 언젠가는 말을 세우고 자신이 달려온 쪽을 바라볼 수밖에 없는 것이 인생이다. 인간에겐 결국 영혼이 필요하고, 영혼은 인디언만의 것이 아니라 〈인간〉의 것이기 때문이다.

이제서야

나는 말을 세우고 땅 위에 발을 내려선 기분이다. 그리고 자신이 달려온 쪽을 바라보는 인디언처럼 한동안 그 시절을 돌아보려 하는 것이다. 누구에게나 두고 온 한줌의 〈영혼〉이 있을 것이다. 아마도, 그럴 것이라고 지금의 나는 생각한다.

돌아본다.
역시나 많은 일들이 있었던 한 해였다.

1985년엔 어딜 가도 마돈나의 얼굴을 볼 수 있었다. 앞모습... 옆모습... 고개를 젖히거나 또 지그시 눈을 감은... 더러 손가락을

깨물고 있는 마돈나의 사진이 붙어 있었다. 물론 해마다 그런 일은 있어왔다. 〈천사처럼〉 아름다운 누군가가 나타나고, 그녀의 존재감이 모두를 장악한다 – 오일 쇼크가 일어났던 1979년에도, 세계 대전이나 대공황의 시기에도… 19세기의 영국과 15세기의 중국… 또 로마와 그리스에서도 같은 일이 반복되었을 것이다. 인간에겐 늘 열광할 만큼의 아름다움이 필요했고 1985년도 예외는 아니었다. 그런가 하면

　못생긴 여자를 강간하는 법은? 정답! 신문지로 얼굴을 덮고… 라는 저질 유머가 역시나 크게 히트한 해였다. 서넛이 모인 술자리에서나, 또 단둘이 통화를 하다가도 불쑥 야, 너 그거 알아? 뭐? 못생긴 여자를… 이 어김없이 튀어나오는 것이었다. 어디서나, 또 어디에나 신문지는 널려 있고… 세계 대전이나 대공황의 시기… 19세기의 영국과 15세기의 중국… 또 로마나 그리스에서와 마찬가지로 세상은 못생긴 여자들로 가득했었다. 인간에겐 늘 멸시할 만큼의 추함이 필요했고, 역시나 그해에도 인류는 무수한 부수의 신문을 발행했다.

　그런 해였다.

　평범한 사람들이 갑자기 큰돈을 만지게 된 것도 그 무렵이다. 부동산이며 증권이며… 비누거품이 일듯 팽창하던 세상의 분위기와, 갑자기 불어난 돈을 어떻게 써야 할지 몰라 갈피를 못 잡던 사람들, 그 사실을… 인정하진 않으면서도 다 같이 부러워하던 사

람들... 땀 흘려 일하기가 갑자기 서먹하고 무안해진 사람들... 가난이 죄란 사실을 그제서야 깨달은 사람들과... 나도 하겠다고, 청약통장을 들고 밤 세워 줄을 서던 사람들... 큰 차를 타면 대접이 달라짐을 자각한 사람들... 큰 교회를 다니면 큰 구원을 얻으리라 착각한 사람들... 장기와 피조차도 돈이 된다는 사실을 알아버린 사람들... 돈 앞에선 부모형제도 없음을 시인해야 했던 사람들... 메이커와 브랜드가 왜 인간을 대변하는지를 피부로 느낀 사람들... 실내화에 나이키 마크를 그려가며 나이키를 부러워하던 사람들... 그런대로 나이키를 닮기 위해 나이스를 신던 사람들... 나도 한몫 잡겠다고 서울로 올라오던 사람들... 그들이 떠난 시골을 누비며 미리미리 땅을 사두던 사람들과... 드디어 비디오에, 비주얼에 눈을 뜨던 사람들... 화장과 코디, 패션잡지와... 우후죽순 솟아나던 백화점과... 바오밥처럼 불어나던 신흥 부촌, 신흥 명문, 신흥 신흥 신흥...

그 시절의 풍경에 대해서라면 내리 열두 권의 책이라도 쓸 수 있을 것 같은 기분이다. 엊그제 같은, 아니 엊그제였던 그 신흥의 세계에서... 점점 지워지거나 사라진 사람들도 많았다. 굵은 손가락으로 열심히 주판을 굴리던 상점의 주인들... 퐁, 하고 종이마개를 뜯어 병 우유를 마시던 사람들과... 남자인지 여자인지 구분조차 가지 않던 가난한 아줌마들... 짐자전거를 몰고 비탈길을 오르던 아저씨들과... 연탄가스에 취해 병원으로 실려가던 문간방의 일가족들... 창백한 얼굴이 되어 시한부인생을 사는 게 꿈이라던 철없는 소녀들과... 식모며 지게꾼들... 마부와 코미디언들... 이미, 쇼임이 밝혀진 프로레슬러들과... 링 밖으로 떨어지듯 내몰리던 철거민들... 캔에 담긴 코크가 아닌, 잘록한 유리병의 진짜 코카콜라를 마시던 사람들... 디스코를 추던 여공들과... 썬과 은하수를 꺼내 피던 사람들... 한글을 못 읽는 중학생들... 키 낮은 담을 따라 깨진 병조각을 꽂아놓던 사람들과... 하이, 해외 펜팔을 이어가던 고등학생들... 그리고 갑자기

　우리 집에선 아버지가 사라진 한 해였다.

　말 그대로 사라진 것이다. 촬영이다 뭐다 전에도 한 달에 한 번 꼴로 집을 찾긴 했지만, 점차 그 조차도 횟수가 줄더니 어느 순간 발길을 끊어버렸다. 해가 시작되면서 알 수 있었다. 이제 영영 아버지가 사라졌다는 사실을. 실은 엄마와 내가 버림받았다는 표현이 옳겠지만, 어차피 결과는 마찬가지란 생각이다. 끝으로 매니저란 사람이 찾아와 어머니에게 한 뭉치의 돈과 함께 긴긴 이야기를 늘어놓았다. 아마도 일방적인 통보나 회유였을 거라 생각하지만, 그 부분에 대해선 뭐라 말하기가 곤란하다. 나는 재수 중이었고 그날 밤 내내 옆방의 책상에서 라디오를 듣고 있었다. 손님은 갔겠지, 당연히 그런 생각이 드는 깊은 밤이었다. 물을 마시기 위해 나는 마루로 나왔고, 그때까지 안방의 불이 켜져 있다는 사실을 알 수 있었다.

　불도 안 끄고 잠이 드셨나, 방문을 열자 꼼짝 않고 앉아 있는 어머니를 볼 수 있었다. 훤하게 불이 켜진 방인데도 어딘가 모르게

정전이 된 느낌이었다. 엄... 마? 몇 번을 불러보아도... 또 다가가 어깨를 흔들어도 아무런 대답이 없었다. 그때 본 어머니의 눈과 표정을 잊을 수 없다. 어머니라기보다는, 어쩐지 어머니를 본뜬 인형과 같은 얼굴이었다.

영문도 모른 채, 말이 사라진 어머니의 인형과 일주일 정도를 함께 살았다. 어마어마한 금액의 돈 가방을 장롱 깊이 넣어두고... 곧 올라오겠다는 강릉의 이모를 기다리며 나는 학원을 가거나 음악을 듣고... 좀처럼 밥을 넘기지 않는 인형을 위해 죽을 쑤거나, 했다. 일주일 내내

아버지와는 연락이 되지 않았다. 아마도 그 주의 주말이었을 것이다. 죽을 쑤면서 TV를 보고 있는데 피노키오 같은 얼굴을 한 아버지가 나와 얘기를 늘어놓고 있었다. 탤런트 ××× 10년 연하 미모의 여 사업가와 결혼 – 이란 자막이 늘어나는 코처럼 아버지의 턱 밑을 가로질러 지나갔었다. 까맣게 죽이 탈 때까지 나는 붙박인 듯 TV 앞에 서 있었다.

불을 끄고, 서둘러 연기를 빼고... 그은 냄비를 물에 담근 후에야 정신이 돌아온 기분이었다. 방으로 돌아와 문을 잠그고, 나는 머리를 감싼 채 한참을 앉아 있었다. 울어도 좋을 것 같은 캄캄한 방이었지만, 아무리 울려 해도 눈물이 나오지 않았다. 죽을 태운 냄새가 방안까지 스며든 느낌이었다. 또 그런 착각이 들 만큼이나... 마음이 타는 냄새는 그와 흡사한 것이었다.

아버지에 대한 얘기를 좀 해야겠다.

대부분의 자식들이 그렇듯 나 역시 아버지의 삶에 대해 많은 것을 알고 있지는 못하다. 어릴 때의 기억과... 주변에서 전해들은 아버지의 과거... 혹은 그때그때의 기억과 대화... 즉 그런 것들이 내가 아는 아버지의 전부일 뿐이다. 어머니나 이모라면 또 전혀 다른 아버지를 말할 수도 있겠지만, 어쨌거나 이것이 내가 아는 아버지의 전부이다. 어쩔 수 없는 일이다. 인간의 내면(內面)은 코끼리보다 훨씬 큰 것이고, 인간은 결국 서로의 일부를 더듬는 소경일 뿐이다.

우선 아령이 떠오른다. 아령을 드는 아버지... 그것이 내가 아는 가장 오래된 아버지의 모습일 것이다. 어릴 때라 정확한 지명을 기억할 순 없지만 잡초 무성한 공터와... 멀리 공장의 굴뚝이 보이던 마당이 넓은 집이었다. 세 가구나 네 가구가 모여 사는 곳이었고, 넓은 마당엔 늘 이 집 저 집의 식구와 아이들이 북적이기 마련이었다. 어쨌거나 그 속에서 아버지는 하루도 빠짐없이 아령을 들곤 했다. 매우 고르고 규칙적인 습관이었다. 그리고 시작되는 운동... 달리기와 줄넘기... 발차기며... 그런 것들이 떠오른다. 무렵의 아버지는 무명(無名)의 무술배우였다(고 한다). 잘은 몰라도 아마도 시시한 단역이나 스턴트 같은 걸 하지 않았나 싶다. 비좁은 단칸방의 한쪽 벽에는 전적으로 아버지만을 위한 전신거울이 붙어 있었다.

그래도 그 시절이 좋았다는 생각이다. 아버지는 거의 집에 있었고, 그런대로 어머니와도 사이가 좋은 편이었다. 일을 나가고 생활비를 번 것은 어머니였으므로 나와 아버지는 꽤나 오랜 시간을 집에서 함께했다. 거울 앞에서 연기 연습을 하던 아버지의 모습도 떠오른다. 어린 나에겐 꽤나 이상한 풍경이어서 곧잘 아버지를 따라 흉내를 일삼던 기억도 떠오른다. 아침이면 식당일을 나가던 어머니와, 밤이면 어린 내 손을 이끌고 어머니를 마중 나가던 아버지... 때로 별 우거진 밤이거나 꽃비라도 내렸다면, 그런대로 아름다운 가족의 풍경이었을 것이다.

갓 학교에 들어간 무렵이었다. 나란히 손을 잡고 온 식구가 을지로의 극장을 찾은 기억도 떠오른다. 제목은 기억나지 않아도 관람의 목적만은 또렷이 기억하고 있다. 영화에 등장하는 아버지를 보기 위해서였다. 역할에 맞게 구레나룻까지 기른 아버지는 말할 것도 없고, 어머니도 나도 모두가 들뜬 마음이었다. 저놈이 악당이고, 저 녀석이 결국 배신을 하는데... 신이 난 목소리로 어둠 속에서 이어지던 아버지의 해설도 생각난다. 잘은 몰라도 하여간에 어수선하고 싸움을 많이 하던 영화였다. 그리고 영화가 끝날 때까지... 아버지는 보이지 않았다. 아무 말 없이 극장을 나와, 마치 큰아들과 막내처럼 어머니가 사주신 만두를 주섬주섬 집어먹은 기억도 난다. 다음날 나는 구레나룻을 말끔히 정리한 아버지를 볼 수 있었다.

누가 봐도 이상한 삶이었다. 어머니는 열심히 현실을 해결하고, 아버지는 열심히 비현실을 추구하는... 이를테면 영화를 봐야 연기가 는다는 이유로 덜컥, 턱없이 비싼 비디오를 사온다거나... 느닷없이 춤이나 노래를 배우러 다닌다거나... 어쨌거나 어머니가 주는 용돈으로 해결하던 많은 일 중에서 단연 백미는 마사지가 아니었나 싶다. 꿀이며 계란이며... 그런 것들을 바르고 누워 있는 아버지의 모습은 가물가물하다 해도, 유독 오이를 붙이고 누워 있던 아버지의 모습만큼은 또렷이 머릿속에 남아 있다. 잡일에 시달리던 어머니는 말할 것도 없고 동네의 어떤 여자보다 더, 아버지는 깨끗한 피부의 소유자였다. 진지한 얼굴로 세상의 누구보다 얇게 오이를 저미던 아버지가 생각난다. 그중 가장 얇은 슬라이스를 골라 콧등과 인중의 굴곡마저 커버하던 아버지의 섬세함도 생각이 난다. 당연히, 동네 사람 모두가 어머니를 연상으로 생각했었다. 종종 주변의 아줌마들은 어머니를 시동생과 사는 여편네라고 놀렸었다.

부부가 나란히 서 있는 풍경은

그래서 늘, 보는 이로 하여금 묘한 연민을 불러일으켰다. 배우라는 신념으로 똘똘 뭉친 미남과 그 곁에서 어딘가 모르게 머뭇하던 박색(薄色)의 여인... 작지만 날렵한 아버지와 크고 펑퍼짐한 어머니의 체격 차이도 분명 한몫을 했으리란 생각이다. 이상하리만치 남아 있지 않은 두 사람의 사진도, 그런 부조화(不調和)를 아는 어머니의 〈기피〉가 가장 큰 원인이었을 것이다.

더없이 희생을 하면서도 그래서 늘 어머니는 숨거나, 가려진 느낌이었다. 아니 언제나 아버지에게 미안해 한다는 느낌을 나는 지울 수 없었다. 주변 사람들의 평가 역시 남자가 아깝다, 였다. 더러 얼마나 고생이 많을까... 위로하는 사람도 있었지만 대부분의 사람들은 다음과 같이 중얼거렸다. 대체 뭘 보고, 어디가 좋아 결혼을 했을까? 타인에 대해

터무니없을 만큼 서로가, 서로를 관여하던 시절이었다. 또 당연하다는 듯 어머니도 숨거나, 고개를 숙이거나... 더 열심히 아버지를 뒷바라지할 뿐이었다. 그 이유는 무엇일까? 인간의 외면(外面)은 손바닥만큼 작은 것인데, 왜 모든 인간은 코끼리를 마주한 듯 그 부분을 더듬고 또 더듬는 걸까? 코끼리를 마주한 듯 그 앞에서 압도되고, 코끼리에 짓밟힌 듯

평생을 사는 걸까? 한눈에 흘러가지고 저렇게 된 거 아니겠니. 언젠가 이모가 들려준 말도 생각이 난다. 어머니가 아버지를 만난 것은 영화사 근처의 작은 식당에서였다고 한다. 소주잔을 내려놓는 모습이 그렇게 우아할 수 없었다는 말은... 아마도 어머니의 입을 통해 나온 말이었을 것이다. 그 외에도 많은 말들이 있었다. 오토바이를 타는 모습이 그렇게 멋있었다는 아버지... 언제나 새것처럼 구두가 깨끗했다는 아버지... 아무리 자장면을 먹을 때라도 품위를 잃지 않았다는 아버지... 세상이 알아주지 않아 그렇지... 말을 잇는 어머니의 눈 속에서 나는 언제나 〈어머니만의〉 아버지

를 볼 수 있었다. 거기에 비해

　이상하다는 생각이 들 정도로, 어머니에 대해 얘기하는 아버지의 모습을 나는 본 적이 없다. 아버지에게도 과연 〈아버지만의〉 어머니가 있었을까? 아버지에게도 그런 우아한, 혹은 우아했던 어머니가 한순간이라도 존재했을까? 그런 생각에 이르면 두 사람에 대한 나의 연민은 더더욱 깊어진다. 아마도 아버지는 어머니가 얻을 수 있는 최고의 미남이었고, 어머니는 희망이라곤 보이지 않던 삼류 배우가 발견한 최고의 숙주였을 것이다. 아마도

　그랬을 거라 나는 생각한다. 삶은 보다 복잡하고, 드러나지 않은 비밀로 가득한 것이겠지만… 나란히 선 부부의 모습을 떠올리면 그래서 어쩔 수 없이 연민을 느낄 수밖에 없는 것이다. 하여, 더 큰 연민이 느껴지는 것은 나라는 인간이다. 그런 두 사람의 풍경에서 비롯된, 나라는 생명이었다. 더욱이 아버지를 빼닮았다는 나를… 나는 견딜 수가 없었다.

　영화판의 밑바닥을, 또 지방의 밤무대를 전전하던 아버지에게 기회가 온 것은 어느 날 걸려온 한 통의 전화에 의해서였다. 모 방송의 드라마에 급히 배우가 필요했고, 이런저런 인맥의 끈이 느닷없이 아버지에게 내려와 닿은 것이다. 물론 비중 같은 게 있을 리 없는 역이었다. 덜떨어진 표정으로 한두 마디 대사를 거드는… 그러다 면박이라도 당하면 사장님 쏘~리를 외치는 단역이었다. 선생님 쏘~리, 사모님 쏘~리… 알다가도 모를 일이었다. 그 쏘~리

가 그만 모두의 마음을 사로잡아 버렸다. 한동안 본명이 아닌 쏘~리로 입소문을 타기 시작하더니, 결국 이런저런 쇼프로에까지 얼굴을 내밀게 되었다. 쏘~리를 따라하는 아이들이 늘어날수록 역할의 비중도 커져만 갔다. 주인공의 곁다리긴 해도 드라마의 핵심이 되었고... 막바지에선 모두를 놀라게 한 화려한 액션까지 선보였었다(사람들은 오이의 여신이 지켜주는 사십대 중년의 싱그런 근육을 볼 수 있었다). 모든 것이 화제였다. 이어진 대역 논란과 아니다, 실제 그는 무술영화에서 잔뼈가 굵은 무술의 고수... 늦깎이 연기인생의 뒤안길엔 20년 무명의 한 서린 눈물이... 실화인가? 본인의 입으로 밝히는 건달들과의 17:1 대결! 그의 이유 있는 독신 고집! 저 독신 아닙니다, 연기와 결혼한 지 오래예요... 등의 기사들이 연이어 지면을 장식하기 시작했다. 이제

고생은 끝났다고. 어느 날 매니저와 함께 집을 찾은 아버지가 얘기했다. 이미 커다란 기획사가 따라붙었고, 따로 마련된 숙소에서 아버지는 새로운 삶을 시작하고 있었다. 그동안 정말... 정말 수고 많았어. 어머니의 손을 잡고 되뇌던 아버지의 말 속엔 누가 뭐래도 진심이 서려 있었다. 또 그 순간이, 아마도 어머니의 삶에 주어진 가장 큰 보답이자 축복이었을 것이다.

전화로도 말은 했지만... 당분간 이 생활을 견뎌달라고 아버지는 얘기했다. 인기라는 게... 그렇습니다, 더군다나 지금 대개가 여성 팬들이라서요. 매니저의 조언도 이어졌다. 즉 철저히 결혼 사실을 숨겨야 한다는 것... 잘 알고 계시겠지만... 해서 사모님과,

가족 모두의 전적인 협조가 필요하다는 얘기였다. 이 집 말이야...
전세가 불편하면 아예 사버려. 백화점 가서 좋은 옷도 하나 사 입
고, 알았지? 두툼한 봉투를 내려놓던 아버지의 모습은 얼마나 근
사했던가. 어머니의 손을 잡고 어깨를 두드리던 아버지의 얼굴은
또 얼마나 빛나는 것이었던가. 은막의 별처럼 쏟아지던 그날의 봄
비에선 또 얼마나 상큼한 오이향이 났었던가. 고생은 끝났다고

　아버지는 말했지만, 실은 또 다른 고생이 우릴 기다리고 있었
다. 거의... 더 이상 우리는 아버지를 만나기 힘들었고, 간혹 아버
지를 기억하는 주변인을 만나면 정색을 하고 거짓말을 둘러대야
했다. 이상한 일이었다. 식당일을 그만두지도, 좋은 옷을 사 입지
도 않았고... 대신 어머니의 얼굴엔 흐릿한 어둠이 쌓여가기 시작
했다. 엄마 무슨 일 있어? 아니, 아니란다. 돌이켜보면

　실은 그때부터 어머니는 서서히 아버지를 포기해 간 것이 아닌
가, 나는 생각한다. 확실히 그런 느낌이다. 막연했던 불안이 현실
로 드러난 그날 밤까지, 얇게 오이를 썰듯 조금씩, 또 조금씩... 어
머니는 아버지를 포기해 갔다는 생각이다. 어느 노래의 슬픈 가사
처럼 못생긴 여자는 스스로의 운명을 미루어, 짐작하고 있었던 것
이다.

　때로 생각한다. 한 장의 얇은 슬라이스 같은 긍정과 부정, 긍정
과... 부정으로 자신의 내면을 도배해 갔을 한 여자를 생각한다.
어머니는 그대로 무너졌고, 그래서 쉽게 모든 것을 포기해 버렸

다. 쇠약해진 몸을 어느 정도 추스를 순 있었지만, 증발해 버린 영혼의 부피는 어떤 약으로도 복구가 되지 않았다. 어둑한 6인용 병실의 귀퉁이에 앉아, 나는 누워 있는 거구 속의 꺼져가는 영혼을 볼 수 있었다. 아마 누구라도 그것을 볼 수 있었을 것이다. 가물가물하던 영혼의 빛... 희미한 전구 속의, 끊어져가는 필라멘트와 같은 무언가를... 볼 수 있었을 것이다. 인간의 영혼을 눈으로 확인한 것은 그때가 처음이었다.

인간의 안목(眼目)은 그런 것이다. 죽음이 닥치기 전까지는, 누구도 그 사람에게 영혼이 있다는 사실을 인식하지 않는다. 아, 그것이 사라졌구나. 사라져가는구나... 느낀 후에야 그 텅 빈 공백을 바라보며 비로소 중얼거릴 뿐이다. 실례지만

이곳에 예전에 코끼리 같은 게 있지 않았습니까?
그렇군요, 저기 똥이 있는 걸로 봐서는.
확실히 있었습니다, 우리의 크기를 보세요. 더군다나 이 쇠창살을.
그나저나 이 창살은 매우 차가워졌군요.
예전엔 이렇지 않았습니다.
이곳에 있던 코끼리와 아는 사이신가요?
말하자면... 저는 이 창살 사이로 비스킷을 준 적도 있습니다.
한 번?
아니 여러 번.
여러 번이라니 더욱 그랬던 것 같군요, 이곳에 코끼리가 **있었음을...**

바로 이곳에 있었습니다.

똥도 크군요.

스스로, 어머니가 몸을 일으킨 것은 일주일 정도의 시간이 지나
서였다. 짧은 장마가 시작된 주말이었고, 해서 분주히 사람들이
서성이던 오후였다. 느릿느릿 몸을 일으킨 어머니는 한 덩이의 커
다란 똥처럼 앉아 말없이 창밖을 바라보았다. 무슨 말이라도 하고
싶었지만 무슨 말을 해야 할지 알 수 없었다. 마침 그 자리에 이모
가 없었다면, 쓸쓸히 돌아서는 코끼리의 뒷모습을 다시 봐야만 했
을지 모를 일이다. 노련한 조련사처럼 이모는 끊임없이 울고, 손
을 쓸어주며 마치 노래를 부르듯 길고 긴 얘기를 늘어놓았다. 립
서비스처럼 느껴지는 의례적인 위로의 말이... 그러나 인간에겐
없어선 안 될 소중한 것임을 안 것도 그때였다. 머뭇, 이모가 늘어
놓는 비스킷을 따라 머뭇, 한 마리의 코끼리가 창살 안으로 들어
서는 광경을 나는 보는 듯했다. 흐릿한 시선으로 창밖을 응시하던
어머니의 입이 조금씩 움직이기 시작했다.

바다가 보고 싶어.

그것이 어머니가 내뱉은 최초의 말이었다. 몇 가지 현안들을 처
리하고 나는 이모와 함께 어머니를 모시고 강릉으로 내려갔다. 덜
컹이던 기차와... 통로를 왕복하던 이동식 매점... 김밥을 먹으며
바라보던 창밖의 풍경과... 지나간 세월처럼 스쳐가던 나무들...
혹은 살아갈 세월처럼 앞이 보이지 않던 어둠과... 토막잠 속을 굴

러다니던 토막 난 꿈... 그런 것들이 떠오른다. 말을 잃어버린 어머니에 비해 이모의 분노는 실로 대단한 것이었다. 이대로는 물러설 수 없다, 똑같이 그놈 눈에서도 피눈물이 나게 해주겠다, 죽어서도 분해 눈을 못 감는다... 그리고 언니는, 가만히 보고만 있어라... 가 줄줄이 나온 이유는 어머니의 힘없는 반응 때문이었다.

다... 필요 없다.

그런 어머니를, 이해할 수 없었다. 종착역에 이를 때까지 기차에서 내리지 못하는 인간처럼, 인생의 어느 지점까지는 결코 이해할 수 없는 삶의 일부가 있다는 사실을... 그때는 알지 못했다. 아무것도 모른 채 내려선 강릉의 밤은 한결 알 수 없는 안개로 자욱했었다.

바다를 본 것은 그때가 처음이었다. 소주잔을 나누는 두 사람을 남겨두고, 나는 식당을 나와 해변을 거닐기 시작했다. 막연히 커다란 강과 비슷하리라 여겼던 바다는, 그러나 강물이 모인 것이라고는 도저히 말할 수 없을 만큼 낯설고 거대했다. 어둠과... 안개와... 물이... 서로를 구분하지 않은 채 서로를 섞고, 섞이던 밤이었다. 이상하리만치 아무런 감정도 느껴지지 않았다. 그리고 모든 것이 마치 타인의 일처럼 여겨졌었다. 주머니 깊이 두 손을 찌른 채, 나는 인광(燐光)처럼 스며 있는 몇 척의 고깃배를 바라보았다. 거리를 짐작할 수 없는 불빛이었고, 크기를 가늠할 수 없는 불빛이었다. 인간의 세상에 비해, 밤바다는 그저 아름답기만 한 것이었다. 아름답지 못한 어머니도 이모도 의외로 쾌활한 모습으로 얘기를 나누고 있었다. 식당 모퉁이의 TV에선 주말의 명화가 한창이었고, 두 사람은 몇 잔의 소주와 함께 지나간 시절의 추억에 젖어 있었다. 이유는 모르겠지만 그런 어머니의 모습이 낯설게만 느껴졌었다. 관동 지역의 사투리를 쓰는 어머니를 본 것도... 찰슨 브론슨 아니었어? 아니라니까... 어머니가 크리스 밋첨(70년대의 무비스타)을 좋아했다는 사실을 안 것도 그때가 처음이었다. 얘들도 크리스 밋첨을 알려나? 이모가 물었다. 모르지 얘들이... 어머니가 얘기했다. 크리스 밋첨이 누군지는 알 수 없었지만, 지금 웃고 있는 어머니가... 그렇다고 괜찮아진 건 아니란 사실을 나는 알 수 있었다.

　이모의 집은 그리 멀지 않았다. 외가가 있었다는 안목이란 곳을 나와 해변과 솔숲을 따라 십여 분을 더 걸었다. 언니는 아무 걱정 안 해도 돼, 이렇게 착한 아들이 있으니까. 술기운 때문이었을까, 이모는 몇 번이고 같은 말을 반복했다. 나는 별다른 말을 하지 않았고, 대신 어머니의 손을 꼭 쥐며 괜찮아 엄마? 라고 물어보았다. 괜찮아. 안개 속에서, 막연한 표정의 어머니가 확연한 목소리로 중얼거렸다. 그런 어머니의 대답과... 글쎄 언니를 닮아 이렇게 착한 거 아니겠냐는 이모의 말과... 해서 내 등을 쓰다듬는 이모의 손길에서도 나는 이상한 연민을 느껴야 했다. 그 연민의 정체는 무엇이었을까. 그리고 그날 밤, 우리가 바라보던 어둠의 너머에는 또 어떤 앞날이 우릴 기다리고 있었던 걸까. 인생은 늘 막연하면서도 확연한 안개와 같은 것이었다.

　그, 바다에서 일주일을 보내며 어머니는 눈에 띄게 혈색이 좋아지셨다. 외항선을 타는 이모부의 부재로 집은 온전히 두 자매의 공간이었고, 순간순간 나도 예전의 삶을 되찾은 기분이었다. 마음 놓고 오랜 시간 외출을 할 수도 있었다. 나는 해변을 거닐었고, 더러 버스를 타고 가까운 속초나 주문진을 들르기도 했다. 고깃배를 탈까, 이모부를 따라 외항선을 타면 어떨까 생각도 들었다. 꽤나 진지하게 고민을 하기도 했지만... 실은 아무 생각도 하지 않았다. 아마도

　그저 그런 식으로, 진지한 느낌의 시간을 보냈을 뿐이란 생각이다. 속초항의 식당에서였던가, 혼자 술을 마시다 우연히 아버지가 나오는 드라마를 본 적도 있었다. 그저 묵묵히 아버지의 얼굴을 보았는데... 어, 아버지잖아... 그런 생각은 들지 않았다. 대신 오징어잡이배를 타면 얼마를 벌 수 있나, 뭐 그런 얘기를 주인과 오래 나누었다는 생각이다. 그거 아무나 못 잡아... 또 한번 배를 타기 시작하면 평생 다른 일 못해... 일관된 주인의 잔소리에 고개를 끄덕이긴 했지만, 역시나 그런 식으로 시간을 보냈을 뿐이라는 생각이다. 어쨌거나 내게도

　그런 시간이 필요했었다. 나는 항구를 쏘다니고... 되는 대로 버스에 몸을 싣고... 숲과 해변을 거닐고... 돌아와 저녁을 먹곤 했다. 시간이 지날수록 〈어머니와 나의〉 상처는 어머니와도 다른 〈나만

의〉상처로 변해가기 시작했다. 밤이면 떠오르던 창밖의 달과...
이어가던 이런저런 생각들과... 이상할 정도로 진지했던 삶의 고민
과... 도무지 알 수 없는 앞날의 불안... 그러면서도 발기하던 십대
의 성기와... 간혹 내리지도 않은 낚싯줄에 딸려 올라온... 오징어
처럼 멍청한 느낌의 분노와 물끄러미 대면하다가... 잠이 들고는
했다. 스르르 잠이 들기 전이면 옆자리에 누운 사촌동생으로부터
종종 뜻밖의 질문을 받고는 했다. 형, 서울은 어때요? 말하자면 늘
그런 식의 질문이었다. 좋아. 나의 대답도 언제나 그런 식이었다.

  학원에는 예쁜 누나들 많나요?
  그럼.

  좀더 강릉에 머물기로 한 어머니를 두고 나는 혼자 서울로 올라
왔다. 강릉을 떠나던 날 아침, 나는 밥을 먹다가 갑자기 폭발이라
도 한 것처럼 어머니를 향해 말을 쏟아놓았다. 매우 이상한 일이
었다. 말을 하면서도 스스로를 이해할 수 없었고, 말을 마칠 때까
지도 어머니를 쳐다보지 않았다. 다 내 잘못이다, 모든 게 미안하
다, 힘들더라도 가서 공부 열심히 해야 한다, 곧 엄마도 올라가겠
다... 아마도 그런 얘기를 어머니가 늘어놓던 중이었을 것이다. 엄
마... 하고 나는 어머니의 말을 가로막았고, 김이 모락 피어오르는
쌀밥을 내려다보며 나도 하고 싶은 얘기가 있어... 라며 또박또박
얘길 이었다. 일단 어쨌거나

  죽지 마.

죽은 왕녀를 위한 파반느

죽고 싶다는 건 알겠지만, 그래도 부탁이야. 난 잘 모르겠어. 애당초 늘 엄마와 나 둘이서 살아온 기분이고... 그래서 특별히 아버지가 사라졌다, 그런 기분도 들지 않아. 그냥... 나로선 그래. 아버지 따위 사라지면 어때. 그러니까 내가 느낀 상실감은... 실은 아버지에 대한 게 아니었던 것 같아. 내가 알던 엄마... 예전의 엄마를 이제 다시는 볼 수 없겠구나, 실은 그게 괴로웠던 거야.

시간이 흐를수록 더 분명해진 느낌이야. 나... 예전의 엄마가 너무 좋았어. 하지만 그때로 돌아가 달라고는 말 못하겠어. 그런 일을 당하고 어느 누가 예전처럼 살 수 있겠어. 그래도 죽지는 마. 그것만 빼곤 나 다 괜찮아. 설령 어떻게 변한다 해도 달라진 엄마를 좋아하면 되는 거잖아. 그러니까 그냥 이대로 있어주기만 하면 돼.

정말 부탁이야. 난 그걸로 족해. 하지만 나 때문에 살아야겠다고는 생각하지 마. 그건 싫어. 왜냐면 나... 지금의 나 자신이 아버지가 싸지르고 간 똥처럼 느껴져. 나만 사라져준다면... 그런 생각을 그래서 나도 자꾸만 하게 되는 게 사실이야. 하지만 나도 사라지진 않을 거야. 엄마를 위해서가 아니라... 나 자신을 위한 거야. 강릉이 좋으면 여기서 살아. 짐을 옮기면 되잖아. 내가 한 번씩 왔다 가도 되는 거고, 그러니까... 내 뒷바라지를 위해 뭐든 하리라, 그런 생각은 말아줬으면 해. 이제부터라도 부디 좀 이기적으로 살아. 산다는 게 어차피 이기적인 거잖아. 이렇게 생선을 잡아먹거나... 또 어쨌거나 누군가로부터 다른 뭔가를 빼앗아서 말이야.

그러니 나 다시는 엄마한테 의지하고 싶지 않아. 의지했던 건 아버지만으로 족해. 나... 그냥 뭐든 알아서 하고 싶어. 사람들이 신경을 써줄수록 똥은 불편해. 똥의 입장이란 그런 거야. 내버려 두면 나는 알아서 거름이 될 거고, 또 엄마를 계속 좋아할 거야. 밥이나 차려주고 빨래를 해주고... 또 우두커니 앉아 있을 엄마를 보고 싶지 않아. 나를 볼 때마다 아버지를 떠올리게 될 엄마도 싫어. 엄마는 시녀가 아니라 엄마니까, 아버지에겐 시녀였을지 몰라도 나에겐 엄마니까... 그래서 그래. 잘 모르겠어, 모르겠지만... 그게 내가 원하는 거야. 그리고 엄마... 사랑해. 한 번도 말한 적 없었지만 오래전의 아버지도 분명 엄마를 사랑했었어. 어렸을 때 아버지랑 나랑 집에서 시간을 보내던 때 말이야... 그때 얼마나 엄마 얘기를 많이 했는지 몰라. 그런 기억이 없었다면 나 결코 아버지를 용서할 수 없을 거야. 그래도 그때 엄마를 사랑해 줬으니까. 그런 아버지였으니까... 그러니까 그 얘기를 꼭 해주고 싶었어.

　햇살이 쏟아지던 아침상과... 내 앞에 놓여 있던 한 그릇의 쌀밥이 떠오른다. 눈물을 흘리던 어머니와, 당황한 표정이 역력하던 이모... 또 묵묵히 수저를 집어 들던 내 모습이 생각난다. 이모의 집을 나와서도 내내 말씀이 없던 어머니와, 분주히 택시를 부르던 이모의 모습도 떠오른다. 택시의 창을 열고 푹 쉬다 천천히 올라오라던 나의 외침도... 멀어져가던 바다와... 솔숲의 그림자도 어렴풋이 떠오른다. 역에 도착해 홀로 기차에 오를 때까지도 나는 스스로의 말과, 행동에 대해 스스로가 놀라고 있었다. 한 번도 생각지 않은 말을 그렇게 술술 정색을 하고 쏟아낸 자신이 의심스러웠다. 덜컹이던 기차의 흔들림을 느끼며... 어쩌면 이것도 아버지가 남기고 간 재능이 아닐까, 나는 좌절했었다. 눌변인 어머니를 생각하면 더더욱 그랬고, 또 어쩌면... 어릴 때 보던 영화의 장면, 그 속의 대사들... 그런 것들이 남아 나의 일부를 이루고 있는 것은 아닐까 생각도 들었다. 아빠 저거 진짜야?

가짜야. 아버지는 참 열심히 극장을 찾았었다. 대개 사람이 별로 없는 이른 아침의 극장이었고, 또 언제나 내 손을 잡고서였다. 영화를 이해할 수 없는, 그러나 집에 두고 올 수 없는 어린 아들을 앉히고... 그는 자신만의 딴 세상 속으로 아버지가 아닌 딴 사람처럼 스며들곤 했었다. 술술 대사를 읊고 술술 사랑을 노래하던 은막의 스타들이 떠오른다. 마치 땅의 인간이 아닌 것 같던 금발의 여우(女優)들과... 그런 그녀들을 넋을 잃고 바라보던 아버지의 옆모습도 떠오른다. 그때의, 황홀에 잠겨 있던 눈빛을 떠올리며... 나는 흔들리는 기차의 진동에 몸을 맡긴 채 아버지를 생각했었다. 한 치의 흔들림 없이, 아버지는 끝끝내

아름다운 것만을 사랑한 인간이었다.

짧은 장마가 지나간 빈 집은 뭔가 모르게 버려진 여자의 냄새 같은 것을 풍기고 있었다. 짐을 풀고 나는 말없이 집안 곳곳을 청소하기 시작했다. 안방과 마루를... 그리고 내 방을 쓸고 닦은 후 멍하니 드러누워 음악을 듣기 시작했다. 어느새 봄의 대부분이 지

나가 있었다. 그리고 나는, 어른이 된 기분이었다. 끊어진 듯 이어진 실처럼

그래도 남아 있는 희미한 냄새에 나는 자꾸만 신경이 쓰였다. 부엌을 뒤지고... 비좁은 뒷마당을 확인하고... 결국 화장실의 욕조 근처에서 희미한 냄새의 원인을 찾아낼 수 있었다. 몇 덩이의 작은 똥이었다. 열려 있는 쪽창과 근처의 흔적을 통해 나는 어렵지 않게 똥의 주인을 짐작해 낼 수 있었다. 그것은 버려진 고양이였다.

그 자리에 계속 음식을 가져다 놓고 음식이 사라져도 별다른 신경을 쓰지 않았다. 열려진 화장실의 문 안쪽에서 기웃, 머리를 내밀고 있는 작은 고양이를 볼 수도 있었다. 서로의 눈이 마주쳤지만 그대로 내버려두었다. 마루 위를 걷고 있는 작은 발소리를 들을 때도 있었다. 좋을 대로, 고개를 끄덕이며 나는 문법책을 들여다볼 뿐이었다. 매우 이상한 일이긴 했지만, 그렇게 해서 고양이와 나는 친구가 되었다. 건성으로 나가던 학원을 끊은 것은 그 무렵이었다.

그 봄의 마지막이 그래서 외로웠다고도, 외롭지 않았다고도 말할 수 없다. 미래에 대한 생각... 이를테면 진로나 그런 것을 고민하기도 했지만... 곧 귀찮아지곤 했었다. 두려운 일도 진지하게 귀찮아, 해버리면 왠지 극복했다는 느낌을 받곤 하던 나이였다. 고양이는 모든 게 귀찮아진 내 품을 파고들거나, 때로 손등을 간지

럽게 핥아주었다. 빠짐없이 나는 밥을 챙겨주었고, 아주 가끔... 우리는 화장실에서 함께 용변을 보았다.

그리고 그 사이 나는 여러 통의 전화를 받았다. 물론 어머니와는 매일 통화를 하는 편이었고, 그 외의 전화는 친구들로부터 걸려온 것이었다. 잘 지내? 대부분의 친구들이 그렇게 물었으므로 잘 지내, 라고 나는 답해 주었다. 오직 한 녀석만이 전화를 안 받던데... 무슨 일이라도 있냐? 라고 물었다. 이상하게도 그 순간 마땅한 대답이 떠오르지 않았다. 어딜 좀 다녀왔어. 어딜? 그런데 어디라고 말하긴 애매한 그런 곳이야. 그리고 친구로부터, 싱거운 놈이란 얘길 들어야 했다. 생각해 보니 인생은 과연 싱거운 것이었다.

오랜만에 친구들과 약속을 하고, 새로 생긴 커다란 호프에 모여 우리는 술을 마셨다. 이런저런 고민들을 늘어놓고는 마치 해답처럼 여기 한 잔 더요! 를 외치던 술자리였다. 넌 뭐 힘든 일 없냐? 친구 하나가 물었다. 글쎄, 나는 머리를 긁적이다가 손을 들어 술을 추가시켰다. 한 잔 더 맥주를 마시고 나면 역시나 모든 문제를 극복한 느낌이 들던 무렵이었다. 세계의 변혁이니 그런 문제를 잘도 떠들어놓고, 싱겁게도 우르르 우리 집에 몰려와 다함께 포르노를 본 기억이 난다. 늘상 비어 있던 우리 집은 친구들의 오랜, 추억의 영화관이었다.

오 전 신디라고 해요. 그나저나 몸이 참 좋으신데요. 그럼 이리로. 언제나 싱거운 줄거리를 잘도, 골똘하게 들여다보던 친구들의 뒷모습이 생각난다. 그리고 늘, 현관을 나서며 나누던 정해진 대사들도 잊혀지지 않는다. 이해가 안 된단 말이야, 저렇게 예쁜 애가 왜 저런데 나오는 걸까? 내 말이 그 말이야. 버려지듯

그리고 남게 된 나와, 고양이가 떠오른다. 그날 저녁 나는 이모의 전화를 받았고, 어머니가 많이 좋아지셨다는 얘기를 들었다. 그리고 곧, 서울로 올라갈 참이란 내용이었다. 지금은요? 주무셔. 다행이네요. 수화기를 내려놓고 바라보던 밤의, 창밖의 뜰을 잊을 수 없다. 싱겁게도

별일 없는 봄밤이었다. 그리고 그제서야, 나는 강릉을 떠나온 날 아침 내가 한 말들이며... 그 속의 진실과... 거짓들을 하나하나 헤아리기 시작했다. 그랬다. 실은 단 한 번도... 아버지는 어머니에 대해 얘기하지 않았었다. 도대체

산다는 건 뭘까? 고양이의 똥을 치우듯 내가 뱉은 거짓말들을 머릿속에 추스르며... 인간은 결코 진실만으론 살아갈 수 없다는 생각을, 나는 했었다. 갑자기 글을 써보고 싶다는 충동이 든 것은 그때가 처음이었다. 그해의 봄은 그렇게 끝이 났다는 생각이다. 외로웠다고도, 외롭지 않았다고도 말할 수 없는 봄이었지만... 그래도 조금은

아주 조금은
외로웠던 봄이었다고 지금의 나는 생각한다.

내가 처음 당신의 얼굴을 보았을 때

그해의 여름이 끝날 때까지 나는 두 편의 짧은 소설을 완성했
다. 이상하리만치 태풍이 끊이지 않던 여름이었고, 해서 바람과...
천둥이 뒤흔드는 어둑한 방안에서 여러 장의 메모지를 이어 붙이
듯 글을 써내려간 기억이 생생하다. 어머니가 계시는 동안엔 전철
에서 글을 썼다. 학원 다녀올게, 하고 집을 나와선 2호선을 타고
순환을 계속하는 것이다. 빈자리가 많은 오전의 2호선은 그런대
로 훌륭한 작업실이 되어주었다. 흔들리는 전철에 앉아, 그리고
가끔

학교를 다니지도 학원을 다니지도 않던 무렵의 처지를 고민했
었다. 물론 진지하게, 하여 뭔가 극복된 느낌이 들 때까지 마냥 창
밖을 바라보곤 한 것이다. 그렇다고 열심히 제대로 된 소설을 쓴
것도 아니었다. 학원을 다니는 것만으로 뭔가 하고 있다 착각을

하는 것과 마찬가지로... 학원까지 그만두고 글을 쓴다는 착각으로 실은 멍하니 무의미한 생활을 되풀이했다는 생각이다. 어떻게든 되겠지... 그리고 어떻게든, 열아홉 살의 시간은 그런 식으로 흘러가고 있었다.

첫 소설은 불행한 과거에 얽매인 채 북극을 방황하는 남자에 관한 이야기였다. 열심히 지구의를 그려가며 친구에게 설명을 늘어놓기도 했다. 그래서 매일 이 남자는 배를 몰고 나가는 거야. 얼음을 깨고 노를 저어 북극해 복판의 극점(極點)까지... 그리고 하루 종일 원을 돌며 날짜변경선을 거꾸로 넘는 거야. 하루 종일? 하루 종일. 그럴 리가 있나 라는 친구의 표정 앞에서 괜한 부아가 치밀던 기억도 떠오른다. 하지만 남자에겐 그 행위가 무엇보다 중요한 거야. 이를테면 고행과 같은 거지. 자신에 대한 속죄... 또 자신이 배신한...

밥은 어떻게 해결하고? 그런 건 중요하지 않다고 생각했지만, 친구는 거듭 소설의 치명적인 결함들을 지적했다. 우선 섹스 씬이 없잖아. 나라면 섹스 씬이 없는 소설을 돈을 주고 사보거나 하진 않아. 정 여자가 없다면 북극곰이라도 겁탈하든가. 그리고 뭐랄까, 드라마가 없다는 생각이야. 드라마라니? 말하자면 뭔가 극(劇)적인거지. 이를테면 차라리 노를 젓다가 말이야, 커다란 고래를 만나는 거야. 또 이왕이면 흰 고래가 좋겠지. 며칠이고 생사를 건 사투 끝에 남자는 결국 고래를 잡아. 워낙 큰 고래여서 밧줄로 묶는 것 외엔 달리 다른 수를 찾을 수 없었지. 있는 힘을 다해 노를 저었지만 달려드는 고등어 떼를 뿌리치기엔 역부족이었어...
결국 앙상한 뼈만 건진 채 고향으로 돌아오는 거야. 드라마가 있
다는 건 바로 그런 거지.

다른 한 편의 줄거리는 기억도 나지 않는다. 역시나 섹스 씬도,
드라마도 없는 소설이었다. 줄거리가 기억나지 않는 소설처럼 그
해의 여름도 짧고 덧없는 것이었다. 어머니는 강릉과 서울을 계속
해서 오갔고, 그런 대로 천천히 스스로의 삶을 정비하기 시작했
다. 이모 집 근처의 식당 하나를 계약하고 그곳에서 자매가 함께
횟집을 시작할 계획을 세웠다. 고심 끝에 내린 결정이었고, 아마
도 어쩔 수 없는 선택이었을 것이다. 너한테 너무 미안하다, 그리
고 더는 말씀을 잇지 못하셨지만 나로선 더없이 반가운 결정이었
다. 결국 나 혼자 서울에 남기로, 또 다달이 어머니가 약간의 생활
비를 부쳐주기로 얘기가 되었다. 이런저런 현안을 매듭지은 후 우
리는 비로소 남아 있는 짐들을 정리하기 시작했다. 아버지의 짐이
었다.

우선 잡동사니며, 가구며 그런 것들을 고물상을 불러 처분했다.
수십 벌의 무대복은 수선집에, 두 개의 전신거울은 유리점에 갖다
주었다. 마당에 작은 구덩이를 판 다음, 그래도 자차분히 남은 것
들을 모아 태우기 시작했다. 태풍이 지나간 직후여서 불꽃이며 연
기가 더 선명한 오후였다. 작은 거품이 일다 이내 녹아드는 사진
들과... 양말이며 구두... 그런 사소한 것들을 바라보며 나는 기억
속의 아버지를 완전히 떠나보내는 기분이었다. 이것이 화형(火刑)

이 아닌 화장(火葬)이기를, 검은 한 줄의 연기를 바라보며 나는 말 없이 빌고 또 빌었다. 모든 걸

　지웠다고 생각했지만, 실은 두 가지가 남아 있었다. 하나는 낡은, 아버지의 흑백사진인데 훗날 어머니의 경대를 뒤지다 우연히 찾게 되었다. 횟집을 연 지 얼마 되지 않아 강릉에 내려갔을 때였고, 주방과 연결된 살림방에서 잠시 낮잠을 자고 일어난 오후였다. 물 한 잔을 마시고 우두커니 앉아 있다 나는 불현듯 어머니의 경대를 뒤지기 시작했다. 벽 너머로 분주히 일하는 소리가 들려왔으므로 뭔가를 뒤지기엔 더없이 좋은 시간이었다. 정말 괜찮은 걸까?

　조금이라도 내면을 짐작하고픈 마음이었다. 이를테면 새로 산 랑콤 세트를 경대 위에 올려놓은 여자라면 결코 자살 같은 걸 할 리 없겠지... 그런 생각이었다. 애당초 화장품과는 거리가 먼 양반이라 서랍이며 작은 함 따위를 뒤지기 시작했다. 별다른 물건을 찾은 것은 아니지만, 서랍 깊은 곳에 숨겨진 한 장의 사진을 볼 수 있었다. 아버지의 사진이었다.

　젊은 아버지의 얼굴 앞에서 특별한 감정을 느낀 것은 아니었다. 다만 누군가를 사랑해 온 인간의 마음은 오래 신은 운동화의 속처럼 닳고 해진 것이구나, 생각이 들었다. 세상의 어떤 빨래로도 그것을 완전히 되돌리진 못한다... 변형되고, 흔적이 남은 채로... 그저 볕을 쬐거나 습기를 피해야만 한다고 나는 생각했었다. 다 태워버려요 엄마. 그런 말을 내뱉은 나 자신이 조금은 원망스럽기도

했다. 몇 번 신지 않은 운동화 같은 얼굴을 서랍 깊이 파묻은 채, 나는 말없이 한숨을 내쉬었다. 다시 닫을 때의 서랍은 이상할 정도로 삐걱이고, 무거운 것이었다.

　다 가져가요 아저씨. 한 장의 LP는 내 손으로 직접 남긴 것이다. 고물상의 리어카에 이런저런 짐들을 옮겨 나르던 때였다. 부려 놓은 수십 장의 LP 중에서 머뭇, 한 장을 집어드는 어머니의 모습을 볼 수 있었다. 좋아하는 판이야? 아니, 아니라며 다시 내려놓는 어머니의 손에서 별 생각 없이 빼앗아 챙겨둔 것이었다. 아무렇게나… 책장의 어딘가에 꽂아둔 판을 꺼내 들은 것도 한참의 시간이 지나서였다. 최신(最新) 허리우드 영화음악 — 이란 표제와 달리 마치 200년 전의 판소리, 같은 느낌의 70년대 음악들이 앨범의 전부를 빼곡히 채운 판이었다. 다행히 단 한 사람, 내가 아는 가수의 이름이 있었다. 로버타 플랙*이었다. 당신의 얼굴을 처음 보았을 때(The First Time Ever I Saw Your Face)를 들은 것은 그래서였다.

　　당신의 얼굴을 처음 보았을 때
　　그 눈 속에서 떠오르는 해를 볼 수 있었어요
　　달과 별은 모두 당신이 제게 준 선물이었죠
　　이 어둡고 텅 빈 하늘에서, 내 사랑

---

* 80년대 중반 로버타 플랙이 피보 브라이슨과 함께 부른 〈Tonight I Celebrate My Love〉가 크게 히트했었다. 70년대의 커팅앨범 속에서 화자가 로버타 플랙을 알아본 것은 그 때문이다.

처음 당신의 얼굴을 보았을 때 말이에요
당신의 얼굴을...

더없이 잔잔하고 아름다운 노래를 들으며 나는 아버지와, 그런 아버지를 바라보는 젊은 어머니의 얼굴을 떠올릴 수 있었다. 그리고 왜, 어머니는 아버지의 전부를 지울 수 없었는지... 또 어머니의 하늘이 이제 얼마나 어둡고 텅 빈 것인지를 어렴풋이 짐작할 수 있었다. 누군가의 선물처럼 달과 별이 선명한 밤이었지만, 어쩐지 마음이 편치 않은 쓸쓸한 밤이었다.

첫눈에... 반한다. 어쩐지 그것은 아버지의 가치관과도 상통하는 부분이 있었다. 싸움은 선빵으로 끝나는 거야, 바로 기선 제압이지! 어린 나를 붙잡아놓고 열변을 토하던 아버지의 눈빛도 떠오른다. 기습을 할 때의 선빵, 정식으로 마주 선 상태에서의 선빵, 경험이 없는 놈에게 먹이는 선빵, 꽤나 싸움을 해본 놈에게 통하는 선빵, 키가 크거나 힘이 센 놈에게 유효한 선빵, 재빠른 놈에게 먹히는 선빵... 등을 참으로 진지하게 시범까지 보이며 가르치곤 했었다. 확실히 남다른 아버지였다기보다는, 아는 게 그것뿐인 아버지였다는 생각이다. 시시하긴 해도

그때 익힌 몇 가지 기술만으로도 어린 시절 꽤나 싸움을 한다는 얘길 들었던 게 사실이다. 대부분의 상대에게 그것은 절대적으로 통하는 기술이었다. 의지를 꺾였거나, 잠시 숨을 못 쉬게 된 상대는 즉시 이어질 다른 공격에 속수무책으로 무너지곤 했었다. 실전

엔 무예고 뭐고 없어, 비겁하니 어쩌니 해도 그게 싸움이야. 돌이
켜보면 그것이

아버지가 취해온 삶의 자세였다는 생각이다. 마치 선빵이라도
맞은 사람 같군, 다시 한 번 가사를 음미하며 나는 고개를 끄덕였
었다. 선빵을 맞아보면 확실히 알 수 있다. 떠오르는 달과 별이 주
먹이 주는 선물임을... 그리고 어떤, 방어도 할 수 없다는 사실
을... 특히 눈을 맞으면 그랬다. 말하자면 눈을 통해, 아버지를 처
음 본 순간의 어머니도 그런 상태였을 거라 나는 짐작해 보았다.
알겠니? 아버지는 얘기했다. 절대 단련할 수 없는 급소가 몇 군데
있어. 그중 하나가 눈이야! 그중 하나가

눈이라고, 음악이 끝날 무렵 나는 다시 중얼거렸다. 이것은 너
무나 불공평한 시합이다. 첫눈에 누군가의 노예가 되고, 첫인상으
로 대부분의 시합을 승리로 이끌 수 있다. 외모에 관한 한, 그리고
누구도 자신을 방어하거나 지킬 수 없다. 선빵을 날리는 인간은
태어날 때 정해져 있고, 그 외의 인간에겐 기회가 없다. 어떤 비겁
한 싸움보다도 이것은 불공평하다고 나는 생각했었다.

이상한 일이었다. 그리고 그 후, 나는 잡지에서 오린 여배우의
사진 같은 걸 놓고 절대 자위를 하지 않는 인간이 되었다. 아름다
운 게 싫어서가 아니라 바로 그런, 우두커니 선빵을 맞는 기분이
더러워서였다. 당신의 얼굴을 처음 보았을 때... 그래서 뭐 어쩌라
구요, 노래라도 부르는 기분으로 고양이의 머리를 쓰다듬곤 했었

다. 강릉으로 어머니의 짐을 옮기고 나자 그야말로 집에는 나와 고양이 둘뿐이었다. 비라도 오는 날이면, 우리는 나란히 마루에 앉아 지구에 남은 마지막 생명체처럼 모든 것이 사라진 창밖을 바라보곤 했었다. 서로에게 그다지 신경을 쓰지 않는 점이, 또 첫눈에 반하지 않았다는 사실이 나는 무엇보다 편하고 좋았다. 정말이지

끊임없이 비가 내리던 여름이었다. 후덥지근하면서도 축축하고... 반팔을 입으면 서늘한데 긴팔을 입으면 땀이 차는... 그래서 여름도 가을도 아닌 이상한 계절을 맞이한 기분이었다. 모쪼록 내 마음도 그런 계절을 닮아 있었다. 화가 났다고는 할 수 없지만 화를 풀었다고도 말할 수 없고, 우울하다고는 할 수 없지만 결코 기쁘다고도 말할 수 없는 기분이었다. 왜 사는 걸까? 손등을 핥아대는 고양이를 바라보며 문득 상념에 빠져들던 여름이었다. 그리고 모든 것이

시시하게만 여겨지는

여름이었다. 그, 여름의 어느 날 아버지는 결혼식을 올렸다. 가만히 둘 수 없다, 너랑 나 둘이서라도 가서 뒤집어놓자... 이모의 전화를 받고 그 사실을 알게 되었다. 어떻게 아셨어요? 신문에 다 났더라고, 말도 마라... 나는 이모의 말을 끝까지 들어주었고, 또 박또박 관심 없어요 라는 대답을 이모에게 들려주었다. 모자가 어쩜 이리 똑같냐, 넌 화도 안 나느냐... 이모는 분통을 터트렸지만 갑자기 그 모두가 시시하게만 느껴졌었다.

눈앞의 얼굴에 넘어간 인간도
눈앞의 실리를 좇은 인간도
그런 인간의 눈앞에서
화풀이를 해야 하는 인간도

모두가 시시하고 시시하다는 생각이 든 것이었다. 딸각, 수화기를 내려놓고는 밤늦도록 소설을 끼적였다는 생각이다. 잊고 있던 소설의 줄거리가 이제서야 어렴풋이 머릿속에 떠오른다. 아마도 기억상실증에 걸린 한 남자의 이야기였을 것이다. 또 뭐야? 친구의 목소리에는 짜증이 섞여 있었다. 한번 읽어봐, 지난번처럼 북극을 헤매고 그런 건 아니니까. 말하자면 기억을 잃어버린 채 평생을 살아온 남자의 이야기야. 기억을 잃어버린 인간이라... 맥주를 기울이다 말고 친구는 힐끔 나를 쳐다보았다. 그런 사람이 한둘은 아니잖아.

물론, 하고 내가 말했다. 기억이 사라진 점을 제외하고는 비교적 무난한 삶을 살아온 양반이지. 열심히 일을 하고 결혼도 하고... 했던 거야. 갑자기 기억이 돌아온 것은 임종을 눈앞에 둔 시점이었어. 무난한 아내와 역시나 무난하다 말할 수 있는 자식들이 지켜보는 가운데 그는 비로소 자신이 누구인지를 알게 된 거야. 누구였는데? 그는 이 세계를 구하려 내려온 메시아였어.

메시아!

하고 친구는 입을 허 벌린 채 앉아 있었다. 어쨌거나 읽어는 볼게. 원고를 건네주고 또 이런저런 조언들을 들어야 했다. 국문과를 다닌다는 사실만으로 나는 꽤나 녀석의 조언에 귀를 기울였다는 생각이다. 아무래도 말이야, 하고 친구는 중얼거렸다. 너에겐 일종의 강박이 있는 게 아닌가 싶어. 강박이라니? 지난번엔 과거에 병적으로 집착하는 남자... 또 이번엔 과거를 깡그리 잊어버린 남자... 이게 실은 비슷한 거거든. 그러니까, 하고 고개를 갸웃거린 녀석이 입술에 묻은 거품을 훔치며 진지하게 물어보았다. 너 무슨 안 좋은 일 있냐?

그런 건 아니라고

나는 답했다. 그리 멀지 않은 어느 장소에서... 아마도 결혼식이 진행되고 있을 토요일의 이른, 오후였다. 그거 알아? 드라마가 있고 없고를 떠나서 말이야, 강박을 가진 인간이 쓴 글은 읽는 사람을 불쾌하게 해. 뭐, 니가 쓴 글이 그렇다는 건 아니지만 말이야. 뭔가 억울한 기분이 들기도 했지만 감정을 접은 채 나는 물어보았다. 그럼 어떤 걸 써야 하지? 어떤 걸이라니, 뷰티풀 걸(Girl) 같은 걸 써야지. 빈 잔 가득 맥주를 따라주며 친구가 말했다.

그러니까 좋은 걸 쓰란 얘기야. 인간도 소설도 좋은 게 좋은 거니까. 좋은 건... 좋은 걸까? 하고 나는 친구를 향해 되물었다. 그리고... 왜 좋은 걸까? 바보, 하고 녀석이 말했다. 그건 이유가 없어. 좋다는 건 말이야... 말하자면 소피 마르소와 같은 거야. 그냥 좋잖아. 이를테면 기억을 상실한 남자 말고도 다른 좋은 게 얼마든지 있다는 얘기야. 그냥 한눈에 누가 봐도 좋은 것... 그런 게 좋은 거지. 말도 마, 어제는 2미터를 날아갔다니까. 2미터라니? 정확하게는 2미터 11센치! 기록이야. 뭐가? 뭐긴 나의 소중한 정액이지. 소피마르소의 도톰한 입술을 보며... 그런 걸 자로 재기도 하냐? 음... 뭐랄까, 나 자신도 좀 놀랬었거든. 그런데... 알까? 뭘?

소피 마르소가 그런 사실을 알겠냐는 거지. 게다가 어쩐지 좀 비참하다는 생각마저 드는 걸. 뭐 어때, 하고 놈은 안주를 집으며 말을 이었다. 아무튼 그래서 〈좋은 걸〉 쓰란 얘기야. 소피 마르소가 읽어도 좋아할 수밖에 없는 거... 그리고 줄줄이 무슨무슨 이론에 대해 녀석은 열변을 토하기 시작했다. 무더운 날이었으므로

어쨌거나 고맙다는 말 외엔 달리 할 말이 없었다. 돌이켜보면 세상의 시소도 이미 기울어진 지 오래였다. 〈좋은 것〉이 〈옳은 것〉을 이기기 시작한 시대였고, 좋은 것이어야만 옳은 것이 되는 시절이었다. 누구에게나 마찬가지였다. 학력에서, 경제력에서... 또 외모에서... 한눈에, 또 첫눈에 대부분의 승부가 판가름 나는 세상이었다. 눈에 띄고 싶어요... 어때, 이래도 안 좋아요? 한껏 가슴을 내민 캘린더 걸을 바라보며 마셔, 하고 나는 친구의 잔을 채워주었다. 그런데 학원은 계속 다니지 그래, 너 정말 대학 안 갈 거냐? 친구가 물었다. 확실한 결정을 내린 것도 아니면서 안 갈 거야, 확실하게 나는 친구에게 답해 주었다. 으음, 하는 표정으로 턱을 괴

더니 그럼 말이야, 하고 녀석이 물어보았다. 너 혹시 아르바이트 할 생각 없나?

아르바이트는 당시로선 상당히 낯선 개념의 일자리였다. 한 직장에 뼈를 묻거나, 누구나 변절자가 되는 기분으로 겨우 이직을 결심하던 시대였다. 천직까지는 아니어도 말하자면 모두가 정규직으로 세상을 살던 시절이었고, 또 그만큼 〈사람〉이란 명분이 남아 있던 세상이었다. 일하고 싶을 때 일하고 일한 만큼만 버는 거야, 벌이도 짭짤해. 방학도 끝나고 해서 곧 관둬야 하는데 자꾸 후임을 박아놓고 가라지 뭐야. 무슨 일인데? 백화점 주차 아르바이트야. 무지 쉬워, 차가 들어오면 빈자리로 안내하고... 뭐, 그게 전부야. 시간으로 계산해 일주일 치를 몰아 정산하거든. 목돈이 생기는 기분이지. 어때?

글쎄, 하고 나는 남은 맥주를 마저 비웠다. 일주일 정도 남았으니 천천히 생각해 봐, 좋은 게 좋은 거니까. 좋은 건 좋은 거니까... 하고 나도 속으로 중얼거렸다. 일주일을 중얼거려도 좋을 만큼, 분명 좋은 일이었다고 지금의 나는 생각한다.

그러나 실은, 까맣게 그 일을 잊고 있었다. 아니, 그보다는 이상할 정도로 무기력한 일주일을 보냈다는 생각이다. 아무 생각 없이 누워 몇 시간씩 천장을 바라보거나... 그런, 내 배를 타고 넘던 고양이와... 마루에서 우산인지 뭔지를 넘어뜨리던 고양이와... 해서 투다닥 소리를 내던 고양이와... 다시 돌아와... 내 배 위에 말없이 웅크린 고양이와, 잠이 들기도 했다. 돌아가는 선풍기의 프로펠러를 하염없이 쳐다보거나... 쌓여 있던 라면 봉지며, 하물며 그런 것들과... 주변을 서성이는 파리마저도 주의 깊게 들여다보던 무료한 나날이었다. 그리고

아, 내일은 냉면이나 먹을까... 하지만 남아 있던 선명한 밤과, 그래도 남아 있을 막연한 앞날... 무심코 이리저리 돌리던 채널이며, 읽지도 않은 채 술술 넘기고는 다시 앞으로 되돌리던 소설책의 페이지와... 어느새 식어 있는 커피... 그리고 네가 쓴 소설 지금 막 다 읽었어, 친구의 전화와... 이런저런 얘기 끝에 그런데 뭐랄까, 재능이 없다는 생각이야... 그런 심한 말과, 뭐 그런 말을 듣고도 아무렇지 않은 기분으로 샤워를 하곤 한 것이다. 그리고 아마도

그 주의 주말이었을 것이다. 멍하니, 수재지역을 특집으로 다룬 뉴스속보를 보다가 나는 알게 되었다. 내가 상처 받았음을... 바로 내가, 상처 받은 인간임을 알 수 있었다. 이상한 일이었다. 그래도 아무렇지 않았고, 그러면서도 아무것도 할 수 없었다. 나는 끝까지 뉴스를 보았고... 이어진 주말의 명화를 보았으며... 문득 정신을 차리고 보니... 치지직 치지지직 하는 점선(點線)의 화면을 말없이 바라보고 있었다. 잠깐 마을을 떠났다 돌아온 수재민처럼 나는 우두커니 등을 기댄 채 앉아 있었다. 잡음의 소나기가 끝없이 고막에 고여드는 느낌이었고, 다음 방송은 새벽 6:00란 자막만이 그 순간 내게 허락된 이 세계의 유일한 언어였다. 그리고 나는

울고 있었다.

끝없이 깊고 아득한 잠을 깨운 것은 친구의 전화였다. 그래, 그때 말한 거 있잖아. 응, 아르바이트... 생각 좀 해봤니? 나는 잠시 꿈같은 걸 꾸는 기분이었고 잠깐만... 냉장고에서 한 잔의 물을 꺼내 마신 후 해볼까... 싶어, 라고 말해 주었다. 그래? 라며 반기던 친구의 목소리가 지금도 생각난다. 그건 그렇고 말이야... 그저께 재능이 없다고 얘기한 거, 그거 사과할게. 생각해 보니 좀 심한 말을 한 거 같아서 말이야... 뭐랄까, 꼭 재능이 있어서 포르노를 찍는 건 아니지 않나 그런 생각도 들더라고... 즉 벗겠다는 의지, 그런 게 실은 중요한 게 아닌가 싶기도 하고... 뭐 소설도 마찬가지 아니겠냐? 고마워, 하고 나는 나체로 앉아 글을 쓰는 소설가처럼 중얼거렸다. 그럼 어떻게 해야 하지? 내가 물었다. 수요일 날 아홉 시까지 백화점으로 나와, 정문에서 만나자.

수요일 아홉 시, 하고 나는 수첩을 꺼내 메모를 했다. 간만의 메모였다. 전화를 끊고 나서도 나는 한동안 멍하니 앉아 있었다. 주변을 서성이는 고양이의 기척이 인기척인 듯 크게 느껴지던 고요한 오후였다. 베개를 적신 땀이거나... 어쩌면 눈물 같기도 한 작은 얼룩을 바라보며, 나는 안장에 앉아 말없이 자신의 영혼을 기다린... 그리고 비로소 합쳐진

한 사람의 인디언이 된 듯한 기분이었다.

수요일의 백화점 앞은 한산했다. 그리고... 친구의 모습은 보이지 않았다. 5분이 지나고, 10분이 지나도 녀석은 나타나지 않았다. 뒤뚱거리며 모이를 쫓는 비둘기들을 바라보다 나는 생각났다는 듯 시계를 확인하곤 했었다. 휴대폰이 없던 시절의 약속이란 대개가 그런 것이었다. 미안 늦었지? 녀석이 나타난 것은 30분, 정도가 지나서였다. 장난 치냐? 미안 미안, 그럴 일이 있었다니까. 일단 저기 가서 커피나 한잔 마시자. 어느새 정문 앞엔 살찐 비둘기 같은 아줌마들이 개장을 기다리며 줄을 서고 있었다. 오늘부터 여름 정리 大바겐세일이거든... 지루한 한 편의 드라마를 지켜보듯 미간을 잔뜩 찌푸린 녀석이 한숨을 쉬며 중얼거렸다.

난 어제부로 일이 끝났거든. 정산할 게 있어 오자마자 사무실에 들렀는데 그만 주임한테 붙들렸지 뭐냐. 아무튼 지금은 바쁘니까 점심시간에 오라 그러더라구. 점심시간? 그럼 뭐 하러 아침에 보자고 한 거야? 그저께는 분명 그랬거든, 아침에 오라고... 원래 좀 그런 인간이야. 뭐 바겐세일 첫날이니까 어쩔 수 없기도 하고... 왠지 불쾌한 마음을 지울 수 없었지만 커피를 마시며 호흡을 가다듬었다. 드디어 개장을 시작했는지 폭동이라도 일으킬 듯 문을 밀고 들어가는 아줌마들을 볼 수 있었다. 뭐, 뭐냐? 세일 첫날은 원래 저래. 선착순 판매가 많거든. 순간 이 일이

결코 쉽지 않으리란 예감이 들었다. 어쩐지 불길한데. 뭐가? 일 말이야. 여기 일이란 게 그래, 그래도 막상 해보면 또 쉽게 요령이

생길걸. 특히 아르바이트는 주임 소관이라... 그런데 주임 그 자식, 하며 놈은 주임에 대한 얘기를 늘어놓기 시작했다. 모르긴 해도 확실히 드라마가 있는 인물이었다. 말단 경비였던 사람이 일약 주임의 자리에 오른 것은 폭탄 때문이었다고 했다. 폭탄이라고? 나도 들은 얘긴데 작년인가 협박전화가 있었대. 백화점에 폭탄을 설치했다고... 해서 난리가 났는데 주임이 여자화장실 변기 뒤에 숨겨진 폭탄을 찾아낸 거야. 찾았다! 하고 그걸 들고 나와선 그 자리에서 전선을 다 뜯어버렸다는군, 나 참.

그거 위험한 짓 아니냐? 무식한 짓이지. 그러다 터지기라도 했음 어쩔 뻔했어. 그런데 결과가 좋으면 다 좋다고 여기저기 매스컴도 타고 일약 특진을 한 거래. 나중에 범인이 잡혔는데 영 정신도 어수선한 놈이고 폭탄 자체가 말도 안 되는 물건이었다 하더라고. 운이 좋은 사람이네, 내가 중얼거렸다. 운이 좋았지, 친구도 고개를 끄덕였다. 어쨌거나 주임한테만 잘 보이면 그래서 만사가 편해. 당연 눈 밖에 나면 골치 아프지... 그것만 명심해.

미리 점심을 먹고 우리는 함께 사무실을 찾아갔다. 1층과 지하 주차장의 중간 쯤, 통로에서 이어진 묘한 위치에 사무실이 있었다. 커다란 철문 앞에 〈방제실〉이란 명판이 붙어 있었고, 미로 같은 복도를 따라 들어가자 커다란 사무실과... 역시나 커다란 의자 등받이에 머리를 기댄 주임을 볼 수 있었다. 기분이 좋을 때 글을 쓴다면 뭐 친근한 얼굴이었다, 말할 수 있는 오십 줄의 아저씨였다. 말씀 드렸던 새로 일할 친구예요. 친구의 소개가 끝나자 아,

예. 하고 주임이 손을 내밀었다. 악수를 하는 어깨 너머로 신문 기사를 스크랩한 검은 테두리의 액자를 볼 수 있었다. 〈폭탄보다 강한 직업의식〉이란 헤드라인이 그저 한눈에 들어오는 기사였다. 반갑네요, 거기 앉으세요. 인사를 나누고 곧 친구가 자릴 떴으므로 드넓은 사무실엔 주임과 나, 둘만이 남게 되었다. 그래 어느 대학 다니시고? 주임이 물었다.

재수 중입니다, 라고 답하자 이내 주임은 말을 놓기 시작했다. 그래? 아버지는 뭐하시고. 안 계십니다. 유복자(遺腹子)야? 유복자가 무슨 말인지 몰랐으므로 나는 할 수 없이 고개를 가로저었다. 음... 고개를 끄덕인 주임이 한 장의 서류를 건네주었다. 그럼 이거 작성하고, 좀 있으면 애들 올 텐데 정식으로 인사하고 일 시작해. 급료는 오후부터 바로 계산해 줄게. 알겠습니다, 하고 나는 서류를 작성하기 시작했다. 주소며 연락처며... 몇 칸 되지도 않는 빈 공간을 채우고 나니 문득 책상과, 적막한 사무실이 그렇게 넓고 공허하게 느껴질 수 없었다. 참, 혹시 운전면허증 있어? 주임이 물었다. 없습니다, 라고 답하자 음... 주임은 다시 고개를 끄덕였다. 잠시 후 출입구가 소란스러워지기 시작했다. 엇비슷한 또래의, 스무 명 가까운 아이들이 땀 냄새와 함께 우르르 사무실로 몰려들었다. 자자 제군들! 하고 주임이 손뼉을 쳤다. 오늘부터 함께 일할 새 친구야! 눈빛으로 나를 일으켜 세운 주임이 환한 얼굴로 얘기했다.

자, 인사하지?

별로, 인사를 받고 싶어하지 않는 얼굴들 앞에서 별로 인사할 생각도 없는 마음으로 몇 마디를 중얼거렸다. 안녕하세요... 잘 부탁드립니다. 그리고 나도 모르게 낯선 얼굴들을 쭉 한번 훑어보았다. 모자를 쓴 사복 차림에 〈주차〉 완장을 찬 열댓 명의 남자애들과... 원피스 형태의 유니폼을 입은 예닐곱 명의 여자애들이었다. 그리고 그녀가

그 사이에 서 있었다.

순간 몸이 얼어붙는 느낌이었다. 그 느낌을... 어떻게 설명해야 할까. 늘 시청하는 토요일의 쇼프로에서... 즉 정해진 공식처럼 아이돌과, 발라드 가수가 출연하는 무대를 보고 있는데... 카레를 먹으며 보고 있는데... 방청객들의 박수소리도 여전한데... 한결같은 MC에 늘 보던 무대인데... 어떤 예고도 없었는데... 느닷없이 요들송을 부르는 아저씨가 나와

요로레이리요 레이리요 레이요르리

하는 기분이었다. 뭐, 뭐야... 카레가 식을 때까지 망연자실 눈을 떼지 못하는 사람처럼, 나는 그녀를 바라보았다. 말하자면, 그때까지도 꽤 많은 못생긴 여자들을 봐왔지만 나는 그녀처럼 못생긴 여자를 본 적이 없었다. 세기를 대표하는 미녀를 볼 때와 하나 차이 없이, 세기를 대표하는 추녀에게도 남자를 얼어붙게 만드는

힘이 있었다. 에... 열심히 하겠습니다. 차가운 카레를 입에 머금은 듯 나는 서둘러 인사를 끝마쳤다. 자자, 얼른 식사들 하고... 신입은 요한이가 데려가서 지도를 좀 하고, 알겠지?

주임이 자릴 뜨고 나자 요한이란 사람이 다가왔다. 밥은 먹었어? 아, 예. 그럼 복장만 좀 챙겨서 나중에 지하 4층으로 와. 별관이 아니라 본관이야, 알겠지? 일부는 외출을... 일부는 도시락을, 일부는 간식으로 지급되는 빵과 우유를 먹고 있는 사무실 한켠에 나는 말없이 앉아 있었다. 이상하게도, 대각선 방향의 끝에서 도시락을 먹고 있는 그녀에게 자꾸만 눈이 갔다. 어울려 이런저런 잡담을 나누는 또래의 여직원들과 달리, 그녀는 혼자 밥을 먹고 있었다. 고개를 숙인 그녀의 젓가락질과, 볼품없는 반찬들... 쓸쓸할 정도로 창백해 보이던 흰 쌀밥을 잊을 수 없다. 누구 하나 그녀에게 말을 걸지 않았고, 누구도 그녀가 그 자리에 존재함을 인정하지 않는 분위기였다. 한 시간이 채 안 되는 짧은 시간이었지만, 나는 끊임없이 요로레이리요 레이리요레이리요레이리요레이리요 레잇두리리... 요로레이리요 우리요우레이리요우리요우레이리요 레잇두리리... 를 듣고 있는 기분이었다. 그리고 나는, 이상할 정도로 마음이 슬퍼졌다.

그날 오후의 일은 기억에 남아 있지 않다. 그야말로 정신을 차릴 수 없는 오후였고, 일을 마쳤을 무렵엔 이루 말할 수 없을 만큼 속이 쓰리기 시작했다. 파김치가 되어 집에 누워 있는데 어때, 괜찮았어? 친구의 전화가 걸려왔다. 개미지옥을 탈출한 개미 같은 놈의 목소릴 듣고 있자니 다시금 속이 쓰려오는 기분이었다. 어디, 누구랑 조야? 녀석이 물었다. 지하 4층인데... 요한이란 사람이야. 그러자 놈이 석연찮은 한숨을 내쉬었다. 왜, 아는 사람이야?

난 별관조여서 잘은 몰라, 그런데 다들 이상한 인간이라 그러던데... 이상하다니? 또라이란 소문도 있고... 원래 명문대생인데 데모를 하다 맞아서 상태가 안 좋아진 거란 말도 있고... 뭐, 전부 소문일 뿐이니까. 그나저나 별관조로 갔으면 좋았을 텐데, 거긴 여자애들도 더 예쁘고... 하긴 오늘 특별하다, 싶을 정도로 못생긴 애를 보긴 했어. 아! 누군지 알겠다, 나도 첨에 망치로 뒤통수를 맞은 것 같았다니까. 걘... 정말 너무하지. 뭐 그렇게 생각하도록 해. 원래 백화점엔 없는 게 없으니까, 그런 것도 있겠지 생각하라구. 하여간에 잘 해봐라.

기억나지 않는 오후에 비해, 통화가 끝난 뒤의 늦은 밤은 또렷이 기억에 남아 있다. 피곤한 몸인데도 이상할 정도로 오래도록 잠이 오지 않았다. 이유를 알 수 없었다. 어머니를 생각한 것도, 나 자신의 앞날을 생각한 것도 아닌데 참을 수 없을 정도로 가슴이 답답했었다. 거대하고 더러운 벌레의 배 밑에 깔린 듯 나는 어둠 속에서 몸을 뒤척였었다. 그것은

세상이란 이름의 벌레였다.

켄터키 치킨

정신없이 한 주가 지나갔었다. 또 그 사이 요한을 통해 자질구레한 일의 노하우를 배울 수도 있었다. 통로나 코너에 차 세우는 놈들 있지? 절대로 여기 대시면 안 됩니다, 라고 얘기하지 마. 고객님, 이 자리에 대시면 차를 빼실 때 굉장히 불편하실지 모릅니다. 대시면, 빼실 때, 불편하실지... 무조건 〈시〉자를 넣어주면서 제가 좋은 자리로 〈특별히〉 안내해 드리겠습니다, 라고 하는 거야. 그런 인간들은 오로지 자기 이익만 생각하거든. 그래도 차를 안 뺀다! 손님 이 자리는 코너가 좁아 다른 차가 긁고 지나갈 수도 있습니다. 저쪽 〈안전한〉 자리로 모시겠습니다, 라고 해. 자기가 손해 보는 건 죽어도 못 참는 인간들이니까. 그래도 안 뺀다! 손님 이곳은 일반고객들이 대는 곳입니다. 저쪽 〈VIP〉 코너로 모시겠습니다, 라고 하는 거야. 무식한 인간일수록 명예에 약한 거니까. 꽤나 드물지만 그래도 안 뺀다! 때리지 말고 날 불러, 알았지?

괜한 친절을 베풀지 마. 주차할 때 뒤를 봐주거나 오라이~ 이런 거 해주지 말란 말이야. 그러다 쿵 하면 너한테 변상하라고 덤비는 게 인간이야. 정 주차가 서툰 운전자면 나나 면허를 가진 근처 직원에게 부탁해. 어이~ 뒤 좀 안 봐주고 뭐해, 따지는 놈도 있지? 대개 그런 놈들은 큰 차 모는 놈들이야. 상황 봐서 최대한 조심하고... 혹시나 말이야, 그러다 쿵 했는데 고급세단이나 외제차였다! 그럼 니가 해야 할 행동을 일러줄 테니 반드시 입력해 둬. 우선 말없이 완장과 모자를 벗어던져. 그리고 뒤도 돌아보지 말고 사무실로 뛰는 거야. 주임이 있으면 기절이라도 시키고 책상 오른쪽 두 번째 서랍을 열어 신상명세서를 찾는 거야. 그걸 찢어 삼키든지 태우든지 하고 곧장 집으로 도망쳐. 그리고 다른 일자릴 알아보는 거야. 알았지?

지금과는 분명, 다른 시대였다고 생각한다. 주차문화 자체가 존재하지 않았고, 예의나 상식을 가진 인간도 드물었던 시절이다. 게다가 막 마이카 붐이 일기 시작한 무렵이라 차를 모는 대부분의 인간들에겐 일종의 〈특권 의식〉이 있었다. 파킹 존이 아닌 통로나 코너에... 혹은 문 앞에 버젓이 차를 세우고는 내 차 내가 세우는 데 왜 그러냐? 핏대를 세우는 인간이 한둘이 아니었다. 여길 막으면 다른 차들이 나갈 수 없습니다, 라고 하면 넌 뭐야? 뭐야 이 새끼야! 눈을 부리는 인간도 많았다. 누가 뭐래도 가장 강적은 모피를 두른 아줌마들이었다. 쳐다보지도, 대꾸하지도 않고 가버리는 것이다. 아, 딱 한 번 대꾸한 적이 있긴 있었다. 혹시 미국에서 살다 온 게 아닌가 싶어 Are you an American? 하고 물은 적이 있었다. 노. 한 마디 대답을 던지고 유유히 사라지던 뒷모습이 지금도 생각난다. 무엇보다 그런 아줌마들의 공통점은 더할 나위 없이 사이드를 〈튼튼하게〉 채운다 – 였다.

인간들은 참 이상해요.

뭐가 이상해? 너나 나는 돈 벌면 안 저럴 것 같애? 요한이란 사람의 말에는 어딘가 모르게 뾰족한 것이 들어 있는 느낌이었다. 그래서 늘, 할 말이 없게 만든다는 인상을 지울 수 없었다. 호리한 큰 키에 나이가 열 살은 많아 보였고 뭐랄까... 존 레논과 은행원의 중간쯤 되는 얼굴을 하고 있었다. 그리 상태가 나빠 보이진 않았는데, 그렇다고 확실히 그 사람 괜찮던걸? 할 수는 없는 부류였다. 즉... 한마디로 까다로운 인간이었다. 그와 가까워진 것도 무척 까다롭고 사소한 계기를 통해서였다. 세일이 끝나갈 무렵 잠깐 숨을 돌리며 휴식을 취할 때였다. 힘들지? 하며 다가온 그가 느닷없이 주스를 던져주었다. 모자 속의 땀을 닦고 나란히 벤치에 앉아 쪽쪽 주스를 빨아먹었다. 기어코 끝까지 빨자 팩이 찌그러지며 오그라들었는데, 정말 무심코 후 입김을 불어 풍선처럼 팩을 팽팽하게 만들었다. 그리고 휙, 휴지통에 골인을 시켰다. 느닷없이

합격, 하고 그가 말했다.

합격이라니, 하고 그를 쳐다보았다. 끝까지 쪽 빨기만 하는 놈들

은 믿을 수가 없거든, 그런 놈들은 대개 가지려고만 드는 놈들이야. 세상을 빨아먹기만 할뿐 채울 줄도, 채울 생각도 없는 놈들이지. 그런 의미에서 합격! 묵묵히 고객의 통장을 확인한 은행원 같은 얼굴로 그가 중얼거렸다. 저기... 말을 하려다, 나는 입을 닫았다. 그렇다 해도, 또 그럴 리 없다 해도... 퍼뜩 내가 관여할 일은 아니란 생각이 들어서였다. 세상은 넓다. 어딘 가엔 분명 똥을 닦는 습관만으로 사람을 판단하는 인간도 있겠지, 나는 생각했었다.

왜? 하고 그가 물었다. 존 레논을 닮은 얼굴에서 어딘가 모르게 집요한 면도 느껴졌다. 아니, 그냥 갑자기 그런 생각을 했어요. 무슨 생각? 세, 세상은 넓다... 라고. 세상은 넓다... 라, 그는 몇 번 눈을 깜박이더니 쪼오오오오옥 하고 빨대를 빨았다. 메아리가 들릴 정도로 굉장한 소리였다. 쭙쭙쭙... 쭙... 그리고 형편없이 쪼그라진 팩이 휴지통으로 들어가는 모습을 볼 수 있었다. 별, 대수롭 잖다는 얼굴로 그가 말했다. 나는 불합격!

합격하지 말걸

그랬나, 하는 생각이 그래서 들었다. 담배 필래? 어디서 구한 건지 빨간색 말보로를 내밀며 그가 물었다. 아니, 안 펴요. 내가 답했다. 세일이 끝나가는 지하 4층은 썰물이 빠지는 해변처럼 어둑하고 한적했었다. 몇 시간째 차 한 대 들어오지 않네요. 내가 묻자 평일에도 마찬가지야. 지하 3층도 널널할 정도니까... 라고 그가 답했다. 그래요? 매일 이 정도라면 여기서 입시 공부를 해도 되겠는 걸요? 그러자 풋, 그가 웃음을 터트렸다. 너 주임 책상에 깔려 있는 월간 일정표니 그런 건 안 보냐? 볼 리가... 없죠. 여름정리 세일이 끝나면 곧 가을맞이 신상품 세일이 시작돼. 그리고 바로 한가위 고향 앞으로 세일... 아듀 가을 세일... 첫눈맞이 겨울 세일... 크리스마스 감동 세일... 연말 총정리 大바겐세일... 새해 큰 절 큰 감동 바겐세일... 이런 식으로 이어지지. 그게 백화점의 공식이야.

얘길 들으며 앉아 있으니 뭐랄까, 해일이 밀려오는 해변에 앉아 수학의 정석을 들여다보는 기분이었다. 이 세계엔... 세일즈와 세일밖에 없어. 그게 바로 자본주의지. 이럴 바에야 차라리 365일 세일을 하지, 싫겠지만 그게 또 이유가 있거든. 나는 더 싸게 샀다, 내가 더 이익을 봤다는 느낌이 인간에겐 필요하기 때문이야. 그래서 사러 오는 거야. 끝없이... 쪽쪽 찌그러질 때까지 빨고 빨아야 비로소 팩을 던질 수 있는 거지. 작년 봄의 재고 정리 원피스가 내년 봄의 신상품 세일 매장에 걸려도 사가는 게 인간이야. 아마 내 양말을 빨아 진열해 둬도 포장만 잘하면 사갈걸? 으음, 하고 나는 고개를 끄덕였다. 담배 필래? 아니, 못 펴요. 아참 그랬지... 그나저나 너 손이 왜 그러냐?

아마도, 주먹에 박인 굳은살을 얘기하는 것 같았다. 너 제법 놀아본 놈 같다? 그런 게 아니라 어릴 때부터 아버지가... 간략한 설명을 하면서도, 돌이켜보니 과연 중학교를 다닐 때까지 꽤나 싸움질을 했던 기억이 떠올랐다. 그리고 어느 순간, 어떤 계기도 없이 싸움을 그만둔 나 자신도 생각이 났다. 이상한 일이었다. 그때까지 한 번도 그런 문제를 의식한 적이 없었는데, 그 순간 분명하게 나는 〈어머니〉를 떠올릴 수 있었다. 그건 어머니를 닮았구나... 그리고 더없이... 나는 기뻤다. 무슨 그런 아버지가 다 있냐? 입을 허벌린 존 레논이 연기를 뱉으며 중얼거렸다. 정신연령이 몇 살이냐고 도대체, 나 참.

이상한 일이지만, 남의 아버지에 대해 서슴없이 막말을 해대는 그가 더없이 친근하게 느껴졌었다. 오빠 퇴근 안 해요? 주차장을 가로지르며 두 명의 여직원이 손을 흔들었다. 먼저 가, 마치 친오빠처럼 손을 흔들고 나서도 그는 계속 한참을 무어라 중얼거렸다. 새로 꺼낸 담배를 하나 다 필 때까지 나는 말없이 앉아 그가 일어서기를 기다렸다. 재를 털고, 골똘한 얼굴로 꽁초를 던지고 난 존 레논이 뭔가 생각났다는 듯 갑자기 물었다. 넌 왜 퇴근 안 하냐? 기, 기다렸는데요. 기... 다렸다고? 기지개를 크게 켜며 그가 중얼거렸다.

합격!

그날 우리는 친구가 되었다. 물론 선후배나 형 동생이란 단어가 옳은 것이겠지만, 아무래도 친구 쪽이 정확한 표현일 거라 지금의 나는 생각한다. 형은 꼭 친구 같아요. 언젠가 그런 말을 하기도 했다는 생각이다. 맥주나 한잔 할까? 그러죠 뭐. 백화점을 나온 그와 나는(그는 '우리'란 단어에 대해 알레르기를 가지고 있었다. 이후 표기되

는 '우리' 역시 이와 같은 의미로 읽어주길 바란다) 두 개의 지하도를 건너고 번화한 상가들을 둘러본 다음

마실 만한 데가 없네... 다시 제자리로 돌아왔다. 마실 만한 곳이... 실은 많았으므로, 그때도 적잖이 당황했던 기억이 떠오른다. 반대쪽으로 가볼까? 그, 그러죠. 귀찮은 걸 질색하던 평소의 나를 떠올린다면 그 역시 꽤나 이상한 반응이 아닐 수 없었다. 하지만 분명 그런 느낌을 받아야 했다. 내버려둬야 한다는 느낌... 이 사람은 살고 싶은 대로 인생을 살아간다는 느낌을, 나는 받았다. 성큼 걸음을 떼던 그와... 그가 불던 휘파람도 기억난다. 자세한 곡명은 알 수 없지만 메아리가 생길 정도의 굉장한 소리만큼은 지금도 생생하다.

오, 하고 그가 멈춰선 것은 무려 20분 정도가 지나서였다. 몰락해 가는 재래시장의 초입이었고, 오래된 주택가와 낡은 상가가 밀집한 후미진 동네였다. 채소의 잎사귀니, 그런 것들의 냄새가 어디선가 풍겨왔고 쌀집이며 사진관, 전파상이 이어진 상가 귀퉁이에 커다란 〈맥주〉 입간판이 덩그러니 나와 있었다. 장마철에 피워둔 모기향 같은 느낌의 노을이, 여름의 끝을 향해 서서히 타들어가던 저녁이었다.

오오, 하고 그가 다시 한 번 중얼거렸다. 아크릴을 붙여 만든 〈맥주〉 아래엔 작은 글씨의 영문이 〈BEAR〉라고 적혀 있었다. 좋은데? 눈을 반짝이며 그가 말했다. 좋군요, 라고 나도 고개를 끄덕이

지 않을 수 없었다. 딱히 상호며 그런 것은 보이지 않고, 다만 간판에 크게 쓰여진 〈켄터키 치킨〉*을 볼 수 있었다. 이건 뭐... 담배를 꺼내 문 그가 고개를 가로저으며 말했다. 은근히 문화재의 냄새마저 나는데? 어쨌거나 우리는 가게의 문을 열고 들어섰다. 제법 널따란 홀 안에선 확실히 〈BEER〉와는 다른, 〈BEAR〉의 냄새 같은 것이 풍겨나고 있었다.

뭔가 켄터키 옛집일 듯한 사진과... 그러니 스와니 강이겠지, 싶은 패널들이 가게 곳곳에 걸려 있었다. 분위기 나는데, 하며 중얼거린 그가 켄터키 옛집 아래의 4인용 테이블에 풀썩 자릴 잡았다. 지글지글 기름이 끓는 소리와 고소한 닭튀김의 향이 느끼한 탐 존스**의 목소리와 잘 어울려 테이블까지 흘러들었다. 나 참, 저렇게 느끼한 목소리로 그린 그린 그래스 오브 홈이라니... 그가 핏, 실소를 터트렸다. 어딘가 모르게 푸르고 푸른 잔디처럼 자연스러운 느낌의 비아냥이었다. 게다가 지금 탐 존스가 눈앞에 있다 해도 능히 그런 말을 하고도 남을 표정이었다. 그것이

요한이다. 돌이켜보면 참으로 무난한 그 시절의 인테리어였지만, 요한은 결코 무난한 인간이 아니었다. 난데없이 미치겠어, 머

---

* 그 무렵의 켄터키 치킨에 대해 다들 알고 있는 KFC를 적용시키면 곤란하다. KFC가 상륙하기 직전 우리에겐 우후죽순처럼 생겨나던 가짜 켄터키 프라이드의 시절이 있었다.
** 70년대를 풍미한 세계적인 팝 스타. 풀어헤친 앞가슴과 걷어부친 옷소매는 한 시대를 장식한 그만의 상징이었다. 〈Green Green Grass of Home〉, 〈Delilah〉 등이 특히 많은 한국인의 사랑을 받았었다.

릴 쥐어뜯던 그가 갑자기 하... 하... 하... 배를 잡고 웃기 시작했
다. 이러다 잡혀가는 게 아닐까 싶을 정도의 굉장한 소리였지만,
가게 안의 누구도 웃음의 이유를 알지 못했다. 그런 것들이

왜 그렇게 우스웠는지는 모르겠다. 하지만 그날 우리는 지겹도
록 웃고 또 웃었다. 켄터키 옛집인 듯한 풍경은 알고 보니 네덜란
드였고, 스와니겠지 싶었던 강은 아마존이었다. 게다가 버젓이 네
바다 사막이며 나이아가라의 사진도 걸려 있었다. 좋아, 다 좋은
데 저 돼지는 뭐냐구? 닭이면 또 모를까... 닭을 튀기는 주방 근처
엔 새끼 돼지들이 줄줄이 엄마 돼지의 젖을 문 이발소 그림이 걸
려 있었다. 이 닭도 한국에서 잡은 걸 텐데... 또 메뉴판을 뒤지며
켄터키에 마른 오징어라니... 이래도 되는 거냐구, 거품을 물었었
다. 켄터키의 어떤 것도 찾을 수 없는 가게의 출입구 위엔 알고 보
니 무난하게 갓이 걸려 있었다. 급기야 화장실에 간 요한은 이소
룡을 발견했었다.

이상한 일이었다. 특별한 대화도 없이 그저 웃기만 했는데 가게
를 나올 무렵 우리는 친구가 되어 있었다. 가게를 나와서 안 일이
지만, 우리가 걸어온 방향의 반대편 - 즉 입간판의 또 다른 면엔
역시나 아크릴로 크게 〈호프〉가 적혀 있었고, 그 아래 적힌 작은
영문의 〈HOPE〉를 우리는 볼 수 있었다. 난데없는 희망이 그토록
우리의 가까이에 있던 시절이었다.

세일이 끝난 지하 4층은 그야말로 한적한 해변과도 같았다. 오

전 아홉 시 사십 분, 어김없이 정확한 주임의 〈성지순례〉를 빼고는 그야말로 이렇다 할 일과가 없는 하루였다. 성지순례라 함은, 사장의 출근과 관련된 성스럽고도 고독한 주임의 실존적 고행(苦行)을 일컫는 말이었다.

사장의 전용주차장이 지하 4층에 있었다. 대략 아홉 시를 전후해 사장의 세단이 들어오는데 그 직전에, 이미 진입로를 울리며 뛰어오는 주임의 발소리를 들을 수 있다. 엘리베이터를 타지 않고 언제나 곡선의 차로를 전력으로 뛰어오는 이유를 누구도 알 수 없었다. 위험하지 않나? 누군가 수군대기도 했지만 그 누구도 주임의 순례를 막을 순 없었다. 간추려보면

대략 다음과 같은 풍경이다. 우선 1층을 지키고 있다 사장의 세단을 발견한다. 뛴다. 달려가는 자신의 모습을 볼 수 있게끔 내내 50미터 정도의 간격을 유지한다(이는 1층 근무자의 증언을 참고한 것이다). 그리고 지하의 파킹존에 이르러 심하게 숨을 헐떡이며 꼿꼿이 차렷 자세를 취하고 선다. 두 말 하지 않아도, 나머지 직원들 역시 2미터쯤 뒤에서 차렷, 정렬을 하고 있어야 한다. 사장의 세단이 코너를 돌면 모자챙과 스파크가 일 정도의 거수경례를 시작한다. 차가 도착하고 운전기사가 문을 열면 사장이 내려선다. 거수의 손끝은 더욱 떨리고, 그 순간 야생의 엉덩이는 또 왜 그렇게 바지를 씹고 있는지... 모를 일이다. 그리고 사장은

그냥 지나간다.

그것이 성지순례다. 하나 빠트린 부분이 있다면 요한의 낭송일 것이다. 즉 거수가 시작되는 순간부터 들릴락 말락 요한의 재빠른 낭송이 시작된다. 모두가 주임의 뒤통수만 보고 있는 상황이라 그 낭송은 더욱 듣는 이의 폐부를 찌르는 것이었다. 먹이를 찾아 산기슭을 어슬렁거리는 하이에나를 본 일이 있는가. 짐승의 썩은 고기만을 찾아다니는 산기슭의 하이에나. 나는 하이에나가 아니라 표범이고 싶다. 산정 높이 올라가 굶어서 얼어죽는 눈 덮인 킬리만자로의 그 표범이고 싶다. 또 다음날에는 자고 나면 위대해지고 자고 나면 초라해지는 나는 지금 지구의 어두운 모퉁이에서 잠시 쉬고 있다. 야망에 찬 도시의 그 불빛 어디에도 나는 없다. 이 큰 도시의 복판에 이렇듯 철저히 혼자 버려진들 무슨 상관이랴. 나보다 더 불행하게 살다간 고호란 사나이도 있었는데... 가 이어지는 것이다. 제발 그 부분만은 하지 마세요, 아무리 간곡한 부탁을 해도 너는 귀뚜라미를 사랑한다고 했다. 나도 귀뚜라미를 사랑한다. 너는 라일락을 사랑한다고 했다. 나도 라일락을 사랑한다. 너는 밤을 사랑한다고 했다. 나도 밤을 사랑한다. 그리고 또...* 를 해버림으로서 그만 웃은 놈 누구야! 소릴 나중에 듣게 만드는 것이었다. 이상하게도, 인간은 귀뚜라미에 약하다는 사실을 나는 그때 알 수 있었다. 사장이 시야에서 완전히 사라지면 툭툭 모자를 털던 주임과, 내려올 때와 달리 엘리베이터를 타고 올라가던 초라한 뒷모습이 생각난다. 또 그 순간부터 메아리가 지도록 라, 라라라 라~라라 노래의

---

* 작은 폰트의 문장은 모두 1985년 발매된 조용필 8집의 수록곡 〈킬리만자로의 표범〉 가사를 인용한 것이다.

후렴부를 열창하던 존 레논의 모습도 떠오른다. 즉 그것이

  성지순례다. 그것으로 일과는 끝이었다. 다만 사장이 퇴근을 할 때(일정한 출근시각에 비해 언제나 퇴근은 불규칙한 편이었다) 반드시 무전기로 그 사실을 통보해야 했다. 간식으로 지급되는 빵과 우유를 먹으며, 그럴 때면 어김없이 지상의 어딘가에서 차렷을 하고, 엉덩이로 바지를 씹고 있을 주임을 떠올렸었다. 형, 하고 나는 요한을 향해 물었다. 왜 인간은 귀뚜라미에 약한 걸까요? 모르지. 그리고 왜, 인간은 사장에게 약한 걸까요? 모르지. 그리고 인간은... 왜 미인에게 약한 걸까요? 묵묵히 피던 담배를 비벼 끈 후, 아무렴 어떠냐 하고 요한이 중얼거렸다. 나보다 불행하게 살다간 고흐란 사나이도 있는데...

  출입구와 이어진 통로의 끝에서 두 명의 엘리베이터 걸이 수다를 떨고 있었다. 오십 줄의 경비 하나가 괜히 그 옆으로 다가가 환담을 건네려는 참이었다. 밥은 먹었어? 경비가 외치는 다정다감한 목소리를 50미터는 떨어진 우리도 똑똑히 들을 수 있었다. 네~에. 대답은 하지만 〈어머 왜 이러실까?〉가 역력한 화장 속의 얼굴을 역시나 똑똑히 볼 수 있었다. 평범한 여직원들의 수다였다면 상황은 또 달랐을 것이다. 일 안하고 뭣들 하는 거야! 아닌 게 아니라 여직원들은, 그래서 늘 비상계단에 숨어 앉아 수다를 떨곤 했다. 밥은 먹었냐 묻는 이가 사장이었다면 상황은 또 달랐을 것이다. 어머 어머 네. 그래서 나는

한 번도 엘리베이터 걸들에게 말을 건네지 않았다. 두터운 화장으로도 감출 수 없는 어머, 얘 왜 이럴까? 를 보기가 싫어서였다. 비슷한 직종이 지금도 있는지 알 순 없지만, 무렵의 그녀들은 정말이지 〈특별〉했다는 생각이다. 그것은 일종의 문화적 충격이었다. 말하자면 80년대에 대형백화점이 들어서기 전까지, 한국인은 한 번도 그런 유형의 인간을 접해본 적이 없었다. 우선 엘리베이터에 타는 순간 가면이라도 쓴 듯한 큰 키의 여자에게 모두가 압도되었다. 강렬한 원피스와 모자, 차라리 한 겹의 마스크라 봐야 할 화장... 단정하면서도 오버하는 몸동작과 무엇보다 그 말투와 목소리... 내성적인 사람이라면

들으셨습니까?
물론입니다만, 저로선 뭐랄까... 일단 그쪽에선 어떻게 들으셨는지요.
전 일단... 올라가게셥니다, 로 듣긴 했습니다.
그런가요? 제 귀는 분명 비음(鼻音)을 포착했는데. 즉, 올라갛곗셩ㅂ니다 라고.
그러고 보니 확실히... 그런데 여운이 있지 않았나요?
여운이라!
즉 올라갛곗셩ㅂ니다ㅎ 에 보다 근접한 것이라 저는 주장하고 싶네요.
실례일 것 같습니다만... 그렇다면 시작의 비음도 간과할 순 없는 거 아닙니까? 그리고 여운은 보다 더 강한 톤이 아니었나 싶기도 하구요. 말하자면 ㅎ올라갛곗셩ㅂ니다ㅎ 가...

아아...

그런데 문제는 그것을 과연 〈올라가겠습니다〉로 봐야 할지 어떨지.

아직은... 하지만 뭔가 간과한 것이 있진 않을까요?

저도 그런 기분입니다. 보다 밀도 있는 연구가...

헉, 내려간다는군요. 하지만 들으셨습니까?

일단은 내ㅎ려갑니다... 로 킵을 했습니다.

캅ㅁ니다 가 아니었구요?

라는 마음의 소리를 들으며 엘리베이터를 내려와야 했었다. 마찬가지가 아닐까? 요한이 말했다. 돈을 벌기 위해 하는 거니까, 너나 나도 돈을 벌려고 이 짓을 하는 거잖아. 나는 여잔데 젊고 키가 커, 다행히 얼굴도 화장하면 괜찮아, 그래서 하는 일이야... 그런데 이렇게 하래, 일본 백화점 비디오를 틀어주며 보고 배우래, 이게 생생한 고객 서비스의 현장이다, 배워라... 그러니 뭐, 하는 수밖에 없는 거지. 실제로 저기 오른쪽 애는 평상시 목소리가 겁나게 허스키해. 그래도 그 목소릴 내야 하는 거야. 일할 땐 콧속에 솜이라도 뭉쳐두는지 모를 일이지. 뭐 누구나

애환(哀患)은 있는 거니까.

익숙해져야 할 거라며, 요한은 말을 이었다. 서비스 시대의 시작이니까... 너나 나도 이제 저런 마음가짐을 가져야 할지 몰라.

즉 서비스형(型) 인간이 되어야 한다는 거지. 돈을 가진 인간들이 늘어났어. 그들은 서비스를 원해. 회사든 개인이든 이제 서비스를 할 줄 알아야 밥을 먹을 수 있는 거야. 뭐, 내 말은... 같은 처지끼리 잘 지내라는 거지.

그날 백화점에선 작은 사고가 있었다. 시골에서 올라온 중년 남자 한 사람이 엘리베이터에서 물의를 일으킨 것이다. 그는 말 좀 똑바로 안 하냐고 화를 냈고, 지금 사람 놀리는 거냐며 엘리베이터 걸을 향해 폭언을 퍼부었다. 달려온 경비에겐 고객은 왕이라 소릴 쳤다지 아마? 여직원들의 수다를 통해 퇴근할 무렵 그 사실을 알 수 있었다. 그런, 시절이었다. 그랬어? 하고 요한은 맞장구를 쳐주었고, 베어? 하고 나를 향해 속삭였다. 베어! 하고 언제나 나는 고개를 끄덕였다.

평일의 근무는 대개 그런 것이었다. 성지순례가 끝나면 크고 작은 짐차들이 들어온다. 대개 공급업체나 운송업체의 차량들이라 별다른 안내를 하지 않아도 지정된 장소에 차를 댄다. 해서 직원들이 내려온다. 연결된 매장의 직원들이 물건을 파악하고, 이런저런 체크가 끝나면 입고가 시작된다. 관리 파트의 직원들이 분주히 물건을 옮기고, 또 일부는 매장으로 가져간다. 하루 종일 그런 풍경이 이어지지만, 딱히 우리가 할 일은 없다.

일반 고객보다는 대개 그런 업무상의 차량, 임직원의 차량이 주를 이루므로 그때그때 눈치만 좀 살피면 하루 종일 잠을 자도 좋을 법한 곳이었다. 물론 특수한 경우가 있긴 했다. 일반인의 눈을 피하려는 고위직, 혹은 가수나 연예인의 차량들이 주로 그곳을 이용했었다. 해서 비위를 맞춘다거나, 은근히 모르는 척 외면할 줄 아는 요령과 기술이 필요했다. 물론 누구누구가 왔다... 소문은 한순간에 퍼져나간다. 놀라운 걸요. 놀랍지. 여자들에겐 네트웍을 위한 장기(臟器) 하나가 따로 몸속에 있지 않을까 생각이 들 정도라니까, 혀를 차며 요한도 얘기했었다. 썬팅을 한 차에서 썬그라스를 낀 여배우가 내린다. 매니저와 함께 곧장 엘리베이터를 탄다. 4층 버튼을 누른다. 이미 그 순간 4층의 여직원들은 뛰는 가슴을 억누르며 두근두근 엘리베이터의 문이 열리기를 기다린다, 마치 그런 느낌이었다. 아니 실제로

모두가 알고 있었다. 입을 다물지 못한 채, 나는 그 후로 여자들 앞에서 뭔가를 감추는 일이 얼마나 무·의·미한 것인가를 절실히 깨달은 남자가 되었다. 물론 그 경우에도 딱히 할 일이 있는 것은 아니었다. 해서 두런두런 얘기라도 나누거나, 주임이나 과장의 심부름(외근)을 다녀오는 게 일과의 전부라면 전부였다. 기타 여직원들에게도 지하 4층은 도피와 휴식의 장소였다. 비상계단에 모여 삼삼오오 수다를 떨거나, 간혹 짐차가 들어오면 박스를 챙겨 매장으로 돌아간다─즉 어디 있다 왔니? 어휴 말도 마세요 차가 안 와가지고... 가 성립하는 것이었다. 엘리베이터 걸들이 지친 종아리를 쉬게 하는 곳도, 여러 부서의 직원들이 맘 놓고 담배를 피거나 누군가를 씹는 장소도 그곳이었다. 끄덕끄덕 벤치에 앉아 고개를 끄덕이며, 그래서 이 장소가 거대한 백화점의 맹장(盲腸) 같다는

생각을 하곤 했었다. 끙끙 짐을 옮기는 여직원들을 바라보며, 또 요한이 피워올리는 담배연기를 바라보다가... 그리고 가끔, 힘겹게 박스를 들고 올라가는

그녀를 볼 수 있었다.

한 마디 말을 나눈 것도 아니었지만, 이상하게 볼 때마다 신경이 쓰였다. 그녀는 항상 혼자였고, 계단에서 수다를 떨지도 않았으며, 아니 그보다는 여직원들의 그룹에 속하는 경우가 없어 보였고, 늘 남들보다 많은 짐을 옮기는 듯했다. 그녀를 포함한 여직원들의 정체를 실은 지금도 정확히 파악할 수 없다. 우선 정규직과 비정규직의 구분이 모호한 시대였고(단어 자체를 쓰지 않았다), 노동자의 권리나 개념 자체도 불투명한 시대였다. 세일이 닥치면 매장 판매를, 물건을 나르거나 잦은 외근을, 명절 상품을 포장하거나 발송하는 업무를, 정산 시기가 닥치면 정산을, 물품 정리와 청소를, 개인적인 심부름을, 커피를 타거나 군것질거리 마련을, 세일 전단 뿌리는 일을, 포스터의 풀팅과 주변 화단의 잡초 제거까지도

그녀들의 몫이었다. 생리 휴가도 없었다. 돌이켜보면 말도 안 되는 시절이지만, 이제 말이 안 된다는 느낌을 떠나 그저 촌스러웠다는 느낌이 강하게 들 뿐이다. 진화하지 못한 거야. 요한은 그런 식으로 자신의 느낌을 표현했었다. 추(醜)한 거지... 라고 말하던 요한의 기분을 이제 조금은 알 만한 나이가 되었다. 닥치고 일을 하던 그녀들과, 닥치고 일하면서도 누구누구가 왔대, 발을 구

르던 그녀들을 생각하면 그래서 마음이 아파온다. 여자들이나 남자들이나

　다들 한심해요. 뭐가? 저 경비만 해도 자기 구역도 아니잖아요. 게다가 이 아저씨 왜 이러실까, 그런 게 눈에 훤히 보일 텐데... 그래도 허구한 날 히죽댈 수 있다는 게... 또 심심하면 음료수를 갖다 주곤 한다니까요. 어머, 고맙습니다 말은 하지만... 뭐, 실은 속으로 별꼴이 반쪽이야 하겠지만... 어제는 딱 한 모금 마시고 그 자리에 병을 두고 간 거예요, 나 참.

　그런 얘길 할 때마다 요한은 거품이 인 맥주처럼 부글부글 웃음을 뿜어냈었다. 이봐 아미고*, 진정하라구 진정. 아저씨는 그저 이쁜이가 좋았을 뿐인 거잖아. 누구나 그런 거라고. 너도 나도... 세상의 모든 아미고들은 이쁜이들을 좋아하게끔 만들어졌다고. 아무리 그래도 뻔히 보이잖아요, 한두 번도 아니고... 글쎄 그런 거라니까, 지구 반대편의 여배우에 빠져 팬레터를 쓰는 게 아미고들의 운명이야. 이쁜 언니들 앞에선 어쩔 수 없다니까. 티브이에 나온 언니를 쫓아다니고, 함성을 지르지만 뭐 그 언니는 사랑해요 여러분... 하겠지만, 그 언니가 사랑할까? 아미고들이 아무리 히죽대고 음료수를 건넨다 해도... 그렇다고 어머 뭐 이런 것들이다, 별꼴이 반쪽이야 라고도 할 수 없는 거잖아? 뭐예요, 그건 너

---

* 친구란 뜻의 스페인어. 프렌드니, 보이니, 선 오브 비치니... 어떤 대상에 대해 요한은 그때그때 기분 내키는 대로 이런 식의 명칭을 갖다 붙이곤 했다.

무 바보 같잖아요. 몰랐어?

　모두 바보란 걸?

　그래도 허구한 날 히죽댈 수 있는 게 아미고들이야. 그 언니를 생각하며 자위라도 하고, 찾아서 채널을 돌리고, 브로마이드라도 구해 책상 앞에 걸어두고... 아미고들은 그럴 수밖에 없어. 왜? 실은 가질 수 없는 거거든. 가질 수 없으니까 열광하는 거야. 세상의 걸*들도 마찬가지야. 밥맛 경비가 건네는 음료수가... 도대체 고맙겠냐는 거지. 아무리 하녀라 해도, 어쨌거나 신데렐라가 왕궁에 가는 이유는 왕자님을 만나기 위한 거니까... 설사 시간이 지나고 꿈이 깨진다 해도 그 전까진 꿈을 꾸는 게 인간인 거야. 그래서 걸들도 열광을 하는 거야. 비명을 지르고 기절할 정도로 오빠를 외치고... 물론 오빠들도 고마워요, 또 여러분 사랑해요... 하겠지만 오빠들이 과연 걸들을 사랑할까? 마찬가지지. 실은 가질 수 없기 때문이야. 너와 나... 이런 아미고들과 걸들은 말이야... 그래서 좆밥이야. 세상의

　좆밥들이지. 정말로 그런 오빠를 얻을 수 있는 언니들은 말이야, 또 그런 언니를 만날 수 있는 왕자들은 말이야... 서로에게 열광하지 않아. 왠지 알아? 시시하기 때문이지. 언제든 가질 수 있

---

*아미고를 쓸 때와 마찬가지로 그때그때 덧붙이는 명칭이다. 아미고도 걸도 피지배 계급을 총칭하는 표현인 듯하지만 역시나 정확한 의미는 요한 본인만이 알 것이다.

는 건 누구에게나 시시한 거니까. 뭐, 그래도 좋은 거야. 돈만 주면 뭐든 하겠다는 인간들이 널린 게 사실이고, 윙크 한 번 날려주면 페이를 지불할 인간들도 널린 게 사실이니까. 문제는 바로 아미고들과… 걸들이지. 가질 수 없는데도 허구한 날 히죽대는 거야, 만날 수 없어도 허구한 날 박수를 치고 와와 하는 거지. 어머 왜들 이러실까 소릴 들어도… 하는 거야, 해서

저들에게 유리한

세상을 만들어주는 거지. 그래서 세상은 12시 종을 울리지 않아. 마법이 깨지는 순간 일곱 난장이와 신데렐라 모두를 잃게 되니까… 아니, 실은 울릴 필요도 없는 거겠지. 애당초 마법은 존재하지 않았고, 아미고들도 걸들도… 이미 각성의 타이밍을 놓친 지 오래니까. 자, 호박을 마차로 바꿔줬어. 너에게도 이제 차가 생긴 거야. 이런 어디서 이런 드레스가… 너 참으로 몰라보게 예뻐졌구나. 하지만 생각해 봐. 아미고인 너에게 차가 생겼다면 저들은 대체 얼마를 벌었을지… 걸인 네가 이 정도로 예뻐졌다면 저들은 대체 또 얼마나 예뻐졌을지… 그러니 내버려두라고, 설령 마법을 만든 게 저들이라 해도 그 마법을 유지하는 건 다 같은 좆밥들이야. 세상의 종은 실은 매일 울리고 있어. 아무도 듣지 않을 따름이지. 봐, 보라구! 백화점에 들어와 있으면 왕궁에라도 온 줄 아는 게 좆밥들이니까. 안 그래 아미고?

그렇다고도, 그렇지 않다고도 말할 수 없는 기분이었다. 사람을

한없이 불편하게 만들어놓고는, 또 갑자기 숨쉬기운동 시~작 하는 느낌으로 풀어주는 능력을 요한은 갖고 있었다. 그보다는 말이야, 하고 요한이 말을 이었다. 인간은 왜 귀뚜라미에게 약한가! 그쪽이 더 수수께끼라고 할 만하지. 난 정말 모르겠어. 도대체 왜들 그렇게 웃는 거지? 귀뚜라미를 좋아할 수도 있는 거잖아. 누군가는 말이야. 또 누군가는... 라일락을 좋아할 수 있는 거고.

　듣고 보니 일리가 있는 말이었지만, 웃을 수밖에 없는 것도 사실이었다. 너무 느닷없잖아요, 하고 내가 말했다. 느닷없기는 마찬가지 아닌가? 왜 아미고들이 느닷없이 미인을 좋아하는 거냐고... 또 느닷없이 걸들은 사장을 좋아하질 않나... 그러면서 귀뚜라미를 좋아한다 하면 웃음을 못 참고 말이야. 그 이유를 정말 모르겠다니까. 그런데 아미고, 느닷없이 나는 오줌이 마려운데... 또 동시에 맥주도 한 잔 더 마시고 싶거든. 이 일을 어쩌면 좋을까? 그럼 형은 화장실을 다녀오세요. 전 맥주를 시킬게요. 좋았어, 아미고는 정말 언제나 합격이야.

　그렇게, 마치 성지순례를 하듯 켄터키 치킨을 들르는 일이 일과가 되었다. 그저 시원하다고밖에 말할 수 없는 맥주에 비해, 그 집의 치킨은 정말로 훌륭한 것이었다. 너는 켄터키의 닭을 사랑한다 했다 나도 켄터키의 닭을 사랑한다 ― 낭송이라도 하고픈 맛이랄까, 아무튼 닭이 곰(bear)을 먹여 살리는 집이라고 요한도 말했었다. 일당의 대부분을 날리는 셈이었지만, 일을 마치면 절로 그곳을 향하는 발걸음을 나도 요한도 멈추지 못했었다. 화장실을 다녀온 요한은 또 느닷없이 신데렐라의 진짜 엔딩에 대해 열변을 토했었다. 그래서 행복하게 잘 살았답니다... 그건 엔딩이 아니야. 삶은 말이야, 그보다 훨씬 긴 거라구. 잔혹할 정도로 지루한 거지. 실은 그리고 왕자는 곧 싫증을 느껴. 신데렐라가 애를 하나 낳긴 했지만, 왕자에게 필요한 건 새로운 엉덩이였던 거지. 게다가 왕자는... 실은 그전부터 유부남이었어. 결국 그런 거야. 해피엔딩은

없어. 그럼 일곱 난장이들은요? 마찬가지야. 백설공주와는 그 후로 연락이 끊어지고, 대신 공주님의 브로마이드를 걸어놓고 딸딸이를 치는 평온한 삶이 이어지지. 문득 정신을 차리고 보니 쉰다섯. 해마다 공주님께 일 년 내내 빚은 음료수를 보내 드리지만 어머 왜 이러실까의 공주님은 한 모금만 홀짝 하고 병은 그 자리에 놓고 가지. 아, 뭐 공주님의 팔은 고우면서도 연약하시어 절대 무거운 걸 들지 못하시니까 말이야. 아무튼 삶도 지루하고, 뭐 죽지도 않고 해서 결국 난장이들은 방송국 공개방송 방청석의 아르바이트라도 뛰고는 했을 거야. 왜 있잖아, 누가 나오셨습니다 하면 와~ 박수 치고... 그때 힘들었어요, 하면 같이 울고... 에피소드 하나 들려드리죠 하면 허~야 웃어주고, 나중에 효과음으로도 쓰이는... 그러다 죽었지 뭐. 결국

그런 거군요. 그런 거라서 미안해. 아뇨, 그리고 오늘은 제가 낼게요. 됐어, 어차피 집에 가도 혼자고 캔맥주니 주전부리니 늘 이정도는 쓰는 편이야. 그리고 나... 의외로 돈이 많거든. 혼자 사세요? 응, 왜? 저도 혼자 지내고 있어요. 그~으래? 이 아미고가 날

이 갈수록 합격이네*.

　그날 밤 함께, 요한은 우리 집을 찾았다. 자기 집으로 가자 말을
꺼낸 건 요한이었지만, 고양이 때문에 어쩔 수 없이 내린 결정이
었다. 고양이를 키워? 네, 어쩌다 보니. 이름이 뭔데? 이름은... 짓
지 않았는데요. 그~으래? 하고 요한은 두 눈을 깜박였다. 너도 꽤
나 특이한 아미고네, 대개 그런 걸 기르면 이름부터 짓지 않나? 그
런가요? 그런가요 라니, 하고 가로등 밑에서 걸음을 멈추던 요한
의 얼굴이 떠오른다. 그리고 씨익 웃던 키 큰 청년의 눈빛도 가슴
을 찔러온다. 아니, 무엇보다 지금 사무치는 건 요한이 말했던 신
데렐라의 엔딩이다. 농담처럼 한 귀로 흘린 그 엔딩과, 그날 밤 그
골목의 길고, 지루했던 어둠이다. 그러고 보니 고양이는 그냥 고
양이일 때가 제일 고양이 같군, 하고 요한은 중얼거렸다. 아마 인
간도... 그냥 무엇도 아닌 인간일 때가 제일 인간답겠지? 문을 여
느라 등 뒤의 얼굴을 볼 순 없었지만, 아마도 그 순간

　그의 눈빛이 슬펐을 거라 지금의 나는 생각한다. 지긋지긋해.
뭐가요? 이 여름이... 몇 병인가 맥주를 더 마시고 누워, 잠들기 전
의 어둠 속에서 요한은 중얼거렸다. 형은 양치질 안 하세요? 안
해, 난 귀뚜라미거든. 술 냄새가 심하게 나는데... 이건 청순한 귀
뚜라미의 입 냄새야, 너야말로 양치질 좀 하고 와라. 지금 거의 불
합격에 다다른 느낌이야. 전... 라일락이에요.

---

* 독신이 흔치 않던 시절이었다. 대부분의 삶이 대가족 형태를 유지하던 무렵이어서 독신자끼
리의 만남을 신기하고 반갑게 여기는 것이다.

어디선가 정말이지 라일락 향 같은 것이 열어둔 창을 통해 방으로 스며들던 밤이었다. 라일락이 필 리 없는 계절인데도, 주변 어느 정원에 피어 있을 비슷한 꽃냄새를 맡으며 나는 라일락을 떠올렸었다. 아니, 라일락이 피고 지던 지나간 봄을 생각했었다. 지나가고 다가오는 세월과, 피고 또 지는 인생의 순간들을 떠올렸었다. 아직 잠이 들지도 않았는데... 벌써 꿈을 꾸고 난 듯한 묘한 기분이었다. 자니? 아니요. 자야지. 잠이 안 와요. 빨리 가을이나 왔으면 좋겠다. 그러게요. 잘 자. 잘 주무세요. 기다렸던 가을이 오자

모든 것이 제자리를 찾은 느낌이었다. 한 차례 세일을 넘기고 나자 정말이지 그런 기분이 들었다. 우선 주말마다 밑반찬을 들고 올라오던 어머니가 나의 생활을 인정해 주었다. 이런 게 힘들단 말이야, 아직도 뒤를 닦아주는 이런 느낌! 그냥 자신의 삶을 살아 엄마는... 결국 각자의 생활을 좀더 믿기로, 만약 도움이 필요하다면 내가 강릉을 찾기로 얘기가 되었다. 예전에 비해 어머니는 한결 편안해진 얼굴이었다. 점차

평일에는 일을 나가고, 주말에는 소설을 쓰는 생활도 몸에 익어가기 시작했다. 익어가는 단풍처럼, 나도 무언가가 되어간다는 느낌이 그렇게 좋을 수 없었다. 여전히 드라마라곤 없는 시시한 소설을 끼적이며, 나는 그해의 가을을 말없이 맞이했었다. 돌이켜보면 인생의 커다란 드라마가 시작된 가을이었다. 앞으로 뭘 할 건데? 글쎄요, 재수를 한다고는 하지만 실은 잘 모르겠어요. 딱히 가

고 싶은 학교가 있는 것도 아니고... 지금 같아선 되는 대로 어디
든 적(籍)을 두고 그와는 상관없이 소설을 쓰려고 해요. 소설? 네,
소설을요. 그렇군. 그런데

삼국지는 쓰지 마, 제발 부탁이야. 요한과는 매일 술자리를 가
진 편이어서, 마치 새로운 가족 하나가 서로에게 생긴 느낌이었
다. 닥치는 대로 떠들고, 닥치는 대로 음악을 들었다는 생각이다.
그리고 아마도, 켄터키에 작은 농장을 차릴 만큼의 닭을 먹어치웠
을 것이다. 은행이 물들 즈음인가 변함없는 우리의 안주에 마른오
징어가 추가되었다. 엘리베이터 걸 하나와 요한은 교제를 시작했
고, 그녀는 언제나 오징어의 꼬리만으로 한 잔의 생맥주를 비우곤
했었다. 다이어트 하는 거야? 요한이 물어도 웃기만 할 뿐이고, 다
이어트 중이신가요? 내가 물어도 웃기만 하던 여자였다. 주임을
보면 말이야... 나는 임팔라가 떠올라. 어쩜 그리 탐스러운 엉덩이
를 가지셨을까? 주임을 보면 말이에요, 저는 〈밉상〉이란 말밖엔
안 떠올라요. 어쨌거나 그런 얘기들에 그녀는 열광했었다. 그리고
주인이 〈BEAR〉를 〈BEER〉로 수정할 무렵, 그녀는 동물원을 옮기
는 곰처럼 요한에게서 멀어져갔다. 내가 찬 거야. 남아 있는 〈희
망〉을 보며 요한은 중얼거렸다. 그랬을지도 모른다고, 지금의 나
는 생각한다. 어쨌거나

지하 4층이 요한의 영역임을 안 것도 그 무렵이었다. 이유를 알
순 없었지만, 어떤 면에선 주임조차도 쩔쩔매는 구석이 있다는 사
실을 일을 하면서 피부로 느낄 수 있었다. 보름 간격으로 행해지

는 로테이션에서 나는 한 번도 지하 4층을 벗어난 적이 없었고, 그 배후엔 언제나 요한이 자리하고 있었다. 우리를 옮기지 않는 곰을 쳐다보듯 동료들도 떨떠름한 표정을 지었지만, 아무런 생각 없이 더욱이 책까지 펴들고 앉아 나는 한가한 시간을 보내곤 했다. 호프도 저 호프가 아닌가봐. 안 그래요? 계산을 하려는데 하루는 주인이 물었다. 누가 뭐래도 저 호프가 맞다고, 우리는 주인을 안심시켰다. 그래도 〈희망〉은 남아 있어야 한다 믿었던

가을의 어느 날이었다. 점심을 먹고 사무실에 앉아 있는데 한가하지? 주임이 물었다. 문화센터에 기념품 좀 갖다 주고 와라. 두 명 정도면 충분히 들고 가겠는데... 보자... 저기... 자네가 같이 수고 좀 하지? 한가하다는 답변을 한 것도 아닌데 야생의 엉덩이가 명령을 내렸다. 마치 방귀라도 뀌는 뉘앙스구만, 생각을 하는데

네...

등 뒤에서 들려오는 작은 목소리를 들을 수 있었다. 그녀였다. 이상한 일이지만 나는 잠시 그 자리에서 얼어붙었고... 문득, 그러나 서둘러 쌓여 있는 쇼핑백들을 두 손 가득 들고서는 사무실을 빠져나왔다. 눈부신 가을볕이 투명한 커튼처럼 드리워진 지상이었고, 더없이 소소한 바람이 그 끝자락을 한들, 흔들던 한낮이었다. 차마 그녀를 쳐다보진 못했지만, 나란히 짐을 들고 선 두 사람의 그림자를 나는 볼 수 있었다.

특별한 인사를 나눈 것도 아니었다. 게다가 그것은 꽤나 볼품없는 광경이었을 것이다. 양손에 각각 예닐곱 개씩의 쇼핑백을 움켜쥔 채 뒤뚱뒤뚱 우리는 길을 걸었다. 걸을수록 양손의 짐이 무겁게 느껴졌고, 백의 부피 때문에 팔을 밑으로 내릴 수도 없었다. 즉 저절로, 물지게를 지고 가는 베트남의 농부 같은 모양새가 되어버렸다. 문화센터까지 이어진 사, 오백 미터의 길 위엔 정사각형의 보도블록이 균일하게 깔려 있었다. 나른한

끝없이 이어진 바둑판의 흰 돌과 검은 돌처럼, 우리는 번갈아 서로의 발을 내딛고 있었다. 내가 신은 흰 운동화와 그녀의 검은 구두를 바라보고 있자니 어깨가 뻐근해지는 것을 느낄 수 있었다. 나와 다름없는 부피의 짐을, 그녀도 지고 있었다. 무겁네요. 라고 내가 말했다. 아, 네... 당황한 듯 대꾸하던 그녀의 목소리도 떠오른다. 뺨 위를 문지르던 바람과, 나른하고 나른하게 우리를 쓰다듬던 그날의 햇볕도 생생하다. 물지게를 진 자세로

무겁네요

첫인사를 건넨 연인이 이 세상에 또 있을까... 모르겠다, 다만 말없이 걷던 그날의 길과... 언제나처럼 고개를 숙인 그녀의 옆모습이 떠오른다. 이성(異性)과 함께 걷는다는 생각도 들지 않았다. 이상한 일이지만 대신 지나간 세월 같은 것, 즉 라일락이 피고 지던 지나간 봄 같은 것... 해서 피고 지는 인생의 환(幻) 같은 것... 말하자면 젊은 아버지와 길을 걷는 처녀 시절의 어머니... 를 떠올

렀다는 생각이다. 해서

잠이 들지도 않았는데... 벌써 꿈을 꾸고 난 듯한 그 기분을, 길을 걸으며 다시 느낄 수 있었다. 미안했거나, 혹은 앞으로 미안해야 할 사람처럼 갑자기 얼굴이 붉어져옴을 알 수 있었다. 잠깐만요. 걸음을 멈춘 것은 백여 미터를 걷고 난 한적한 육교 아래서였다. 잠시 쉬었다 가죠. 말없이 쇼핑백을 내려놓던 그녀와, 말이 없어 더 애처롭던 그녀의 땀 냄새가 떠오른다. 이마의 땀을 훔치며 본 그녀의 짐이, 그래서 그 순간 내가 부린 짐보다도 무겁게 느껴졌다. 이유는 알 수 없다. 담배라도 피는 기분으로 하늘을 보며 요한이라면 어떤 결정을 내렸을까... 나는 생각했다. 길게 생각할 필요도 없이 택시~ 하고 외치는 목소리와, 트렁크에 짐을 몽땅 때려싣는 요한의 모습이 떠올랐다. 잠깐 열어 본 지갑은 그날따라 마침 텅 비어 있었다. 지갑이 가벼울수록

무거운 짐을 지는 것이 인간이구나, 늘어선 가로수를 바라보며 나는 베트남의 농부처럼 고개를 끄덕였다. 늦겠어요, 라고 그녀가 속삭였다. 아니, 속삭인 건 아니지만 늘 고개를 숙인 채여서 속삭인다는 기분이 들곤 했었다. 나는 말없이 쇼핑백을 챙겨 들었고, 한 손에 세 개씩 더... 그녀의 짐을 뺏어 들었다. 뒤돌아보지 않아도 당황해하는 그녀의 기색을 역력히 느낄 수 있었다. 저기... 하고 그녀가 말했다. 괜찮아요 주세요. 가야 할, 꽤 먼 거리가 남았으므로 나는 걸음의 속도를 높이며 큰 소리로 외쳤었다. 여자가 들기엔

너무 무거워요. 지나가던 택시와 서쪽으로 흘러가던 구름들...
그리고 좀더, 흔들리던 길옆의 코스모스며... 손가락의 통증... 내
딛던 운동화의 감촉과... 뒤따라 종종 걸어오던 가벼워진 그녀의
발자국 소리가 생각난다. 그 순간 왜 그런 행동을 했는지는 지금
도 알 수 없다. 다만 피고 지던 꽃 같은 것... 해서 사라진 인생의
환 하나를 새삼스레 떠올리는 기분이다. 그녀도 나도 열아홉 살이
었다. 누구에게나

스스로도 믿기지 않는 시절이 있는 법이다.

루씨, 인 더 스카이 위드 다이아몬드*

누군가가 너를 부르고
너는 아주 천천히 대답한다.

즐겨 듣던 비틀즈의 노래엔 그런 가사가 있었다. 그녀와 얘길
나눌 때마다 그런 기분이 들곤 했었다. 나는 그녀를 부르고 그녀
는 아주, 천천히 대답한다... 근무한 지 오래되셨나요? 아뇨. 저보
다야 오래겠죠... 아, 네. 짧은 질문과 대답 사이에 두 대의 택시와
시내버스... 정도가 지나가곤 했다는 느낌이다. 답답하다는 인상
을 받지 않을래야 않을 수 없었다. 결국 나도 굳게 입을 다물었다.
문화센터를 나와 돌아오던 그 길이 그래서 더 멀고, 나른하게 느

---

* 〈Lucy in the Sky with Diamond〉. 비틀즈의 앨범 〈Sgt. Pepper's Lonely Hearts Club Band〉
에 수록된 곡. 존 레논은 유치원에서 돌아온 어린 아들이 보여준 크레용 그림(자신이 좋아하던
짝꿍 루씨를 그린)에서 이곡의 영감을 얻었다고 한다.

껴졌다. 저기... 하고 그녀가 얘기한 것은 갑자기 뚝, 하는 느낌으로 바람이 멎은 순간이었다.

고마웠어요.

뭘요, 하고 나도 모르게 그녀처럼 짧은 대답을 하고 말았다. 한 대의 차도 지나가지 않던 그 순간이 지금도 생생하다. 단지 바람이 멎었을 뿐인데도, 지구가 정지한 느낌이었다. 흔들림 없이 허공에 정박해 있던 수많은 코스모스와, 오래된 박제(剝製)처럼 서 있던 나무들... 정지신호를 지키고 선 택시들이 순간 그런 느낌을 주었었다. 아무것도 움직이지 않았으므로

몰래, 아주 빠르게... 손으로 머리를 빗어 넘기는 그녀의 움직임을 또렷이 느낄 수 있었다. 순간 붉어진 그녀의 얼굴과.... 치마 근처의 제자리로 돌아가던 손... 돌아가서도 머뭇, 어디에 둬야 할지 몰라 부끄러워하던 그녀의 손을 잊을 수 없다. 그런 느낌에 대해 한 마디 말도 하지 못하던 열아홉 살의 나와... 그녀를 잊을 수 없다. 세상이 멈춘 순간 왜 그런 것들은 보다 상세해지는지, 바람이 없는데도 무엇이 파르르 잠자리의 날개를 떨게 하는지... 알 수 없었다. 지구가 정지하기 전까지는, 나는 그 이유를 알 수 없을 것이다. 이제 더는

열아홉 살이 아니기 때문이다. 열아홉 살이 아니므로, 다시는 그런 상세한 감정의 파편들을 느끼고 추릴 수 없을 것이다. 켄터

키의 닭처럼 살찐 비둘기들이 인도를 거닐며 지구를 움직이기 시작했다. 대기선에 있던 차들이 출발하고, 그리고 여전히 고개를 숙인 그녀와, 결국 찰랑이며 다시 이마를 가리던 그녀의 머리칼이 떠오른다. 육교에서 내려온 세 명의 여자가 우릴 향해 걸어온 것도 그 순간이었다. 10미터, 5미터... 그리고 어머, 하고 한 여자가 웃는 것을 나는 보았다. 그리고 분명 그녀를 처다보던 여자들과, 그녀와 나를 번갈아 바라보던 여자들의 미소를 잊을 수 없다. 푹 고개를 떨구던 그녀와... 아니, 우린 당신을 본 게 아니에요 하듯 잠시 딴청을 피던 여자들과... 지나치며 다시 흘깃, 하던 여자들과... 잠시 후 등 뒤에서 까르르 들려오던 웃음소리를 잊을 수 없다. 누구라도

　너무나 분명하게 그 이유를 알 수 있는 웃음이었다. 그래야 했을까? 왜 꼭... 그래야 했던 걸까. 순간 치밀던 분노와, 목에 가시가 걸린 듯한 그 느낌을 잊을 수 없다. 지구가 한 번만 더 정지해준다면 나는 달려가 그녀들을 차도로 밀어 넣고 싶은 기분이었다. 아니 그보다는... 무언가 울컥 하고 그녀에게 미안한 마음이었다. 짧은 순간, 나도 모르게 그녀를 처다보았다. 그리고 다시는 그녀를 처다보지 않았다. 처다볼 수 없었고, 처다보지 않는 것만이 그 순간 내가 해줄 수 있는 일의 전부였다는 생각이다. 아무리 걷고 또 걸어도, 그러나 다이아몬드처럼 굳어 있던 그녀의 얼굴이 머릿속에서 지워지지 않았다. 누군가가 너를 부르면

　왜 너는 아주 천천히 대답을 하는지를... 순간 어렴풋이 알 수 있

죽은 왕녀를 위한 파반느

을 것 같았다. 나란히, 아무 일 없는 듯 그 길을 걸었지만... 그래서 그녀가 지극히 먼 곳에 있다는 느낌을 받았었다. 아빠, 저기 다이아몬드 속에 있는 여자가 루씨예요. 유치원에서 돌아온 아들의 그림을 보며 멜로디를 흥얼거리던 존 레논처럼, 나는 즐겨 듣던 노래의 한 구절을 떠올리며 그 길을 걸었었다. 인생에서 걸었던 가장 길고 나른한 길이었다. 다이아몬드처럼 굳은 얼굴로 다시는 머리를 빗어 넘기지 않던 그녀... 다시는... 넘기지 못하던 그녀...

다이아몬드와 함께 하늘에 있는 루씨...
다이아몬드와 함께 하늘에 있는 루씨...

주임에게 보고를 하고, 화장실을 들러 볼 일을 보고, 찬물로 세수를 하고 나자 피곤이 몰려왔다. 아니 그보다는... 한없이 마음이 비참해진 기분이었다. 창백한 얼굴로 회전문을 들어서던 그녀의 뒷모습이 세수를 하면서도 자꾸만 떠올랐다. 털레털레 계단을 내려와 지하에 이르자 등받이를 끄덕이며 벤치에 앉아 있는 요한의 모습을 볼 수 있었다. 다녀왔니? 요한이 물었다. 그저 예, 라고 답하기엔 너무나 멀고 이상한 곳을 다녀온 기분이었다. 표정이 왜 그래? 아뇨 그냥 좀 피곤해서... 그런 내 어깨를 두드리며 요한이 야릇한 미소를 지었다. 힘내라 아미고, 너에게 전할 승전보가 있다. 뭐가요? 간식이나 먹을까 올라갔는데 말이야, 아르바이트 남자애들을 대상으로 여직원 동무들이 인기투표를 했다지 뭐냐. 분하게도 너... 1등이라더군. 별 반응이 없자 요한은 농담을 덧붙였다. 하물며 아무렇지 않다는 표정까지! 이런 도도하면서도 동시에 가중스런 아미고를 봤나. 그래도 반응이 없자 요한은 갑자기 진지한 얼굴이 되었다. 왜 그래?

이상하게도 술술 그런 얘기들을 털어놓았다. 밑도 끝도 없이 시작한 얘기들이... 점점 윤곽을 갖춰나갔고, 결국 어머니에 대한 기억이나... 그런 부분에까지 길고 지루하게 이어지고 말았다. 요한은 잠자코 끝까지 얘길 들어주었고, 그러니까 너 말은... 하며 새담배를 피워 물었다. 50미터쯤 떨어진 어둑한 코너에선 한가한 두 명의 동료가 프로레슬링 흉내에 열중하고 있었다. 너 말이야... 하고 요한이 말했다. 혹시 그 친구를

좋아하는 거 아니냐?

그건 아니라고, 내가 답했다. 하지만 뭐랄까... 신경이 쓰여요, 알게 모르게 계속... 신경이 쓰인다고는 했지만, 그것이 정확한 표현인지도 알 수 없었다. 요한은 몇 모금 길게 연기를 뿜었고, 간단한 얘기는 아닌데... 하며 툭, 툭, 재를 털었다. 그리고 툭, 말을 뱉었다. 여자에게 말이야... 무정(無情) 보다 더 비참한 게 뭔지 아니? 동정이야. 동정하는 거라구. 확신하건대 〈동정은 금물〉이란 말은 분명 여자를 동정해 본 남자의 머릿속에서 나온 말이야. 모든 훌륭한 명언이 그렇듯이 경험담인 셈이지. 동정(同情)이라는 단어가

그 순간 검은 재(灰)처럼 마음을 뒤덮었다. 퇴근을 하고, 얘기는

켄터키 치킨에서도 이어졌다. 이 포크를 봐. 앞에 세 개의 창이 있어. 하나는 동정이고 하나는 호의, 나머지 하나는 연민이야. 지금 너의 마음은 포크의 손잡이를 쥔 손과 같은 거지. 봐, 이렇게 찔렀을 때 그래서 모호해지는 거야. 과연 어떤 창이 맨 먼저 대상을 파고 들었는지... 호의냐 물으면 그것만은 아닌 거 같고, 동정이냐 물으면 그것도 아니란 거지. 뭐, 맞는 말이긴 해. 손잡이를 쥔 손으로선 어쩔 수 없는 일이니까. 상대도 마찬가지가 아닐 수 없어. 처음엔 어떤 창이 자신을 파고든 건지 모호해. 고통과 마찬가지로 감정이란 것 역시 통째로 전달되기 마련이지. 특히나 여자는 더 그래. 왜 그런지 모르면서도... 그래서 일단 전반적으로 좋거나 싫어지는 거야. 하지만 시간이 지날수록 하나하나의 창을 더듬어보게 돼. 손잡이를 쥔 손은 여전히 그 무엇도 알 수가 없는 거지. 알아? 적어도 세 개의 창 중에서 하나는 사랑이어야 해.

여자는 말이야. 다른 모든 창들을 녹여 그것을 하나의 창으로 만들고 싶어해. 단순하고 강렬한 하나의 창으로... 즉 〈사랑〉이란 창이지. 만약 그것이 다른 이름의 창임을 알게 되면 그 상처를 견디지 못하는 게 여자야. 그리고 넌 여전히 그 순간에도 포크의 손잡이를 쥐고 있는 손인 거지. 이유도 모른 채 어쩔 줄 몰라하는, 어쩌지도 못하는 손인 거야. 하지만, 하고 내가 말했다. 인간의 감정은 당연히 복잡한 거 아닌가요? 있는 그대로 전부를 전달하는 게 옳다는 생각이 드는데... 옳거니 옳거니, 연기를 뱉으며 요한이 얘기했다. 그래서 넌 손잡이를 쥔 손이라는 거야. 포크는 원래 이런 거잖아, 라는 것과 다를 바 없다는 거지. 내 말은... 치킨과 여자는 다르다는 거야. 여자의 입장에서... 그걸 어떻게 설명해야 할까... 그럼 묻겠는데 자, 드넓은 평원에 너가 서 있어. 웬일인지 몸이 움직여지지 않아. 그리고 저쪽에서 뭔가가 널 향해 막 뛰어와. 그대로 널 관통이라도 하려는 듯 먼지를 일으키며 달려오는 거야.

그게 유니콘이면 좋겠어, 아니면 트리케라톱스*인 게 좋겠어? 트리케라톱스라구요? 어이가 없다는 얼굴로 나는 요한을 쳐다보았다. 트리케라톱스, 하고 입에 포크를 물고 이마엔 손가락 두 개를 붙인 요한이 머리를 흔들었다. 툭, 포크를 뱉으며 요한은 말을 이었다. 뿔이 여러 개일수록 여자는 불안한 거야. 복잡해지거든. 그걸 알아야 해. 바람둥이들의 공통점이 뭔지 알아? 여러 개의 창을 절대로 디밀지 않아. 오직 하나의 창, 사랑이란 이름의... 창이지.

뭔가 억울한 걸요. 이를테면... 제가 엘리베이터 걸에게 신경이 쓰인다, 그랬다면 과연 중생대 백악기 공룡이 등장했겠냐 얘기예요. 어 그래, 잘해봐라... 고작 그런 정도였겠죠. 당연하지, 하고 요한은 정색을 했다. 걔들은 상처가 없으니까. 행여 상처가 생긴다 해도 어떻게든 살아갈 수 있는 애들이란 말이야. 그건 너도 마찬가지야. 어떤 상처가 있다 해도 살아갈 인간이라고 봐, 하지만 그 친구는 달라. 그런 상처를 가진 여자는 말이야... 힘들어. 살아가는 일 자체가 힘든 거라구. 냉정하게 말하면 너가 신경을 쓴다

---

* 중생대 백악기 후기의 초식 공룡. 몸길이는 6~9m이며 네 다리로 보행하며, 눈과 콧등 위에 커다란 세 개의 뿔이 있다.

해서 어떻게 될 성질의 문제가 아니란 거야. 해서 그 신경을 쓴다... 의 문제에 관한 한 나는 절대적으로 그 친구의 편이야. 약자니까. 걔가 입사했을 때부터 봐왔지만 난 아직 그 친구 이름을 몰라. 대개가 그럴 거라구. 어디서든... 관심 밖이야. 내가 알기론 올해 입사한 여상 출신들 중 성적이 제일 좋았거나 그래. 원래 시원한 사무실에서 컴퓨터나 만지고 있어야 할 애였다구. 그런데... 아무튼 매장으로 내려가더니 또 거기서도 늘 겉도는 존재야. 하긴 뭐, 붙어 있는게 용하지. 그래서 하는 말인데

포크란 게 원래 이런 거잖아, 라는 식으로 발뺌을 해선 안 될 대상이 세상엔 있는 거야. 왜? 그건 정말 나쁜 짓이거든. 사랑이 아니라면, 또 사랑을 줄 수 없다면 말이야... 말하자면 만약 오늘 그 길을 동료가 아닌 연인으로서 걸었다 쳐. 난 네가 떨어져 걷거나 부끄러워 얼굴을 돌린다에 이달치 월급을 걸겠어. 알아?

그게 인간이야.

늘 그랬다. 정리되지 않은 여러 개의 창을, 간단한 하나의 창으로 다듬는 능력을 요한은 갖고 있었다. 오늘 그 길을 연인으로서 걸었다면... 하고, 창밖의 어둠을 바라보며 나는 중얼거렸다. 창에 찔린 짐승처럼, 입간판의 작은 〈희망〉이 그날따라 흐릿하게 점멸하던 밤이었다. 제법

취한 채 돌아 나오던 골목과, 세상은 무자비한 거야... 전봇대에

볼일을 보며 떠들던 요한과, 하나 둘 떨어지던 은행잎과, 말죽거리까지 운행하던 막차와... 깊은 어둠 속의 불 꺼진 집... 그런 기억들이 여러 개의 뿔처럼 솟아 있는 밤이었다. 이상할 정도로 나는 잠이 오지 않았고, 누워 한참, 잠든 고양이의 목덜미를 어루만지다 겨우 잠이 들었다.

그날 밤 나는 꿈을 꾸었다. 그녀와 함께 어딘가를 걷고 있는 꿈이었다. 계절은 봄이었고, 무더기로 피어 있는 개나리며... 완연한 봄의 흔적들을 상세히도 보았지만, 앞서 걷는 그녀의 얼굴은 보이지 않는 꿈이었다. 앞서 걷던 그녀의 걸음도 따라잡을 수 없는 꿈이었다. 그녀를 부르고 싶었지만 목소리가 나오지 않는 꿈이었다. 갑자기 나타난 지하철역과, 계단을 내려서던 그녀의 뒷모습이 생생한 꿈이었다. 길고 긴 기다림과, 어둠 속에서 달려오던 불 꺼진 전철도 또렷한 꿈이었다. 열린 문 속으로 들어서는 그녀를 보면서도, 그러나 더는 한 발짝도 몸을 움직일 수 없는 꿈이었다. 스르르 닫히던 문과, 사라지는 전철을 바라보는 꿈이었다. 슬프지도 기쁘지도... 아무런 감정이 느껴지지 않는 꿈이었다. 어때, 그저 그렇다고 말할 수 있지? 문득 요한의 목소리가 옆에서 들려오던 꿈이었다. 어깨에 얹히던 요한의 손과, 다시 이어지던 요한의 목소리를 잊을 수 없는 꿈이었다. 이게 인간이야!

이게 인간일까, 숙취가 여전한 상태로 잠에서 깬 나는 중얼거렸다. 냉장고를 열어 물을 마시고, 이상한... 스스로의 감정과 악취에 둘러싸여 나는 고개를 끄덕였었다. 동이 트고 있었다. 창을 넘

죽은 왕녀를 위한 파반느

어선 과분한 빛이 고작 이런 인간의 세계를 향해 스며들던 새벽이
었다. 그리고 그저

그런 아침을 맞았다는 생각이다. 샤워를 하고 밥을 먹고... 깨끗
이 면도를 한 후 나는 드라이기로 머리를 말려주었다. 새 양말을
꺼내 신고, 잘 다린 셔츠에 다리지 못한 청바지를 갖춰 입고 오늘
은 뭘 읽을까... 까뮈의 『이방인』을 옆구리에 낀 채 집을 나섰다.
허리띠에 찬 워크맨에선 닐 영의 〈Heart of Gold〉가 흘러나오고
있었다. 인생에 늘 있어온 그저 그런 아침이었다. 할리우드에도
가봤고 레드우드에도 가봤지*. 아무렴 그저 그런

아침이었던 것이다. 평소와 다른 점이 있다면 한 시간은 더, 이
른 시각이었다는 것이다. 보다 옅고 미지근한 출근길의 햇살 속에
서 나는 버스를 탔고, 지하철역 공사장이 붕괴되었다는 뉴스를 들
었으며... 다행히 두 대의 차량이 파손되었을 뿐 인명피해는 없었
다는 보도를... 들었다, 그리고 그 현장이... 바로 근처란 사실을
알게 되었다. 임시로 튼 반대편 차선을 둘러, 지나오며 철판이 내
려앉은 뻥 뚫린 구멍을 사람들은 볼 수 있었다. 저기네 저기, 창가
에 앉은 사람들이 일제히 수군거렸다. 잠깐 그곳을 바라보다 나는
다시 책을 읽기 시작했다.

아무것도 중요한 것은 없다. 나는 그 까닭을 알고 있다. 너도 그 까닭을

---

* 닐 영의 곡 〈Heart of Gold〉의 가사 일부

알고 있는 것이다. 내가 살아온 이 부조리한 생애 전체에 걸쳐, 내 미래의 저 밑바닥으로부터 항시 한 줄기 어두운 바람이, 아직도 오지 않은 세월을 걸쳐서 내게로 불어 올라오고 있다. 『이방인』에는 그런 구절이 적혀 있었다. 책을 읽다 정류장을 지나친 것도 종종 있어온 일이었다. 할리우드에 가나 레드우드에 가나 아무것도 중요한 건 없어... 그런, 기분으로 지나친 한 정거장 거리를 나는 걸어 왔었다. 드넓은 옥외 주차장에선

　청소가 한창이었다. 2주에 한 번꼴로 행해지는 여직원들의 일과였다. 광장 곳곳의 낙엽이니 쓰레기니 그런 것들을 빗자루를 든 여직원들이 열심히 쓸어 담고 있었다. 별관의 후문에 이르러 걸음을 멈추고, 나는 자판기에서 커피를 한잔 뽑아 마셨다. 청소를 마치고 집결하던 여직원들과, 출석을 부르던 주임... 그리고 이어지던 국민체조가 생각난다. 멀리서 바라본 그 풍경은 한 번도 본 적 없는 여고의 체육시간, 같은 걸 떠올리게 했다.

　주임의 구령에 맞춘 등배 운동과... 이를테면 팔 벌려 제자리 뛰기니, 숨쉬기 운동... 그런 것들이 잊혀지지 않는다. 더는 여학생이 아닌 여성들의 단체동작엔 뭔가 모를 쓸쓸함과 슬픔이 베어 있었다. 그리고... 그 속에 섞인 그녀를, 멀리서도 볼 수 있었다. 별관의 광장을 가로질러 나는 천천히 걷기 시작했다. 너 머리 참 이쁘게 됐다, 이건 얼마 준 거야? 삼삼오오 모여선 그녀들의 목소리가 들리기 시작했다. 또 아무렇지 않은 얼굴로 체조를 하다 빠져나온 웃옷을 살짝 살짝 집어 넣는 모습도 볼 수 있었다. 무리와

동떨어진 초식동물처럼, 그리고 그녀는 광장 귀퉁이의 화단 끝에
서 등을 돌린 채 혼자 서 있었다. 아직 떨어지지 않은

  나뭇잎들이, 곧 다가올 세월처럼 주변의 가로수에 매달려 몸을
떨고 있었다. 나는 걸었고, 그녀의 등 뒤에 이르렀으며, 뭔가 생각
할 겨를도 없이 저기요, 하고 그녀를 불렀다. 이유는 알 수 없었
다. 등을 돌리고 나를 바라보던 그녀와, 그 눈동자가 떠오른다. 그
리고 머뭇, 높은 가지의 잎사귀를 바라보는 트리케라톱스처럼…
나는 말했다. 저랑 친구 하지 않을래요?

  그토록 정지된 느낌의 시간을 경험한 것은 그때가 처음이었다.
할리우드에 가도 레드우드에 가도… 나는 다시는 그런 순간과 조
우할 수 없을 것이다. 네? 하고 그녀는 묻지 않았지만 분명 네? 라
는 그녀의 목소리를 들은 듯했다. 우리… 친구 하자구요. 또박또
박 나는 다시 말을 이었다.

  강 위의 배 안에 앉아 있는 당신을 그려보라.
  오렌지 나무와 마멀레이드 빛 하늘과 함께
  누군가가 너를 부르고
  너는 아주 천천히 대답한다.
  만화경(萬華鏡) 같은 눈을 가진 어떤 소녀

  흘러나오던 비틀즈의 노래와는 달리, 흐린 하늘과… 흔해빠진
가로수와… 아무런 대답도 하지 않던 무표정한 얼굴이 눈앞에 떠

오른다. 그녀는 휙 등을 돌렸고, 천천히... 그러나 급히... 아니, 속
도를 가늠키 어려운 걸음으로 자리를 떠나버렸다.

그녀가 사라진 회전문을 나는 말없이 지켜보았다. 역시나 느리
다고도, 빠르다고도 할 수 없는 묘한 속도로... 문은 돌고 있었다.
무엇이 잘못된 걸까? 무덤덤한 기분으로 업무를 시작했지만, 커
다란 회전문 하나가 머릿속에서 돌고 있는 기분이었다. 뭐야, 꽤
나 좋은 책을 읽고 있잖아. 『이방인』을 집어든 요한이 살인이며,
장례식이며 뫼르소의 항변이며 재판에 대해 열변을 늘어놓았다.
그래서 말인데... 삶은 그야말로 귀찮은 거야! 안 그래? 평소라면
귀가 솔깃할 얘기였지만 알제리의 태양 아래 앉은 인간처럼 나는
무감각한 기분이었다. 또 왜 그래? 밥이나 먹으러 가자구. 아뇨,
오늘은 좀... 속이 안 좋아요. 노래의 가사처럼 나는 아주, 천천히
대답했었다.

책을 읽은 것도 아니고, 그야말로 우두커니 앉아 있었다. 몇 대
의 트럭이 들어오고, 일찍 밥을 먹은 동료 하나가 돌아오고, 자신
의 구역으로 가기 전에 느닷없이 너 AFKN 보니? 놈이 물었고, 나
는 귀찮았고... 다시 멍하니 앉아 있는데 요한이 돌아왔다. 이봐
아미고, 너 어떻게 된 놈이냐? 웃겨죽겠다는 얼굴로 요한은 담배
를 꺼내 물었다. 뭐가요? 대답을 미룬 채 요한은 말없이 봉지 하나
를 내려놓았다. 그 속엔 한 줄의 김밥과 콜라가 들어 있었다. 우물
우물 김밥을 씹으며 나는 요한의 핀잔을 들어야 했다. 아마 놀랐
을 걸, 그리고 어쩌면 네가 놀리려 든다 여겼을지도 몰라. 게다가

다른 직원들도 주변에 있었다며? 말을 알아들을 거리도 아니었어요. 볼멘소리를 하며 나는 콜라를 마셨다. 그러니 더 궁금해 하는 거야. 이미 소문이 쫙 퍼졌던걸.

상관없어요, 하고 나는 중얼거렸다. 보라구, 귀찮게 여길 문제가 아니야. 뭐랄까... 그럴 경우엔 그 친구가 운신할 수 있는 폭이 좁아져. 게다가 넌 가증스럽게도 미스터 아르바이트잖아. 아무튼 뭐, 그건 걱정 마. 제일 입 싼 애에게 둘이 친척인 걸로 안다고 내가 귀띔을 했거든. 그럼 그렇지, 둘이 친척이래~~ 하고 이미 다들 잠잠해졌을 거야. 뭐랄까, 그라운드의 돌들을 골라내고 잔디마저 고르게 깎은 셈이지. 어떻게... 즉석에서 그런 거짓말을 지어내죠? 내가 묻자 요한은 이거야 원, 할 말이 없다는 표정으로 자신이 할 말을 끝까지 다했다. 물에 빠진 놈을 건져주고는 밧줄은 왜 갖고 다니냐 투정을 듣는 기분인 걸. 그나저나 거울이나 보고 와, 김 끼었어... 시금친가?

시금치를 빼고, 세수를 하고 돌아오자 요한은 앉은 채 『이방인』을 읽고 있었다. 나는 잠깐 주변을 서성이다 저기... 하고 말을 이었다. 고마워요 형... 그리고... 김밥도 고마웠어요. 뭘, 하고 책에서 눈을 떼지 않은 채 요한이 물었다. 김이었어?

아니 시금치였어요. 골똘히 악보를 들여다보는 존 레논처럼 요한은 진지한 얼굴로 말을 이었다. 언젠가 그 친구가 김이었냐고 물으면 말이야... 김이라고 그래. 설사 그것이 시금치였다 하더라

도 말이야. 보자, 오늘도 베어 한잔 해야지. 난 오후에 외근이나
좀 다녀와야겠다. 그러니까 일곱 시에 켄터키에서 보는 걸로... 어
때? 좋아요. 그나저나 하고 책을 덮으며 요한은 중얼거렸다. 『이
방인』을 읽으면 늘 그래... 삶은 정말 귀찮은 거야. 넌 귀찮지도 않
냐? 모르겠어요. 역시나, 하고 요한은 자리를 일어섰다. 귀찮지
않다면 하나만 더 물어도 될까? 그럼요. 그 친구를... 좋아하고 싶
은 거니, 아니면 좋아해주고 싶은 거니? 휙... 휙, 머릿속에서 돌고
있던 회전문이 정지할 때까지 나는 눈을 깜박이며 말없이 서 있었
다. 답변은 이다음에 해도 좋아. 그야말로 김과 시금치 같은 거니
까. 잊지 마. 일곱 시 정각, 켄터키다.

그리고 그저 그런, 외로운 오후였다. 오후 내내 요한은 들어오
지 않았고 나는 간혹, 일을 하거나 순찰을 돌던 경비와 농담을 하
거나... 책을 읽거나, 했다. 『이방인』을 끝까지 읽어도 왜 그가 살
인을 했는지 도대체 이 책의 어디에 삶은 귀찮은 거란 메시지가
있는지... 알 수 없었다. 혼자 퇴근을 하고, 혼자 골목을 돌아... 혼
자 〈희망〉이 보이는 켄터키의 창가에 앉아 있으니 문득 나 자신
이 이방인이 된 듯 낯설게 느껴졌다. 요한이 온 것은 잡음이 심한
TV를 통해 고교야구 준결승전의 4회 말 경기를 보고 있을 때였다.
문이 열리고, 요한이 들어서고... 나는 멍하니 서 있다 타구를 빠
트린 중견수처럼 망연자실한 기분이 되어야 했다. 괜찮아, 들어
와. 요한의 뒤에

그녀가 서 있었다.

어떻게 된 거예요? 그녀가 화장실을 간 사이 내가 물었다. 널 위해 두 시간을 설득했어... 그 전에 또 한 시간, 저 친구와 함께 외근 나갈 일을 만드느라 시간을 허비했지. 이런 일이 알려지면 막사이 사이상(賞)의 후보가 될지도 모르겠어. 아아... 하고 나는 고개를 가로저었다. 사람을 이렇게 당황하게 하는 법이 어딨어요. 당황이라... 하고 요한은 담배를 피워 물었다. 당황이란 말을 들으니 마치 체조를 막 끝낸 여자에게 다가가 술 한잔 할까요? 말이라도 던진 기분인데? 당할 도리가 없다는 생각을 하며 나는 맥주를 들이켰다. 포수가 공을 빠트린 사이 홈을 밟은 3루 주자의 앳된 얼굴이 화면 가득 클로즈업되고 있었다. 다 좋은데 야구 얘기는 하지 마, 하는 거 아니야. 후 연기를 뿜으며 요한이 중얼거렸다. 그리고 알아둬, 지금 화장실에는 거울을 보고 있는 한 여자가 있다는 걸.

3루에서 홈에 이르는 정도의 복도를 걸어 그녀가 돌아왔다. 안녕하세요, 라고 말하진 않았지만 우리는 서로 짧게 고개를 끄덕였다. 순간 요한이 자리를 떴으므로 차분한 표정의 그녀와, 공을 빠트린 포수처럼 당황하는 나 사이에 하나의 야구장이 들어설 만큼의 공간이 생겨난 기분이었다. 맥주 드시겠어요? 내가 물었다. 네, 라는 그녀의 답변이 외야수가 던진 송구처럼 커다란 포물선을 그리며 테이블을 넘어왔다. 아득히 먼 곳에서 주인이 TV를 끄는 소리와, 카세트 데크를 만지는 소리가 들려왔다. 요한이 돌아와 자리에 앉는 순간, 그래서 세상의 야구장이 모두 사라진 기분이었다. 비틀즈의 썸씽이 흘러나왔다.

그녀의 미소 속에는 무언가 있는데

난 다른 어떤 사랑도 필요하지 않아요.

내게 보여지는 그녀에게는 무언가 있어요.

난 떠나고 싶지 않아요. 어떻게 해야 하죠?

마치 익숙한 상황처럼, 우리는 노래를 들으며 건배를 했다. 깜짝 놀란 사실이 있어. 글쎄 우리 셋 다 독신이더라구. 그쪽도 자취한다고 했지? 네. 이 아미고도 자취를 해, 나도 물론이지. 이거야 원 You are Jane, you're a student too* 하는 기분이잖아. 이렇게 모이기란 주임에게 빌리 진** 가사를 외우게 하는 것보다 어려운 일일지도 몰라. 그나저나 지난번 체조 때 주임이 등배운동 하다 뒤로 넘어졌다는 게 사실이야? 잘도 진지한 얼굴로 요한이 얘길 이어갔으므로 아, 네... 그녀도 진지하게 고개를 끄덕였다.

그것 참... 난 주임이 디즈니만화의 주인공으로 발탁되지 않는 게 신기할 따름이야. 보다 넓은 세계에서 큰 꿈을 펼쳐야 할 사람인데 말이야... 그나저나 어때, 아예 이참에 우리 독신자 클럽을 결성하는 게. 휴일을 잘 맞춰 함께 영화나 콘서트 같은 걸 보는 거야. 또 뭐가 있을까... 독신자끼리의 생일 파티, 독서 토론도 좋지 않을까? 자 건배. 위하여!

---

*그 시절 중학교 1학년 영어교과서의 유명한(?)예문

**1982년 마이클 잭슨이 발매한 앨범 〈Thriller〉에 수록된 곡명

위하여! 위하여! 얼떨결에라도... 따라하지 않을 수 없었다. 얼떨결에 클럽이 결성되고, 올드 팝과 치킨과 맥주가 있던 그날 밤을 그러나 잊을 수 없다. 잠깐 실례, 하고 요한이 자리를 뜨자 다시금 넓어지던 둘 사이의 공간도 떠오른다. 아까의 드넓었던 야구장이 그래도 어느새 소프트 볼... 경기장 정도로 줄어든 느낌이었다. 정신이 하나도 없죠? 내가 물었다. 그녀는 살짝 웃었고, 아까도 정신을 차리고 보니 여기 문 앞이었어요. 하긴... 방으로 가는 길이기도 해요. 저기 시장골목을 지나야 하거든요. 실은 몇 번 두 분을 보기도 했어요. 늘 여기 이 자리에 계셔서... 라고, 했다. 그녀가 말할 때마다 볼링장으로, 또 농구장으로 줄어드는 거리감의 변화를 느낄 수 있었다. 그것은 점점 탁구대만큼이나 줄어들었고, 결국 사실적인... 직육면체의 테이블이 되었다.

그랬군요, 하고 나는 말을 이었다. 우린 늘 이 자리에 앉아요. 여기서 저 〈희망〉을 보며 술 마시는 걸 좋아하죠. 그리고 〈희망〉이 꺼질 때쯤, 이 집을 나서곤 해요. 예전엔 저 간판에서 곰도 볼 수 있었는데 지금은 사라졌죠. 아, 하고 곰의 정체를 안다는 듯 그녀는 고개를 끄덕였다. 그나저나... 아침에 많이 놀라셨죠? 내가 물었다. 그녀는 잠시 머뭇, 했고 곧이어 네, 라고 대답했다. 스스로가 빠트린... 테이블 위를 굴러오는 공 하나를 안타까운 마음으로 바라보는 기분이었다. 죄송해요, 라고 내가 말하자 아니, 아니에요 라며 그녀가 고개를 가로저었다. 그리고 지난번에... 제 짐을 들어주셨잖아요, 라며 그녀는 창밖을 내다보았다. 늘, 어딘가 접촉이 안 좋았던 입간판의 불빛이 그날도 여전히 바람에 흔들리는 느낌이었다. 그 때문에... 여길 나온 것도 실은 그래서였어요. 물어보고 싶었어요. 물어... 보고 싶었다구요? 아니, 그러니까 전...

아니, 아니에요.

아·니·에·요─무렵의 그녀를 떠올리면 가장 먼저 생각나는 것이 아니, 아니에요다. 곧잘 말을 하다가도 아니, 아니에요... 가 나오면서 모든 얘기를 마무리 지어버리는 것이었다. 그래서 언제나 조금은 답답하다는 인상을 지울 수 없었다. 뭐랄까, 순간 알 수 없는 투명한 막 같은 것이 그녀를 온통 뒤덮는 느낌이었다. 그런, 그녀를

요한은 끊임없이 질타했었다. 또 뭐가 아닌데? 넌 정말 아니에요의 여신이야. 널 이제 아니에너스라 불러주마. 정말이지 습관을 고쳐준 것은 요한이었다. 요한이 없었다면, 하고 지금의 나는 생각해 본다. 아마도 두 사람의 거리는 대여섯 개의 야구장과 축구장, 그리고 서너 개의 올림픽 스타디움이 들어서도 좋을 만큼 멀고 아득했을 것이다. 괜찮아요, 물어보세요 내가 얘길 꺼내는 순간 요한이 돌아왔다. 신사 숙녀 여러분, 하고 자리에 앉은 요한은 번갈아 5초쯤 우리를 쳐다본 후 이렇게 얘기했다. 똥을 누고 왔습니다. 그런, 요한이

나는 진심으로 부러웠다. 모든 걸 매끄럽고 쉽게, 편하게 만

드는 그 능력을 나는 배우고 싶었다. 열아홉 살인 내가, 이를테면 국수를 먹기 위해 – 물을 올려놓고 밀가루를 반죽하고... 그런데 생각처럼 반죽이 잘 안 되고... 또 나도 모르게 그만 이마의 땀을 떨어트리고... 어쩌지, 사람들이 알려나... 먹어도 상관은 없을려나... 인체에 큰 해는 없겠지 하는데 – 빨리 먹자, 면 불겠어 하며 젓가락을 꽂은 컵라면을 쥐어주는 느낌이었다. 반죽한 건 어쩌죠? 버려. 그래도 아깝잖아요, 길 건너 분식점에라도... 할라치면 언제나 툭, 휴지통까지 내미는 형국이었던 것이다.

그것이 실존(實存)이야!

똥을 누면서 느낀 고독감을 설명하다 얘기는 실존으로 이어졌다. 다시 얘기는 『이방인』으로 이어졌고, 알베르 까뮈와... 카프카로 이어졌다. 장담컨대 두 사람은 모두 똥을 누면서 그날의 원고를 구상했을 거야. 두 작가를 키운 것은 똥이었지. 글을 읽어보면 알 수 있어. 까뮈는 설사였고, 카프카는 변비였어. 그래서 우리 클럽의 활동에 대해서 말인데... 일단은 다들 부담이 없어야 해, 그 생각엔 변함이 없어. 우선 내 생일이 제일 가깝지 않을까 싶은데... 잠깐, 생일이 언제지? 그리고 또... 맞아, 일단 주소록을 만들어야겠지? 사장님, 여기 볼펜 좀 빌려 쓸 수 있을까? 아, 감사해요. 그리고 앞에 세워둔 간판 말이야, 혹시 전기세 아낀다고 안에 촛불 넣어둔 거 아네요? 저 봐, 바람에 흔들리잖아. 저런 전기불이 어딨어? 전구를 바꾸든가 뭘 좀 해야지... 그리고 모나미 153 한 자루를 들고 와서는 나라면 족히 1년은 걸렸을 일을, 5분 만에 해치워버렸다. 이건 총무가 보관하는 게 좋겠지? 요한이 건네준 한 장의 종이에는 세 사람의 주소, 전화번호, 생년월일, 취미, 좋아하는 음식, 음악, 영화, 작가... 등이 빼곡히 적혀 있었다. 모두 그때는 쉬겠지? 아저씨* 여기 신문 좀 줘보세요. 얼떨결에, 그래서 세일이 끝났을 다음 주말 다 함께 영화를 보러 가기로 우리는 약속했다. 적절한 고민 끝에 동의를 했다기보다는, 이런 식이었다. 어우동, 뽕, 백 투 더 퓨처, 13일의 금요일... 어떤 게 좋을까? 누구라도 백 투 더 퓨처를 선택하지 않을 수 없는 것이다.

켄터키 치킨을 나온 것은 열 시 정도였는데, 마치 밤이라도 샌 듯 파란만장한 기분이 들었다. 그녀도 마찬가지였을 것이다. 내가 너무 떠들었지? 요한이 물었지만 그녀도 나도 아뇨, 라고밖엔 답할 수 없는 질문이었다. 요한은 담배를 한 대 꺼내 물었고, 난 갈 테니 총무는 회원의 안전을 위해 집 앞까지 바래다주는 게 **좋겠어요** – 라고 얘기했다. 정색을 한 얼굴 앞에서 웃음이 나왔지만 문득, 갑자기 서늘해진 공기처럼 갑자기 쓸쓸해 보이는 얼굴이었다. 저기 **있잖아요**, 하고 요한이 갑자기 그녀에게 악수를 청했다. 얼떨결에, 또 갑작스런 존댓말에 그녀도 요한의 손을 받아주었다. 가볍게 손을 끄덕이던 요한이 아까와는 전혀 다른 사람처럼 그녀

---

* 아저씨란 물론, 사장을 칭하는 것이다. 요한은 그때그때 호칭을 달리 하고 나이가 많든 적든 존대와 하대를 섞어 썼다. 인간과 일정한 거리를 유지하는 방법이야. 자신의 화법에 대해 언젠 가 그런 얘기를 화자에게 들려준 적이 있다.

의 귓가에 무어라 속삭였다. 느리고, 작고, 귀를 기울여도 들리지 않는 무거운 목소리였다. 그리고 돌아선 요한이 내게 말했다. 나중에 전화해. 손을 흔들며 어둠 속으로 사라지던 요한의 뒷모습을 잊을 수 없다. 그리고 흔들리는 전깃불처럼 서 있던

그녀와 나를 잊을 수 없다.

형이 뭐라 한 거예요? 아니, 아니에요. 가로등이 꺼진 시장골목을 지나 5분 정도 길을 더 걸었을 것이다. 요한 때문이었을까, 아니면 어둠 때문이었을까, 쉽게 도란도란 우리는 얘기를 나눌 수 있었다. 같이 있다 헤어지면 그래서 나도 말이 많아져요. 시간이 좀 지나야 정상으로 돌아오죠. 불쾌하진 않으셨나요? 아니, 재밌었어요. 아무런 짐도 없이 나란히 걸어가던 그 길이 지금도 생각난다. 두 손을 어디 둬야 할지 몰라 내내 곤란하거나 고민하던 길이었다. 어떨 땐 부럽기도 해요. 내게도 저런 능력이 있었으면 하고... 그런데 막상 내가 해보면 뭔가 이상한 거예요.

난 주임이 디즈니만화의 주인공으로 발탁되지 않는 게 신기해요. 보다 넓은 세계에서 큰 꿈을 펼쳐야 할 사람인데 말이죠.

봐요, 이상하잖아요. 소릴 죽여가며 그녀가 웃었다. 하나도 안 웃긴데 왜 그러세요? 아니, 아니에요. 소릴 죽인 그녀의 미소와, 우리와 동행하던 바람... 날리고, 사각이며 자신의 배를 길바닥에 부비던 비닐봉지와... 라디오가 흘러나오던 어느 불 켜진 창(窓)이

생각난다. ...께서 신청해 주신... 틀즈의... 그리고 우연히도 비틀즈의 썸씽을 두 번이나 듣게 된 날이었다. 그녀의 미소 속엔 무언가 있는데... 어떻게 해야 하죠? 노래의 가사처럼

어떻게 해야 할지를 우리는 누구도 알지 못했다. 참... 아까 물어보고 싶다고 하신 거요. 그게 뭐였죠? 아... 하고 그녀는 나를 쳐다보았다. 이제 다 왔다고, 괜찮다며 그녀가 멈춰 선 낡은 전봇대의 외등 아래서였다. 그녀는 뭔가 머뭇, 하다가 아니, 아니에요 라며 다시 고개를 숙였다. 괜찮으니까 물어보세요. 아니... 이젠 정말 괜찮아요. 아까 그분이 얘기한 거 듣고... 또 저도... 그러니까 정말 괜찮아요. 그리고 고마워요. 그때도... 또 지금도.

아... 뭘요. 하고 나는 머리를 긁적였다. 조심해서 가세요. 다음 주에 봐요. 어둠 속으로 사라지던 그녀와... 그 어둠의 어딘가에서 철컹, 문이 열리던 소리가 떠오른다. 같은 길임에도 불구하고 올때와 달리 눈에 띄던 쓰레기들과... 라디오가 흘러나오던 그 골목의 김치찌개 냄새가 생각난다. 시장 골목은 채소의 풋내며 비린내로 눅눅했고 켄터키의 〈희망〉은 꺼져가는 촛불처럼 가물, 가물거리고 있었다. 갑자기 문득 세상의 전원이 꺼진 느낌이었다. 그날

그녀에게 속삭인 요한의 말을 듣게 된 건 한참의 세월이 지나서였다. 그가 왜 그런 말을 했는지를 이해하는 순간, 그녀의 아니, 아니에요를 나는 이해할 수 있었다. 그날 선배는 그렇게 얘기했어요. 더없이 작은 목소리였지만 지극히 단호한 목소리였어요. 그땐

무척 놀랐어요. 마치 내 마음을 꿰뚫어본 듯한 말이었거든요. 뭐
라고 했는데?

무슨 생각을 하고 있는지 알아. 하지만 쟤는
진심(眞心)이야.

그렇게 속삭였어요. 저 사실 그때 당신을 믿지 않았거든요. 아
니, 실은 믿고 싶었지만... 믿을 수 없었던 거예요. 그럴 리가 없었
으니까. 도대체 어떻게... 그럴 이유가... 없었으니까요. 그 전에
당신이 제 짐을 들어주지 않았다면 전 분명 또다시 놀림감이 되었
구나, 라고 생각했을 거예요. 이전에도 여러 번 비슷한 일을 겪었
으니까... 즉 가위 바위 보를 해서 진 사람이 저 애에게 가서 말 걸
기... 그리고 이긴 남자애들이 어딘가 숨어서 배를 잡고 웃는 거예
요. 수군거리는 주변의 그 분위기를 저는 너무나 잘 알고 있었어
요. 그런 일을 겪을 땐 언제나 못 박힌 듯 몸이 얼어붙었으니까...
사람의 웃음이... 창(槍)처럼 사람의 배를 찌를 수 있다는 걸 믿으
세요? 믿어... 하고, 나는 뿔이 잘린 트리케라톱스처럼 고개를 끄덕
였다. 결국, 세상의 매듭을 푸는 것은 시간이다.

요한에게 전화를 건 것은 백화점 별관의 공중전화박스에서였
다. 응, 그래. 하고 요한은 전화를 받았다. 전화 달라고 해서요.
응, 그랬지. 아까와는 전혀 다른 사람이 된 듯한 요한의 목소리에
나는 적잖이 당황스러운 기분이었다. 실은 우리 집으로 오라고 할
생각이었어. 뭐 얘기할 것도 있고... 술이나 한잔 했으면 해서. 어

떻게 가면 되죠? 아니, 오지 마. 뭐랄까... 집에 와서 샤워를 하고 나니 다 귀찮아졌어. 대신 내일 오는 게 어떨까? 어차피 토요일이 잖아. 전 다 좋아요. 그리고 형... 고마워요. 통화가 끊어진 듯 한동안 침묵이 이어졌다. 그리고 잠깐, 오른쪽 귀로 수화기를 옮기는 사이 요한의 목소리가 새어나왔다. 이만 끊어, 다 귀찮아.

집을 나선 것은 늦은 오후였다.

이런저런 집안일을 끝내고, 빨래를 전부 널고 나서도 웅크린 고양이처럼 전화가 오기만을 기다렸었다. 아니, 차라리 전화가 울리지 않기를 바라는 마음이었다. 모시모시. 주저하며 받아든 수화기 너머에서 평소와 다름없는 목소리가 울려 퍼졌다. 뭐해 빨리 안 오고, 기다리고 있는데 말이야... 요한의 목소리는 그, 토요일의 오후처럼 밝고 쾌활한 것이었다. 좀 전에 일어났어요. 거짓말을 둘러댄 후 이런저런 대화를 나누다 집을 나선 오후였다. 늦은 오후였고

그해 가을의 가장 화창한 오후였다. 전철과 버스를 번갈아 타고 요한이 설명해 준 아파트 단지를 찾았다. 전날 밤 들은 요한의 목소리처럼 낯선, 부유한 동네였다. 어서 와. 찾기 쉬웠지? 반기는 그에 비해 석연찮은 마음으로 현관을 들어서야 했다. 작은 평수이긴 해도 단지 자체가 아르바이트라는 직종과 현저한 거리가 있는 곳이었다. 신발을 벗는 곳의 타일조차도 그랬다. 운동화의 끈을 풀면서 본 검고, 매끈한 바닥에서 마치 인간의 어두운 이면(異面)

을 보는 듯한 느낌이었다. 들어와, 하고 내가 아는 요한이 추리닝 바람으로 얘기했었다.

특별한 얘길 나눈 것은 아니었다. 중국요리를 주문하고, 커피를 한 잔 마시고, 방과 베란다를 둘러보고는 했다. 우와, 나는 연신 탄성을 질렀다. 처음 보는 요한의 세계랄까, 즉 벽을 가득 메운 책과, LP와... 생전 처음 보는 앰프며 턴테이블이며... 와, 정말이지 스페인제였던 클래식 기타와... 우와, 사진으로나 보던 일렉트릭 기타를 보며 할 말을 잃었었다. 기타 칠 줄 알아? 아뇨. 들어볼래? 층간 소음이니 뭐니 알 리가 없다는 얼굴로 그는 묵묵히 기타를 연주하기 시작했다. 스모크 온 더 워터와 재니스 조플린의 썸머타임이 요리가 올 때까지 이어졌었다. 우와, 이건 언제 때 사진이에요? 학교 축제 때 공연사진이야. 현수막이... 일본 같은데요? 응, 어릴 때 오사카에서 살았거든. 고량주를 마시며 요한은 자신의 어린 시절에 대해 얘기해 주었다. 일본 말이 된다 싶으면 한국으로 가는 거야, 또 한국에서 말문이 터진다 싶으면 일본으로 건너갔지. 그러니까 왔다갔다 한 거야. 엄마를 따라서 말이야.

우와, 소리를 지르진 않았지만 그야말로 놀란 것은 거실 귀퉁이에 걸린 커다란 흑백사진을 보았을 때였다. 숨이 막히는 기분이었다. 도무지 소리를 낼 수 없게 만드는 미인이... 검은 테두리의 액자 속에서 단아한 미소를 짓고 있었다. 마치... 올리비아 핫세 같았지만 누구라고는 할 수 없는 미인이었다. 누... 구예요? 압도된 느낌의 질문에 비해 너무나 시큰둥한 대답이 돌아왔다. 우리 엄

마. 우물우물 라조기를 씹으며 마치 고양이를 발음하듯 우리 엄마를 발음하던 요한의 얼굴을 잊을 수 없다. 뭔가... 그보다는 다른 표현을 써야 하는 게 아닌가, 생각하는데 무덤덤한 요한의 목소리가 우물우물과 함께 이어졌었다. 죽었어.

자살이었지.

아, 하고 별다른 말을 할 수 없었다. 듣는 이의 입장을 생각해서라도, 나라면 절대 그런 식의 표현을 쓰진 못했을 것이다. 먹어! 먹기 위해 사는 거야, 안 그래? 아, 예 하고 나는 더듬더듬 요리를 집기 시작했다. 아무 일 없는 듯, 또 실제로 아무 일 없이 TV를 보며 웃고 떠들던 그날 저녁을 잊을 수 없다. 등 뒤의 검은 액자가 머릿속을 떠나지 않았고, 술을 마시면서도... 이렇듯 웃고 떠들어선 곤란한 게 아닌가, 기분이 들곤 했었다. 하하, 하.

TV를 끄고 나자 이상할 정도로 뚝 우리는 웃음을 그쳤다. 붉어진 얼굴로 우리는 잠시 거실을 뒹굴었고, 커피를 한 잔 더 마신 후 번갈아 화장실을 들락거렸다. 바람이나 좀 쐴까? 요한이 얘기했다. 그러죠 뭐. 그릇을 내다놓고, 바로 계단과 이어진 철문을 통해 우리는 옥상으로 올라갔다. 꼭대기층이라서 이런 게 좋아. 담배를 꺼내 문 요한의 손이 몇 번이고 라이터를 찰칵이고 찰칵였었다. 제법 바람이 부네... 요한이 중얼거렸다. 아닌 게 아니라 중국의 수수밭에서 불어온 바람, 같은 것이 이미 불쾌해진 둘 사이를 휭하니 지나갔었다.

참

　많이들 산다. 난간에 팔을 기댄 채 요한이 한숨을 쉬었다. 누구
라도 〈많이들 산다〉는 느낌이 절로 들 수밖에 없는 풍경이었다.
주소(住所)라는 점선으로 이어진 불빛과 불빛... 밤의 도시는 더욱
넓어 보였고 살아, 꿈틀거리고 있었다. 저렇게나 남기고들 싶을
까? 요한이 말했다. 뭘요? 별로... 좋지도 않은 유전자를 말이야.
몸에 좋지도 않은 담배를 입에 문 채 요한은 심하다 싶을 만큼 난
간 밖으로 몸을 기울이고 있었다. 위험해요 형. 뭐가? 그러다 떨
어지겠어요. 이게 위험한가... 음... 위험하군... 여전히 몸을 기울
인 채 요한은 중얼거렸다. 그때 본

　편안한 미소를 잊을 수 없다. 너무나 편안해 보였으므로, 자신
의 미소를 제외한 모든 세계를 불안하게 만드는 미소였다. 저기...
하고 내가 입을 열었지만 미소를 띤 요한의 중얼거림에 가로막히
고 말았다. 공부 공부... 그러다 죽는 거잖아. 1등 1등... 그러다 죽
어야 하고... 돈 돈... 그러다 죽는 거잖아. 그렇죠, 라고 대답하면
서 나도 모르게 요한의 어깨를 움켜쥐어야 했다. 불쌍해, 하고 요
한은 난간 너머로 내민 자신의 팔에 얼굴을 파묻었다. 잠시 미소
가 머물러 있던 그 영역에서 나는 격한 술 냄새를 맡을 수 있었다.
그거... 말고는 없는 걸까?

　없다고

생각해요. 내가 말했다. 그 순간 왜 그런 말을 했는지는 지금도 알 수 없다. 단지 어떤 느낌에 이끌려, 움켜쥔 손에 힘을 가하며 그렇게 말했었다. 새가 날고... 말이 풀을 뜯듯 인간은 돈 돈 하는 동물인 거예요. 그러자 돈 돈 하고 요한이 중얼거렸다. 1등 1등 하고 나도 중얼거렸다. 차 차... 집 집... 더 더... 여자 여자... 건강 건강... 근무 근무... 진급 진급... 자식 자식... 오호 꽤나 하는데 하며 요한이 고개를 들었다. 난간에 나란히 몸을 기댄 채 마치 실성한 인간들처럼 우리는 주거니 받거니를 이어나갔다. 힘 힘... 죽여 죽여... 상속 상속... 비교 비교... 이거 이거... 유행 유행... 지랄 지랄... 주여 주여... 좋아 좋아... 이익 이익... 투자 투자... 장수 장수... 새 거 새 거... 저축 저축... 확장 확장... 아멘 아멘... 아나따(あなた) 아나따*... 잠깐 아나... 따가 뭐죠? 그런 게 있어. 그나저나 새로운 발견이야, 하며 요한은 새 담배를 꺼내 물었다. 우리 듀엣을 결성해도 되겠는 걸? 전 노래 못해요. 괜찮아, 하고 요한이 중얼거렸다.

어차피 인간은 립싱크밖에, 또 립서비스밖에 못하는 동물이니까. 그래서 말인데... 하고 요한은 다시 미소를 지었다. 오늘은 내게 좋은 말만 해줘. 립서비스를 좀 해달란 말이야. 온몸이 간지럽도록... 간지러워 죽을 지경이 되도록 말이야. 형, 하고 나는 팔짱

---

* 아나따(あなた)는 귀하, 댁, 당신을 뜻하는 일본어이다. 요한이 쓴 "아나따 아나따"는 AV 필름에서 들을 수 있는 여배우의 교성을 흉내 낸 것이다.

을 꼈었다. 결론을 말하자면... 사람 한번 제대로 고르셨어요. 그거라면 제가 버킹검*이죠.

술이 깼다는 이유로, 다시 술을 사러 온 동네를 배회했었다. 두 박스의 맥주를 들고 둘이서 건너던 육교와 건널목... 지름길이라던 단지의 산책로와... 꼭대기층을 향해 지루하게 올라가던 엘리베이터가 생각난다. 연이어 병마개를 따던 소리... 잔을 채우던 맥주의 느낌... 부풀고 가라앉던 눈부신 거품과... 끊어지고 이어지던 요한의 기타소리가 생각난다. 아무 일 없는 듯... 또 실제로 아무 일 없이 등을 기댄 채 술을 마시던 밤이었다. 그리고

이상한 밤이었다. 그래서 곧 취할 줄 알았는데 마시면 마실수록 술이 깨는 느낌이었다. 정말이지 자정 무렵엔 간단한 인수분해라도 무리 없이 풀 수 있을 만큼 머릿속이 또렷했었다. 요한 역시 평소와 다름없는 얼굴이었다. 노래의 가사를 읊조리듯 목소리는 이어졌고, 기억을 더듬는 손길처럼 아르페지오는 계속되었다. 두 대의 기타를 번갈아 잡아들던 요한이 유에프오의 〈Lipstick Traces〉를 일렉으로 연주할 때였다. 어머님이 정말 미인이셨네요. 문득 사진을 바라보던 내가 절로 그런 말을 입 밖으로 뱉게 되었다. 어, 그래? 하고 요한은 고개를 끄덕였다. 배우였어, 아주 오래전에... 배우요? 말은 그렇지만 출연작이라도 있을래나 몰라... 어쨌거나

* 화자의 썰렁한 농담은 〈결론은 버킹검〉이라는 80년대를 풍미한 한 남성의류 CF의 카피에서 비롯된 것이다.

바로 관둔 걸로 아니까... 그리고 곧바로 첩(妾)이 되었어. 우리가 근무하는 백화점... 회장이라는 영감의 애인이 된 거지. 물이 흐르듯 이어지는 연주 때문이었을까, 어딘가 녹음해 둔 테잎을 틀어놓고 지극히 자연스레 립싱크를 하고 있는 느낌이었다.

뭐, 영감은 여잘 거느리고 싶었고... 무슨 이윤진 몰라도 엄마에겐 돈이 필요했나봐. 한때는 꽤나 죽고 못 살았나 보다라고. 일본에서 산 것도 그 때문이었어. 처음엔 눈을 피해... 또 돌아왔다가... 본부인이 눈치 채서 다시 일본으로 쫓겨 간 거야. 그러다 또 들어오고... 다시 일본에 가 있으란 종용을 받고 그런 거야. 뭐, 그 사이 이쁜 얼굴도 나이를 먹고... 영감에겐 새 여자가 생긴 거였지. 이곳에 돌아와 눌러앉은 건 엄마의 의지였어. 이젠 누구도 알아주지 않는 처지였지만 그래도 영감이 집이며, 가게를 마련해 주긴 했나봐. 자금도 꽤나 얻었다고 해... 의상실을 열고... 그런대로 사업도 무리가 없었다는 생각이야. 새 직원을 뽑고 말이야, 세무서를 다녀오고... 관련 고지서나 그런 걸 정리하고... 또 그러고선 김치를 담근다고 배추며 무... 파 같은 걸 잔뜩 사다놓고 말이야, 그리고 그날 밤 약을 먹은 거야. 이상하지? 지금 생각해도

이상해.

뭐... 하지만 그게 인간이겠지. 이상하더라구, 엄마를 좋아한 건 아니지만 싫어한 것도 아니었거든... 말하자면 그리워는... 하는 편이었지. 그런데 하나도 슬프지 않은 거야. 그리고 그게... 당연

하게만 느껴졌었어. 오히려 장례가 끝난 후엔 분통이 터질 지경이었지. 배추며... 야채가 썩어있었던 거야. 갖가지 야채들이 말이야... 나 참... 영감은 오지도 않았지. 이미 당뇨니 뭐니 그때부터 병원에 누워 있었고, 대신 아들이 찾아왔었어. 그러니까... 이곳 사장의 동생이야. 뭐, 좋은 사람이었어. 유서는 없냐고 물어보더군. 유서가... 있긴 했어. 뭐래도 쓰긴 쓴 거니까. 침대 머리맡에 작은 메모지가 있었는데 어떤 전화번호 하나랑 달랑 〈미납대금 400〉이라 적힌 게 전부였어. 전활 해보니 하청을 주던 곳이라는데 과연 그 금액을 받을 게 있다 하더라고. 나 참... 그런 걸 쓰고 죽는 여자도 있을까? 말하자면 갑자기... 아 참 거기 400 줄 게 있었지, 하고 또박또박 쓰고는 약을 먹은 거잖아. 조금이라도 자신의 삶을 책임지는 사람이 되고 싶었던 걸까? 모르겠어... 하여간에 이상하다고밖에는.

크게 달라진 생활도 아니었어. 냉장고는 그대로 있었으니까. 그때 알았지. 내겐 줄곧 냉장고가 엄마였다는 사실을 말이야... 집에 붙어 있질 못하는 성격이었거든, 생물(生物)로서의 엄마는 말이야... 오사카에서도 한국에서도 늘 잡(job)을 가지거나 모임을 가지거나 하는 생활이었지. 학교에서 돌아오면 밥을 주는 것도... 간식과 우유를 주는 것도 냉장고였던 거야. 뭐, 크리스마스니 그럴 때 어김없이 선물을 받긴 했지만 말이야... 그래도 냉장고처럼 언제나 나를 맞아준 건 아니니까... 그래서 엄마를 땅에 묻는 것보다 말이야... 냉장고 속이 텅 비거나 정전이 되어 그 속의 불빛... 왜 문을 열면 따뜻하게 새나오는 그 불빛 말이야... 밤이든 새벽이든 변함없는... 그 빛이 보이지 않으면 더 슬퍼지는 인간이야, 즉... 나라는 인간은 말이야... 세상에 또... 그런 걸 슬퍼하는 인간이 있을까?

아무튼 3개월 정도가 지났을 때 영감의 아들이... 그러니까... 자신을 형이라 부르는 건 싫지만, 그래도 자기는 가족이라는 생각은 갖고 있다... 어쩌고 하며 연락을 해온 거야. 조울증이니 뭐니... 그런 치료를 받고 있을 때였지. 어쨌거나 그 양반이 날 백화점에 넣어준 거야. 말단이긴 해도 사무직이었는데 말이야, 이상하더라구... 근무를 시작하고부터 잠이 오지 않는 거야. 아무리 노력해도... 사흘씩 잠을 못 잔 적도 부지기수였지. 나 참... 그러다 어느 날 지하에 내려갔는데 너무 편해 보이는 거야... 호루라기를 불고... 뛰어다니고... 앉아서 농담을 하고... 그러니까 이 일이 말이야... 왠지 보고 있기만 해도 잠이 오는 기분이었어. 그러고 전화 두 통만으로... 부서를 옮긴 거지. 그것이 의사가 말하는 자기 암시든 뭐든 간에, 어쨌거나 그 후부터 잠을 푹 잘 수 있게 되었어. 물론 술이 좀 필요하지만 말이야... 그게 나야, 나라는 인간... 그리고 그게 우리 엄마였지... 미납대금 400 같은 걸 적으면서도, 아들에게 쓸 말은 한 마디도 없었던 걸까? 아무튼 뭔가... 이상한 유전자임은 분명한 거야.

어쩌면... 하고 내가 말했다. 어머니께선 너무 많은 말을 쓰고 싶었기 때문에 단 한 줄도 쓰지 못하셨을 거예요. 그건... 제가 소설을 써봐서 알아요. 정말 하고 싶은 얘기가 많을 땐 단 한 줄도 쓸 수 없는 게 인간이거든요. 하청업체 따윈 아무런 애정이 없으니까... 쉽게, 아무렇게나 쓸 수 있는 거예요. 분명 그랬을 거라고... 장담해요.

비틀즈의 〈블랙버드〉를 끝으로 기타도 숨을 죽인 새벽이었다. 참으로 이상한 침묵과... 남아 있던 맥주와... 검은 새의 발자국처럼 거실을 거닐던 시계의 초침(秒針)소리가 생각난다. 글쎄 이렇다니까, 하고 요한은 물집이 맺힌 손가락 끝을 보여주었다. 한 번도 눈여겨본 적 없던 요한의 손과, 그 아래 손목의 희미한 흉터를 잊을 수 없다. 일자로 그어진 몇 개의 선이... 녹슨 기타 줄처럼 요한의 손목을 가로질러 있었다. 갑자기 치면 늘 이렇게 돼... 판이나 들어야겠다, 핑크 플로이드 어때? 하고 요한이 물었다. 바로 그거죠. 립서비스라도 하는 표정으로 나는 맞장구를 쳐주었다. 오케이, 하고 방으로 들어간 요한이 부스럭, LP를 꺼내는 소리가 들렸다. 그것이 달의 어두운 면(Dark Side of the Moon)임을 안 것은 꽤나 오랜 시간이 지나서였다.

핑크 플로이드를 들으며 우리는 남은 맥주를 따기 시작했다. 왜 그랬을까, 나는 문득 아버지를 떠올렸고... 아버지와 그 여자 사이에서 아들이 태어난다면... 하는 생각을 했었다. 그러자 요한이 나와 대척점에 선 인간이자, 마치 이복형제와 같은 존재란 생각마저... 드는 것이었다. 이유 없이 느껴지던 동질감의 정체가, 그래서 어렴풋이 짐작되던 새벽이었다. 왜 인간은 여자의 배에서 태어나야 하는 걸까? 왜 인류는... 이를테면 공복(共腹)의 형제가 될 수 없는 것인가... 막연한 생각이 드는 새벽이었다. 인간은 실패작이야, 맥주를 따르며 요한이 말했다.

실패작이라구. 첫차가 다니는 시간까지, 그리고 우두커니 앉아 있던 새벽의 풍경을 잊을 수 없다. 하지만 핑크 플로이드는 성공작이야... 안 그래? 를 끝으로 요한은 잠이 들었고, 나는 홀로... 데생을 위해 포즈를 취한 모델처럼 꼼짝 않고 앉아 있었다. 음악이 끝난 지도 오래였고, 생각을 멈춘 지도 오래였다. 다만 나는 앉아 있다가

청소를 하기 시작했다. 빈병을 치우고, 거품이 말라붙은 잔이며... 접시를 씻고, 식탁의 주변과 거실을 말끔하게 쓸고 닦았다. 그리고 끝으로... 요한의 웅크린 몸 위에 담요를 덮어주었다. 다만 아무 일 없이, 아무 일 없는 듯 그가 아침을 맞이하기 바라는 마음이었다. 오디오와 가스밸브를 확인한 후 나는 형, 하고 시작하는 짤막한 메모를 쓰기 시작했다. 짧은 메모였지만, 청소를 한 번 더 해도 좋을 만큼의 시간을 소비한 메모였다. 형도 성공작이에요. 볼펜을 내려놓자 다만 그런 전문(全文)이

사각형의 종이 위에 사선으로 적혀 있었다. 식탁의 유리 밑에 메모를 끼워두고 나는 요한의 집을 나왔다. 술에 취한 것도, 술을 깬 것도 아닌 묘한 기분이었다. 길을 걷는 내내 침실에서 본 커다란 선인장과, 식탁 위의 즐비한 약들이 자꾸만 떠올랐었다. 그토록 큰 선인장을 본 것도, 마치 맨해튼 같은 풍경으로 운집해 있는

약통을 본 것도 그때가 처음이었다. 도대체 무슨 약들이지? 집어 든 몇 개의 두툼한 약통에는 깨알 같은 영문만이 빼곡히 적혀 있을 뿐이었다. 버스는 오지 않고 여전히 달이, 자신의 이면(異面)을 감춘 채 하늘의 서편에 머물러 있는 새벽이었다. 인간은 끝끝내... 자신의 내면을 감춘 채 사라지는 저 달과 같은 것이라고 나는 생각했었다.

팬한 메모를 남긴 건 아닐까, 흔들리는 첫차 속에서 갈등이 일기도 했다. 버스를 내리고, 전철에 몸을 싣고서도 쉽게 답을 구할 수 없는 갈등이었다. 인간은 과연 실패작일까, 인간은 과연... 성공작일까? 실패와 성공의 기준은 무엇일까... 인간은 과연 달의 이면을 볼 수 있을까? 인간은 과연... 스스로의 이면을 볼 수 있을까. 인간은 어떻게 달까지 갈 수 있었을까? 달 위를 걸어다닌 인간조차도, 그러나 스스로의 내면에는 발을 내리지 못한 채 삶을 마치는 게 아닐까... 생각했었다. 아무 일 없이, 아무 일 없는 듯 돌아오던 새벽의 골목길에서

그리고 인간은

실패작과 성공작을 떠나, 다만 〈작품〉으로서도 가치가 있는 게 아닐까 나는 생각했었다. 형은 작품이에요... 그리고 나도 작품이에요. 인간은... 작품이에요. 못 다 쓴 메모를 적듯 나는 속으로 중얼거렸다. 철컹, 문을 열고 들어서던 그 순간과... 빈집의 어둠과, 운동화 끈을 풀며 바라보던 낯익은 시멘트 바닥이 다시금 떠오른

다. 그리고 어제가... 혹시 요한의, 어머니의, 기일은 아니었을 까... 문득 어둠 속에서 괜한 메모처럼 떠오르던 그 느낌을 잊을 수 없다. 한동안 말없이, 나는 끈 풀린 운동화처럼 어둑한 현관에 주저앉아 있었다.

겨울, 나무에 걸린 오렌지 해

곧 시작된 세일과 함께, 정신없는 한 주가 지나갔었다. 70%, 90% 익어가던 은행잎과 더불어, 세일의 폭도 커져만 가는 가을이었다. 이익을 위해 재고를 처분하는 상술과... 어머 도대체 얼마를 이익 본 거야? 몰려들던 여자들의 물결을 잊을 수 없다. 분명, 이익을 본 것은 누구였을까. 말하자면

할인 자체가 눈가림이란 얘기네요? 몰랐어? 어이가 없다는 듯 요한은 웃음을 터트렸다. 결국 이 세상은 눈가림이야. 눈만 가려주면... 또 눈만 만족시켜 주면 지옥 끝까지라도 달려갈 바보들이지. 세상을 망치는 게 독재자들인 줄 알아? 아냐, 바로 저 넘쳐나는 바보들이야. 독재를 하건 누굴 죽였건... 여당이 돼야 이곳이 삽니다, 제가 나서야 집값이 오릅니다 하면 찍어주는 바보들 때문이지. 세상은 잘 살겠다고, 더 잘 살겠다고 하는 놈들 때문에 망하

는 거야. 그렇잖아도

　개발을 내세운 여당 후보가 압도적인 표 차이로 국회의원에 당선된 가을이었다. 어머니 안 계시니? 선거 전부터 문을 두드리던 아줌마들과, 삼삼오오 모여 집값이 오를 거라 좋아하던 동네 사람들을 잊을 수 없다. 개발대상 지역의 대부분 땅이 그 후보의 소유임을 안 것도 그리 오랜 시간이 지나지 않아서였다. 이익을 본 것은 누구였을까? 그건 정말

　이상하네요? 아니, 당연한 거야. 인간은 대부분 자기(自己)와, 자신(自身)일 뿐이니까. 그래서 이익과 건강이 최고인 거야. 하지만 좀처럼 자아(自我)는 가지려 들지 않아. 그렇게 견고한 자기, 자신을 가지고서도 늘 남과 비교를 하는 이유는 자아가 없기 때문이지. 그래서 끝없이 가지려 드는 거야. 끝없이 오래 살려 하고... 그래서 끝끝내 행복할 수 없는 거지. 그래도, 하고 나는 물었다. 결국 그런 사람들이 이익을 보는 건 사실이잖아요. 보겠지, 도대체 그래서 그게 너와 무슨 상관이냐고? 퉁명스레 담배를 물던 요한의 얼굴이 생각난다. 하긴

　하고, 나는 생각했다. 상관이 있든 없든, 또 누가 이익을 보았든... 퇴근 무렵의 주차장이나 옥외의 광장... 들소 떼가 지나간 벌판처럼 휑한 느낌의... 그래서 홀로 어느 고원에 선 것 같은 기분으로... 고원의 저편에선 개발을 하든 뭘 하든... 들소 같은 여자들과 백화점, 설사 모두가 이익을 봤다 쳐도... 역시나 결국 여당과

독재자에게 그 이익이 돌아간다 해도... 그해 가을을 살았던 사람들 중 누구보다 큰 이익을 본 사람은 〈나〉라는 생각이 들어서였다. 사랑은 인간이 얻을 수 있는 최고의 이익이었고, 세상의 가장... 큰 이익이었다. 천문학적 이익이란 아마도 이런 걸 뜻하는 게 아닐까, 무렵의 나는 생각했었다.

그것은 묘한 경험이었다.

작은 씨앗과 같은 것이었고, 납득할 수 없는 경로를 통해 내면에 스며든 것이었다. 그리고 서서히 싹을 틔우고 뿌리를 내리던 느낌... 자라던 줄기와 피어나던 색색의 꽃을 잊을 수 없다. 길을 거닐면서도 눈에 보이지 않는 그 가상의 나무를 나는 느낄 수 있었다. 스스로가 키워 올린 나무였고 이미 뿌리를 내리고 선 나무였다.

나는 여전했지만 여전하지 않았고, 예전과 달리 누가 누구와 헤어졌대, 누가 누구를 버렸대... 주변의 속삭임에도 마음을 아파하는 인간이 되어 있었다. 사랑하는 누군가가 떠났다는 말은, 누군가의 몸 전체에 — 즉 손끝 발끝의 모세혈관에까지 뿌리를 내린 나무 하나를, 통째로 흔들어 뽑아버렸다는 말임을 알 수 있었기 때문이다. 뿌리에 붙은 흙처럼

딸려, 떨어져나가는 마음 같은 것... 무엇보다 나무가 서 있던 그 자리의 뻥 뚫린 구멍과... 텅 빈 화분처럼 껍데기만 남아 있는

누군가를 떠올리는 상상은... 생각만으로도 아프고, 참담한 것이었다. 그런 나무를 키워본 인간만이, 인생의 천문학적 손실과 이익에 대해 논할 자격이 있다고 나는 생각했다. 오랜 세월이 흘렀지만 지금도 그 믿음엔 변함이 없다.

변함없이

현실에선 세일과 세일이 이어졌었다. 두어 차례의 반짝세일까지 겹쳐 다들 몸도 마음도 피폐해진 느낌이었다. 날이 멀다 하고 일을 관두는 아이들이 속출했고, 때문에 지옥이라 불리던 지하 1층으로 지원을 나서는 일이 예사가 되었다. 정말 힘들군요. 힘들지. 어쩌다 마주친 요한과도 고작 몇 마디 대화를 나누는 게 전부였다. 한동안 내가 지원을 나간 것도 이유였고, 결정적으로 바쁜 시기가 오면 결정적으로 며칠씩 결근을 하는 요한의 생활패턴 때문이기도 했다. 모자에 눌린 머리는 늘 땀으로 가득했고, 세수를 할 때면 인간의 몸에서 나온 공장의 폐수... 같은 것을 볼 수 있었다. 그렇다 쳐도, 하고 열심히 얼굴을 문지르며 나는 생각했었다.

뭔가 할 얘기가 더 있을 듯한 그 토요일에 대해, 우리는 누구도 얘기를 꺼내지 않았다. 세수를 끝내고 거울을 바라보니 정말로 그런 일이 있었을까? 그날 밤의 이야기가 마치 작년의 일처럼 멀고 아스라하게 느껴졌다. 일상이란 이런 것이구나, 이런 식으로 평생을 살 수도 있겠다는 생각과... 왜 인간이 자신의 자아를 갖기 힘든지를... 알 수 있었다. 한동안 켄터키의 모임도 흐지부지한 상태

였다. 그녀와 나의 만남 역시 그날 밤의 그, 어두운 골목의 끝에
서... 정지된 한 장의 사진처럼 멈춰 서버린 기분이었다. 재고 파
악이며 정산이며, 들쑥날쑥한 그녀의 퇴근도 문제였지만 이미 그
전에 우리는 모두 지쳐 있었다. 그래도 드문드문

　일을 하는 도중 그녀를 만날 수 있었다. 안녕하세요? 아... 안녕하세
요. 물건 기다리세요? 네... 차가 세 시에 오기로 했는데... 많이 막
히나 봐요. 무척 바쁠 때였으므로 더는 말을 걸지 못하고 자판기
에서 뽑은 음료수를 그녀에게 내밀었다. 드세요. 아니, 아니에요. 손
짓을 하고 호루라기를 불면서도 말없이 캔을 기울이는 그녀를 볼
수 있었다. 캔을 다 비워도 오지 않던 차와, 그래서인지 일단 올라
가겠다며 손을 흔들던 그녀가 생각난다. 캔은 그냥 거기 둬요, 그
자리에. 그래요, 그 자리에! 영문을 몰라 하던 그녀와... 잠시 후
그녀가 사라진 자리에 놓여 있던 오렌지 빛의 캔이 생각난다. 비
어 있을 줄 알고 집어든 그것은, 딱 오렌지만한 무게의 새로 뽑은
캔이었다.

　그리고 다시, 오렌지며 청량한 한 모금의 음료수와는 거리가
먼... 뿌연 먼지를 일으키며 평원을 휩쓸고 지나가는 들소 떼를 마
주해야 했다. 카트니 그런 것이 없던 시절이어서, 때로 자신의 키
보다 높은 짐을 어떻게든 지고 가는 여자들을 볼 수 있었다. 언젠
가 그런 하루였을 것이다. 짐을 지고, 이고, 들고, 안고... 가던 주
부 하나가 맨 꼭대기의 짐을 내 발 앞에 떨어트렸다. 줍기 위해 몸
을 굽혔는데 그만 멈칫 하던 주부의 팔이 닿으면서 와르르 짐이

쏟아졌었다. 한 이십 분 난리가 났었다. 새빨개진 중년의 얼굴과, 튀어나오던 욕설들을 잊을 수 없다. 다짜고짜 뺨을 한 대 맞았는데... 다시 뺨을 치려는 손목을 잡아버린 탓에 그만 일이 커지고 만 것이다. 요한의 언변도 들소에게는 통하지 않았다. 결국 달려온 주임의 굽신굽신이 있은 후에야 들소는 자신의 보금자리로 발길을 돌렸었다. 화가 난다기보다는

조금 슬펐다. 이게 얼마짜린지 아냐는 고함과, 물어줄 돈이나 있냐... 경찰을 부르라던 외침을 듣다 보면 누구라도 자아를 잃을 수밖에 없는 게 아닌가, 나는 생각했었다. 올라가서 좀 쉬라는 주임의 말에 어쨌거나 세수를 하고 텅 빈 사무실에 앉아 있을 때였다. 물건이라도 가지러 들어온 듯 들어서던 그녀와... 괜찮아요? 묻던 목소리가 생각난다. 괜찮아요, 라고 말했는데도 울먹 하던 그녀의 얼굴이 떠오른다. 정말 괜찮아요. 그리고 정말

아무 일 없는 듯 돌아가야 하던 일상과 일터가 떠오른다. 그날 밤의 만남에 대해 마치 서로가 두 눈을 감아버린 기분이었지만, 그런 식으로 가끔... 우리는 서로를 향해 알게 모르게 다가가고 있었다. 움직이지 않은 듯, 하지만 조금 움직인 듯... 움찔하는 모습으로 우리는 서로를 돌아보거나, 그 자리에 서 있었다. 그것은 마치 무궁화꽃이 피었습니다, 를 읊조리고 돌아봤을 때의 풍경과도 같은 것이었다. 움직였지만, 그러나 움직이지 않은 듯 아니, 아니에요.

우리는 가까워지고 있었다.

그리고 하루, 요한이 결근을 한 날이었다. 장 그르니에의 『섬』을 들고 갔다 한 줄도 읽지 못한 날이었고, 가을과 겨울 사이에 친 커튼 같은 비가 종일토록 드리워진 날이었다. 비를 맞으며 외로운 섬처럼 서 있던 나무들과... 가을과 겨울, 어느 쪽으로도 떠내려가지 못한 채... 배수구 속으로 사라지던 은행잎들이 생각난다. 늦은 퇴근이라 주변은 캄캄했고, 나는 공중전화를 붙든 채 두 통의 전화를 걸고 있었다. 글쎄 별 일 없다니까. 어머니도 요한도 아무 일 없었지만, 드리워진 빗줄기처럼 왠지 매우 기분이 무거운 날이었다.

요가를 하고 있었어. 또, 요가에 대해 열변을 토하는 요한의 목소릴 듣다가 부스 앞을 가로질러 지나가는 그녀를 볼 수 있었다. 그래요 형, 내일은 꼭 나오세요. 당연하지, 넌 내일 한결 유연하고 정교해진 주차 안내의 몸동작을 볼 수 있을 거다. 알았어요, 끊을게요! 유리문을 열고 나와 뛰어간 이유는 그녀에게 우산이 없었기 때문이다. 지금 가시는 거예요? 아, 예. 우산 없어요? 아니... 실은 없어졌어요. 없어졌다구요? 네, 분명 있었는데... 아무리 찾아도 안 보여서요. 사은품 우산이라도 하나 들고 오지 그랬어요. 괜찮... 아요. 괜찮은 게... 아니잖아요.

술래를 서다 돌아본 느낌의 그녀와, 왠지 작게만 느껴지던 그날의 우산이 생각난다. 나는 가능한 우산을 그녀 쪽으로 밀었고, 그녀는 가능한 나와 거리를 두려 애쓰는 느낌이었다. 한 우산을 뒤집어 쓴 배려와 부끄러움이 발걸음을 조금씩 왼쪽으로 치우치게 만들었다. 미세한 기울기의 사선을 그으며... 또 가끔 서로의 자세를 수정해 가며, 우리는 그렇게 광장을 가로질렀다. 우산을 벗어난 어깨가 젖은 것은 알았지만, 겨드랑이에 낀 책이 젖은 사실은 느끼지 못하던 밤이었다.

아무리 그래도 그냥 이대로 갈 생각이었어요?

그칠 것 같아 보이지 않았어요.

누구한테라도 좀 빌리지 그랬어요.

아뇨, 이게 더 편해요. 그리고 저... 이런 일에 익숙해요.

익숙하다뇨?

그러니까... 누가 쉽게 내 우산을 집어간다거나, 그런 거요. 사람들이 비교적 쉽게 여기고... 그런 거... 누구의 도움을 바란다거나 그런 문제에 대해 그냥 포기하는 거... 그리고 정말이지... 이게 더 편해요.

하지만 맞을 만한 비는 아니라고 보는데...

비를 상대하는 게... 사람을 상대하는 거보단 쉬워요.

맥주라도 한잔 하고 갈까요?

아니, 아니에요. 오늘은 좀 피곤해서요. 피곤하지 않으세요?

피곤해요.

켄터키 치킨의 불빛을 보았지만, 그래서 말없이 그 앞을 지나쳤었다. 어둑한 시장과, 주소가 긴 골목들을 지나면서도 날씨며... 이를테면 서로의 가족에 대해서라든가... 저 집은 오늘도 김치찌개를 먹었나 봐요, 그때도 김치찌개를 먹었는데... 그런 얘기를 하다가 전봇대 앞에 이르렀다. 뭔가 더 얘기를 하고 싶었지만 적절한 말들이 떠오르지 않았다. 가난한 인간은 피곤하기 마련이고, 피곤한 인간에겐 언제나 한계가 주어지는 법이라고 길을 걸으며 나는 생각했다. 고마워요. 그리고 돌아서던 그녀와, 돌아오던 밤길이 생각난다. 버스를 타고서야 책이 흠뻑 젖은 사실을 알았고, 알아도... 앞좌석의 등받이에 이마를 기댄 채 나는 술래를 서듯 두 눈을 감았었다. 버스에서도 집에서도 연이어 잠을 잤지만, 또 눈을 뜨면

김치찌개라도 끓여야 하는 느낌의 일과가 시작되는 날들이었다. 3주를 연이은 세일이 끝나고 나자 그래서 길고 긴 술래를 벗어난 기분이었다. 내일은 정말 크게 한잔 하는 거야! 약속을 받아내며 소년처럼 떠들던 요한과, 그저 웃기만 하던 그녀가 생각난다. 그날 아침엔 모처럼 일찍 눈을 떴고, 뭘 읽을까... 책꽂이를 살피다 완전히 말라 있는 『섬』을 발견할 수 있었다. 책꽂이의 빈 칸에 눕혀진 채로, 그것은 그야말로 울퉁불퉁한 한 덩이의 섬처럼 울어 있었다. 눈부신 햇살 속에서 나는 말없이 책의 한 부분을 펼쳐보았다. 시선이 닿은 『섬』의 백사장에는 그렇다면 무엇을? 이란 문장이 새겨져 있었고, 그 뒤에는 다음과 같은 문구가 적혀 있었다.

그러므로 태양과 바다와 꽃들이 있는 곳이라면
그 어디나 다 나에게는 보로메 섬이라고 여겨진다.

태양과 바다와 꽃들이 있는 곳이라면, 하고 나는 말없이 속으로

중얼거렸다. 태양과 바다와 꽃들이 있는 곳이라면 누구라도 쉽게 사랑을 할 수 있을 거라고도, 나는 생각했었다.

모처럼의 휴일은

갑자기 우리가 젊다는 사실과, 이 세상이 지하주차장처럼 칙칙한 곳이 아니란 사실을 동시에 느끼게 해주었다. 그렇군, 면도를 하면서 나는 중얼거렸다. 실은 젊었던 얼굴이, 마치 발굴된 화석처럼 거울 속에서 빛나고 있었다. 요한은 말했었다. 세계라는 건 말이야, 결국 개인의 경험치야. 평생을 지하에서 근무한 인간에겐 지하가 곧 세계의 전부가 되는 거지. 그러니까 산다는 게 이런 거라는 둥, 다들 이렇게 살잖아... 그 따위 소릴 해선 안 되는 거라구. 너의 세계는 고작 너라는 인간의 경험일 뿐이야. 아무도 너처럼 살지 않고, 누구도 똑같이 살 순 없어. 그딴 소릴 지껄이는 순간부터 인생은 맛이 가는 거라구. 이하동문이라고

나는 생각했었다. 태양과 바다와 꽃들은 실은 언제나 이 세계에 머물러 있고, 우리에겐 그 사실을 망각하지 않을 테크닉이 필요할 뿐이었다. 그런데 우리 영화 보러 가기로 하지 않았나? 아침부터 걸려온 요한의 전화를 받고 3주 전에... 그랬지요, 라고 나는 대답했다. 그럼 봐야지. 끝나지 않았을까요? 글쎄, 그럴까? 일단 전화를 걸어 그녀에게 의사를 물어보았다. 좋아요. 의외로 영화는 상영 중이었고, 우리는 보로메 섬에 모인 사람들처럼 팝콘과 콜라를 사들고 영화관에 들어섰다. 백 투 더 퓨처*는 소문대로 즐거운 영

화였고

우리는 우리대로 기분이 우울했다. 면도한 턱 주위를 손으로 매만지며, 나는 내내 젊은 시절의 아버지와 어머니를 떠올렸다. 나라면, 하고 요한이 귓속말을 건넸다. 포름알데히드를 써서라도 저런 불상사**를 막았을 거야. 떠들썩한 인파에 둘러싸여 극장을 나서면서도 어쩐지 모두가 탐탁지 않은 얼굴이었다. 재밌지 않았어요? 재밌었어요. 영화의 줄거리야 어떻다 쳐도, 그녀에겐 수많은 인파가 또 부담스러운 느낌이었다. 전 지구인이 열광한 해피엔딩이란 포스터의 문구 앞에서, 그래서 문득 지구인에서 제외된 느낌을 나는 받아야 했다. 45억 명의 인간이 살고 있는 이 지구엔 분명 45억 개의 세계가 존재하고 있었던 것이다. 자자, 하고 담배를 피워 문 요한이 중얼거렸다. 즐겁다는 영화를 봤으니 말이야, 그래도

즐거운 영화를 봤다는 표정을 짓자구... 그때 그, 요한의 표정을 잊을 수 없다. 길고 긴 연기를 내뿜는 밝은 얼굴과, 그 속에 감춰진 그만큼의 어둠을 그때는 알 수 없었다. 돌이켜보면 그의 눈부신 쾌활함은 언제나 그런 성질의 것이었다. 즐겁다는 영화를 봤으니 그래도 즐거운 영화를 봤다는 표정... 즐겁다는 삶이 주어졌으니 그래도 즐거운 삶을 산다는 눈빛... 누군가 남기고 간 빈자리의

---

* 마이클 J 폭스 주연의 영화. 타임머신을 탄 주인공 맥플라이가 과거로 돌아가 자신의 부모가 사랑에 빠지는 것을 돕는다는 코믹 SF 영화였다.

** 요한이 말한 불상사는 자신의 부모가 결국 맺어진다는, 이 영화의 해피엔딩을 말하는 것이다.

팝콘처럼, 부풀긴 해도 식어 있는 그의 이면을 그때는 미처 헤아리지 못했었다. 단지 그런 예감을 나는 할 수 있었다. 즉 우리 모두가

상처를 지닌 인간이란 것, 해서 세 사람의 삶에는 해피엔딩 자체가 성립할 수 없는 게 아닌가... 길을 걸으며 생각했었다. 한잔해야지? 요한이 얘기했다. 거기로 가요. 붐비는 인파 속에서 겨우 고개를 들고 속삭인 것은 그녀였다. 좋지, 하며 택시를 잡아 탄 요한은 노래를 부르기 시작했다. 켄터키 옛집에 햇빛 비치어... 여름날 검둥이 시절... 저 새는 긴 날을 노래 부를 때... 옥수수는 벌써 익었다... 마루를 뒹굴며 노는 어린 것... 세상을 모르고 노나.

모르긴 몰라도, 그 시절 택시의 조수석에 앉아 켄터키 옛집을 목 놓아 부르는 인간은 전 지구인을 통틀어 요한이 유일했을 것이다. 2절은 가사가 어떻게 되지? 철부지처럼 가사를 물어보던 그 얼굴을 잊을 수 없다. 몰라요, 제발이요. 강을 건너던 택시와, 타임머신을 타고 과거로 돌아간다면 어떻게든 포스터의 작곡을 방해했을 나의 다급한 목소리도 기억이 난다. 어려운 시절이 닥쳐오리니... 잘 쉬어라 켄터키 옛집. 정말이지 그때로 돌아갈 수 있다면 다가올 모든 불행들을 나는 막을 수 있었을까. 우리에게 다가올 그 모든 불행들을... 짐작이나 할 수 있었을까.

오랜만에 찾은 단골들을 맞아, 켄터키 치킨의 주인도 희색이 완연한 얼굴이었다. 어떻게 이럴 수 있냐고 아저씨, 한 마리를 시켰

는데 닭다리가 일곱 개잖아. 이거 지네예요 사장님? 거품 한 점 없이 눌려 나오던 생맥주와, 에이 그건 다리가 아니라 내 성의지~ 요한의 어깨를 툭 치던 주인의 웃음이 생각난다. 그리고 무엇보다, 여전히 깜박이며 우리를 맞아주던 〈희망〉을 잊을 수 없다. 어려운 시절이 닥쳐오리니... 잘 쉬어라 켄터키 옛집. 그해 겨울 그곳은 우리에게 정말이지 옛집과 같은 존재였었다. 다시 그 시절로 돌아간다 해도, 나는 분명 켄터키 치킨의 그 창가에서 한 잔의 맥주를 마시고 있을 것이다.

어제는 말이야, 켄터키의 닭들이 태평양을 날아 건너오는 꿈을 꿨지 뭐야. 너 언제 한번 꼭 소설로 써보라구. 그러니까 켄터키의 닭들이... 날아왔다는 거죠? 그럼, 힘들고도 기나긴 여행이었지. 쉴 곳이라곤 하와이밖에 없는 거야. 나머진 전부 광활한 바다니까. 하지만 호놀룰루 사람들이 닭고길 또 얼마나 좋아해? 그러니 아예 앉을 엄두도 못 내고 직행으로 건너온 거야, 태평양을 말이지. 그럴 만한 이유라도 있나요? 무작정... 떠나고 싶었던 거야. 자신을 찾는 여행이랄까... 아무튼 모든 비행(飛行)은 고행(苦行)이지. 게다가 닭들의 장거리 여행만한 고행이 세상에 또 있을까? 똥을 눌 수도 없어. 모이를 먹지 못하니 똥이야말로 유일한 에너지원이지. 끝끝내 바다를 건넌 닭들은 일본 정도에 이르러서야 그간 참았던 배설을 일시에 해결했어. 오사카 키타 주변에 한 무더기 똥을 투하하고 동해를 건너왔지. 거긴 어딘데요? 예전에 살았던 동네야. 아무튼 여행을 마친 닭들이 이 가게 위에 전부 내려앉은 거야. 더는 날지도 못하고... 고분고분 전부 우리의 안주가 되는 꿈이었어, 언제? 그런 걸 한번 써보는 게. 도대체 그 소설이 말하는 바가 뭐죠? 글쎄, 굳이 말한다면 뭐 이런 거 아닐까? 집 떠나면 고생이다. 태평양을 건넜다는

켄터키의 닭들처럼, 거의 매일같이 우리는 그곳으로 모여들었다. 대부분 요한과 함께 한 시간이었지만 그녀와 나... 둘만이 앉아 술을 마신 적도 많았다. 이상한 일이었다. 세일이 끝났을 뿐이고, 그저 눈을 감았다 고개를 돌린 느낌인데... 갑자기 그녀가 눈앞까지 다가와 서 있는 기분이었다. 자연스레 우리도 많은 얘기를 나누었고, 늦은 밤 그녀를 바래다주는 일 역시... 보로메 섬에 왔으니 해안을 거닐어야겠지, 하는 것마냥 자연스런 일과가 되었다. 그 사이 내가 알게 된 것은 대개 이런 것들이었다. 그녀가 나보다 많은 책을 읽었다는 것, 그녀가 즐겨 듣는 라디오의 주파수가 93.1MHz라는 것, 물론 요한과 내가 모르는 세계였지만... 아무튼 당시로선 클래식에 상당한 조예가 있었다는 것, 그녀가 가장 좋아한 작곡가가 모리스 라벨이었다는 것, 비틀즈의 곡 중에선 미셸을 가장 좋아한다는 것... 비틀즈를 알면 된 거지 뭐, 요한이 말했지만 실은 밥 딜런을 가장 좋아했다는 것, 미술 교과서에선 볼 수 없던 화가들을 많이 안다는 것, 군청색을 가장 좋아한다는 것, 토요일과, 선인장 꽃을 좋아한다는 것... 더스틴 호프만과 오드리 햅번을 좋아한다는 것, 그리고 역시나... 집을 나와 고생이 많다는 것이었다.

여상(女商)을 다닐 때엔 통학을 했어요. 취업을 생각해서 서울

의 좋은 여상을 가야만 했죠. 거의, 산중턱에 있다 해도 과언이 아닌 학교였어요. 여길 졸업하면 여자로서 다릴 포기해야 한다고 선배들이 얘기했죠. 선생님들조차 종아리를 보고 1, 2, 3학년을 구분한다는 농담을 할 정도였어요. 저는... 토요일 오후의 도서관을 정말로 좋아했어요. 학생 사서를 지원하면 토요일에도 오후 늦게까지 도서관에 남을 수 있었고, 그곳에서 『객석』이며 『미술세계』며 그런 잡지를 읽는 것이 유일한 취미였죠. 게다가 토요일엔... 거의 아무도 없었거든요. 간혹 문예부나 교지 편집부 아이들이 모임을 가질 때도 있지만, 그런 일을 제외하고는 대개 한산한 편이었어요. 창가에서 책을 읽다 고갤 돌리면 늘 이곳이 보였어요. 아주 먼 거리긴 했지만, 봄이며 늦가을의 그 특별한 풍경만큼은 지금도 잊혀지지가 않아요. 언젠가 꼭 저곳을 가보겠다 생각을 하면서도 졸업을 할 때까지, 또 직장을 다니면서도 시간을 낼 수가 없었어요. 아니, 시간보다는... 제가 이곳을 오고 싶어 했다는 사실을 어느 순간부터 잊고 있었단 느낌이에요.

고궁(古宮)을 거닐며 그녀는 얘기했다. 11월의 어느 날이었고, 어느 한가한 도서관을 열 배는 확장시켜 놓은 느낌의 크고, 적막한 고궁이었다. 가고 싶은 곳 없어요? 아마도 전날 밤, 그렇게 물었던 기억과... 한참을 생각한 끝에 고궁이요, 답하던 그녀의 얼굴이 떠오른다. 아마도 그것이 우리의 첫 데이트였을 것이다. 그냥... 와보지 그랬어요? 먼 거리도 아닐 텐데. 그저 말없이 웃을 뿐이었지만, 훗날 언젠가 그 이유를 알 수 있었다. 중풍을 앓는 아버지와 어린 동생, 행상을 하는 어머니... 어떤 묘사를 하지 않아도 세상의 가혹함은 빛을 발하는 법이었다. 나열되는 몇 개의 단어만으로도 그녀가 고궁을 찾지 못한 수백 가지의 이유를 나는 떠올릴 수 있었다.

그런 사실을 모른 채, 하지만 그 순간은 서로를 뒤덮은 젊음의 빛만을 보았다는 생각이다. 그래도... 이렇게 왔잖아요. 오히려 한 번도 안 오길 잘했다는 생각이 들어요. 봄이나... 가을의 고궁을 보았다면 지금의 이 풍경에 실망했을 수도 있으니까요. 그래서 좋아요. 지금도 좋고... 앞으로는 계속 더 아름다운 고궁을 볼 수 있을 테니까. 그런, 그녀와

그저 떠돌듯 아무것도 없는 고궁의 뜰을 거닐고 또 거닐었었다. 눈이라도 내리는 한겨울이 아니었고, 잎이라도 남아 있는 늦가을도 아니었다. 차라리 밤풍경이 더 운치가 있지 않을까 싶을 만큼, 11월의 고궁은 쓸쓸하고 공허했다. 그림을 보거나 음악을 감상하는 일이 그래서 좋았어요. 내가 살고 있는 세계와 너무나 다른 세계니까... 게다가 라디오는 거의 공짜니까... 자취를 시작하고 제일 힘든 게 음악을 듣지 못하는 거였어요. 이래저래 돈을 모아 카세트 레코더를 살 때까지, 그래서 얼마나 외로웠는지 몰라요. 언제 우리... 하고 나는 걸음을 멈춘 채 속삭였다.

음악회를 보러 가요. 나는 한 번도 본 적이 없으니까. 그러니까... 나도 보고 싶어요. 역시나 말없이 그녀는 가볍게 고개를 숙일 뿐이었다. 보기에 따라 끄덕인 것도 같고, 그저 말없이 거부를

표하는 동작으로도 볼 수 있었다. 아니 정확히는 아니, 아니에요 와
도 같은 그녀만의 특이한 몸짓이었다. 그 이유를 안 것도 역시나
오랜 세월이 지나서였다. 그때는... 그렇게까지는 믿지 않았던 것
같아요. 그런 일까지 나에게 일어날까 싶은, 그러니까 당신을 믿
는다 해도... 고궁의 뜰에 봄이 오고 가을이 오겠지 할 정도로는
믿지 않았던 거예요. 실은 그래서 언제고 이 순간이 마지막일지
모른다 생각을 했어요. 그래야만 최대한 상처를 줄일 수 있으니
까... 그래서 나로선 그런 풍경의 고궁조차도 더없이 아름다웠던
거예요. 언제나 마지막일 수 있으니까. 언제나 늘 그런 식일 거라
믿었으니까. 그런, 그녀에게

그래서 어떤 말을 해야 할지 실은 알 수 없었다. 나는 한 번도
모리스 라벨과 밥 딜런을 좋아하고, 미셸을 좋아하고, 선인장 꽃
과 더스틴 호프만을 좋아하는 여자애를 만난 적이 없었으니까. 오
빠, 나 오늘 이뻐? 그래 이뻐. 토요일날 행사장에 와줄 거지? 아니
못가. 흥 나 삐진다. 일이 있단 말이야. 그래도 그날 안 오면 절교
다. 한 번만 봐줘, 정말 집에 일이 있다니까. 일이 중요해 내가 중
요해? 너가 중요해. 거짓말, 와주지도 않는다면서. 미안, 내가 나
중에 선물로 갚을게. 선물 살 돈 있어? 있어. 흥 다 필요 없어. 왜
그래 또? 뭐가, 뭐가 왜 그래? 이를테면

그녀를 만나기 전의 세계는 그런 것이었다. 그리고 그것이 내가
아는 여자애들의 전부였던 것이다. 돌이켜보면 참으로 쉽고, 간편
한 세계였다. 이뻐와 착해, 그리고 돈 있어로 모든 것이 해결되던

세계였으니까. 쉽고 쉬운 초급 영어의 페이지를 넘겨버린 중학생처럼, 그래서 어떤 말을 해야 할지 나는 알 수 없었다. 저기가 시해사건이 있었던 곳이죠?

죽은 황후가 살았던, 이제는 죽은 잔디와... 죽은 나뭇잎들이 뒹구는 그 뜰은, 그래서 내가 접한 새로운 세계의 첫 페이지였다. 이뻐와 착해로는 해결할 수 없는 그 페이지를, 그러나 실은 누구나 건너야 한다는 사실을 안 것도 오랜 시간이 지나서였다. 그것이 인생이다. 어떤 인간도 돈 있어, 만으로는 스스로의 인생을 책임질 수 없으며 어떤 여자도 오빠, 나 오늘 이뻐? 로 평생을 버틸 수 없다. 그런 면에서 그녀는 내가 아는 어떤 여자와도 달랐고... 나는 그런, 그녀를 만난 지극히 평범한 또래의 남자일 뿐이었다. 믿음에 관해서라면

언젠가 요한도 비슷한 말을 한 적이 있었다. 함께 밤을 지샌 그날 밤의 일이었고, 여러 장의 판을 쏟아 놓고 정신없이 음악을 듣던 와중이었다. 그나저나... 어젠 잘 들어갔니? 냉장고에서 치즈를 꺼내다 문득 생각난 듯 요한이 물어보았다. 그럼요, 하고 나는 답한 후 원통형의 치즈를 정확히 6등분 하는 요한을 바라보며 말을 이었다. 그런데... 잘 모르겠어요. 뭐가? 특별한 말을 한 것도 아니고... 뭘 어떻게 해야 할지도 모르겠고... 아미고는 여자를 사귄 적이 없나봐? 아뇨, 나이에 비해 적은 편은 아닐 거예요. 그런데 뭐랄까... 뭔가 다르다는 생각이에요. 뭐가 다르다는 거지? 글쎄요. 그건 말이야... 혹시 특별히 못생겨서가 아닐까?

라고, 치즈와 육포를 얹은 접시를 내려놓으며 요한이 물었다. 글쎄요... 그런데 지금은 특별히 그런 느낌도 없어요, 이상하죠? 당연한 걸 수도 있어. 미녀도 추녀도 금세 질리는 게 인간이거든. 인간은 말이야... 근본적으로 행복할 수 없는 동물이야. 비슷해 보이는 여섯 조각이지만 모양이든 크기든, 어쨌거나 이중에서도 제일 맘에 드는 걸 고르지. 그렇게 다 먹을 것처럼 덤비다가도, 또 조금이라도 배가 부르면 치즈 자체를 망각하는 게 인간이야.

버릴 땐 그냥 버려. 어떤 생각도 없이 몽땅 쓸어 담아버리지. 그러니... 어쨌거나 너가 좋았다면 그걸로 된 거라구. 지금은 그걸로 오케이야. 문제는 앞으로의 삶이지. 이 세상은 뭐든 가질 수 있다, 뭐든 선택할 수 있다는 환상을 끊임없이 심어줘. 그래야만 끝없이 부러워하고, 끝없이 일하는 99%의 인간들을 얻을 수 있기 때문이지.

내가 볼 땐 그래. 진짜 미녀라고 할 만한 여자도, 진짜 추녀라 불릴 만한 여자도 실은 1%야. 나머진 모두 평범한 여자들이지. 물론 근사치야 있겠지만 그런 거라구. 거울을 보고 그래도 나 눈은 괜찮은 편인데 역시 이마와 턱은 아니야, 이 각도에서 보면 괜찮은 얼굴인데 문제는 종아리야, 나 입술은 예쁘다고 생각하는데 코와 어울리지 않아, 뭘 어쩐다 해도 이 가슴만큼은 들키지 않아야 해, 이 정도면 나 괜찮은 거야 그래도 팔과 허벅지가 굵은 건 변명의 여지가 없어, 다들 내 몸매를 부러워하지만 하이힐 속에 도롱뇽 발가락이 있다는 걸 알면 어쩌지? 난 포기야 그래도 누군가는 실은 내 코가 예쁘단 걸 알아보지 않을까? 나... 살만 좀 빼면 괜찮은 얼굴이라 생각해, 키는 구두로 어떻게든 되는 거잖아. 부끄러워하고 부러워하고 부끄러워하고 부러워하고... 결국 그게 평범한 여자들의 삶인 거야. 남자도 마찬가지야.

그게 인간이야. 모든 인간에게 완벽한 미모를 준다 해도 상황은 달라지지 않아. 그때는 또 방바닥에 거울을 깔아놓고 내 항문의 주름은 왜 정확한 쌍방 대칭 데칼코마니가 아닐까, 머릴 쥐어뜯는 게 인간이라구. 신이여, 당신은 왜 나에게 좌우비대칭 소음순을 주신 건가요... 당신은 왜 나에게 짝부랄을 달아준 건가요 따지고 드는 게 인간이기 때문이지. 부끄러워하고 부러워하고 부끄러워하고 부러워하고... 이상하다고 생각해 본 적 없어? 민주주의니 다수결(多數結)이니 하면서도 왜 99%의 인간들이 1%의 인간들에게 꼼짝 못하고 살아가는지. 왜 다수가 소수를 위해 살아가고 있는지 말이야. 그건 끝없이

부끄러워하고
부러워하기 때문이야.

너나, 나나... 인간은 다 그래. 그래서 묻겠는데, 두 조각 정도를 먹고 나면 너도 곧 너가 고른 치즈 자체를 망각해 버리지 않을까? 그런... 생각은 해보지 않았어요. 라고 대답하자 요한이 물끄러미 내 눈을 쳐다보았다. 그럼 어느 순간 스스로가 부끄럽게 여기진 않을까? 이를테면 그 친구와 토요일 오후 종로서적 3층과 4층 사

이 계단에서 약속 같은 걸 할 수 있겠냐 그런 거지. 너도 곧 부끄러워하고... 부러워하지 않을까?

그런 생각도... 해본 적 없어요. 그런데 형, 저는 한 가지는 알아요. 그 어떤 인간도 실은 나에 대해 아무런 신경도 쓰지 않는다는 거... 이러쿵저러쿵 말들은 해도 실은 누구도 자기 자신만을 생각할 뿐이란 거. 그건 정답이야, 하고 요한은 얘기했다. 하지만 명심해, 앞으로의 길에는 정답이 없어. 뭐, 이러쿵저러쿵 말은 하지만 나 역시 자기 자신만 생각하는 인간이니까...

죽은 황후의 뜰 앞에서, 나는 문득 요한의 말들을 떠올렸었다. 해는 살짝 기울었지만 마침 토요일의 오후였으며, 기우는 해처럼 우리도 어딘가 다른 곳으로 발길을 돌려야 했다. 춥지 않아요? 아니, 괜찮아요. 그리고 막연히... 정답은 없을 거란 생각으로 나는 물었다. 이제 어디로 갈까요? 함께 고궁의 담 너머를 바라보긴 했어도, 서로의 의견은 사뭇 다른 것이었다. 나는 가능한 사람이 많은 곳을 가고자 했고, 그녀는 가능한 사람이 없는 곳을 가려고 했다. 좋아요, 라고 나는 말했다. 어딜 간다 하더라도... 부럽지도, 부끄럽지도 않을 나이였다고 지금의 나는 생각한다.

그녀가 원한 것은 그냥 걸어요, 였다. 고궁을 나와 우리는 말 그대로 그냥 걸었고, 우연히 이르게 된 근처의 화랑에서 조각전을 관람했었다. 예전에 잡지에 소개된 적이 있어요... 실제로 보니 너무 좋아요. 전시회를 본 것은 처음이었으므로 나도, 그녀도 숨을 죽인 채 걸음을 옮겼었다. 화랑은 1층과 2층으로 나뉘어 있었고, 2층의 샵에서 파는 커피를 제외하고는 모든 게 공짜였다. 필터로 걸러낸 원두커피를 마신 것도 그때가 처음이었다. 원래 커피란 게 이런 맛인가 봐요, 내가 속삭였다. 실은 저도 처음이에요, 그녀가 속삭였다. 아마도

그것이 전부라면 전부라 말할 수 있는 데이트였다. 기다란 창가 테이블에 나란히 앉아 그녀는 쟈코메티 — 물론 잡지에서만 본 — 에 대한 얘기를 들려주었고, 물론 쟈코메티를 몰랐지만 — 아무래도 좋다고, 나는 생각했었다. 아무리 작은 속삭임에도 에코를 부여해 주는 건물이었다. 대화를 할수록 우리는 밀착되었고, 결국 귓속말을 하다시피 저런 작품을 깎고 빚을 때 조각가의 마음은 어떤 걸까요? 그녀가 속삭였다. 귀에 닿는 여자의 입김이 그토록 간지럽고 따뜻한 것임을 안 것은 그때가 처음이었다. 잠시 나는 어지러웠고, 계산을 하고 화랑을 나와서도 여전히 그 입김이 귓속에 머물러 있는 느낌이었다. 길을 걷다 말없이 나는 왼쪽 귀를 더듬어 보았다.

귀는

누군가의 입김이 빚어놓은 조각처럼, 어지러운 곡선으로 이루어진 기관이었다. 저런 곳이 공짜라니… 라며, 에코가 사라진 세상에서 나는 얘길 이었다. 몰랐어요, 화랑이 저렇게 근사한 곳인지… 또 아무나 들어갈 수 있다는 것도, 음악회도 이런 걸까요? 거

긴 무료가 아닐 거예요. 버스를 기다리며 나누던 대화와, 우리의 눈동자를 적시던 그 순간의 석양을 잊을 수 없다. 흔들리며 다리를 건너던 버스와, 인주(印朱)를 풀어놓은 듯 붉게 물든 세계의 서편도 내 가슴에 남아 있다. 돌이켜보면 우리는 누구나 삶이라는 버스에 무료로 올라탄 승객이었다. 어떻게 보면

실제로 무료한 데이트였고, 거의 대부분이 무료였다 할 만한 데이트였다. 저녁을 먹어야겠단 생각으로 시장을 서성인 것도... 사람이 너무 많아요. 결국 켄터키 치킨의 문을 들어선 것에서도 왠지 저렴하다는 느낌을 지울 수가 없었다. 좀... 그렇지 않나요? 맥주를 마시며 내가 물었다. 뭐가요? 뭔가 더 좋은 곳에서 저녁을 먹어야 하는 게 아닌가 해서요... 아무튼... 미안해요. 얼굴이 빨개지며 그녀는 정색을 했다. 아뇨, 전... 정말 좋아요. 정말이지... 여기가 좋아요. 그리고 여긴 나 때문에... 하고 그녀는 말끝을 흐렸다. 나... 때문에. 자신의 가슴속에 어쩌면 내내 그 말을 담고 있었을지 모른다는 생각을, 그때는 미처 하지 못했다. 아무 일 없는 듯 우리는 치킨을 먹었고

내가 키우는 고양이와, 그 고양이에 어울릴 듯한 이름과... 그런 얘기들을 한참이나 나누었다. 아무튼 그러다 보니 역시 그냥 고양이가 좋은 거예요, 그보다 어울리는 이름도 없고. 웃기죠? 아뇨, 오히려 그래서 어린왕자에 나오는 여우 같은 느낌인 걸요. 왜 부탁이야, 나를 길들여줘! 하는. 아, 좀 그런 느낌이 있긴 해요. 하지만 지금은 얼마나 살이 쪘는지 차라리 곰에 가까운 편이랄까... 마

치 고양이를 안주로 삼은 듯한 시간 끝에 그럼 생텍쥐페리는 어때요? 라고 그녀가 얘기했다. 생텍쥐페리라... 정말 그렇게 선한 인상이긴 해요. 진지하게도 그런 얘기를 나누며 제법 몇 잔의 맥주를 기울였다는 생각이다. 그리고 잠깐만요, 잠시 화장실을 다녀왔을 뿐이었다.

테이블 위로 겹쳐진 두 팔 위에
그녀는 얼굴을 파묻은 채 앉아 있었다.
아니, 울고 있었다.
영문을 몰라 어쩔 줄 몰라 하던 내 모습과
웅크린 고양이처럼 꼼짝 않던 시간
문득 사막처럼 고요해진 주변의 느낌을
잊을 수 없다. 그리고 마침내
그녀의 입에서 새나오던 한 마디 말을
잊지 못한다. 전... 하고
그녀는 흐느끼며 말했다.

너무 못생겼어요.

마음속에서
켄터키의 모든 닭들이
일제히 홰를 치며 하늘로 날아오르는 느낌이었다.

그녀가 눈물을 그칠 때까지, 나는 말없이 자리를 지키고 있을 따름이었다. 더없이 아파오던 마음과... 요한이라면 어떤 말을 했을까, 마음속의 질문과... 그날따라 꺼질듯 흔들리던 창밖의 〈희망〉이 생각난다. 무엇을 잘못했을까, 무엇이 잘못 되었을까... 열아홉 살의 마음은 갈피를 못 잡고 있었다. 어둠 속에서, 어둠에 섞인 바람이 길 건너편의 시멘트벽에 자신의 등을 문지르고 있었다. 아파하던 그 순간의 바람마저도

내게는 한 마리의 슬픈, 짐승처럼 느껴졌었다. 그녀의 들썩이던 어깨가 어느새 굳어져 있었다. 그녀의 눈물도 조금씩 말라만 갔고, 이윽고 그녀는 초점이 사라진 시선으로 나를 쳐다보았다. 사막에서 마주친 작은 아이와 여우처럼, 이 가혹한 세계에서 우리는 그렇게 서로를 마주보았다. 날아올랐던 켄터키의 닭들이 하나 둘 마음의 사막 위로 내려앉는 느낌이었다.

알아요.

하고 나는 말했다. 하지만... 그래서 좋아요. 앞으로는 계속 더 아름다운 모습만 볼 수 있을 테니까. 봄이나... 가을의 고궁처럼 말이에요. 부탁이니까, 그렇게 나를 길들여줘요. 그리고 더는, 어떤 기억도 머릿속에 남아 있지 않다. 자리를 어떻게 일어섰는지, 계산을 어떻게 했는지도 지금은 알 수 없다. 다만 함께 걸어가던 골목의 어둠과... 시장의 그, 비릿한 채소 냄새를 나는 기억하고 있다. 어둠에 섞여, 서로를 길들인 짐승처럼 우리는 나란히 그 길을 걸었고, 그 어둠의 어딘가에서 나는 말없이 그녀의 손을 꼭 잡

아주었다. 그녀의 작은

 손은

 누군가의 손을 얹기 위한 조각처럼, 부드러운 곡선으로 이루어진 기관이었다. 갓 지은 양옥이 늘어선 그 골목에서 역시나 누군가가 김치찌개를 끓이는 밤이었다. 변함없고 저렴한 삶이 끝없이 이어진다 해도, 역시나 갈 길을 알 수 없다 해도... 나는 이 평범한, 작은 손 하나를 언제까지라도 놓고 싶지 않은 기분이었다. 평소와 다름없이 누추한 외등 하나가 불을 밝히고 선 밤이었다. 아마도 그 외등의 근처에서, 우리는 잘 가라는 인사를 했을 것이다. 오직 그뿐인

 짧은 기억에 비해 터무니없이 길고도, 긴 밤이었다. 그래도 한 가지 그날 밤을 수놓은 것은, 돌아오던 길과 내 머리 위를 비추던... 잠들었거나 잠 못 이룰 그녀의 지붕 위에도... 전화를 걸까 전화가 올까 지새던 내 긴 밤에도... 그런, 끊어진 필름처럼 불분명한 그날의 기억 위에도... 그러나 그 필름에 아로새겨진 자막처럼... 무수히 떠 있던 별들이었다. 하여 갑자기

 가야 할 길, 갈 수 있는 길이 무궁무진하게 느껴지던 밤이었다. 자정이 넘어 새벽을 맞았을 무렵, 나는 배고픈 고양이처럼 몸을 뒤척이다 책꽂이의 『어린 왕자』를 꺼내 들었다. 사막과 여우, 사막과 여우... 를 찾아 넘기던 페이지와, 마치 모래처럼 푹푹 시선

이 빠지던 삽화들과... 이윽고 사막의 어딘 가에 서 있던 여우가 생각난다. 그럼 어떻게 해야 하는 거지? 참을성이 있어야 해, 여우가 대답했다. 다음날 어린 왕자는 다시 그리로 갔다. 언제나 같은 시각에 오는 게 좋을 거야, 여우가 말했다. 이를테면, 네가 오후 네 시에 온다면 난 세 시부터 행복해지기 시작할거야. 시간이 흐를수록 난 점점 더 행복해지겠지... 그는 수많은 다른 여우들과 똑같은 여우일 뿐이었어. 하지만 내가 그를 친구로 만들었기 때문에 그는 이제 이 세상에 단 하나뿐인 여우야.

그 사막의 어딘 가에서 나도 스르르 쓰러져 잠이 들던 밤이었다. 별은 별로서, 인간은 인간으로서, 고양이는 고양이로서 아마도 다 함께 잠이 들었을 밤이었다. 그런, 밤이었다.

눈을 뜬 것은 오전이었다. 밥을 먹고, 밀린 집안일을 끝내고... 그녀에게 전화를 걸었다. 받지 않았다. 모처럼 두 명의 친구에게서 전화가 걸려왔고, 소설은 잘 되냐는 얘기와... 이런저런 정치 얘기와... 변증법적 유물론에 입각한 유물사관에 대한 얘기를 차례차례 들어야 했다. 그리고 다시 그녀에게 전화를 걸었다. 받지 않았다. 집을 나섰지만

딱히 갈 곳이 있는 것도 아니었다. 나는 잠깐 동네를 배회했고, 당구장에서 일하는 친구를 찾아가 4구 게임을 몇 판 쳤다. 그리고 그녀에게 전화를 걸었다. 받지 않았다. 자 마셔. 내기에서 진 친구가 내미는 사이다를 마시고 나와 무작정 버스를 탔다. 가는 길에 까마귀가 줄지어 앉은 전깃줄을 보았고 그런, 눈에 띄는 풍경조차

도 사라진 시가지의 어딘 가에서 몸을 내렸다. 또 잠시 근처를 배회하다가, 서점을 들러 그녀가 말한 두 권의 잡지를 샀다. 알지 못하는 음악가와, 알 수 없는 그림이 표지를 가득 채운 잡지들이었다. 그리고 또, 보들레르의 시집을 사고 나와서는 그녀에게 다시 전화를 걸었다. 받지 않았다. 결국 요한에게 전화를 했다. 받았다. 놀러 와, 심심해 죽겠다. 일요일의 요한은

경영난이 심한 동물원의 낙타 같은 느낌으로 앉아 맥주를 마시고 있었다. 밥은 드셨어요? 감자 칩만 세 통째야, 이 정도면 밥이지 뭐. 너도 냉장고에서 맥주 하나 갖고 와. 그리고 함께, 참 시시껄렁한 영화 한 편을 끝까지 보았다. 저런 걸 왜 만들까요? 왜 어때서. 한 마디로 시시하잖아요. 그래도 시간은 때웠잖아. 산다는 게 특별한 게 아니야, 그저 누구나 시간을 때우고 있을 뿐이지. 늘어지게 기지개를 켜며 요한이 말했다. 배라도 때울 겸, 나는 냉장고에서 맥주를 한 캔 더 꺼내왔다. 오사카에서 살 때 말이야... 기지개를 켜다 죽은 사람이 있었어. 집 앞으로 운구차가 지나가는데 얼마나 부럽던지 하아아... 하품을 하며 요한은 한 번 더 기지개를 켰다. 여섯 개나 되는 맥주 캔이 하품을 늘어놓는 취객들처럼 그의 발밑에서 뒹굴고 있었다.

그래서

데이트를 했다 이 말이구나. 얘기를 나눈 사이 두 개의 캔을 더 비운 요한이 소변을 보며 소리쳤다. 축하해! 그야말로 러브 미 텐

더야. 엘비스의 판을 턴테이블에 건 요한이 감자 칩도 없는데 안주를 하나 시킬까? 하고 물었다. 아니, 괜찮아요 라고 답하자 얼씨구 하는 요한의 비아냥이 돌아왔다. 이제 대답도 닮아가네. 빨라요, 빨라... 홍등(紅燈), 홍등 하며 요한이 중국집의 전화번호를 뒤지는 사이, 나는 혼자... 몰래 얼굴을 붉히고 앉아 있었다. 주문을 끝낸 요한이 세수를 하고 머리를 감는 사이

그녀에게 전화를 걸었다. 받지 않았다. 잘 익은 요리와 고량주를 놓고 앉아, 창밖의 어둠을 물끄러미 바라보던 저녁이었다. 연애의 느낌에 대해... 그런, 마음에 대해 아마도 많은 말들을 털어놓았다는 생각이다. 요한은 묵묵히 내 말을 들어주었고, 또 몇 번이고 고개를 끄덕여주었다. 이제 난 모르겠어. 요한이 중얼거렸다. 사랑이란 걸 해본 적이 없어서 말이야... 그런 걸 믿지 않으니까, 또 어떤 여자를 만나도 몇 달을 끌거나 넘긴 적이 없어... 말하자면, 어쨌거나 난 섹스가 전부인 인간이야. 왜 그런지는 모르겠지만 아무튼 그래... 하지만 사랑을 받는 인간이 어떤 것인지에 대해선 어렴풋이 짐작이 가. 한번 볼래?

창고 같은 곳을 한참 뒤적인 후 요한이 꺼내온 것은 전구(電球)였다. 몹시 커다란, 그리고 꼭대기에 작고 뾰족한 침 같은 것이 솟아 있는 특이한 전구였다. 이게 뭐예요? 에디슨의 전구야. 교토였나 요코하마였나... 아무튼 수학여행을 갔다가 어느 쓰러져가는 골동품상에서 산 거지. 인간은 모두 이 전구와 같은 거라고 생각해. 정성껏 깎은 나무 상자 위에 전구는 꽂혀 있었고, 상자 하단에

는 천 같은 재질의 낡은 전선이 길게 밖으로 나와 있었다. 한번 볼
래? 거실의 불을 모두 끄고, 요한이 플러그를 꽂자 태어나서 한 번
도 본 적 없는 밝고, 부드럽고... 따뜻한 주황의 빛이 둥글고 은은
하게 어둠 속에 피어올랐다. 아, 하고 나는 탄성을 질렀다. 어둠
속에서

그것은 마치
어린 왕자의 소혹성처럼 빛을 발하고 있었다.

B-612 같아요. 내가 말했다. 아마도, 하고 요한이 중얼거렸다.
갑자기 우주 밖으로 나온 소년 같은 표정으로 우리는 한참을, 그
상상의 혹성 앞에서 넋을 잃고 있었다. 소학교를 다닐 때였나, 아
무튼 잠깐 나라(奈良)에서 살았던 적이 있어. 이사를 갔는데 말이
야 쉬쉬 하면서도 난리가 난 거야. 이시다 아유미(いしだ あゆみ)*가
왔다고 소문이 난 거지. 그럴 리가 싶은 소문이지만, 또 그만큼 그
때의 엄마는 그녀와 흡사한 얼굴이었다고 생각해. 아니란 걸 안
후에도 동네 아줌마들 사이에서 굉장한 인기가 있었지. 미인은 사
실 남자보다 여자들 사이에서 더 큰 힘을 발휘해. 엄마의 아름다
운 얼굴을 본 것은

아마도 그때가 마지막이 아니었나 하는 생각이야. 그 후 한 번

---

* 일본의 유명 여가수이자 배우. 1968년 〈요코하마의 푸른 불빛(Blue Light Yokohama)〉을 발
표, 스타의 대열에 올랐으며 역시나 이 곡이 한국에서도 큰 인기를 얻었음.

도 엄마가 드물게 예쁜 얼굴이란 생각을 한 적이 없어. 빛이 사라졌거든. 영감에게 다른 여자가 생겼다는 걸 직감으로 눈치 챈 거야. 이해가 가? 전구가 꺼지듯 어느 날 갑자기 빛이 사라져버린 거야. 유리처럼 굳은 외형은 그대로지만 도리어 무서운 얼굴이란 생각이 들 때가 더 많았어. 그때 알았지, 인간의 영혼은 저 필라멘트와 같다는 사실을. 어떤 미인도 말이야... 그게 꺼지면 끝장이야. 누구에게라도 사랑을 받는 인간과 못 받는 인간의 차이는 빛과 어둠의 차이만큼이나 커.

빛을 발하는 인간은 언제나 아름다워. 빛이 강해질수록 유리의 곡선도 전구의 형태도 그 빛에 묻혀버리지. 실은 대부분의 여자들... 그러니까 그저 그렇다는 느낌이거나... 좀 아닌데 싶은 여자들... 아니, 여자든 남자든 그런 대부분의 인간들은 아직 전기가 들어오지 않은 전구와 같은 거야. 전기만 들어오면 누구라도 빛을 발하지, 그건 빛을 잃은 어떤 전구보다도 아름답고 눈부신 거야. 그게 사랑이지. 인간은 누구나 하나의 극(極)을 가진 전선과 같은 거야. 서로가 서로를 만나 서로의 영혼에 불을 밝히는 거지. 누구나 사랑을 원하면서도

서로를 사랑하지 않는 까닭은, 서로가 서로의 불 꺼진 모습만을 보고 있기 때문이야. 그래서 무시하는 거야. 불을 밝혔을 때의 서로를... 또 서로를 밝히는 것이 서로서로임을 모르기 때문이지. 가수니, 배우니 하는 여자들이 아름다운 건 실은 외모 때문이 아니야. 수많은 사람들이 사랑해 주기 때문이지. 너무 많은 전기가 들

어오고, 때문에 터무니없이 밝은 빛을 발하게 되는 거야.

그건 단순한 불빛이 아니라... 평범한 인간들의 무수한 사랑이 여름날의 반딧불처럼 모이고 모여든 거야. 그래서 결국엔 필라멘트가 끊어지는 경우도 많지. 교만해지는 거야. 그것이 스스로의 빛인 줄 알고 착각에 빠지는 거지. 대부분의 빛이 그런 식으로 변질되는 건 정말이지 안타까운 일이 아닐 수 없어. 하지만 어쨌거나 그들도 결국은 개인일 뿐이야. 자신의 삶에서 사랑받지 못한다면 그 어떤 미인도 불 꺼진 전구와 같은 거지. 불을 밝힌 평범한 여자보다도 추한 존재로 전락해 버리는 거야.

인간은 참 우매해. 그 빛이 실은 자신에게서 비롯되었다는 걸 모르니까. 하나의 전구를 터질 듯 밝히면 세상이 밝아진다고 생각하지. 실은 골고루 무수한 전구를 밝혀야만 세상이 밝아진다는 걸 몰라. 자신의 에너지를 몽땅 던져주고 자신은 줄곧 어둠 속에 묻혀 있지. 어둠 속에서 그들을 부러워하고... 또 자신의 주변은 어두우니까... 그들에게 몰표를 던져. 가난한 이들이 도리어 독재 정권에게 표를 주는 것도, 아니다 싶은 인간들이 스크린 속의 인간들에게 자신의 사랑을 헌납하는 것도 모두가 그 때문이야. 자신의 빛을... 그리고 서로의 빛을

믿지 않기 때문이지, 기대하지 않고... 서로를 발견하려 들지 않기 때문이야. 세상의 어둠은 결국 그런 서로서로의 어둠에서 시작돼. 바로 나 같은 인간 때문이지. 스스로의 필라멘트를 아예 빼버

린 인간... 누구에게도 사랑을 주지 않는 인간... 그래서 난 불합격이야. 나에게 세상은 불 꺼진 전구들이 끝없이 박혀 있는 고장 난 전광판과 같은 거야. 너랑은 다른 거지... 아, 이거야 원 이제 막 사랑을 시작한 아미고에게 너무 어두운 얘기를 한 건가? 아니, 아니에요. 하고 나는 답했다. 물끄러미... 내 얼굴을 쳐다보던 요한이 술잔을 치켜들며 조용히 속삭였다.

자, 건배!
아니우스와 아니에너스를 위하여

넌 너도 모르게 그런 말을 했다고 하지만 그건 사실이야. 그 친구는 이제 막 불을 밝힌 전구와 같으니까... 요한의 집을 나와서도 그 한 마디 말이 머릿속을 떠나지 않았다. 환하게 불을 밝힌 가로등 아래를 걷고, 걷다가 나는 그녀에게 전화를 걸었다. 받지 않았다. 어둠 속의 공중전화부스와, 끝없이 이어지던 신호음의 메아리가 또 계속 머릿속을 떠나지 않았다. 두 권의 잡지를 들고 돌아오던 그 길을... 마냥 타야 할 버스를 흘려보내던 정류장의 기다림을... 하여 다른 노선의 버스에 몸을 싣던 그 밤을... 지금도 잊을 수 없다. 밤 열 시의 버스는

몽유병을 앓는 사람처럼 자신도 모르는 자신의 노선을 배회하고 배회하는 느낌이었다. 아니, 어쩌면 그 순간의 나 자신이 그런 느낌으로 세계를 배회하는 기분이었다. 한 정거장을 더 갈까, 창밖을 바라보다 나는 서둘러 백화점 앞에서 버스를 내렸다. 두근,

늘어서 있는 공중전화부스를 향해 나는 달려갔다. 전화를 걸었다. 받지 않았다. 수화기를 내려놓고 동전을 꺼낸 후에도... 나는 한동안 그 유리의 밀실(密室)에서 나올 생각을 하지 못했다. 그러니까 나는, 그녀를 걱정하고 있었다. 이유는 알 수 없지만

나는 무작정 그녀의 집을 향해 걷기 시작했다. 어두운 골목과... 켄터키 치킨과... 다시 불 꺼진 시장골목을 지날 때까지 켄터키의 모든 닭들이 종종걸음으로 뒤를 따라오는 기분이었다. 다시 전화기를 발견한 것은 낡고, 작은 어느 구멍가게 앞이었다. 역시나 낡은 아이스크림 진열장 옆에 역시나 낡은 오렌지색 전화기가 붙어 있었다. 전화를 걸었다. 갓 꺼낸 빙과류를 쥐었을 때처럼 수화기는 차고, 서늘한 것이었다. 그녀는 전화를 받...

여보세요?

무어라 한동안 말을 꺼내지 못하다가 아, 저예요... 하고 나는 중얼거렸다. 알 수 없는 침묵이 그녀와 나 사이에 은빛으로 빛나는 바다처럼 펼쳐져 있었다. 숨소리와 섞인 그 바다의 잠음... 밀려가고 밀려오는 파도의 작은 포말이... 고요한 고막의 모래밭을 적시는 소리를 나는 분명 들을 수 있었다.

그냥요... 전화를 안 받아서.
아, 미안해요. 집에 다녀오느라... 지금 막 들어오는 길이에요.
아뇨, 그냥... 좀 걱정했어요.

미안해요, 저는...

아뇨, 별 일 없다면 괜찮아요. 정말이에요.

어디세요?

아... 집이요.

실은... 하고 그녀가 속삭였다. 아침에 전화를 걸까 하다... 그냥... 주무실 것 같기도 해서... 그런데, 하고 그녀는 끊어질 듯 그런데... 를 반복했다. 그런데 저도... 전화를 걸고 싶었어요. 아침에... 그런데 아침이라... 아, 네 하고 나는 말했지만 말을 하면서도 아, 네 하는 스스로가 바보 같다는 생각을 지울 수 없었다. 잘 자라는 말과, 그런 비슷한 인사를 어떻게 했는지도 기억나지 않는다. 다만 무척 큰일을 넘겼다는 느낌과

이를테면

집을 다녀오는, 그런 사소하고도 당연한 일이... 서로의 불을 밝힌 인간에게는 더 없이 크고 다행한 일이 될 수도 있구나, 라는 사실을 알 수 있었다. 이상하게 기분이 좋았던 그날 밤을 잊을 수 없다. 두 권의 잡지에서 오려낸 정기구독 신청엽서의 빈칸과, 이른바 〈총무가 보관해야 할〉 메모를 펼쳐놓고 한 자 한 자 옮겨 적던 그녀의 주소도 생생하다. 무엇보다, 그리고 돌아누워 바보처럼 미소 짓던 열아홉 살의 내 모습을 잊을 수 없다. 휴대폰이니, 또 언제든 메시지를 주고받는 걸 꿈도 꾸지 못하던 시절의 일이었다. 돌이켜보면

죽은 왕녀를 위한 파반느

사랑은 분명 바보들만의 전유물이었다는 생각이다. 그런 의미에서 본다면, 지금의 나는 분명 바보가 될 기회를 박탈당한 인간이다. 아마도 그럴 것이라고, 나는 생각한다.

키보드에서 손을 내려놓고

나는 잠시 쏟아지는 빗소리를 듣는다. 두어 대의 차가 서행하는 소리도 들린다. 누군가 경적을 울리고, 곧이어 빠르게 차들이 사라지는 소리가 들린다. 일어나 창문을 닫고, 나는 다시 한 잔의 차를 마신다. 전화벨이 울린다. 여보세요? 이제는 익숙한 사장님 어쩌고... 하는 목소리가 귓가에 스며든다. 사장이라는 그 명칭이 여전히 거슬리지만, 나는 고분고분 상대의 설명에 귀를 기울인다. 그래서 또, 돈이 필요하다는 얘기다. 알겠습니다 하고 나는 전화를 끊는다. 일어선 김에 CD를 갈고, 마셨던 찻잔을 물로 헹군다. 쏴 하는 물소리가 흐르고... 이어지고, 이윽고 그치는 순간 라벨의 선율이 흐르기 시작한다. 모음곡집(集) 어미 거위(Ma Mère L'oye)* 의 두 번째 곡 난장이(Petit Poucet)다. 세월 앞에서

---

* 모리스 라벨이 프랑스의 동화작가 샤를 페로의 동화집 『어미 거위』를 테마로 만든 모음곡집.

인간은 모두 난장이가 아닐 수 없다.

　그 집은 너무나 가난해서, 난장이로 태어난 아이를 기를 여력이 없었다. 이미 여러 번 아이를 숲에 버리고 왔지만 아이는 그때마다 집으로 돌아왔다. 아버지는 다시 난장이를 업고 숲으로 갔다. 더 먼 곳으로, 더 깊은 숲 속에 아이를 버리기 위해서였다. 늘 그랬듯, 아버지의 등에 업힌 아이는 조금씩 빵 부스러기를 흘리며 갔다. 하지만 그날은 길을 찾을 수 없었다. 새들이 아이가 떨어뜨린 빵조각을 모두 쪼아먹었기 때문이다 – 샤를 페로의 동화(童話)를 곡으로 만든 모리스 라벨 역시 150cm의 남짓한 단신이었다고 전해진다.

　오보에의 슬픈 선율과, 곡 중의 지저귀는 새소리를 들으며… 나는 숲 속에 홀로 남겨진 난장이처럼 어둠 속에서 그녀를 생각한다. 그녀는 살아 있을까? 아니면 이 쓸쓸한 세계의 어딘 가에서 깊이… 깊이 잠들어 있을까. 깊이 잠든 창밖의 어둠을 바라보며 나는 고개를 가로젓는다. 한 줌의 부스러기도 보이지 않는 깊고, 깨끗한 어둠이다. 그런데… 그런데 저도…

　전화를 걸고 싶었어요.

　그녀의 목소리가 떠오른다. 아니 그것이 그녀의 목소린지, 나의 기억이 만들어낸 환청인지도 지금은 불분명하다. 어쩌면 나는 새들의 배설물이라도 찾아 숲을 뒤지는 밤의, 숲 속의, 난장이일지도 모른다. 주머니 깊이 두 손을 찌르고 서서 나는 멍하니 음악을 듣는다. 음악이 그리는 샤를 페로의 동화를 떠올리며 지나간 나의 과거를 생각해 본다. 문득 돌아갈 수 없는 나 자신이, 그래도 돌아가야 하는 나 자신을 업고 있는 기분이다. 더없이 무거운 걸음으로 나는 책상 앞에 다가선다. 그리고 한 줌의 부스러기도 남아 있지 않은 그해의 겨울을 다시 생각해 본다. 덧없이 짧은 겨울이었지만

아마도 내 인생의, 가장 행복한 겨울이었을 것이다. 무엇을 해줄까, 어떤 표정을 지을까… 그런 보잘것없는 기억의 편린조차도 더없이 눈부신 순은(純銀)의 반짝임으로 떠오른다. 인생에 주어진 사랑의 시간은 왜 그토록 짧기만 한 것인가. 왜 인간은 누군가를 사랑하는 일보다 밥을 먹고, 잠을 자는 데 훨씬 더 많은 시간을 보내야 하는가. 왜 인간은, 자신이 기르는 개나 고양이만큼도 서로를 사랑하지 않는 것인가. 왜 인간은 지금 자신의 곁에 누군가가 있다는 사실을 끊임없이 망각하는 것일까. 알 수 없다.

인생의 해는 이미 저물었지만, 그래서 내 마음은 여전히 그해의 겨울에 머물러 있는 기분이다. 고궁의 뜰이었거나 혹은 누추한 시장어귀였다 하더라도, 그때 우리가 보았던 해… 앙상한 가지에 걸려 있던, 그 작은 오렌지 같던 태양을 잊을 수 없기 때문이다. 설사 눈부시지 않았다 해도, 그것이 내 삶에 주어진 사랑의 전부였다는 생각이다. 단 한 번이라도 전화를 걸고 싶다고… 다시 키보드에 손을 얹으며 나는 마음속으로 중얼거린다. 성공한 인생이란 무엇

일까? 적어도 변기에 앉아서 보낸 시간보다는, 사랑한 시간이 더 많은 인생이다. 적어도 인간이라면

변기에 앉은 자신의 엉덩이가 낸 소리보다는, 더 크게... 더 많이 〈사랑해〉를 외쳐야 한다고 나는 생각한다. 몇 줌의 부스러기처럼 떨어져 있는 자판들을 어루만지며, 나는 다시 그녀를 생각한다. 생각해

본다.

딸기밭이여, 영원하리

12월 한 달을, 나는 쉬었다. 1월부터 다시 일하려구요. 주임은 못내 아쉬워했지만 〈대입〉이란 말에 아, 그래요? 하며 갑자기 존대를 했다. 주임이 아쉬워할 만큼, 12월의 백화점은 세일의 천국이었다. 딱히 입시를 위한 것은 아니었지만 이래저래 생각이 많은 12월이었다. 나는 아무도 모르는 대학의 누구도 올 것 같지 않은 학과에 원서를 넣었고, 그래도 어김없이 그곳은 미달이었다. 즉

어쨌거나 나는 대학생이 된 것이다. 그래도 대학을 가야 한 이유를 말하자면, 아마도 이런 것이 아닐까 싶다. 다시 일을 할까 싶어서요. 아, 그래 합격은 했고? 예. 어느 대학? ××대요. 음, 하고 복잡한 미소를 머금던 주임의 얼굴이 생각난다. 그리고 곧바로 다음주부터 나와, 알았어... 요? 라고 했다. 매우 이상한 이유이긴 하지만, 그

요

때문에 나는 대학을 간 것이라 말할 수 있다. 누구나 그럴 듯한 학교를 나오고, 그럴 듯한 직장을 얻고, 그럴 듯한 차를 굴리고, 그럴 듯한 여자를 얻고, 그럴 듯한 집에서 사는... 그럴 듯한 인간이 되고 싶은 시절이었다. 그럴 듯한 인간은 많아도 그런, 인간이 드문 이유도... 그럴 듯한 여자는 많지만 그런, 그녀가 드문 이유도 바로 그 때문이라는 생각이다. 그럴 듯한 것은 결코 그런, 것이 될 수 없지만

열아홉 살의 나는 미처 그런 사실을 알지 못했다. 그리고 두 편의 소설을 그해의 신춘문예에 응모했었다. 그럴 듯한 소설이라 생각했는데 결과가 발표된 지면에는 이름조차 한 줄 나와 있지 않았다. 대신 더 그럴 듯한, 당선작을 읽으며 나는 고개를 끄덕였었다. 세상이 원한 것은 더, 그럴 듯한 드라마였다. 고양이는 피부염으로 두 달을 고생했다. 듬성듬성 털이 빠진 고양이를 안고, 일곱 정거장이나 떨어진 동물병원을 오가던 일도 그럴 듯하게 떠오르는 그해 겨울의 일이다. 그리고 나는

두 개의 생일선물을 받았다. 하나는 그녀가 손수 짠 목도리였고, 다른 하나는 요한이 선물해 준 비틀즈의 LP였다. 딸기밭이여, 영원하리(Strawberry Fields Forever)를 들으며 아마도 그해의 겨울을 보냈다는 생각이다. 나와 함께 가지 않을래요? 난 딸기밭에 가

는 중이에요. 실감나는 것은 아무것도 없고, 머뭇거릴 일도 없죠. 딸기밭이여, 영원하리. LP를 복사한 테입을 워크맨에 꽂고, 하루 종일 그 노래를 들었다는 생각이다. 특히 즐거웠던 것은 나와 함께 가지 않을래요? 난 딸기밭에 가는 중이에요 – 의 부분을 그녀와 함께 듣는 일이었다. 손수 짠 적갈색의 목도리를 두르고, 이어폰을 한 짝씩 나눠 낀 채 그 부분을 듣는 일이 그렇게 좋을 수 없었던 것이다. 힘들게 이런 걸 왜 짰어요? 뜨개질을 잘 못해서... 그래도 목도리는 제일 쉬운 거예

요

그런데 왜 아직 서로 말을 높이지? 나이도 같잖아? 요한이 추궁했었다. 집요한 추궁 끝에 서로 말을 놓자 얘기가 되었지만 결국 말을 튼 것은 나뿐이었다. 전 이게 편해요. 다음에... 익숙해지면 놓을게요. 요요우스니 요요너스니 또 그런 말로 놀림을 받을까 걱정이 들었지만 고개를 숙인 채 그녀는 고집을 꺾지 않았다. 그나저나... 내 거는? 하고 요한이 볼멘소리를 했다. 난 목은 튼튼해, 또 똑같은 거 하고 다니면 사람들도 이상하게 생각할 거고... 그보다는 장갑이 좋겠다는 생각인데. 더없이 구체적인 주문도 잊지 않았다. 장갑은... 어려워요. 그녀가 말했지만 그런 게 통할 인간이 아니었다. 내 손이 얼마나 찬지 알아? 보라구 찬물로 설거지를 마친 고무장갑도 이보다 차진 않아. 그렇게 냉정한 성격인지 몰랐네. 주변의 외로운 사람에 대한 배려가 요만큼도 없어. 괜찮다고, 하지 말라고 그만큼 말렸지만 결국 요한은 한 달 후에 벙어리장갑

을 손에 쥘 수 있었다. 그녀는 그런

여자였다. 벙어리 좋지, 어린아이처럼 기뻐하던 요한의 얼굴을 잊을 수 없다. 그리고 버젓이 빨간색 벙어리를 낀 채로 근무를 하던 요한의 몸짓도 생각난다. 요한은 그런, 인간이었다. 그리고 그 달부터 정기구독을 신청한 두 권의 잡지가 몰래, 갑자기 그녀의 주소로 배달되기 시작했다. 고마워요. 고개를 숙이던 그녀를 잊을 수 없다. 딸기밭을 향해 가는 비틀즈를 들으며, 갑자기 그럴 듯한 인생을 살고 있다 기분이 드는 겨울이었다.

1월 25일이야.

그해의 크리스마스는 이듬해의 1월 25일이었다. 세상의 운행은 변함없었지만 적어도 나와, 그녀의 크리스마스는 그랬다. 크리스마스 세일, 송년 세일, 1986 해피 뉴 이어 세일, 고객감사 특별세일이 모두 끝난

고요하고 거룩한

평범한 토요일이었다. 합격 기원이니, 송년회 같은 것으로 12월을 보내긴 했으나 고작 한두 시간 맥주를 기울인 게 전부였다. 12월 25일엔 서로의 얼굴조차 볼 수 없었다. 올해의 크리스마스는 1월 25일이야. 그래요, 그렇다고 생각해요. 늦은 밤, 전화로 나누던 우리의 대화와 피곤에 젖어 있던 그녀의 목소리를 잊을 수 없

다. 마침 창밖을 수놓던 무수한 눈발도 잊을 수 없다. 그토록 희고

숨 가쁘도록 바삐, 바빠서 슬피 쏟아지는 눈을 본 것은 그때가
처음이었다. 어차피 똑같은 하루잖아, 생각은 했었지만 똑같은 날
이라곤 할 수 없는 토요일이었다. 눈도 캐럴도, 반짝이던 조명과
구세군도 모두 철수한 크리스마스였다. 더없이 고요했을 베들레
헴의 마구간보다도 분명 수수한 느낌의 길거리였다는 생각이다.
빵빵, 트레블과 베이스가 강했던 그 시절의 클랙슨은 물론이고 양
파, 당근, 무, 배추, 토마토... 를 외치는 작은 트럭이 마침 근처의
골목을 배회하듯 돌고 있었다. 현실과는 별도로

메리 크리스마스야

라고 말하던 그 순간이 그래서 더없이 고요하게 느껴졌다. 말없
이 웃기만 하던 그녀와, 뚱뚱한 산타처럼 눈앞을 지나가던 양파,
당근, 무, 배추, 토마토... 를 가득 실은 트럭을 잊을 수 없다. 그 이
상한 크리스마스를 더더욱 잊을 수 없는 이유는... 우리가 처음으
로 사람들이 많은 장소를 함께, 나란히, 손을 잡고 걸었기 때문이
었다. 가기 싫다던 그녀가 뜻을 굽힌 것도, 결국은 그날이 크리스
마스였기 때문이다. 그래도 크리스마스잖아, 하지만 크리스마슨
데... 결국 버스를 타고 도착한 곳은 가까운 시외의 유원지였다.

당연히 다 탈 거라 생각했던 – 멀리서도 보이던 놀이기구와, 거
대한 회전바퀴... 공중을 가로지르던 궤도열차가 생각난다. 부풀

었던 기대와는 달리, 우리는 산책로를 걷거나 커피를 마시거나 여러 종류의 새가 들어 있는 우리 앞에서 한 줄의 김밥을 먹은 것이 고작이었다. 카메라가 없었으므로 사진을 찍을 일도 없었고, 해서 마치 11월의 고궁과 별반 다를 게 없다는 기분이 들곤 했었다. 그래도 좋아요. 그녀가 말했다. 나도 그래 라고, 나도 속삭였었다. 놀이기구 앞엔 언제나 길고 긴 줄이 이어져 있었고, 둘 다

그런 줄 앞에서 두 말 없이 발길을 돌리는 성격임을 안 것도 그때가 처음이었다. 두 시간을 기다려 5분 열차를 타고 내려오는 사람들을 보며 아마도, 하고 나는 얘기했었다. 그런 걸 거야. 여기까지 왔는데 이건 꼭 타고 가야지, 그런 심리가 되는 거지. 두 시간 줄서서 5분 열차, 두 시간 줄서서 5분 회전바퀴, 두 시간 줄서서 5분 바이킹... 우와, 거의 하루인 걸. 한적한 느낌의 참으로 시시한 회전 커피 잔에 앉아 나는 생각했었다. 누구나

그럴 듯한 인생이 되려 애쓰는 것도 결국 이와 비슷한 풍경이 아닐까... 생각도 들었다. 이왕 태어났는데 저건 한번 타봐야겠지, 여기까지 살았는데... 저 정도는 해봐야겠지, 그리고 긴긴 줄을 늘어서 인생의 대부분을 보내버리는 것이다. 삶이 고된 이유는... 어쩌면 유원지의 하루가 고된 이유와 비슷한 게 아닐까, 나는 생각했었다. 왜 웃어? 시시하게 계단이나 오르며 내가 물었다. 그러니까... 샴푸냄새가 참 좋아요. 아까부터... 그런가, 하고 나는 생각했고... 그런데 말이야, 라며 그녀를 향해 속삭였다. 갑자기 든 생각인데... 나, 자기가 말이야... 여기까지 와서 열차도 안 타고 가면 어

떡해... 봐, 남들 다 타잖아... 이러는 사람이 아니라 참 좋아.

그녀는 아무 말도 하지 않았고, 나는 가만히 오늘 감았던 샴푸의 이름이 뭐였더라 부질없는 생각에 잠겨 있었다.

더없이

그래도 그날을 지상에서 보낸 가장 아름다운 크리스마스로 기억하는 까닭은, 회전목마 때문일 것이다. 저물던 무렵이라 색색의 조명을 환하게 밝혔었고, 추운 날씨 때문인지 사람들도 거의가 발길을 돌린 장소였다. 아름다워요, 라고 그녀도 속삭였고 어떤 기다림도 없이 아름다운 목마 위에 우리는 나란히 발을 짚고 올라섰다. 미끄러지던 세계와, 서서히 움직이던 목마와, 음악과 함께 회전하던 색색의 조명들을 잊을 수 없다.

더없이 짧은 순간이었겠지만

나는 영원히 그 순간을 기억할 것이다. 저마다의 불을 밝힌 전구들과, 서로의 불을 밝힌 그녀와 나... 정해진 궤도를 따라 어둠 속을 비행하던 두 마리의 목마를 잊을 수 없다. 오르락내리락 번갈아 허공을 박차는 목마 위에서 그녀를 향해 뻗었던 손을 잊을 수 없다. 잡을 듯, 그러나 닿지 않던 그녀의 손도 잊지 못한다. 하여 바라보던 서로와, 그래도 하나 안타깝지 않던 마음을 잊을 수 없다. 라운드 앤 라운드 기억의 어둠 속에서 여전히 불을 밝힌 그 풍경은, 수십 마리의 목마와 더불어 언제나 그곳에서 돌고, 돌고... 돌고 있다. 그 짧은 기억의 삽화를 떠올릴 때마다, 하여 반짝이는 한 장의 크리스마스 카드가 영혼의 우체통 속으로 배달되는 기분이다. 신의 선물이란

아마도 그런 것일 거라, 지금의 나는 생각한다. 서서히 회전을 멈추던 두 마리 목마와, 땅으로 돌아와 서로의 손을 잡던 두 사람을 잊을 수 없다. 돌아서 한참을 걸을 때까지 서로의 등에 묻어 있던 색색의 불빛도 잊지 못한다. 어두운 세계를 달려갈 버스를 기다리던 순간까지도... 그때의 불빛들이 숨 쉬듯 깜박이며 우리의 몸에 붙어 있는 느낌이었다. 차가운 벤치에 앉아 우리는 한 짝씩 이어폰을 나눠 꽂았다. 딸기밭이여, 영원하리

아무도 나의 나무에 오지 않아요.

나무가 아주 높거나 낮아야 했나 봐요.

당신과 조화를 이룰 수 없다는 걸 알겠지만 그래도 괜찮아요.

그리 나쁘다고 생각지 않아요.

나와 함께 가지 않을래요? 난 딸기밭에 가는 중이에요.

실감나는 것은 아무것도 없고, 머뭇거릴 일도 없죠.

딸기밭이여, 영원하리

용산으로 가는 대부분의 노선과 달리, 서울의 남부를 향한 그 버스는 텅텅 비어 있었다. 띄엄띄엄 고작 대여섯 정도의 승객들이

외로운 섬처럼 멀찌감치 떨어져 앉아 있었다. 버스 뒷자리의 어둠 속에 우리는 몸을 묻었다. 말없이 창밖을 바라보던 그녀와 그런, 그녀를 바라보던 내 모습이 떠오른다. 아무것도 보이지 않고, 이 상할 정도로 마음이 편안해지는 어둠이었다. 독서 등조차 고장 난 낡은 버스도 그런대로 편안한 느낌이었다. 그런데... 하고 나는 속 삭였었다. 말 놓기로 했는데... 나만 계속 말 놓으니까 이상하잖아

요.

숨죽여 그녀가 웃음을 터트리자, 나도 덩달아 웃음이 터져 나왔 다. 괜찮아요, 하고 그녀가 속삭였다. 나도 실은 그렇게 하고 싶은 데... 그게 잘 안 되는 거예요, 아직은... 그래도 언젠가는... 그러 니 계속 말을 놔주세요. 언젠가 내가 편하게 말할 수 있도록... 알 겠어, 하고 나는 어둠 속에서 고개를 끄덕였다. 다시 한동안 창밖 을 바라보던 그녀가 편안한 어둠 속에서 나지막이 속삭였다. 그런 데... 있잖아요, 나... 물어보고 싶은 게 있어요. 지금은 편하니 까... 또 지금 물어보지 않으면 왠지 다시는 물어볼 수 없을 것 같 아서... 그래서 그래요. 잡고 있던 그녀의 손에 살짝 힘이 들어가 는 걸 느낄 수 있었다. 어둠 속에서, 나는 또 한 번 고개를 끄덕였 었다.

그러니까

라고 속삭인 후, 그녀는 한동안 말을 잇지 않았다. 왠지 달리는

버스의 속도를 10km 정도 떨어트리던 그러니까, 와 어둠 속에 묻혀 있던 그녀의 얼굴을 잊을 수 없다. 깊은 바다와도 같았던 순간의 고요와, 고요를 흔들던 누군가의 코고는 소리도 잊지 못한다. 실감나는 것은 아무것도 없고, 머뭇거릴 일도 없죠. 딸기밭이여, 영원하리... 음악을 끄고 나는 그녀의 곁에서, 그녀와 함께

그녀의 어둠 속에 파묻혀 있었다. 오늘... 하는 그녀의 목소리가 한 마리의 심해어처럼 고요히, 그러나 작은 빛을 발하며 어둠의 수면 위로 떠올랐었다. 물 밖의 압력을 견디지 못할 것 같은... 위태위태한 느낌의 오늘, 이었다. 그저 말없이 나는 그녀의 손을 더 꼭, 쥐어주었다. 어둠의 바닥에서 기나긴 해초(海草)처럼 흔들리는 그녀의 숨소리를 느낄 수 있었다.

괜찮아 얘기해

라고, 나도 함께 흔들리며 그녀에게 속삭였었다. 머뭇, 하던 그녀의 느낌을... 뒤엉킨 미역처럼 내 손을 마주 쥐던 손가락의 땀을 잊을 수 없다. 오늘... 사람들이... 많았잖아요, 하고 그녀는 느리게 말을 이어나갔다. 연약한 물거품과도 같았던 그 말들을, 나는 놓치지 않으려 애쓰고 애썼다. 입술을 깨문 느낌의 정적이 오늘... 많았던... 사람들의... 행렬처럼 그녀의 말 뒤를 따라붙고 따라붙었다. 그들이 모두 사라질 때까지, 하여 그녀가 편안해질 때까지... 나는 잠자코 그녀의 말을 기다려주었다. 체증이 일어난 듯

버스는 섰다 움직였다 서행을 하기 시작했다. 그러니까 오늘, 하고 겨우 그녀가 다시 말을 이었다. 창밖을 향해 돌린 고개와, 그 너머의 어둠을 나란히 응시하며 나는 다시 한 번 그녀의 손을 꼭 쥐었다. 이상하리만치 불편하던 좌석과, 이상하리만치 편안하던 어둠 속에 우리는 둘 다 스스로를 기대고 있었다. 기댈 수 있었으므로, 그녀도 그런 얘기를 할 수 있었으리란 생각이다. 그런 어둠과... 적당한 불편함과... 느닷없는 편안함과... 서행하는 낡은 버스의 뒷자리에서만 할 수 있는 얘기도 분명 세상에는 존재할 거라 나는 생각했었다. 저랑 같이 있는 게

부끄럽지 않았나요?

그녀가 속삭였다. 사람들 속에서... 말이에요. 그러니까 계속... 그런 생각을 했었어요. 공원을 거닐면서도... 커피를 마시면서도... 또 벤치에 앉아 김밥을 먹으면서도... 말이에요. 참았던 울음을 터트린 사람처럼 그녀는 쉬지 않고 말을 이어나갔다. 혼잣말이면서도 질문인, 혹은 넋두리와 같았던 그녀의 목소리를 잊을 수 없다. 차마 누구라도 그러했을 것이며, 차마 누구라도 희박했던 그 순간의 공기를 잊지 못할 것이다. 멈춰 선 채 돌아가던 엔진의 진동도 잊지 못한다. 말하자면 그 어둠의, 멈춰 선 세계 전체가 공회전을 하고 있는 느낌이었다.

중학교 다닐 무렵 친구가 있었어요. 정말 오래전이죠... 친구를 사귄 기억은 그때가 처음이자 마지막이었다는 생각이에요. 관심

사나 이런 것은 참 많이 달랐는데... 아마도 우리가 친했던 이유는 서로가 비슷했기 때문이었다고 생각해요. 그 아인... 몹시 뚱뚱한 편이었어요. 눈에 띄게... 사실 얼굴이 귀여운 편인데도 누구 하나 그런 생각을 하진 않았죠. 우린 늘 붙어 다녔어요. 밥을 먹을 때도... 체육복을 갈아입거나... 화장실을 갈 때도 말이에요. 뭐랄까, 그러지 않고는 살 수가 없었다는 생각이에요.

이를테면 도시락을 먹는데 저쪽 어디서 누군가 떠드는 거예요. 어휴 짜증 나, 넣지 말라 했는데... 난 돼지고기가 싫어, 아무리 양념해도 뭔가 이상한 냄새 나지 않니? 라고... 그저 반찬에 관한 얘기지만 그 순간 전해져오는 친구의 떨림을 나는 느낄 수 있는 거예요. 그럼 곧바로 그 엄마며, 돼지고기에서 가장 멀리 떨어진 느낌의 대화를 시작해야 하는 거죠. 그 친구도 마찬가지였어요. 늘 제게 그런 역할을 해주었죠. 이상하죠? 하지만 분명 세상엔 그런 사람들이 존재해요. 그러지 않고는 살 수가 없는 거예요.

친구가 전학을 가기 전까지 줄곧 서로의 집을 들락거렸어요. 특히나 저는 친구의 방을 좋아했죠. 피아노가 있고 인형이 많은 방이었어요. 마론 인형을 본 것도 그때가 처음이었고... 인형을 가지고 노는 일이 그렇게 즐거울 수가 없었어요. 서로의 역할을 정하고... 미장원을 가거나 쇼핑을 하고... 물론 각자의 손이 조종하는 인형의 행동이지만 자연스럽게... 감정이 들어가는 거예요. 자기를 꾸미는 여자의 감정... 아름다운 여자로서의 감정... 해서 돋보이고 사랑받는 여자의 감정을 느낄 수 있었던 거예요. 실제의 삶

과는 너무나 다르지만

   이를테면 그런 역할을 서로가 해주는 거죠. 손님 머리를 어떻게 해드릴까요? 글쎄요, 파티를 가야 하는데 어떤 머리가 어울릴까요? 그리고 금발의 머릿결을 만져주는 친구로부터 손님은 어떤 스타일도 다 잘 어울리셔서... 와 같은 말을 듣는 거예요. 어처구니없는 일이긴 하지만... 그래도 거울에 비친 인형의 얼굴을 보며 그 사실을 납득하는 거죠. 그 납득의 순간을 지금도 잊을 수 없어요. 여자에겐 여자로서의 자신을

   납득

   할 수 있는 무언가가 필요하다는 걸 그때 처음 알았어요. 그 방에서 꽤나 그런 놀이에 몰입했다는 생각이에요. 친구에겐 나이 차가 큰 언니가 있었는데 언니의 방에서 훔쳐온 화장품을 발라보거나... 미니스커트를 번갈아 입어보던 일도 생각이 나요. 물론 인형과 같은 다리는 아니지만 그런 기분으로 거울 앞에 서는 거예요. 그리고 얼른 서로를 칭찬해 주는 거죠. 납득할 수... 있도록 말이에요. 도대체 왜 그랬을까 싶긴 해도, 또 그만큼 그 납득의 순간이 행복했던 거예요. 그 방안에서만, 말이죠.

   인형놀이에 몰두하면서 자신도 모르게 로맨스를 만들고 허물고 했던 것 같아요. 대개 어떤 남자가 나타나고... 물론 상상에서의 일이지만, 또 그 남자와 헤어지며 비련과 슬픔에 잠기는 거예

207
죽은 왕녀를 위한 파반느

요. 인형의 손을 잡고 엎드려 우는 시늉을 하면서도... 하지만 그 얼굴을 보고 있으면 납득이 가는 거예요. 어떤 이별이 있다 해도 또 언젠가 다른 사랑이... 더 멋진 사랑이 찾아올 거란 납득이죠. 그런, 납득할 만한 희망이 있기 때문에 어떤 비극이라도 견딜 수 있는 거예요. 내일은 내일의 태양이 뜰 거야*와 같은.

물론 전부가 그 방에서만 통용되는 세계였어요. 문만 열고 나가면 언제나 멸시와 조롱이 가득한 현실의 세계가 있었으니까. 그리고 곧 그 방도 사라져버렸어요. 친구가 전학을 가면서 더 이상 들어갈 수 없는 방, 굳게 문을 걸어 잠근 기억 속의 방이 된 것이었죠. 여자는 누구나 자신의 내부에 그런 방을 가지고 있어요. 아름답고, 아름다울 수 있고... 해서 진심으로 사랑 받고... 설사 어떤 비극이 닥친다 해도 내일은 내일의 태양이 뜰 거야 라고 중얼거릴 수 있는... 그런 방, 말이에요. 아무리 들어갈 수 없는 방이라 해도 결국엔 문득

그 방 앞에 서 있는 자신을 발견하게 되는 거예요. 전 그게 희망이라고 생각해요. 아무도 찾아올 리 없지만, 그래도 그 방문에 몸을 기대면... 기대어 울고 있으면 마음이 따뜻해지는 거죠. 방문을 활짝 연 채 세상을 살아가는 여자도 있을 거예요. 언제든 손이 닿는 곳에, 혹은 현관과 마루 정도를 지나면 곧 방문을 열 수 있는 여자도 있을 테고... 하지만 길고 깜깜한 동굴을 지나, 끝없이 이어

---

* 영화 〈바람과 함께 사라지다〉의 마지막 장면에서 여주인공 스칼렛 오하라가 남긴 명대사.

진 계단을 내려가야 겨우 자신의 방 앞에 다다를 수 있는 여자도 있는 거예요. 설사 열리지 않는 문이라 해도, 또 누구에게

그곳에 와주세요, 같이 가지 않을래요 라고 차마 말할 수 없는 방이라 해도 말이죠. 손에 든 촛불이 꺼져간다 해도, 결국 꺼지기 전에 다시 자신이 있던 곳으로 돌아가야 하더라도 말이죠. 그 길이 너무 멀어... 그리고 점점 발걸음이 뜸해지는 여자도 있는 거예요. 그리고 결국 자신에게 그런 방이 있었다는 사실조차 까마득히 잊어버리는 여자가 있는 거예요. 줄곧 나 자신이

그런 여자라고 생각해 왔어요.

고2 때의 여름이었어요. 겨우 그 친구를 다시 만날 수 있었죠. 몹시 무더운 날이었는데... 몇 년 만에 만난 친구는 몰라볼 정도로 살이 빠져 있었어요. 반갑게 인사를 하긴 했지만, 어딘가 모르게 낯선 느낌이었죠. 예전 같으면 참 쉽게 날씬해졌다, 너무 예뻐졌다 말할 수 있을 텐데... 쉽지가 않았어요. 이제 그런 말들이 필요 하지 않겠구나, 절로 그런 생각이 들었기 때문이죠. 너 너무 예뻐 졌다, 하는 친구의 얼굴도 그렇게 밝은 것은 아니었어요. 나는 여 전히 그런 인사가 절실히 필요한 인간이었으니까요. 늘 그랬듯, 친구를 위해 전 오므라이스를 주문했어요. 환한 얼굴로

돈까스를 주문하는 친구를 보며 저는 비로소 그 사실을 깨닫게 되었죠. 이제 우리가 비슷한 인간이 아니란 사실을... 갑자기 계란

을 들춘 오므라이스의 속이 절반은 텅 비어 있는 느낌이었어요. 아니, 분명 누군가 함께 했던 그 방에... 덩그러니 나만 홀로 남겨진 기분이었죠. 이제 다시는 누구도 오지 않을... 그리고 다시는 누구와 함께일 수 없는 외딴... 그 어둠 속의 방에서 말이죠. 외롭기가 힘들 정도로 무더운 날이었는데

외로웠어요. 인문계와 실업계로 나뉜 생활이라 서로의 얘기도 많이 달랐고, 무엇보다 친구는 사귀는 남자들에 대한 얘기를 많이 했어요. 남자애들 근사할 거 같지? 하나도 안 그렇다. 그냥 다들 웃겨... 그래도 귀여울 때가 있긴 해. 그 귀여움이란... 말하자면 이런 거였어요. 자기 앞에서 말을 더듬거나 허둥지둥할 때의 얼굴 같은 것... 한 번도 남자의 그런 모습을 본 적이 없었으므로, 저는 그 귀여움을 실감할 수 없었어요. 홀로 남겨진 방의

창을 통해 볼 수 있는 건 완벽한 어둠뿐이었죠. 이제 친구는 두 번 다시 이곳을 찾지 않겠구나, 생각했어요. 대신 올라오라고, 자꾸만 올라오라는 손짓을 저는 느낄 수 있었어요. 방학인데... 내가 남자애들 소개시켜 줄까? 하지만 올라갈 수 없는 인간이 세상엔 있다는 걸 친구는 까맣게 잊어버린 듯했어요. 그리고... 볼 수 있었어요. 남자애들과 소개... 그런 단어들을 속삭일 때 친구의 얼굴에 번지는 부끄러움을... 느낄 수 있었어요. 결과가 어떠리란 걸 어떻게 모를 수 있겠어요. 이제 스스로를 위해 저는 남자며, 소개와 같은 것에서 가장 멀리 떨어진 느낌의 대화를 시작해야만 했어요. 어떤 말을 했는지는 기억나지 않아요. 다만 오므라이스의 절

반을 남기고 나온

　오후의 거리를 기억해요. 돋보기를 통과한 듯 쏟아지던 볕과, 이제 다시는 납득할 수 없을 여자로서의 나 자신과... 너무나 선명했던 그 그림자를 잊을 수 없어요. 돌아오던 먼 길과, 돌연 이 세상에서 사라진 듯한 나 자신을 잊지 못해요. 자신보다 자신의 그림자가 더 아름다운 여자는... 그림자로서 세상을 살아야 해요. 그렇게 살 수밖에 없어요. 그러니까 나는... 이미 세상에서

　사라진 여자예요. 미안해요. 왜 이런 말들을 늘어놓는지... 나도 모르겠어요. 하지만 꼭 이 말을 하고 싶었어요. 그러니까 내가... 부끄럽진 않은지, 또 지금은 어떨지 모르지만 곧 부끄러워지는 게 아닐지... 모르겠어요, 나는 그저 나 자신을 납득하기가 힘든 거예요. 문제가 많은 여자죠. 그리고 두려워요. 굳게 잠긴 그 방에 누군가 찾아온다는 것이... 들어올 것 같다는 것이... 언젠가 문을 열게 된다면 이제 다시는 그 문을 닫을 수도, 잠글 수도 없다는 걸 느끼고 있는 거예요. 문이 활짝 열린 채로 버려진 방을 가져야 한다면

　그래서 다시 그곳에 혼자 남게 된다면... 세상의 빛을 두 번 다시 볼 수 없을 것 같은 기분이 들어요. 모든 걸 잠근 채 자신을 파묻은 삶을 살아갈 자신은 있어요. 하지만 모든 걸 열어둔 채... 기다리고... 잊지 못하는 삶을 살아갈 자신은 없는 거예요. 그 이후의 〈납득〉이란 것이

제게는 존재하지 않기 때문이에요.

그녀는 울고 있었다. 아니, 울고 있을 거라고 나는 느꼈다. 다른 생각을 할 수 없었다. 굳게 닫힌 방처럼 작은 흔들림조차 느낄 수 없던 그녀의 옆모습을 잊을 수 없다. 그녀가 응시하던 창밖의 어둠을... 너무나 작고 흐린 목소리여서 마치 손을 통해 전달되는 듯하던 그녀의 속삭임을... 잊지 못한다. 어둠 속에서 나는 눈을 감았고, 어둠 속의 어두운

길고

끝없는 계단의 어딘가에서 꺼져가는 촛불을 든 채 서 있는 기분이었다. 무슨 말을 해야 할지 알 수 없었다. 나는 말없이 숨을 골랐고, 꺼져가는 불꽃을 보살피듯 적절한 단어를 고르고 또 고르려 애를 썼다. 고기떼가 사라진 바다처럼 어떤 단어도 떠오르지 않는 공허한 어둠이었다. 아마도, 하고 역시나 손을 통해 목소리를 전달하는 기분으로 나는 속삭였었다. 자기 자신을 납득할 수 있는 인간은 없을 거야. 나도 마찬가지야. 그리고

미안해. 무어라 말하고 싶지만, 지금은 어떤 말도 생각이 안 나. 이런 나 자신을 납득하기도 힘들지만... 이해해 줘. 마찬가지로, 말을 잘 못하는 인간도 세상엔 있는 거니까. 대신 그 대답은 아주 먼 훗날에 들려줄게. 천천히, 아주 조금씩 그 대답을 만들어가고 싶어. 그 외의 다른 방법을 나로선 찾지 못하겠어. 이건 설득의 문

제가 아니라 납득의 문제니까... 그러니까 행동으로밖에는 대답할 수 없는 거라고 나는 생각해. 그리고 나도... 이미 돌아갈 수 없을 만큼 그 길고 긴 동굴과, 끝없이 이어진 계단을 내려와 버렸단 느낌이야. 진심으로

그렇게 생각해. 그 순간 그녀의 손이 내 손을 꼭 쥐지 않았다면, 또 그녀의 머리가 살포시 어깨에 와 닿지 않았다면... 고기떼가 사라진 그 바다 속에서 나는 숨을 쉬거나 눈을 뜨기도 곤란했을 거란 생각이다. 서로에 기댄 채 우리는 더 이상 아무 말도 하지 않았고, 끝이 갈라진 스테레오의 이어폰을 나눠 모노로, 음악을 듣기 시작했다. 나와 함께 가지 않을래요? 난 딸기밭에 가는 중이에요. 실감나는 것은 아무것도 없고, 머뭇거릴 일도 없죠. 딸기밭이여, 영원하리. 딸기밭이여, 영원하리.

영원한 장소도 영원한 인간도 없겠지만, 영원한 기억은 있을 수 있겠다 생각이 드는 밤이었다. 느린 마차처럼 서울로 돌아오던 버스와... 그 속의 지친 공기, 누군가 벗어둔 신발의 말똥 냄새마저도 그저 인간이 발할 수 있는 인간의 체온으로 느껴지는 밤이었다. 터미널을 나와 나는 그녀의 단추를 목까지 채워주었고, 밤의 광장과 지하도를 건너 집으로 가는 버스에 우리는 다시 몸을 실었다. 그 어디에도 색색의 조명은 켜져 있지 않았지만, 더없이 크리스마스와 비슷한 밤이었다고 지금의 나는 생각한다. 메리 크리스마스

메리 크리스마스, 서로를 간호하는 느낌으로 걸어가던 길고 긴 골목도 잊을 수 없다. 인간의 골목... 그저 인생이란 병을 앓고 있는 환자에 불과한 인간들의 골목... 모든 인간은 투병(鬪病) 중이며, 그래서 누군가를 사랑하는 일은 누군가를 간호하는 일이라고, 나는 생각했었다. 그리고 그 골목의 끝에서... 흐린 가등의... 불빛 아래서 나는 속삭였었다.

메리 크리스마스야.

서로의 손을 꼭 잡은 채, 우리는 한 그루의 크리스마스트리처럼 그 자리에 서 있었다. 보이지 않았다 해도 분명 말할 수 있는 사실은, 그때 서로의 마음을 수놓던 색색의 불빛... 적어도 흐린 가등의 빛보다는 부시고 반짝였던 빛이 있었다는 사실이다. 그 빛은 어디서 온 것일까, 그리고 그 빛은... 누구의 것이었을까.

그 고양이 말이야

생텍쥐페리라 부르기로 결정했어. 정말이요? 응, 그냥 그러기로 마음먹었어. 왠지 중간에 〈쥐〉가 있는 것도 고양이의 이름치곤 재밌어서 말이야. 그렇군요, 라고 그녀는 대답했다. 이른 아침 전화를 건 것은 그녀였고 오늘은 집에 다녀와야 해요, 라고 그녀는 미리 얘기해 주었다. 그녀도 나도, 크리스마스를 보낸 인간들의 목소리는 한결 밝아져 있었다. 잘 다녀와. 전화를 끊고 나자 왠지 모르게 할 말을 다 못했다는 생각이 들었다. 딱히 할 말이 있는 것도 아니었지만

이상하게 그랬다. 오전에는 금이 간 담벼락의 일부를 시멘트로 보수해야 했다. 이봐 학생, 글쎄 며칠 전부터 이랬다니까 흔들거리는 담을 직접 확인시켜 주며 이웃의 영감 하나가 팔짱을 끼고 얘기했었다. 죄송합니다, 당장 고치겠어요. 뜻밖에도 창고에는 고스란히 아버지의 물건들이 남아 있었다. 미처 생각지 못한 흙손이며, 먼지가 쌓인 시멘트 포... 또 잡다한 공구와 목장갑... 더 오래 전 연탄이 쌓여 있던 흔적마저도 그곳에는 고스란히 남아 있었다.

흔들, 거리는 담의 일부를 손으로 받쳐가며 나는 묵묵히 금이 간 언저리를 메우고 문질러주었다. 장갑을 끼지 않은 손등이 시리고 추웠지만 나는 끝끝내 장갑을 끼지 않았다. 이만하면 문제없겠지, 그리고 요한에게 전화를 걸었다. 갑자기 미처 다하지 못한 말 같은 것, 그런 생각들이 해류를 따라 돌아온 고기떼처럼 마음속에 들끓는 기분이었다. 그리고 곤란한 걸, 오늘은 무슨 일이 있어도 〈때를 빡빡 미는〉 목욕을 하고 싶어 – 요한의 고집 때문에 할 수 없이 함께 목욕을 가기로 했다. 점심을 먹고 요한의 집에 도착하니 이미 만반의 준비를 마친 요한이 TV를 보며 나를 기다리고 있었다. 이건 뭐예요? 뭐긴 목욕장비지. 한 쌍의 작은 세숫대야에 오밀조밀 담겨 있던 샴푸며 비누, 초록색의 때수건과... 그 모두를

죽은 왕녀를 위한 파반느

살포시 덮고 있던 흰색이며 분홍색의 수건을 잊을 수 없다. 이건 마치

아줌마 같잖아요. 나란히 옆구리에 작은 대야를 끼고 걸으며 나는 투덜거렸다. 왜, 분홍색이 부담스러워? 그럼 바꿔 들까? 하던 요한의 얼굴도 잊지 못한다. 이래야 제대로 목욕을 가는구나, 기분이 드는 거라구. 봐 사람들도 한결같이 편안한 표정이잖아. 아 저들은 목욕을 가는구나, 하고 모두 안도의 한숨을 쉬는 거라구. 가방을 든 학생들을 보는 것과 마찬가지지. 지금 우리는 그 누구도 공격할 의사가 없는 매우 공익적인 인간으로 대접받고 있는 거야. 어허야 둥기둥기 우리동네 꽃동네… 몹시도 부담스럽게, 게다가 노래까지 들으며 길을 걸어야 했다. 부촌의 분위기와 안 어울리는 작고 오래된 목욕탕과… 누구에게나 부담을 주던 요한의 기다란 페니스도 잊을 수 없다. 장장 두 시간을 넘게 때를 불리고 〈빡빡〉 밀던 요한의 목욕도 그야말로 부담스러운 것이었다. 등을 밀어본 게 얼마 만이냐 휘파람을 불던 요한과, 지루할 정도로 길었던 그의 등도 머릿속에 떠오른다. 번갈아 서로의 등을 민다고는 하지만 그래서 왠지 손해를 보는 느낌이었다. 빡빡 부탁해. 빡빡 기나긴 등을 밀면서 어쩌면 비틀즈가 해체된 이유는 존 레논의 기다란 상체 때문이 아니었을까, 나는 생각했다.

이상하게

그때는 아무 말도 할 수 없었어요, 라고 나는 얘기했다. 그럼 오

늘 하면 되겠네, 맥주를 마시며 요한이 말했다. 그때까지도 모락모락 몸에서 김이 피어오르는 느낌이었다. 집에 돌아와 맥주를 마시며 나는 그녀의 얘기와, 못 다 한 나의 대답에 대해 얘기를 늘어놓았다. 돌이켜보면… 그것이 무렵의 패턴이었다는 생각이다. 그녀도 나도 서로의 전부를 서로에게 표현할 수 없었고, 시간이 지난 후에야 그 오해나 이해를 무작정 요한에게 털어놓았다는 생각이다. 그녀의 패턴도 같았다는 사실을 안 것은 그야말로 한참의 세월이 지나서였다. 우리는 다 함께 요한을 의지했지만 그는 누구에게도 자신을 의지하지 않았다. 그 사실을 그때도 알았더라면, 지금의 후회를 조금은 줄일 수 있었을지 모른다. 결국 〈그때〉의 인간처럼 무능한 인간은 없다.

부끄럽지 않냐는 그 질문에 대해… 하지만 오늘도, 아니 언제라도 대답을 할 수 없을 것 같아요. 그래서 답답해요. 잘 모르겠어요, 저는 부끄럽다거나… 그런 생각을 아예 못했거든요. 그런데 그 사실을 차마 말할 수 없었어요. 왠지 말을 하는 그 순간 거짓말이 될 거란 느낌이 강하게 든 거예요. 그렇다와 그렇지 않다 – 갈림길의 어느 쪽을 선택해도 그녀에게 〈현실적으로〉 상처가 될 거란 예감을 한 것이죠. 모르겠어요. 적어도 그 문제에 있어서만큼은

그녀가 모든 열쇠를 쥐고 있다는 생각이에요. 이상하죠? 실은 내가 어떻게 생각했느냐 라는 문제가 아니었던 거예요. 어떤 대답을 해도 그녀 스스로가 행복해질 수 없는 거니까… 진실을 말해도 상처가 되고 거짓말을 해도 상처가 되는 문제라면, 도대체 어떤

말로 그 상처를 대해야 할까... 그리고 답이 없다는 생각을 했던 거예요.

그래서 혼란스러워요. 결국 같이 아파하면 되는 게 아닌가 싶어도, 정말이지 나 자신은 그렇게 아프지가 않거든요. 아프지가 않다는 말은, 하고 요한이 맥주를 따며 말했다. 흘러넘친 거품이 손가락을 적셨지만 물끄러미 잦아지는 거품을 바라만 보며 전혀 부끄럽지 않았다, 뭐 그런 얘긴가? 라고 물었다. 그렇죠. 뭐 어떠냐는 거예요. 다른 사람의 시선 따위... 남에게 보이기 위해 서로를 좋아하는 건 아니잖아요. 요한은 잠시 생각에 잠겨 있다가

글쎄 꼭 이렇다니까 하며 크리넥스를 뽑아 손가락을 닦기 시작했다. 거품이 나올 줄 알면서도 나도 모르게 꼭 캔을 흔들어요, 제기랄... 사랑은 분명 이 맥주 캔과 같은 거라고 나는 생각해. 뭔가가 터져 나올 거란 걸 알면서도 자신을, 또 서로를 흔들게 되는 거지. 뭐, 어떤 면에선 좋아진 거야. 그런 말을 했다는 건 그 친구에게 〈흔들림〉이 있었다는 얘기니까. 그래서 묻지 않고는 견딜 수가 없었던 거야, 비로소... 그리고 바라는 거야. 끝까지 마셔주기를... 입만 대고 내려놓거나, 그런 게 두려운 거고... 속에 담겨 있는 자신을 인정해 주기를 바라는 거야. 캔을 말끔히 비움으로써 우리가 맥주의 가치를 인정하듯이 말이야. 거품이 아닌 여자로서의 가치, 거품을 걷어낸 여자로서의 가치를 확인하고 싶었던 거지. 게다가 그 거품을... 뿜고, 누군가의 손을 적시게 한 것도 아마 처음일 거야. 그게 중요해. 거품은 외부의 압력에 맞선 내부의 압

력이 일으키는 것이니까... 즉 이제 비로소 세상과 맞설 만한 작은 힘이 그녀에게 생겼다는 얘기야. 열쇠를 쥔 것은 너나 그녀가 아니야. 바로 세상이지.

찢어지게 가난한 인간의 방에 엠파이어스테이트나 록펠러의 사진이 붙어 있다면 다들 피식하기 마련이야. 하지만 비키니니 금발이니 미녀의 사진이 붙어 있다면 다들 그러려니 하지 않겠어? 즉 외모는 돈보다 더 절대적이야. 인간에게, 또 인간이 만든 이 보잘것없는 세계에서 말이야. 아름다움과 추함의 차이는 그만큼 커, 왠지 알아? 아름다움이 그만큼 대단해서가 아니라 인간이 그만큼 보잘것없기 때문이야. 보잘것없는 인간이므로 보이는 것에만 의존할 수밖에 없는 거야. 보잘것없는 인간일수록 보이기 위해, 보여지기 위해 세상을 사는 거라구.

그 사실을 알아야 해. 이 세상이 얼마나 보잘것없는 인간들로 끓어넘치는 곳인지를 말이야. 종교가 다르다고 서로를 죽이는 게 인간이야. 인종이 다르다고, 이념이 다르다고 수천수만 명을 죽일 수 있는 게 인간이야. 만 원짜리 한 장을 뺏기 위해 서로를 죽이는 게 인간이고, 아들을 낳지 못했다고 여자를 죽이는 게 인간이야. 쥐꼬리만한 권력에도 끝없이 굽신거리는 게 인간이고, 말도 안 되는 관념 하나로 평생을 사는 게 인간이야. 헬렌 켈러나 버지니아 울프를 보고 뭐 이따위로 생겼어 하는 인간들도 끓어넘치고, 레오나르도 다빈치나 아인슈타인을 보고도 뭐야 개똥 같이 생겼잖아, 팔짱을 낄 인간들이 지천으로 널려 있어.

세상은 그런 곳이야.

너는 부끄럽지 않았다는 말은 네가 부끄럽지 않다는 말, 너만 부끄럽지 않다는 말일 수도 있어. 수긍이 가. 하지만 그것이 극복이라고는 생각지 않아. 단지 열등감이 없다는 얘기니까. 이를테면 모두가 열망하는 파티에 집에서 입던 카디건을 걸치고 불쑥 갈 수 있는 인간은 진짜 부자거나, 모두가 존경하는 인간이거나 둘 중하나야. 존재감이 없는 인간들은 아예 가지 않아. 자신을 받쳐줄 만한 옷이 없다면 말이야. 파티가 끝나고 누구는 옷이 좀 그랬다는 둥, 그 화장을 보고 토가 쏠렸다는 둥 서로를 까는 것도 결국 비슷한 무리들의 몫이지. 결국 열등감이란

가지지 못했거나

존재감이 없는 인간들의 몫이야. 알아? 추녀를 부끄러워하고 공격하는 건 대부분 추남들이야. 실은 자신의 부끄러움을 견딜 수 없기 때문인 거지. 안 그래도 다들 시시하게 보는데 자신이 더욱 시시해진다 생각을 하는 거라구. 실은 그 누구도 신경조차 쓰지 않는데 말이야. 보잘것없는 여자일수록 가난한 남자를 무시하는 것도 같은 이유야. 안 그래도 불안해 죽겠는데 더더욱 불안해 견딜 수 없기 때문이지. 보잘것없는 인간들의 세계는 그런 거야. 보이기 위해, 보여지기 위해 서로가 서로를 봐줄 수 없는 거라구.

그래서 와와

　하는 거야. 조금만 이뻐도 와와, 조금만 돈이 있다 싶어도 와와, 하는 거지. 역시나 그 누구도 신경 쓰지 않는데 말이야. 보잘것없는 인간들에겐 그래서 〈자구책〉이 없어. 결국 그렇게 서로를 괴롭히면서 결국 그렇게 평생을 사는 거야. 평생을 부러워하고, 부끄러워하면서 말이야. 이 세계의 비극은 그거야. 그렇게 서로를 부끄러워하면서도 결국 보잘것없는 인간들은

　보잘것없는 인간들과 살아야 한다는 현실이지. 영화나 보면서, 드라마나 보면서 말이야. 서로가 서로에게 돈 좀 더 벌어와라, 얼굴이 그게 뭐냐 하면서... 말이지. 어쩌자는 걸까? 1년에 한 번씩 예수가 온다 한들 인간을 구원할 수 있을까? 그럴 수 없다고 봐. 스스로가 스스로를 구하지 않는 이상 답이 없는 문제일 뿐이야. 보잘것없는 인간들에게 내면이 중요하니, 인간에겐 고귀한 영혼이 있다느니 말을 늘어놓는 건 선생님 자위를 하고 싶어 견딜 수가 없어요, 하는 아이에게 그럼 공부에 집중해 보지 않겠니? 자위가 부끄러운 건 아니지만 지나친 자위는 건강에 해를 끼칠 수 있단다. 정 참지 못할 경우엔 반드시 손을 깨끗이 씻기 바래 라고 하는 것과 마찬가지가 아닐 수 없어. 그렇군요, 그래서 청결이 중요한 것이군요 하고는

　모두가, 어제보다 한 번 더 자위를 해대는 세상에서 살고 있다는 걸 잊어선 안 돼. 너도, 그 친구도 그런 세상을 살고 있는 거

221
죽은 왕녀를 위한 파반느

고… 그 친구를 사랑한다면 이제 너와, 그 친구가 함께 그런 세상을 살아야 한다는 얘기야. 즉 그런 이유로 자위에 대해 크게 고민해 본 적은 없어요, 손도 늘 청결한 편이었고… 로는 극복이 될 수 없다는 거지. 그 문제에 관한 한 넌 물과 같은 거야. 누가 아무리 흔들어도 캔이 터지거나 거품이 새거나 하지 않아. 하지만 그 친구는 다른 거야. 즉 너와 그 친구가 나란히 길을 걷는다는 건

각각의 캔에 든 물과 맥주가 함께 길을 걷고 있는 셈이야. 끓어오르는 거품을 이해하지 못한다면, 또 물이니까 언제라도 쉬 변질되지 않을까 염려가 끊이지 않는다면… 내가 말했지, 1년에 한 번씩 예수가 온다 해도 힘들 수밖에 없는 문제라고. 그나저나, 하고 요한은 일어나 뭔가 채소를 가득 넣은 요리를 만들기 시작했다. 남은 맥주를 한 모금 들이켠 후 나는 외로워 보이는 물컵의 옆에 나란히 캔을 세워보았다. 아차차, 하고 프라이팬에서 물러난 요한이 급히 몇 개의 약을 챙겨 먹었다. 그리고 제기랄, 술이랑 같이 먹으면 안 됐댔는데… 라며 쓴웃음을 지어보였다. 글쎄 이렇다니까, 어쩌겠어 인간이~ 어쩌겠냐구~ 이상한 노래를 만들어 부르며 올리브유를 두르던 요한을 잊을 수 없다. 이상할 정도로 많은 말을 나누던 밤이었다.

이게 무슨 요린가요? 그냥 요리야. 너의 고양이처럼 그냥 요리지. 맛있네요. 버섯에 야채 듬뿍, 소금 간만 하고 볶은 거야. 맥주랑 먹기에는 꽤 괜찮더라구. 와! 정말이지 와와 소리가 나오는 걸요. 원래 뭐든 그냥 그대로인 게 좋은 거야. 그냥 사는 게 좋은 거

고 그냥 죽는 게 좋은 거지. 참 고양이에겐 이름이 생겼어요, 생텍
쥐페리라고. 에엥? 하고 요한은 나를 쳐다보았다. 어떻게 된 거야
아미고, 너와 나의 그냥 고양이에게 그딴 이름을 붙일 네가 아니잖
아! 왜 어때서요? 괜찮은 이름인데. 요한은 잠시 눈을 깜박이더니

알았다

역시 여자가 속삭이면 형이고 부모고 없는 놈이었어, 하며 우걱
우걱 야채를 씹어댔다. 나 참, 이름 가지고 왜 그래요. 시끄러, 나
의 그냥 고양이를 돌려주기 전에는 내 요리에 손도 대지 마. 옥신
각신 끝에 결국 고양이는 〈그냥 생텍쥐페리〉가 되었다. 차라리
고양이가 좋았다 생각이 들었지만 동정은 싫다는 요한의 고집에
그만 이상한 타협을 보고 만 것이었다. 먹어도 돼요? 내가 말했
다. 난 다 먹었어, 라고 요한이 배를 두들기며 말했다. 요리는 식
어 있었고 LP를 뒤적이는 요한은 이미 고양이에 대해선 까맣게 잊
어버린 얼굴이었다.

삶이란 뭘까요?

내가 물었다. 벤처스를 듣고, 아마도 비치보이스나 킹크스가 흘
러나올 때였을 것이다. 평소와 달리 대견할 정도로 낮춰진 볼륨이
어서 어디선가 작은 곤충들이 번갈아, 혹은 떼 지어 울어대는 느
낌이었다. 그냥 이런 거지, 라며 요한이 중얼거렸다. 잠에서 깨어
있는 거야. 잠에서 깨어나 음악을 듣고 맥주를 마시고... 또 오줌

을 누는 거야. 잠을 삶의 일부라 생각하는 건 커다란 착각이야. 잠은 분명히 죽음의 영역이라구. 즉 죽어 있는 인간들이 잠깐 잠깐 죽음이란 잠에서 깨어나곤 하는 거야. 그게 삶이지. 그럴 리가 없잖아요 라고 했지만

그럴 수도 있겠다고 나는 생각했었다. 삶이 마음대로 풀리지 않는 건 실은 그것이 우리가 알고 있는 〈꿈〉이기 때문이야. 좋은 꿈을 꾸기 위해 이렇듯 맥주도 마시고... 오줌은 뭐 그렇다 치고 어쨌거나 사랑에 빠지기도 하는 거지, 안 그래? 그러니까 사람들이 말하는 꿈같은 일이란 실은 별다른 일이 아니야. 그냥 이렇게 사는 거야, 꿈같은 사랑이란 것도 별다른 게 아니지. 그냥 살아가듯이 그냥 사랑하는 거야. 기적 같은 사랑이란 그런 거라구. 보잘것없는 인간이 보잘것없는 인간과 더불어... 누구에게 보이지도, 보여줄 일도 없는 사랑을

그럼에도 불구하고 해나가는 거야. 이쁘지도 않은 서로를, 잘난 것도 없는 서로를... 평생을 가도 신문에 기사 한 줄 실릴 일 없는 사랑을... 그런데도 불구하고 해나가는 거지. 왜, 도대체 왜 그런 일을 하느냐 이 얘기야. 기적은 바로 그런 것이라고 생각해. 한 줌의 드라마도 없이... 어디 좋은 곳 한 번 가보지 못한 채... 어딜 가봐야 눈에 띄지도 않고, 딱히 내세울 것도 없이... 이를테면 부인께서 참 미인이십니다 라든가, 그런 소리 한 번 듣지도 못하면서... 그래도 서로를 버리지 않고, 버릴 수 없어 서로를 거두는... 여보 이제 어쩌지? 이런 걱정을 매일같이 하면서도... 제아무리

어떤 놈이 세금을 거두고 새마을 운동을 시키고 해도... 어떻게든 되겠지 하면서, 그런대로... 어쩌지 밥을 새로 해야 하는데, 하면서... 말하자면 영화화 될 리도, 될 일도 없으면서... 누구도 알아주지 않고 아무도 부러워하지 않는데도... 근근이 놀러간 여행지에서 잇몸을 다 드러낸 사진 한 장 찍어가며... 그래도 남는 건 사진뿐이더라, 해가며... 가끔은 불쌍해서... 살아갈수록 자주 불쌍해서... 그렇다고 돈 한 푼 생길 일도 아니면서... 그래선지 이 웬수야 웬수야 해가며... 도대체 어쩌자고... 그럼에도 불구하고 그냥, 그냥 서로를 사랑하는... 신문과 방송이 외면하는 수많은 사람들이야. 어때, 예수가 걸친 옷만큼이나 초라하지?

기적이란 그런 거야.

기적이 그런 거라면, 하고 내가 말했다. 왜 이렇듯 다들 불행한 거죠? 그게 인간이야, 하며 요한은 새 담배를 꺼내 물었다. 지팡이로 바다를 갈라 보여준다 한들 내일 아침이면 또 다른 기적을 원하는 게 인간이지. 끝없이 자위를 해야 하고 끝없이 손을 씻어야 하는 게 인간이야. 그리고 또,

자위를 너무 하면 몸에 해롭지 않나요 걱정하는 게 인간이지. 그리고 돌아서면 자위도 안 하는 척, 하는 게 인간이야. 휴지는 휴지대로 진창 써놓고 뭐야 휴지가 떨어졌잖아, 하는 게 인간이라구. 왜 며칠 전에 매장에서 청바지 훔치다 잡힌 고등학생 있지? 남들도 다 입고 있어서... 너무 입고 싶었어요 하고 눈물 줄줄 흘리

던. 그게 보편적인 인간이야. 모두가 그 정도는 입고 있다 생각하는 거지. 또 그걸 입어야만 행복하다 느끼는 거야. 관념이지. 그리고 상상력이야.

그래도 죠다쉬* 점장이 점잖은 양반이잖아. 애를 앉혀놓고 그러더라고. 없었던 일로 해주겠다, 대신 네가 어른이 되었을 때 십 년이고 이십 년 후에 반드시 오늘 이 일을 되새겨봐라, 그럼 이 바지가 얼마나 시시한 건지 알 수 있을 거다... 뭐, 조언이라면 조언인 셈이지. 그런데 그 양반 요즘 남들 다하는 주식인데 하며 정신 못 차리고 있거든. 그게 보편적인 인간관계야. 훔치지 않았을 뿐 결국 똑같은 관념에 갇혀 있는 인간이지. 십 년이고 이십 년 후에 그 아이도 분명 어른이 될 거야. 그땐 왜 그랬을까, 나 참 하며 한참을 웃고 말겠지. 그리고 돌아서서 주택청약자로서 아직 1순위가 아님을 무척이나 괴로워할 거야. 전혀 달라진 인간이라 본인은 믿고 있지만, 실은 똑같은 관념을 가진 나이 든 인간일 뿐이지. 그게 보편적인 인간의

이른바 성장이야.

뭐야 바보잖아 싶겠지만 그게 인간이야. 현실적으로 살고 있다 다들 생각하지만, 실은 관념 속에서 평생을 살 뿐이지. 현실은 절대 그렇지가 않아, 라는 말은 나는 그 외의 것을 상상할 수 없어―

---

* 80년대에 크게 유행한 청바지의 브랜드.

라는 말과 같은 것이야. 현실은 늘 당대의 상상력이었어. 지구를 중심으로 해가 돈다 거품을 물던 인간도, 아내의 사타구니에 무쇠 팬티를 채우고 십자군 원정을 떠나던 인간도, 결국 아들을 낳지 못했다며 스스로 나무에 목을 맨 인간도... 모두가 당대의 〈현실은 절대 그렇지 않아〉를 벗어나지 못했던 거야. 옛날 사람들은 대체 왜 그랬을까

다들 낄낄거리지만, 그리고 돌아서서 대학을 못갈 바엔 죽는 게 나아! 다들 괴로워하는 거지. 돈이 최고야 무쇠 같은 신앙으로 무장하고, 예쁘면 그만이지 더 이상 뭐가 있어─당대의 상상력에 매몰되기 마련인 거야. 맞아, 현실은 절대 그렇지 않아. 지금의 인간은 그 외의 것을 상상하지 못하니까... 하지만 그 〈현실〉은 언젠가 결국 아무도 입지 않는 시시한 청바지와 같은 것으로 변하게 될 거야. 늘 그랬듯

또 인간은 보편적인 성장을 할 수밖에 없으니까. 말하자면 죠다쉬를 입은 고등학생의 〈멋있어〉와, 십자군 원정을 떠나는 인간의 〈정당해〉와, 가진 건 돈뿐이야 하는 인간의 〈에헴〉과, 어때 나 이쁘지 하는 인간의 〈홍〉은 시간만 다를 뿐 같은 성질의 관념이야. 그러니까 미리, 그 외의 것을 상상하지 않고선 인간은 절대 행복해질 수 없어. 이를테면 그래도 지구는 돈다, 와 같은 상상이지. 모두가 현실을 직시해, 태양이 돌잖아? 해도

와와 하지 않고, 미리 자신만의 상상력을 가져야 하는 거야. 그

건 갈릴레이 정도나 가능한 일 아닌가요? 내가 물었다. 비벼 끈 꽁초의 연기를 바라보며 요한이 얘기했다. 그래서 신은 단 하나의 유일무이한 상상력을 인간에게 주신 거야. 자신의 물컵 옆에 아직 따지 않은 새 캔을 세우며 요한이 말했다.

바로, 사랑이지.

사랑은 상상력이야. 사랑이 당대의 현실이라고 생각해? 천만의 말씀이지. 누군가를 위하고, 누군가를 위해 희생하고, 누군가를 애타게 그리워하고... 그게 현실이라면 이곳은 천국이야. 개나 소나 수첩에 적어다니는 고린도 전서를 봐. 오래 참고 온유하며 자기의 유익을 구하지 아니하며... 모든 것을 바라며 모든 것을 견디는... 그 짧은 문장에는 인간이 감내해야 할 모든 〈손해〉가 들어있어. 애당초 현실에서 일어날 수 없는 일이야. 누군가를 사랑하는 일은

그래서 실은, 누군가를 상상하는 일이야. 시시한 그 인간을, 곧 시시해질 한 인간을... 시간이 지나도 시시해지지 않게 미리, 상상해 주는 거야. 그리고 서로의 상상이 새로운 현실이 될 수 있도록 서로가 서로를 희생해 가는 거야. 사랑받지 못하는 인간은 그래서 스스로를 견디지 못해. 시시해질 자신의 삶을 버틸 수 없기 때문이지. 신은 완전한 인간을 창조하지 않았어, 대신 완전해질 수 있는 상상력을 인간에게 주었지.

앗, 하고 내가 말했다. 왜? 연기로 커다란 도넛을 피워 올리며 요한이 물었다. 죄송해요 형, 이제 가봐야 할 것 같아요. 도넛처럼 중간이 뻥 뚫린 표정으로 요한이 나를 쳐다보았다. 가서... 전화를 받아야 하거든요. 전화? 라고 하진 않았지만 수화기를 든 시늉을 하며 요한이 턱을 치켜올렸다. 네, 라고 답하는 대신 나는 고개를 끄덕였었다. 요한은 잠자코 눈을 몇 번 깜박이더니

안토니오 이노끼*

하고 독백을 하듯 중얼거렸다. 네? 엘비스 프레슬리. 네? 아다모**. 뭐라구요? 지금 그 셋과 한 테이블에 둘러앉아 스테이크를 썰고 있는 기분이야. 지옥의 중심이지. 격조가 있으면서도 견딜 수 없는... 곧... 사람을 미치게 만드는... 말 한마디로 그 테이블에 나를 밀어 앉힌 게 누굴까. 나는 그것이 너... 라는 생각인데 본인의 생각은? 아니 그게 아니라, 하고 나는 진땀을 흘려야 했다. 분명 전화를 할 텐데... 안 받으면 걱정하잖아요. 그럼 왜 애당초 저는 무슨 일이 있어도 열 시까지 집에 돌아가 그녀의 전화를 받아야 합니다, 라고 똑똑한 반공소년처럼 자신을 내세우지 않았을까? 아니 그런 게 아니라... 버티다 결국

깔끔하게 정리하자, 코브라 트위스트 1분! 으로 상황을 마무리

---

* 세계적으로 유명한 일본의 프로레슬러
** 살바토레 아다모. 눈이 내리네(Tombe La Neige)로 유명한 벨기에의 상송 가수.

지어야 했다. 으... 어깨가 빠지는 줄 알았잖아요. 다행인 줄 알아. 넌 지금 불합격의 바스켓 링을 일곱 바퀴째 돌고 있는 농구공 같은 놈이야. 왜, 내친 김에 거실 복판에 똥이라도 싸고 가지? 잘못했어요, 잘못했다니까요. 집요한 요한의 공격을 받으며 나는 그녀가 짜준 목도리와 점퍼를 챙겨 입었다. 따뜻하겠네 따뜻하겠어 하며 엉덩일 툭 툭 차긴 했지만 신발을 신고 손을 흔들자 그래 잘 가, 라며 요한도 손을 흔들어주었다. 그런데 형, 도대체 저 약들은 다 뭐예요? 문을 열려다 말고 나는 문득 물어보았다. 틱 라이터의 불을 당기며 아 저거, 하고 요한이 중얼거렸다. 두 통은 비타민... 나머지는

자양강장제. 혼자 살며, 열 종류가 넘는 자양강장제를 구비한 그 남자의 집을 나선 순간을 잊을 수 없다, 불 켜진 창과 불 꺼진 창... 인간의 존재감과 상실감이 골고루 섞인 그런 풍경과... 미리, 울리는 전화벨처럼 가슴을 뒤흔들던 겨울바람의 주파수를 잊을 수 없다. 어둡거나 가등이 켜져 있거나 하던 경사진 진입로를 나는 걷거나, 약간 뛰면서 빠져나왔고... 역시나 빛과 어둠이 골고루 섞인 버스정류장에서 이미, 버스를 탄 사람처럼 말없이 앉아 버스를 기다렸었다. 그리고 미리, 나는 그녀의 목소리를 상상했었다. 어두운 현실의 저편에서 버스가 오고 있었다.

여보세요.

그, 지극히 단순한 한 마디 말 앞에서 기뻐하던 스스로를 잊을

수 없다. 어쩌면 요한의 말처럼 나는 빛을 밝히는 스스로를, 혹은 빛으로 환할 수화기 너머의 누군가를 〈상상〉했던 것인지도 모르겠다. 잘 다녀왔어요. 어떻게 지냈나요? 오는 길에 테잎을 하나 샀어요. 봐서 주말쯤 드릴게요. 그녀의 한 마디 한 마디에 따라 품속의 고양이와… 벽에 걸린 괘종시계… 또 어둠에 묻혀 있던 지상의 작은 방이 차례차례 불을 밝히듯 환해지는 느낌이었다. 그리고 다시는

　나는 그런 식으로 세상을 상상할 수 없었다. 많은 노력을 기울여 보았지만… 그런 식으로 세상을 상상할 수 있었던 것은 그때가 처음이자 마지막이었다는 생각이다. 아마 누구라도 그럴 것이다. 〈그 순간〉이 지난 후의 사랑은… 사랑이란 이름의 경제활동으로 변해 있기 마련이다. 그것이 세상임을, 그것이 보편적인 인생의 길임을 그 순간의 나는 미처 알지 못했다. 신의 힌트는, 늘
·

　숲 속에 떨구어진 작은 빵부스러기와 같은 것이었다. 내일 줘도 되잖아? 안 돼요, 주말에… 또 혹시나 다음 주가 될지도 몰라요. 그러니까 기대하진 말아요. 다음 주면 받기 힘들지도 몰라, 나 2월부터 일을 관둘까 하거든. 어쨌거나 학교생활이란 것도 준비는 해야 될 거 같아서 말이야. 그녀는 잠시 침묵했다가 그렇군요, 라고 짧게 말했다. 이상하게 그 순간 한 번도 생각해 본 적 없는 〈격리〉의 예감이 엄연한 현실로써 눈앞에 다가와 있음을 알 수 있었다. 그런데… 괜찮을까? 뭐가요? 갑자기 이제 떨어져 지내야 한다는 생각을 하니까 말이야… 내가 말했다. 괜찮을… 거예요, 라고 그녀는

속삭였다.

다행히 다가온 주의 주말에 나는 그녀의 신청곡을 라디오를 통해 들을 수 있었다. 겨울의 한복판에서 꼭 그에게 이 노래를 들려주고 싶으셨다구요, 가사를 낭독해 주시면 더 감사하겠다고 적어주셨습니다. 슈베르트의 〈겨울 나그네〉 중 보리수(Der Lindenbaum)입니다.

성문 앞 우물가에 보리수가 한 그루 서 있어 그 그늘 아래서 수없이 달콤한 꿈을 꾸었지. 줄기에 사랑의 말 새겨놓고서 기쁠 때나 즐거울 때나 이곳에 찾아왔지. 이 깊은 밤에도 나는 이곳을 서성이네 어둠 속에서도 두 눈을 꼭 감고... 가지는 산들 흔들려 내게 속삭이는 것 같아. 친구여 이리와, 내곁에서 안식을 취하지 않으련? 찬바람 세차게 불어와 내 뺨을 스쳐도 모자가 날아가도 나는 돌아보지 않았네. 오랫동안 그곳을 떠나 있었건만 내 귀에는 아직도 속삭임이 들리네. 이곳에서 안식을 찾으라.

그리고 그날, 그녀는 슈베르트의 〈겨울 나그네〉를 나에게 주었다. 갑자기 사게 된 거예요, 라고 말했지만 갑자기 사게 된 것이 아님을 나는 알 수 있었다. 다만 갑자기, 그런 서로를 상상할 수밖에 없던 겨울이었고... 갑자기 다가올 모든 일과 갑자기 변해갈 모든 것들에 대해 어떤 대비도 할 수 없던 겨울이었다. 그리고 실은, 주어진 상상의 열쇠 외에는 현실의 어떤 키조차 주머니에 담고 있지 못한 시절이었다. 테잎의 비닐을 벗기던 손의 감촉과... 더없이 투명했던 아크릴 케이스와, 영어와 독어로 가득했던 샛노란 속지를

지금도 잊을 수 없다. 무슨 말인지 하나도 모르겠어, 말하면서도

무슨 기분이 이렇게 좋은 걸까, 라고 말하는 기분이었다. 돌이켜보면 아무것도 모르던 시절이었다. 몰랐으므로 우리는 서로를 상상할 수 있었고... 몰랐으므로... 어떤 이득도 없는 한 마디 말... 작은 동작에도 그토록 쉽게 서로를 사랑할 수 있었던 겨울이다. 나는 돌아보지 않았네. 오랫동안 그곳을 떠나 있었건만 내 귀에는 아직도 속삭임이 들리네. 이곳에서 안식을 찾으라. 무수한 세월을 나그네처럼 떠돈 후에도, 하여 한 그루 나무처럼 서 있는 그해의 겨울에 이르러

나는 비로소 안식을 찾는 것이다.

한밤중에 스며든 나그네처럼, 그리고 2월이 시작되었다. 구정 세일까지는 어떻게 좀 안 될까? 주임의 만류를 뿌리치고 나는 백화점을 그만두었다. 언제든 와, 경력자 구하기가 힘들어서 말이지... 요. 돌아보면 나그네처럼 다들 스쳐가는 일자리였다. 그러겠습니다, 말은 했지만 지하의 먼지와 세일의 스트레스에 이미 진이 빠질 만큼 빠져버린 느낌이었다. 실은 2월 말까지 일을 계속 할까도 생각했지만, 그럴 만한 사건이 있었다. 말하자면 동료 하나를 쥐어박은 게 화근이었다. 좋게 좋게 넘어가긴 했지만

아무래도 지금이 관둬야 할 시점이라 나는 생각했었다. 왜 그런 거야? 요한에게도 이유를 설명하지 않았다. 여느 때와 다름없이

근무를 서고 있을 때였다. 그녀가 내려와 물량을 체크하고, 여전히 많은 짐들을 나르는 모습을 볼 수 있었다. 엘리베이터 앞까지 몇 개의 박스를 옮겨주고 자리로 돌아오는데 시시한 두 명의 동료가 모여앉아 참으로 시시한 농담을 나누는 걸 우연히 엿듣게 되었다. 못생긴 것들은 말이야, 법을 만들어 집밖에 돌아다니지 못하게 해야 해. 공해잖아 공해. 속닥이는 작은 소리였지만 도저히 그 순간을 그냥 지나칠 수가 없었다.

정신을 차리고 보니 입술이 부은 시시한 얼굴이 눈앞에서 피를 흘리고 있었다. 모르겠어요, 그냥 와서는 막 때렸어요. 요한이 달려오지 않았다면 돌이킬 수 없는 사건이 될 뻔도 한 일이었다. 좋게 좋게 무마가 되긴 했지만, 결국 관둬야겠다는 결심을 그래서 굳히게 되었다. 쳐다보던 주변의 시선과 그 모두를 잊을 순 있다 해도, 텅 빈 화장실에서 세수를 하며 흘린 그날의 눈물만큼은 도무지 잊혀지지가 않는다. 그때의 아픈 마음과

저미던 가슴, 그리고 결국 폭력으로밖에는 해결할 도리가 없었던 나 자신의 시시함... 그런 세상의 시시함, 그런 인간의... 시시함이 서러워 흘린 눈물이었다. 정말 왜 그런 거야? 세수를 하고 돌아오자 심각한 얼굴로 요한이 다시 물었다. 그냥... 마음에 안 들었어요, 라고밖에는 다른 대답을 할 수 없었다. 그냥 와서 막 때렸다는 인식의 배후에는, 똑같은 수준의 이유가 있어야 한다고 무렵의 나는 생각했었다. 왜 인간은

그냥

살아갈 수 없는 걸까. 그냥... 스스로의 삶을 살지 않고, 자신보다 못한 타인의 약점을 에워싸고 공격하는 것인가... 알 수 없었다. 시시해요, 라고 나는 말했다. 뭐가? 담배를 꺼내 물며 요한이 물었다. 인간들, 하고 내가 중얼거리자 복수(複數)란 건 참 애매해, 그렇지? 라며 요한이 웃었다. 그나저나 형... 혹시 클래식 곡 아는 거 있으세요? 클래식? 하고 외치고는 요한은 턱을 괸 채 멍하니 두 개의 도넛을 피워 올렸다. 진탕 코피를 터트려 놓고선 클래식이라... 단수(單數)란 것도 역시나 애매한 거야. 비록 애매한 시점이긴 했어도, 그래서 주임에게 일을 관두겠다 말한 것이다. 구정까지는 도저히 안 되겠어...요? 그럼 토요일까지만! 그렇죠... 토요일까지만. 그리고 한 장의 엽서를, 토요일 밤의 라디오 프로 앞으로 발송한 날이었다. 몇 번을 지우고 고쳐 눌러 쓴 사연처럼, 그 주의 토요일 역시 잊을 수 없는 날이었다.

위하여! 퇴사를 기념하는 조촐한 모임을 요한과 그녀가 열어주었다. 말 그대로의 〈켄터키 치킨〉보다는 이제 〈켄터키 옛집〉의 느낌이 더 강한 창가의 자리에서... 그리고 어쩔 수 없이 방송을 들어야 했다. 아직 열 시도 안 됐는데 왜 자꾸 집에 가자는 거야, 왜? 아니 그게 아니라... 결국 사실을 털어놓자 가만히 앉아 있을 요한이 아니었다. 사장님 사실 우리가 클래식 동호회란 거 모르셨나봐요? 지금 중요한 방송이 있는데... 어쩔 수 없이, 그래서 홀 안을 가득 울려 퍼지던 나의 사연을 잊을 수 없다. 부끄럽지만 용기를 내어 보내신다구요, 소중한 친구에게 슈베르트의 〈숭어〉를 꼭 들려주고 싶다 하셨습니다. 그런데 방송을 통해서도 몇 차례 말씀 드린 적이 있는데요. 네, 숭어가 아니라 〈송어〉죠. 아직도 잘못 알고 계신 분들이 있어 다시 한 번 알려드립니다. 카라얀이 지휘하는 베를린 필하모닉 오케스트라의 연줍니다. 슈베르트의 〈송어〉!

요한은 눈물까지 흘리며 배를 잡고 웃어댔다. 왜, 차라리 상어라고 쓰지 그랬어? 상어도 아니고 숭어도 아니야, 그건 바로 송어였어! 슈베르트 그 양반도 참, 문어도 있고 연어도 있는데 하필이면... 폼폼, 폼, 폼 연기를 뱉으며 굳이 사람을 놀려대던 요한이 생각난다. 고개를 숙인 채 데친 문어처럼 앉아 있던 나 자신과, 저도 여태 〈숭어〉로 알고 있었어요... 라며 테이블 아래로 내 손을 잡아주던 그녀가 생각난다. 그리고 여전히

깜박이며 불을 밝히고 있던 〈희망〉이 생각난다. 그, 희망을 흔들며 지나가던 바람처럼 실은 그런 식으로 인생의 가장 행복한 순간들이 지나가고 있었다. 인생의 어떤 순간에도 인간은 머물 수 없음을, 하여 인생은 흐르는 강과 같다는 사실을 무렵의 우리는 누구도 알지 못했다. 겨울이 끝나면 봄이 오고, 나는 막연히 우리의 청춘도 딸기밭과 같은 곳으로 달려가고 있다 생각했었다. 나와 함께 가지 않을래요? 난 딸기밭에 가는 중이에요. 실감 나는 것은 아무것도 없고, 머뭇거릴 일도 없죠. 딸기밭이여, 영원하리.

가는구나.

자정을 넘어선 어느 순간 창밖의 어둠을 바라보며 요한이 중얼거렸다. 그 순간 우리는 아무도, 어떤 말도 하지 않았다. 이제 자주 보긴 힘들겠지? 요한이 물었다. 그럴 리가요... 어차피 수업이니 뭐니 관심도 없는 걸요. 또 주말마다 맥주를 마시러 올 거예요, 라고 나는 답했다. 고작 버스로 일곱 정거장 떨어져 있을 뿐인데요 뭘. 테이블 밑으로 잡은 그녀의 손을

　다시 힘줘 잡으며 나는 말을 얼버무렸다. 또 많이 변하겠지? 라며, 요한은 새 담배를 꺼내 물었다. 손으로 전해지는 그녀의 작은 떨림을 느끼면서도 나는 별다른 얘기를 하지 않았다. 위하여. 막잔을 높이 들던 요한과, 건배를 위해 맞잡은 손을 풀던 나와 그녀가 생각난다. 문을 나서자 어두운 강처럼 흐르던 골목과, 한 무리의 송어 떼처럼 그 강을 통과하던 바람을 잊을 수 없다. 발목, 정도를 어둠에 담근 기분으로

　그녀와 나는 나란히 그 길을 걸어갔다. 나와서 같이 택시를 타자는 이유로 요한도 함께였다. 인생이 그런 거면 어떡하나... 간단한 멜로디를 붙여 노래를 부르듯 요한이 흥얼거렸다. 평생을 숭어인 줄 알았는데 실은 송어라면 말이야... 그러면 어떡하나... 나는 문어가 되고 싶었는데... 어때? 내가 곡으로 만들어줄 테니까 대학가요제라도 나가보지 않을래? 요한이 물었다. 그녀의 손을 몰래 잡은 채 이제 그만해요, 라고 내가 말했다. 정말이지

죽은 왕녀를 위한 파반느

모래 속의 문어처럼 눈에 띄지 않는 대학생이 될 거라고 나는 생각했었다. 아무도 몰래 그저 자신의 딸기밭에 다다르는, 해서 익어가는 자신의 딸기를 바라보는 인간이... 나는 되고 싶었다. 좋든 싫든 이런 밤길을 남몰래 걸어갈 수밖에 없는 것이 인생이라 막연히 생각했었다. 그런 삶이, 설사 내가 생각한 것과 전혀 다른 것이라 할지라도... 저도 여태 〈숭어〉로 알고 있었어요, 라고 말해 줄 누군가가 곁에 있다면

행복할 거라 나는 생각했었다. 골목의 끝에서 고마워요, 하던 그녀의 목소리를 잊을 수 없다. 그리고... 음악 정말 잘 들었어요. 그때 어둠에 잠긴 내 발목을 툭툭 건드리고 지나가던 숭어... 같기도 하고, 또 송어여도 좋은 바람의 감촉을 잊을 수 없다. 아득히 이제는 흘러가버린 그 순간과, 그곳에 잠시 함께 머물렀던 〈우리〉를 잊지 못한다. 돌이켜보면 그곳이 나의 딸기밭이었고, 스무 살의 우리는 단지 그 사실을 실감하지 못했을 따름이었다. 나와 함께 가지 않을래요? 난 딸기밭에 가는 중이에요. 실감나는 것은 아무것도 없고, 머뭇거릴 일도 없죠. 딸기밭이여, 영원하리. 손을 흔들며 사라지던 그녀와, 역시나 손을 흔들고 사라지던 요한의 뒷모습이 그래서 지금도 영원하다는 사실을 그 순간의 나는 알지 못했다.

알 수, 없었던 것이다.

한밤중에 스며든 나그네 한 사람이 닳고 헤진 자신의 신발을 물끄러미 바라본다. 그리고 기침을 한다. 낡은 곳간의 짚더미에 몸을 숨긴 채 그는 잠이 든다. 춥고, 더없이 짧은 잠이다. 동이 트기도 전에 그는 슬며시 눈을 뜨고 서둘러 마을을 빠져나간다. 마을의 누구도 그 사실을 알지 못한다. 그리고 얼마 후, 마을엔 전염병이 돌기 시작한다. 그해의 2월은

그런, 나그네와 같은 것이었다. 어떤 조짐도 징후도 없이 모든 것을 바꿔놓았다. 그리고 누구도, 그 사실을 알지 못했다. 주말마다 맥주를 마시러 간다 했지만 2월이 끝날 때까지 한 번도 백화점을 찾지 못했다. 몇 번인가 그녀와 식사를 한 적은 있지만 〈만남〉이라 부를 만한 만남은 아니었다는 생각이다. 일이 너무 많아요. 빨리 들어가 봐야 해요. 무엇보다 내내 세일이 이어졌었다. 언젠가 요한이 불쑥 찾아온 적도 있지만 마침 강릉에 내려가 이틀을 머물고 있을 때였다. 언제 올 거야? 내일이요. 내일이라... 그럼 또 보기가 힘들겠군, 아디오스 아미고. 그리고 물론

여러 가지 일들이 있었다. 눈에 띄지 않는 일들이긴 해도, 인생의 대부분은 그런 일들로 채워지기 마련이다. 그해의 2월도 마찬가지였다. 임시소집이니 뭐니, 잘도 그런 행사에 바보처럼 나가기도 했으며 두 권의 소설을 읽고 두 군데의 장례식장을 다녀와야

했다. 한 번도 본 적 없는 먼 친척 한 사람과, 고등학교 때 윤리를 가르치던 은사 하나가 유명을 달리 했다. 뭐 그 친구가 감옥에 있다고? 급우였던 서넛의 친구와 함께 면회를 다녀오기도 했다. 그다지 존재감이 없었던 그 친구는 투사가 되어 있었다.

자위를 할 때 말이야, 손바닥으로 마주 잡고 비벼주는 게 좋을까, 아니면 보통 하듯 아래위로 흔들어주는 게 좋을까? 불과 2년 전까지 자위의 방법 외에 별다른 고민이 없던 친구였다. 인간은 변한다. 그리고 그것은 세월이 가져다주는 전염병이다.

더러는 군대를 가고 더러는 성병을 앓기도 했으며, 또 더러는 드디어 운전면허증을 땄다고 맥주를 마시며 좋아했다. 넌 여전하구나. 친구들은 말했지만 나 역시 변했다고 스스로는 믿고 있었다. 불과 1년 사이에, 나는 어른이 되어 있었다. 그리고 나는

매일 누군가를 떠올리는 인간이 되어 있었다. 얼굴을 볼 순 없지만, 거의 매일 우리는 서로의 목소리를 들을 수 있었다. 암이셨대. 그리고 갑자기 두 달 만에 돌아가신 거야, 좋은 선생님이셨는데. 저런... 어떡해요. 잘 자. 잘 자요. 유명을 달리한 은사의 소식을 전하거나 하고선, 그리고 돌아 앉아 음악을 듣거나... 살아 있는 우리의 미래를 생각하곤 했었다. 물론 요한과도 매일 통화가 이어졌다. 요한은 여전했고, 목소리는 한층 밝아진 느낌이었다.

심심해.

한결같이 심심하다는, 더없이 쾌활한 목소리를 들어야 했다. 그래서 왠지 주임에게 전화를 걸고 싶더라고, 목소릴 깔고 진지하게 얘기했지. 백화점에 폭탄을 설치했다고... 말도 마, 하루 종일 혼자서 온 건물을 뒤지는데 내가 다 땀이 나더라니까. 옥상의 물탱크까지 확인을 하더라고. 경찰도 왔나요? 아니, 뭐 하세요 물어도 대꾸도 않더라구. 그건 흡사 보물섬을 찾아 떠나는 해적 실버의 얼굴이었어. 글쎄 한 번만 더 찾으면 사장이 될지도 모른다는 표정이었다니까. 도대체 왜 그러셨어요? 라고는 해도

인간은 이상한 것이다. 어느 날 길을 걷다 왠지 모르게 적갈색과, 시멘트색이 번갈아 깔린 보도블록이 눈에 띈 것이었다. 무심코 적갈색엔 왼발, 시멘트색엔 오른발이라고 스스로 규칙을 세워버렸다. 정확히 규칙을 지켜가며 나도 모르게 300미터 정도를 걸어갔었다. 번데기를 파는 리어카나 마주 오는 사람들을 피하면서도, 왼발 오른발의 규칙을 흐트리지 않은 것이다. 도대체 왜 그랬을까? 블록의 배치가 끝난 육교 아래서 나는 한참을 생각했었다. 두 권의 소설은 끝까지 전혀 이해가 되지 않았다. 그리고 지금은 제목조차도 기억이 나지 않는다.

그리고 몰래, 아버지가 강릉을 다녀갔었다. 소주나 한잔 하자며 밤중에 이모가 살짝 귀띔을 해주었다. 매니저가 조용히 엄마를 찾아왔고, 그를 따라 늦은 밤 아버지의 숙소를 다녀왔다 했다. 그렇게 울더란다 그 인간이. 미안하다고, 미안하다고. 그리고 자기도

결코 행복한 건 아니라 그랬다더라. 너 대학 붙었다고 돈을 주고 갔댄다. 엄마는 뭐라 하셨대요. 그냥 잘 살라고 그랬단다, 저 소 가. 홀까지 들려오던 엄마의 코고는 소리와

　이모가 따라주던 소주의 맛을 잊을 수 없다. 다른 어떤 감정보 다는 그냥 몰래, 아버지가 다녀갔구나... 라고 나는 속으로 중얼거 렸다. 그리고 결코 자신도 행복하지 않다는 아버지의 말이 사실일 거라 생각했었다. 인생은 매우 이상한 것이 아닐 수 없다. 니는 연 애 안 하냐? 이모가 물었다. 아무 말 없이

　나는 그저 엄마의 코고는 소리를 듣고만 있었다. 어딘가 모르게 해변도 예전과는 달라진 모습이었다. 형, 이거 번역 좀 해주시면 안 될까요? 사촌동생이 내민 공책에는 마이클 잭슨의 〈빌리 진〉 이 영문으로 빼곡히 적혀 있었다. 볼펜 있니? 여기요. 엎드린 채 누워 나는 되는 대로 빌리 진의 가사를 번역해 주었다. 사람들은 항상 내게 말했지. 조심스레 행동하고 소녀들의 마음을 애타게 하 지 말라고. 어머니는 늘 사랑하는 사람을 택할 때나 그 앞에서 보 이는 행동을 조심하라 일러주었지. 거짓이 쌓이면 진실이 될 수 있다고. 빌리 진은

　내 사랑이 아니야. 이게 뭔 말이에요? 나도 몰라. 그런데 왜 그 런 춤을 추는 거예요? 그건... 그냥 추는 거야. 형 뒤로 갈 수 있어 요? 난 엎드려서 잘 수는 있어. 형 애인 있어요? 너 숙제는 했니? 숙제처럼 밀려 있던 앞날과, 아무런 검사도 받지 못한 지난날들이

242

엎드린 시신처럼 자신의 얼굴을 감추고 누워 있던 밤이었다. 어떻게 해야 할까, 앞으론 어떻게 살아야 하는 걸까? 불꺼진 방안에서 한참을 생각하다 잠이 든 밤이었다. 인생이 힘든 것은

예습을 할 수 없기 때문이라고, 나는 눈을 감고 중얼거렸다. 결국 길고 긴 이 이야기도 복습에 불과할 뿐이겠지만, 어쩔 수 없는 일이라고 지금의 나도 중얼거린다. 있는 힘을 다해 복습을 하는 이 순간에도 인생은 흐른다. 흘러, 간다. 다음날 아침에서야

나는 어머니의 귀에 매달린, 반짝이는 작은 귀걸이를 발견할 수 있었다. 빗질한 머리칼 사이에 수줍게 숨어 있는 그 반짝임에 대해, 그러나 어떤 질문도 하지 않았다. 질문과 답을 통해 인간은 거짓을 쌓아나가고, 결국 그것을 진실이라 믿을 뿐이라고, 무렵의 나는 생각했었다. 진실은 단순하다. 그리고 몰래, 아버지가 강릉을 다녀갔었다 – 누가 뭐래도 인생을 묘사할 수 있는 문장이란 결국 그런 것이라고 나는 생각한다. 그리고 몰래, 나도 서울로 돌아왔었다.

여전히 2월이었고, 여전한 2월이었다. 날짜를 바꾼 신문과 재판을 찍는 소설책들... 인간이 쌓아가는 거짓과 허구... 그리고 그와 상관없이 몰래, 숨어들었다 마을을 빠져나가는 진실에 대해... 나그네와 같은 그 진실에 대해 나는 아무것도 알지 못했다. 결국 병마가 온 마을을 돈다 해도... 또 모든 상황이 종료된 후에도, 우리는 누구도 진실을 알지 못한다. 다만 거짓을 쌓아갈 뿐이다. 그리

죽은 왕녀를 위한 파반느

고 믿을 뿐이다. 어떤 조짐도 징후도 없이

　겨울의 끝, 같은 비가 내린 2월의 막바지였다. 그날 밤엔 유례가 없을 만큼의 기나긴 정전(停電)이 있었다. 당구를 치다 불이 나갔으므로 그 사실을 분명히 기억하고 있다. 기다리고 기다리다 결국 진이 빠져 집으로 돌아온 것도, 밤의 골목과... 눈앞이 보이지 않던 어둠의 세계도 기억 속에 남아 있다. 그녀의 전화를 받은 것은 그리고 이틀이 지나서였다. 전화를 걸 때부터 그녀는 울고 있었다. 결국 나중에 모든 사실을 알았지만

　비가 내린 그날 밤 요한은 자살을 시도했었다. 칼로 손목을 그었고, 그로선 이미 세 번째의 시도였다. 목숨을 건진 것은 평소부터 음악의 볼륨에 신경이 곤두서 있던 이웃의 늙은이 덕분이었다. 정전이 끝나면서 재개된 귀를 찢는 음악이 늙은이의 이성을 마비시켰다, 했다. 벨을 눌러도 나오지 않고 어찌나 화가 나던지 발로 쾅쾅 문을 찼지 뭐야. 그래도 반응이 없어. 이상하다 싶어 경비를 불렀지, 라는 얘기를 전해 들었다. 피가 흥건했고, 냉장고의 문이 활짝 열려 있었으며... 책상 위에는 유서라고 하기엔 너무 간단한 한 줄의 메모가 적혀 있었다 한다.

세상은 거대한 고아원이다

　이 글을 쓰는 순간에도, 문득 어둠 속에서 저 한 줄의 문장을 말없이 눌러 쓰던 요한의 모습을 나는 떠올린다. 내가 알던 그는 누

구였을까? 그리고 나는... 누구였을까? 그 시절의 웃음과 우리의 희망은 무엇이었을까? 막연히 어떤, 딸기밭과 같은 곳으로 이어져 있을 것 같던 우리의 청춘은 무엇이었을까? 알 수 없다. 딸기밭 (Strawberry Fields)이 실은 존 레논의 추억이 서린 고아원의 이름이란 사실을 안 것은 한참의 세월이 지나서였다. 또 한참의 시간이 지난 후에, 존 레논은 〈딸기밭〉은 사실 이 세상에 존재하는 장소가 아니다, 라는 말을 인터뷰에서 남겼다고 한다. 결국 이 세상의 모든 것은 거짓이다.

그게 나라고 생각해요.
하지만 당신도 알 듯이, 난 내가 꿈꾸는 중이라는 걸 알아요.
나와 함께 가지 않을래요? 난 딸기밭에 가는 중이에요.
실감나는 것은 아무것도 없고, 머뭇거릴 일도 없죠.

딸기밭이여, 영원하리

달의 편지

그럼에도 불구하고

정작 병원을 찾아간 것은 열흘, 정도의 시간이 지나서였다. 처음 한동안은 병원을 알 수 없었고... 도중의 월요일엔 입학식이 거행되었다. 강릉에서 여우목도리(누군가에게서 빌린 것이었다)를 두르고 올라온 이모며 어머니를, 차마 외면할 수 없었다. 지루한 축사(祝辭)를 듣고 사진을 찍는 일이, 또 빈자리를 찾아 주변의 식당을 배회하던 일이 더없이 바보 같다 – 는 생각을 지울 수 없었지만, 그럼에도 불구하고 주어진 어떤 〈역할〉을 나는 해야만 했다.

병원이 어딘지 알았어요. 겨우 그녀의 연락을 받았지만 수강신청이며, 이제는 기억도 나지 않는 잡다한 일들로 또 며칠을 보내야 했다. 그녀 역시 새봄맞이 기쁨 두 배 大바겐세일에 꽁꽁 묶여 있는 입장이었다. 그녀도 나도, 그저 말없이 주말이 지나기만을 기다릴 수밖에 없었다. 물론 나중에 안 일이지만, 인생의 대부분은

그런, 그럼에도 불구하고 할 수밖에 없는 일들로 채워진 것이었다. 아침부터 비가 내리던 월요일이었다. 예보에선 분명 봄비가 올 거라 했는데, 예보와는 달리 겨울비가 내리는 느낌이었다. 전철을 타고 강을 건너던 순간과… 그때 바라본 강물을 잊을 수 없다. 정처 없이, 그야말로 모든 것이 흘러가는 기분이었다. 흐르는 삶 속에서, 혹은 전철 속에서… 수강신청을 하러 가는 일과, 병문안을 가는 일은 어떤 차이가 있는가

나는 생각했다. 하나의 영혼에 스민 빛과 어둠엔 어떤 차이가 있으며, 동일한 육체가 경험하는 삶과 죽음엔 또 어떤 차이가 있을까, 생각했다. 약속한 전철역의 출구에서 우산을 들고 서 있던 그녀의 모습을 잊을 수 없다. 곁에 선 그녀의 체온 덕분에 비로소 봄비, 로 느껴지던 그날의 비와… 함께 걸어 올라가던 아름다운 진입로도 잊지 못한다. 조경이 잘 된 화단을 지나면서

역시나 요한도

그럼에도 불구하고 할 수밖에 없는 일을 한 것이 아닌가, 나는 생각했다. 그리고 누워 있는 요한의 얼굴을 볼 수 있었다. 와락 눈물을 쏟는 그녀와… 가까스로 눈물을 참는 나에겐 또 어떤 차이가 있는 걸까? 알 수 없었다. 친구… 들인가? 병실을 지키고 있던

남자가 내게 물었다. 가족이란 느낌이 전혀 들지 않는 검은 양복을 입은 사내였다. 우리가 고개를 끄덕이자 그간 심심했다는 듯 이런저런 얘기들을 늘어놓았다. 고비는 넘겼다고 하는데 말이야... 문제는 의식인데... 아무튼 의식이 돌아온다 해도 후유증이 문제라더군... 출혈이 너무 많았다 하더라고... 그나저나... 뭐 이상한 조짐 같은 건 없었나?

전혀요, 라며 나는 고개를 가로저었다. 잠시 화장실을 다녀온 남자가 한 장의 명함을 건네주었다. 그리고... 혹시 자네들 연락처도 알 수 있을까? 찾아온 지인이라곤 자네들이 유일해서 말이야. 전화번호를 적은 메모를 사내에게 건네고 나는 잠시 명함을 훑어보았다. 아마도... 요한의 배다른 형제가 보낸 직원인 것 같았다. 다시 태어난다 해도 분명 누군가의 비서나 기사를 할 것 같은 얼굴로, 신문을 펼쳐 든 사내가 늘어지게 하품을 했다. 그의 하품과

느리고 긴 요한의 숨소리엔 어떤 차이가 있을까, 내가 알던 요한은 누구며 지금 눈앞에 누워 있는 요한은 또 누구일까... 자살을 시도한 것과 자살에 실패한 것엔 어떤 차이가 있으며... 살기 싫은 것과 죽지 못하는 것엔 또 어떤 차이가 있는 걸까... 소독약 냄새가 짙은 길고 긴 복도를 걸어 나오며... 그리고 이 모든 일들이 더없이 바보 같다 - 는 생각을 나는 했었다. 예보대로, 어김없이 오후 늦게 봄비가 그친 날이었다.

강을 건너고 길을 건너서... 약속이라도 한 듯 우리는 〈켄터키

치킨〉을 찾았다. 그다지 먼 길이 아닌데도 불구하고 마치 바다 저편의 이국(異國)을 다녀온 기분이었다. 접은 우산을 끌며 길을 걸을 때도, 또 전철을 타고 오면서도 우리는 별다른 얘기를 하지 않았다. 이상한 일이었다. 맥주를 사이에 두고 마주 앉아서는 결국 서먹, 하다는 생각이 들 정도였다. 오랜만의 반가운 만남인데도 불구하고 어떻게, 무슨 말을 해야 할지

그 방법을 잊어버린 기분이었다. 그래도 다행이에요. 그녀가 말했다. 살아 있으니까... 어떻게든 이곳에 있으니까요. 다시 눈물이 고여드는 그녀의 눈을 보면서도 어떤 말을 해야 할지 알 수 없었다. 매번 세 사람이 앉아 있던 창가의 그 자리에, 이제 두 사람만이 남아 있었다. 마치 매일 들러 시합을 가져온 경기장에서 레프리를 기다리며 앉아 있는 선수가 된 기분이었다. 어떤 경기를 한다 해도, 이제 룰을 책임져 줄 사람이 없다는 기분으로 나는 막연히 창밖을 바라보았다.

늘 그 자리에 서 있던 〈희망〉처럼, 돌이켜보면 언제나 어김없이 우리 곁엔 요한이 존재하고 있었다. 경기장을 만든 것도, 하나하나의 룰을 일러주고 판정해 준 것도 어쩌면 나나 그녀가 아니라 요한이었다는 생각이다. 이상해, 하고 나는 말했다. 무슨 말을 해야 할지 잘 모르겠어. 그리고 이제 다시는 예전의 그를 볼 수 없을 것 같은 기분이야. 그럼... 어쩌지? 그렇진 않을 거예요, 라고 그녀는 얘기했다. 분명... 분명 돌아올 거라 믿어요. 분명한 것은

이제 누구의 도움도 없이, 두 사람의 힘만으로 알 수 없는 앞날을 헤쳐가야 한다는 사실이었다. 그래도 뭔가... 자꾸 잘못했다는 생각이 들어. 뭔가... 내 책임이란 느낌이야. 그렇지 않아요, 라고 그녀가 말해 주었다. 누구도... 누구도 어쩔 수 없는 일인 거예요. 창밖의 어둠을 바라보며 인간은 이상한 것이라고, 인간의 관계도 더없이 이상한 것이라고 나는 생각했었다. 말하자면 그 순간의 우리는 갑자기 한 변이 사라진 삼각형과 같은 것이었다. 그것을 어떤 도형이라 불러야 할까, 그리고 그것을... 어떤 〈관계〉로 봐야 할 것인가를 나는 고민했었다. 그것은 서로를 좋아하고 싫어하는 문제가 아닌, 또 다른 성격의 문제였다. 즉 각 변의 점들을 연결한 선 같은 것이... 그 장력과 인력이, 한순간에 붕괴된 기분이었기 때문이다. 결국 우리에게도

시간이 필요하다고 나는 생각했었다. 누워 있는 요한과 마찬가지로, 어떤 의미로든 우리에게도 회복할 시간이 필요했던 것이다. 좋아지겠지? 맥주를 마시며 내가 말했다. 그래야죠, 눈가를 훔치며 그녀도 말했었다. 벤치를 지키고 앉아 있다 결국 집으로 돌아가는 선수들처럼 우리는 자리를 일어섰다. 별다른 말도 없이, 다만 그녀의 손을 꼭 쥔 채 걸어가던 그날 밤의 골목을 잊을 수 없다. 반달이라고는 할 수 없는, 그러나 그나마 반달이라고밖에 부를 수 없는 애매한 달이

한 변이 붕괴된 삼각형처럼 슬프게 떠 있던 밤이었다. 저 달에 갔다는 사람들 말이야... 그들에게도 그들을 기다리는 가족이나

연인이 있었겠지? 그랬겠죠. 그건 어떤 기분일까, 말하자면 저런 곳으로 가버린 인간을 기다리는 기분... 말이야. 오믈렛을 굽고 우유를 따르며... 여전히 그런 일들을 하면서 저 위를 걷고 있는 인간을 기다려야 하는 마음... 그런 마음에도 어떤 현실감이 있었던 걸까? 하지만 결국 돌아왔잖아요.

돌아왔지, 하지만 문득 궁금해. 우주를 지나 구름을 건너서 돌아오는 인간의 기분은 어떤 것일지... 그리고 바로 곁에... 같은 땅 위에 있으면서도 돌아오지 않는 인간... 또 그런 누군가를 기다리는 인간의 마음에도 현실감이란 게 있는 건지... 그러니까 문득 〈현실〉이란 뭘까, 그런 기분도 드는 거야. 만약에... 만약에 말이야.

아니, 아무것도 아니야.

물끄러미 그녀가 나를 바라보았지만 나는 더 이상 말을 잊지 않았다. 만약에 뭘요? 아니... 갑자기 뭔가 묻고 싶었는데 물으려는 순간 질문 자체를 잊어먹고 말았어. 이상해... 이상한 기분이야. 이상하지 않아요, 라고 그녀는 속삭여주었다. 설사 모든 게 이상하다 해도 결국 현실의 인간은 오믈렛을 굽거나 우유를 따르며 살 수밖에 없는 거니까... 그리고 종종 누구나 그럴 때가 있어요. 나도 마찬가지고. 그렇군, 하고 나는 중얼거렸다. 우리는 누구나 마찬가지야.

누구나 마찬가지인 인간에게, 누구도 마찬가지일 수 없는 삶이 주어진 이유를 그때는 알지 못했다. 돌아오던 밤길은 더없이 어두 웠고, 냉장고 속의 우유와 계란... 역시나 오믈렛이라도 구워야 할 것 같던 〈현실〉의 빈 집을 잊을 수 없다. 늦은 밤의 샤워와 한 잔 의 우유... 아무렇게나 집어 든 한 권의 책... 한 토막의 잠... 갑자 기 눈을 뜬 새벽과, 그날의 조깅을 잊을 수 없다. 느닷없이 나는 밖으로 뛰쳐나갔고

양재천을 따라 뛰기 시작했다. 멀리... 잠실을 지나 이름을 알 수 없는 벌판까지 나는 달렸고, 온몸이 흠뻑 땀으로 젖은 채 희미 하게 떠오르는 태양을 볼 수 있었다. 그리고 갑자기 나는 울기 시 작했다. 마치 울기 위해 먼 거리를 달려온 사람처럼, 그 자리에 주 저앉아 눈물을 쏟아낸 것이다. 이유는 알 수 없다. 그리고 묵묵히, 다시 호흡과 주폭을 가다듬으며 집으로 돌아왔었다. 종종 누구나 그럴 때가 있겠지, 라고는 도무지 생각할 수 없는 행동이었다. 그 리고 이틀

나는 몸살을 앓았다. 그저 사소한 감기일 거라 여겼는데 누워 온종일 식은땀을 흘려야 했다. 길고 긴 고요와 기나긴 잠... 수분 이 고갈된 건조한 느낌으로 갑자기 눈을 뜬 저녁나절을 잊을 수 없다. 채소니 그런 것들을 되는 대로 버무려 나는 커다란 계란말 이를 만들어 먹었고, 반쯤 남은 맥주와 반찬통의 김을 비운 후 더 없이 뜨거운 물로 샤워를 하고 나왔다. 그리고 나는

멀쩡해졌다.

별 생각 없이 학교를 오가고, 수업이 비는 날엔 요한의 병원을 찾았다. 예전에 비해 횟수가 줄긴 했으나 그녀와 통화를 하고, 점점 예전처럼 아니, 아니에요… 가 잦아지는 그녀의 목소리를 들을 수 있었다. 통화가 줄고 아니, 아니에요가 잦아진 것에 다른 문제가 있는 것은 아니었다. 그녀도 나도 어쩔 수 없이 요한의 이야기를 해야만 하는 상황… 때로 그 상황이 견디기 힘들어서였다. 학교생활은 어때요? 요한의 이야기를 피해 하루는 그녀가 물었다. 좋지도 나쁘지도 않아, 라고 대답은 했지만 실은 터무니없이 많은 결석을 하고 있었다. 통화를 하는 와중에도 함께 낮은 볼륨으로 그녀의 신청곡을 듣던 밤이었다. 아마도 에릭 사티의 〈짐노페디〉였을 것이다. 백화점은 어때? 하고 내가 물었다. 여전해요, 라고 그녀도 속삭였다. 그야말로

여느 해와 다름없는 여전한 느낌의 봄이었다. 활짝 무더기로 피어 있는 개나리를 나는 보았고, 교정의 언덕을 뒤덮는 벚꽃의 비를 맞기도 했다. 여지없이 아지랑이는 피어올랐고, 드문드문 몇 사람의 입학 동기와 겨우 말문을 트기 시작했었다. 쥐똥나무가 늘어선 병원의 진입로를 오르기도, 전철을 타고 강을 건너거나… 텅 빈 강의실을 찾아 책을 읽기도 했다. 교내 서점을 들러 그녀에게 줄 몇 권의 시집을 산 봄이었고, 종종 동기들로부터 우리 과 학생이 아닌 줄 알았어, 라는 말을 듣던 봄이었다. 더없이 따뜻한 봄이었지만

누구에게나 마찬가지인 봄은 아니었다는 생각이다. 어떤 조짐이나 징후도 없이, 실은 세 개의 짐노페디 중 1번처럼 느리고 비통하게(Lent et douleureux) 그해의 봄은 흐르고 있었다. 적어도 내게는 그랬다는 생각이다. 4월이 시작되고 얼마 지나지 않아서였다. 무심코 전화를 걸었는데 그녀의 번호가 결번이라는 안내를 듣게 되었다. 몇 번이고 번호를 확인해 보았지만 마찬가지였다. 인생의 가장 긴 밤을 뜬눈으로 지새운 후 나는 백화점으로 전화를 걸었다. 수화기 저편의 아득한 공간에서, 그녀가 회사를 그만두었다는 누군가의 목소리가 전해져왔다. 그런데 누구시죠? 라고 누군가의 목소리가 울려 퍼졌다. 나는 말없이 수화기를 내려놓았다.

환한 오전이었는데

불 꺼진 밤의, 회전목마에 홀로 앉아 있는 기분이었다. 잠이 오지도 않았고 잠을, 잘 수도 없었다. 힘없이 세수를 하고 나는 집을 나섰다. 커다란 한 마리의 목마를 타고, 아니 그 목마를 무거이 끌며 길을 걷는 느낌이었다. 그럼에도 불구하고 4월의 골목길은 어찌 그리 눈부신 것이었던가. 일단 올라타던 버스와, 내려 가로지르던 백화점의 광장은 또 그리도 붐비고 떠들썩한 곳이었던가... 한낮의 시장은 낯설었고 손을 흔들며 헤어지던 밤의 골목도 더없이 생소하고 생소할 따름이었다. 흘러 흘러, 낯선 이국의 선착장에 도착한 나그네처럼

나는 골목의 끝을 배회했었다. 어둠에 가려 있던 좁다란 골목에

는 다섯 채라 해야 할지 세 채라 해야 할지 알 수 없는 작은 집들이 옹기종기 모여 있었다. 행여 주소를 알 수 있을까 문패를 확인했으나 내걸린 두 개의 문패에는 이름 석 자만이 적혀 있었다. 그나마 운 좋게 주변을 지나는 우체부를 만날 수 있었다. 죄송합니다만 여기 적힌 주소를 찾으려 하는데요. 스윽 종이를 훑어본 우체부가 지목한 곳은 하늘색의 페인트가 아무렇게나 칠해진 낡고 작은 양철 대문이었다. 고맙습니다, 인사를 건네고 잠시 후 나는 그 집의 초인종을 눌렀다.

누구슈? 얼굴을 내민 것은 이상하다 싶을 정도로 키가 작은 백발의 할머니였다. 실례합니다만, 하고 나는 그녀의 이름을 물어보았다. 혹시 이곳에 살지 않나 해서요. 아, 뒷방 살던 처녀? 하고 할머니는 미소를 지었다. 자그마한 담 위로 비현실적으로 아름다운 몇 송이의 목련이 더없이 현실적으로 피어, 흔들리고 있었다. 봄이었다. 봄이었으므로 나는, 그저께 이사 갔는데... 댁은 뉘슈? 하는 말을 듣고도 아무렇지 않은 듯 그 자리에 서 있을 수 있었다. 아, 하고 아마도 고개를 끄덕이며 억지로라도 웃음을 지었다는 생각이다. 아무것도 아닙니다, 그냥... 알던 사람이에요.

뒷짐을 풀지 않던 할머니와, 그 순간 〈느리고 비통하게〉 목련을 떨구며 지나가던 바람을 잊을 수 없다. 가볍게 인사를 하고 물러서다 잠깐만요, 하고 나는 다시 할머니를 바라보았다. 혹시... 어디로 갔는지 알 수 있을까요? 낸들 어떻게 알겠어, 얼핏 본가에 들어간다 말을 들은 것 같기도 허구... 그래도 월세는 한 푼 밀린 거

없이 다 내고 나갔지. 굳게 닫히던 문과 철컹, 뭔가를 자르기라도 하듯 채워지던 자물쇠의 소음을 잊을 수 없다.

그 소리보다 더

크고 무거웠던 골목의 고요도 잊을 수 없다. 버려진 아기처럼 나는 그 문 앞에 서 있었고, 문득 이제 다시는 예전의 세계로 돌아갈 수 없는 스스로를 느낄 수 있었다. 툭, 목련이 떨어지는 소리가 들릴 때까지 나는 한참을 그 자리에 서 있었다. 다른 무엇보다 그냥... 그냥 그녀를 알던 사람으로 그 자리에 남겨진 사실을

나는 견디기 힘들었다. 도대체 무슨 일이 생긴 걸까, 생각에 잠긴 채로 나는 겨우 골목을 빠져 나왔다. 휴대폰이니 이메일 같은 것을 상상도 할 수 없던 시절의 일이었다. 할 수 있는 유일한 일은 오로지 그녀의 연락을 기다리는 것뿐이었다. 하루, 이틀, 사흘... 정지해 버린 느낌의 세상 속에서 나는 말없이 그녀의 전화를 기다렸다. 대체 무슨 일일까. 좀처럼 잠이 오지 않고 잠을, 자기도 힘든 나날이었다. 고장 난 목마처럼 자리에 앉아

우두커니, 고장 난 듯 울리지 않는 전화기를 바라보던 내 모습을 잊지 못한다. 더없이 환한 봄날을 며칠 더 보낸 후에야 나는 겨우 겨울잠 같은 긴 잠에 들 수 있었다. 아마도 하루를 꼬박 잤다는 생각이다. 눈을 뜬 것은 새벽이었고, 그 새벽의 어둠 속에서 나는 비로소 그녀가 사라졌다는 사실을 〈현실적〉으로 자각하기 시작

했다.

이상한 봄이었다.

그리고 실은, 아무렇지 않은 봄이었다. 나는 며칠 멀쩡한 얼굴로 학교를 나갔고... 우연히 어떤 선배로부터 너냐, 학교를 잘 안 나온다는 애가? 란 소릴 들었다. 실은 나이가 같을 2학년의 얼굴을 빤히 쳐다보며, 그러나 별다른 대꾸를 하지 않았다. 혹시... 하고 조심스러워진 얼굴로 그가 물었다. 혹시 예비역이십니까?

그런 질문을 받고 답을 하고... 그런 일상의 일들이 하나같이 사소하게 느껴졌었다. 수업을 듣지도 리포트를 쓰지도 않았고, 대신 얼마나 반복해서 〈겨울 나그네〉를 들었는지 알 수 없다. 끼적이던 소설을 그만둔 지도 오래였다. 단지 잔디밭이나 벤치에 누워 테잎이 늘어지도록 음악을 들었다는 생각이다. 그리고 자주, 낮잠을 잤다. 봄이라고 해서 잠의 세계가 환하거나

포근하지는 않았다. 찌지직, 덜컥... 그런 소리에 잠을 깨기도 했다. 음악이 끊긴 이유를 찾아보니 워크맨의 롤러 내부로 한참을 말려들어간 릴을 확인할 수 있었다. 나는 묵묵히 릴을 잡아당겼고, 구겨지거나 뒤집힌... 그리고 어느 한 곳이 심하게 씹혀 있는 릴을 잔디밭 위에 펼쳐놓았다. 엉켜 있는 내장처럼 쏟아져나온 〈겨울 나그네〉의 모습을 바라보다 나는 말없이 테잎을 감기 시작했다. 릴을 모두 회수하기까지는, 또 그래서 예전 모습 그대로의 나그네

를 볼 수 있기까지는 생각보다 긴 시간이 소요되었다. 그리고 나
는, 다시는 〈겨울나그네〉를 듣지 않았다. 어느 하루는

　학생식당에 혼자 앉아 오므라이스를 먹기도 했다. 그리고 우유
를, 마셨다. 결국 현실의 인간은 오믈렛을 굽거나 우유를 따르며
누군가를 기다릴 수밖에 없는 것이었다. 이상한 일이었다. 배불리
밥을 먹고 입가의 우유를 닦고 난 후, 나는 누구와도 상의하지 않
은 채 휴학계를 제출했다. 여기 빈 칸에 사유를 적어야 하는데...
빤히 얼굴을 쳐다보며 직원이 서류를 내밀었다. 그냥... 빈 칸으로
두면 안 됩니까? 나는 물었다. 나 참, 이유가 있을 거 아냐 이유
가... 안경알을 닦으며 직원이 중얼거렸다. 너무나 빨리 이뤄진 결
정이었으므로 심지어 나 자신과도 상의를 하지 않은 기분이었다.
응고된 우유처럼

　몇 점의 구름이 방울방울 떠 있던 봄날이었다. 그리고 어느 날,
그 기사인지 비서인지 알 수 없는 사내로부터 전화가 걸려왔다.
의식이 돌아왔다는 요한은, 그러나 전혀 내가 알던 요한이 아니었
다. 그는 누구와도 눈을 맞추지 않았고, 누구와도 얘기를 하지 않
았다. 그냥... 알던 사람을 확인하는 기분으로 그의 손만 매만지다
병실을 나온 것이 전부였다. 보다 전문적인 시설로 옮겨야 할지
모르겠어. 하품을 하진 않았지만 하품을 참고 있는 얼굴로 사내가
중얼거렸다. 옮기게 되면 꼭 연락을 주십시오, 나란히 복도를 걸
어나오다 나는 말했다. 그럼 그럼, 하고 알던 사람도 아닌 그가 내
등을 두드려주었다. 오늘은 혼자네? 라고

물어본 것도 같다. 어쨌거나 혼자인 봄이었다. 나는 종종 혼자 조깅을 했고, 예의 그 벌판에서 떠오르는 아침 해를 보고는 했다. 눈물은 전혀 나오지 않았다. 봄의 벌판에서 오히려 혼자 상쾌한 기분일 때가 많았다는 생각이다. 느닷없이 당구장을 찾아 혼자 4구를 치기도, 목적 없이 전철을 타고 인천이나 구파발을 다녀오기도 했다. 그리고 어느 날 밤, 혼자 켄터키 치킨을 찾아 1000cc의 맥주를 마시고 돌아왔었다. 봄을 맞아

〈HOF〉라고 적힌 새로운 입간판이 환하게 불을 밝히며 서 있던 밤이었다. 예전의 간판은 어떻게 됐나요? 주인에게 물어보았다. 가져갔지. 간단히, 말을 아끼는 주인과 함께 나는 말없이 야구경기를 지켜보았다. 끝끝내 역전이 이뤄지지 않던 길고도 지루한 시합이었다. 1점 차의 승부가 결정되고 난 후에야 간판집에서 가져갔지... 라며 주인은 말을 이었다. 그랬군요, 라고 나는 고개를 끄덕였었다. 그리고 그날 밤

〈그냥 생텍쥐페리〉가 집을 나갔다. 아니 정확히는, 집을 나갔다는 사실을 그날 밤 알 수 있었다. 전혀, 고양이의 식사에 신경을 쓰지 않았다는 사실을 통감하며... 나는 〈내가 알던〉 한 마리의 고양이에 대해 오래오래 생각했었다. 1944년 7월 31일 야간비행을 떠난 한 사람의 인간처럼, 그리고 그는 두 번 다시 돌아오지 않았다.

그리고 좀처럼

집 밖을 나가지 않았다는 생각이다. 나는 책을 읽거나, 이를테면 고등학교 때 풀지 못한 함수 문제를 다시 한 번 풀어본다거나... 신춘문예에 보냈던 소설을 꺼내 느닷없이 교정을 보거나, 했다. 맞춤법이 틀린 곳이 일곱 군데, 한자의 표기가 틀린 곳이 두 군데, 띄어쓰기가 틀린 곳은 서른한 군데... 살아온 인생처럼

결코 길지 않은 처녀작의 전문은 그런 것이었다. 밥을 먹고, 달력의 페이지를 5월로 넘기고... 역시나 이런저런 음악을 듣고, 몇 장의 김을 안주 삼아 맥주를 마시곤 했다. 하... 하하. 토요일의 TV를 보며 소리를 내어 웃기도 했다. 그러니 실은, 그만큼이나 아무렇지 않은 봄이었다. 그러나 이상하게도

또 좀처럼 집 밖을 나서지 않는데도, 봄의 끝까지... 혹은 세계의 끝까지 느리고 비통하게 걸어간 느낌의 봄이었다. 그 〈끝〉의 느낌... 말하자면 여기가 막바지구나 생각이 들 무렵의 어느 날 나는 한 통의 편지를 받았다. 발신인의 주소는 적혀 있지 않았지만, 그녀가 보낸 편지였다. 평범한 흰 봉투의, 말 그대로의 〈편지〉였는데 발신인의 주소가 적혀 있지 않아

더더욱 달, 같은 곳에서 보내온 느낌의 편지였다.

편지를 개봉한 것은 이틀이 지나서였다. 이상할 정도로 봉투를

열 용기가 나지 않았고, 지금 그대로의 현실 – 말하자면 소인이 찍힌 그녀의 편지를 받았다, 언제든 열어볼 수 있는 편지가 지금 책상 위에 놓여 있다... 는 사실 자체가 – 내게 남은 유일한 희망이란 기분이 들어서였다. 섣불리 물통의 마개를 열지 못하는 불시착한 조종사처럼, 나는 말없이 주변의 사막을 바라볼 뿐이었다. 여긴 아무도 없다구. 정말이지

　아무도 없는 사막과 같은 세계였다. 그리고 그야말로 긴긴 잠을 자고 일어난 오후였다. 희미한 새소리에 눈을 뜰 수 있었고, 한 잔의 물을 마시고 돌아와 나는 책상을 말끔히 정리하기 시작했다. 책상은 곧 고요한 수면처럼 윤이 났으며, 그 복판에 나는 말없이 한 통의 편지를 조심조심 내려놓았다. 봉투의 끝을 자르다 기다란, 한 줄의 칼자국이 책상 위에 남았지만 아무래도 좋다는 생각이었다. 두툼한 편지는 오랜 시간에 걸쳐 쓴 느낌이었고, 한 자 한자 검은 자갈이 줄지어 박혀 있듯 단단하고 정갈한 필체였다. 뜨거운 자갈 위를 맨발로 걸어가듯, 그리고 나는 그녀의 편지를 읽기 시작했다.

잘 지내셨나요?

　막상 펜을 들긴 했지만 무어라, 또 어떻게 글을 써야 할지 모르

겠습니다. 많이 떨리고, 또 많이 미안한 마음입니다. 정말 미안해요. 정말이지... 그 외의 어떤 말로도 지금의 저 자신을 대변하지 못하겠어요. 그렇습니다. 한 마디 말도 없이, 저는 그곳을... 그리고 당신을 떠나왔습니다.

우선 많이 놀라셨을 거라 생각합니다. 전화로 얘길 하려, 또 직접 만나 말해야지 무수히 용기를 내보았지만... 그럴 수 없었습니다. 오래전부터 있어온 일과 갑자기 닥쳐온 일들... 급하게 흘러가는 현실 앞에서 뭔가 생각할 시간이 필요하다 느꼈습니다. 그래서 고민 끝에... 편지를 쓰기로 한 것입니다.

이런 제 자신이 몹시 무능하다는 생각도 했습니다만... 이해해 주시면 고맙겠어요. 전화나 대화로는 차마 말할 엄두가 나지 않았고, 다른 무엇보다 당신의 목소리... 얼굴을 대한다면 결국엔 흔들릴 나 자신을 견딜 수가 없었습니다. 그렇습니다. 고백컨대 당신을 볼 때마다 저는 흔들리고 흔들렸습니다. 늘 그랬으며, 추억이 있는 한 앞으로도 그럴 것이란 생각입니다. 참, 느닷없이 '당신'이란 말을 써서 죄송합니다. 말과 글은 다른 것이어서 마땅한 호칭을 찾기가 저로선 쉽지 않았습니다. 역시나 용서를 바랍니다.

거처를 옮긴 후 되도록 빨리 편지를 써야지, 했지만 쉽지가 않았습니다. 매일 밤 조금씩 쓰고 지우고를 얼마나 반복했는지 모릅니다. 그러는 사이 보름 정도가 지나갔고... 결국 포기를 해야 할지 모르겠구나, 생각도 들었습니다. 결심을 다시 굳히게 된 것은 바로 당신... 때문이었습니다. 잡지를 가지러(이 부분도 무척 죄송합니다, 미처 신경을 쓸 겨를이 없었어요) 예전에 살던 방을 찾아갔고, 주인할머니로부터 누군가 다녀갔다는 얘기를 전해 들었습니다. 돌아오는 내내 참 많이 울었습니다. 그곳을 찾아올 사람도... 찾아올 수 있는 사람도 세상에서 오직 한 사람뿐이니까요. 아무리 힘들고 시간이 걸리더라도 그래서 결국 이 편지를 끝내리라, 결심을 했습니다. 근무를 하면서 또 돌아와 잠들기 전까지... 저는 틈틈이 이 편지를 써나갈 생각입니다. 아마도 꽤 긴 편지가 될 것입니다. 우선 말씀 드리자면 저는 잘 지내고 있습니다.

저는 집으로 돌아왔습니다.

아버지의 병세가 악화되었고, 인문계를 선택한 동생은 고등학생이 되었습니다. 이래저래 한 사람의 손이라도 더 필요한 가족이 된 것입니다. 그리고 실은, 그전부터 백화점을 그만둘 생각을 하고 있었습니다. 뭐랄까, 제게는 무척 힘든 직장이었어요. 업무가 힘들다기보다는 외적인 많은 부분들이 저를 지치게 하지 않았나, 여기고 있습니다. 집에서 가까운 직장을 새로 구하기가 쉽지 않았는데 갑자기 자리가 난 것입니다. 그리고 매우 이상한 이유로(이 이유에 대해선 나중에 말씀 드릴게요)... 이곳에서 경리일을 보고 있습니다. 마분지며 비슷한 몇 가지 재료들로 박스를 만드는 공장입니다. 대부분의 직원들이 여자고 또 비슷한 처지여서, 생활도 훨씬 편해진 느낌입니다. 백화점만큼의 월급은 아니지만 규모에 비해 꽤나 안정적이고요, 벌써 몇 명의 친구들을 사귀기도 했습니다.

일이 늦으면 기숙사의 빈 방을 쓸 수 있는 것도 매우 큰 장점입니다. 그런 날이면 담요를 덮고 모여앉아 밤늦도록 수다를 떨다 잠들기도 합니다. 그리고 무엇보다 바지를 입고 일을 할 수 있습니다. 백화점의 유니폼을 생각한다면 그야말로 천국이란 생각이 들 때가 있습니다.

그러니까 저... 정말이지 잘 지내고 있습니다. 무엇보다 우선 그 말을 하고 싶었어요. 너무나 갑자기 그곳을 떠나왔으므로, 더욱 그런 것 같습니다. 변명 같지만 결코 당신을 따돌리거나 외면할 생각은 없었습니다. 말을 해야지 해야지 하는 사이 요한 선배의 일이 터졌고... 잠시 머뭇 하는 사이에 시간이 흐르고 만 것입니다. 게다가 당신은 대학이란 곳으로 사라져버렸습니다. 사라졌다는... 표현이 어떨지 모르겠지만, 조금은 그런 느낌을 지울 수 없었던 게 사실입니다. 생각은 하고 있었지만... 아니 생각보다 훨씬 더 당신의 빈자리가 크게 느껴졌습니다. 그렇습니다. 어느새 저는 매일 아침 당신을 보고 싶어하는 여자가 되어 있었습니다.

그런 제 자신을 믿을 수 없었습니다. 마치 예전에 당신을 믿지 못했듯... 그랬습니다. 그렇게 하루하루가 지나면서 점점 말을 못 하겠어, 편지로밖에는 - 의 마음이 굳어져버린 것입니다. 물론 모든 원인은 제게 있습니다. 어쩔 수 없이... 저는 머뭇거리는... 머뭇거릴 수... 밖에 없는 그런 인간이니까요. 그런 저를 부디 용서해 주시기 바랍니다. 저는 당신에게서 도망친 것이 아니라, 매일 아침 당신을 보고 싶어하는 나라는 여자에게서 도망을 친 것입니다. 어느 누구도 아닌 스스로에게 결국 무릎을 꿇은 것입니다.

잠시 요한 선배의 이야기를 하고 싶습니다. 처음 소식을 듣고 얼마나 놀랐는지 모릅니다. 난간을 잡고... 계단의 수를 세어가며 떨리는 걸음으로 내려와 전화를 걸었습니다. 일상에서 현기증을 느낀 것은 아마도 그때가 처음이 아니었나 생각합니다. 그렇게 밝았던 사람의 이면에 그런 어둠이 있다는 사실도 놀라웠고, 시간이 지날수록 그것은 점점 두려움으로 변해갔습니다. 마음속 깊이 어둠을 지닌 인간은... 결국 그 어둠을 이기지 못하는 거구나, 그런 두려움에 도무지 잠을 이룰 수 없었습니다. 그날 밤 아무도 없는 방안에서 눈이 붓도록 울었던 기억이 떠오릅니다. 저 역시 언제든 같은 선택을 한다 해도 하나 이상할 게 없는 인간이었기 때문입니다. 병원에서 해후한 선배의 얼굴에서도 저는 역시나 스스로의 모습을 볼 수 있었습니다. 그리고 느낀 것입니다. 어둠은 사라지지 않았고, 잠시 당신으로 인해... 제게서 잊혀졌을 뿐이란 사실을 말입니다. 많은 고민 끝에 저는 결국 제가 살던 집으로 돌아가야겠다, 결심을 굳힌 것입니다. 이해하기 힘드시겠지만 이 세상엔 분명 그런 인간이 존재하고 있습니다.

어둠이 집인 인간
바로 저나
요한 선배와 같은 인간인 것입니다.

그러니까 이 글은... 저의 어둠에 관한 이야기입니다. 여태 누구에게도 말하지 못한 얘기였고, 말할 수 없는 얘기였습니다. 그리고 다시는 말하지 못할 이야기일 것입니다. 이유는 간단합니다. 당신과 같은 남자를 저는 두 번 다시 만나지 못할 것이기 때문입니다. 바로, 그래서입니다.

저는 이렇게 태어났습니다.

많은 생각을 해보았지만 이렇게, 라고밖에는 달리 다른 표현을 생각할 수가 없네요. 정말이지 '이렇게' 태어난 것입니다. 어떤 기회도 주어지지 않았고 어떤 노력도 할 수 없었어요. 게으름을 부린 것도, 특별한 잘못을 저지른 것도 아니었습니다. 아무 의식도 없이 어머니의 자궁 속에서 열 달을 있었고, 어떤 의도도 지니지 않은 채 그냥 태어났습니다. 다른 모든 사람과 마찬가지로 말이죠. 그리고 지금까지 '이렇게' 살아야 했습니다.

모르겠습니다. 누구를 미워하지도 않았고, 세상을 증오하지도 않았습니다. 착한 것까지는 아니라 해도 누구를 공격하거나 하지도 않았습니다. 저는 뱃속의 생명이었고 아무것도 할 수 없는 아기였으며 아무것도 모르는 아이였습니다. 그리고 이미... 모든 것은 결정되어 있었습니다. 정말 많은 생각을 해보았지만, 그래서 이 어둠의 원인을 저는 찾을 수 없었습니다. 매우 이상한 일이 아닐 수 없다고... 지금도 생각하고 있습니다.

세상엔 장애를 지니고 태어나는 사람도 많다고 사람들은 말합니다. 저도 알고 있습니다. 염치없고 이기적인 생각임을 알고 있지만, 그들이 부럽다는 생각을 한 적도 많았습니다. 적어도 사람들은 그들의 장애를 인정은 해주니까요. 세상엔 장애를 지니고 태어나는 사람도 많단다, 라고 말하며 사람들은 저의 어둠을 장애로 인정하지 않습니다. 그리고 무수히... 저를 장애인으로 만들어왔습니다. 인정받지 못하고 인정하고 싶지도 않지만... 저는 분명 세상이 만들어낸 장애인입니다. 그렇게 생각할 수밖에 없었습니다. 남들과 함께 학교를 다녀야 했고, 남들과 비슷한 옷을 입어야 했고... 그리고 언제나 남과는 다른 취급을 받아야 했습니다. 역시나 이상한 일이 아닐 수 없다는 생각입니다. 그리고 또다시 '이렇게' 살아야 하는 것입니다. 그것이 저라는 여자의 운명입니다.

야 이 못난아.

기억할 수 있는 최초의 말은 여섯 살 때 들은 것입니다. 집 근처의 공터에서 어느 남자아이가 던진 말이었습니다. 함께 놀던 아이들의 웃음소리가 지금도 머릿속에 남아 있습니다. 바로 직전까지 함께 어울려 논다... 즉 다 같이 놀았다... 돌이켜보면 그래서 막연히 동등한 인간일 거라 짐작했을 세계에서 최초로 '격리'를 경험한 순간이었습니다. 단지 기분이 나쁘다 외에는 별다른 생각을 하지 않았습니다. 너무 어렸고, 서로를 놀리는 일이 비일비재했던 때라 그것이 특별한 의미를 가진 것이라고도 생각지 않았습니다. 정말 몰랐습니다. 그 격리의 공간이 영원할 거란 사실을... 그리고 제가 동등한 인간이 아니라는 사실을 말입니다. 더없이 잔혹하긴 해도 나는 이렇게 태어났구나, 스스로를 납득하기까지 그다지 많은 시간이 걸리지는 않았습니다. 어쩔 수 없이... 아이는 곧 소녀가 되어야 했던 것입니다. 소녀가 되고 싶지 않아도 소녀가 되어야만 하는 여자아이의 얼굴을 그래서 지금도 또렷이 기억하고 있습니다. 바로 거울 속의 제 얼굴이었습니다. 얼마나 그 얼굴을 미워했는지 모릅니다. 얼마나 많은 원망과... 질책을... 그렇습니다. 저의 얼굴을 학대한 것은 세상만이 아니었습니다. 돌아보면 저는 스스로도 스스로를 학대해 온 것입니다. 그 여자아이의 얼굴 앞에서, 그래서 늘 저도 공범이었다는 죄책감을 지우지 못한 채 살고 있습니다. 물론 그런 자각을 한 것도 한참의 세월이 흐른 후였습니다.

어린 시절은... 그랬습니다. 남자아이들은 제게... 적어도 제게는 언제나 짐승과 같았습니다. 사람을 습격하는 짐승... 배가 고프지 않아도 무언가를 물어뜯는 짐승... 순수한 장난으로 누군가를 죽일 수도 있는 짐승이었습니다. 저는 지금도 아이들이 두렵습니다. 순수한 만큼 쉽게, 어떤 죄책감이나 거리낌도 없이 누군가를 공격하는 것이 아이들이기 때문입니다. 물론 세상에는 아이들과 같은 정신연령을 지닌 어른들도 많습니다. 어떤 성자가 삶의 소중함을 일깨워준다 해도, 제 삶은 결국 이들과 함께... 이들에 속해 있어야 했습니다. 지금도 가끔 그 시절의 꿈을 꿀 때가 있습니다. 이것은 꿈이야 라고 스스로에게 속삭이면서, 이것이 꿈이길 바라는 어린 소녀를 괴로운 마음으로 지켜보는 꿈입니다. 저만이 꿀 수 있는 세상의 악몽입니다.

이름으로 저를 부르는 아이들은 없었습니다. 저에겐 늘 지독한 별명이 따라다녔고, 별명이 늘어날 때마다 어둠의 영역도 커져만 갔습니다. 왜 그렇게 많은 놀림을 받아야 했는지 지금도 이유를 알 수 없습니다. 제가 그들에게 어떤 피해를 준 건지... 타인의 얼굴을 공격하는 일에 도대체 어떤 의미가 있었는지 저로선 알 길이 없습니다. 지독한 몇몇 아이들과는 싸움을 벌인 적도 있습니다. 그러나 결국... 저는 모든 것을 포기했습니다. 싸움을 할 때마다 또 새로운, 더 지독한 별명 하나가 추가된다는 사실을 알았기 때문입니다. 메주였던 별명이 미친 메주가 된다거나... 호박이나 돼지에서 괴물이나 산돼지로 변한다는 사실을 말이죠.

아아... 참으로 무덤덤하게 저런 단어들을 쓰고 말았습니다. 스스로도 조금 놀라고 있습니다. 누구의 입이 아닌, 제 손으로 또박또박 눌러쓴 저 단어들을 보면서 말이에요. 아시는지요? 말하자면 이런 것들이 당신이 제게 가져다준 '변화'란 사실을 말입니다. 또 그런 생각에... 갑자기 울컥 눈물이 나려 합니다. 죄송합니다. 당신을 위해서라도 다시는 울지 않으리라 다짐을 했는데 말입니다. 그렇습니다. 당신이 전해준 감정에는 분명 그런... 힘이 있었습니다. 살아온 어둠에서 절 건져주는... 따뜻한 빛과 같은 힘이었습니다. 정말이지 감사드립니다. 그리고 그 마음을 영원히 잊지 않겠습니다.

문득 이 편지도 결국엔 나 자신을 위해 쓰는 게 아닌가, 생각이 치밀어 오릅니다. 모르겠습니다. 하지만 다시는 기회가 없을 거란 생각에, 또 당신이라면 이런 투정을 두말없이 받아주지 않겠나 하는 이기심으로 계속 글을 이어갈 작정입니다. 그렇게... 저는 말없는 소녀로 성장해 갔습니다. 앞머리를 길러 얼굴을 가리고, 가능한 사람이 없는 길을 골라 고개를 숙이고 길을 걷는 소녀로 말입니다. 그리고 가끔 모든 탓을 엄마에게 돌리는 소녀였습니다. 크면 모든 게 좋아질 거라고 엄마는 늘 저를 다독여주셨지요. 실제 엄마의 친구들 중에도 크면서 키가 자라고 예뻐진 아이들이 많이 있다 거짓말을 하셨습니다. 딸을 무릎에 앉히고 그런 말을 해야만 하는 엄마의 기분은 어떤 것이었을까요? 같은 여자로서 엄마에게도 저는 씻지 못할 상처를 남긴 것입니다. 주변과 주변을 잠식해 가며 어둠은 그렇게 나날이 커져만 갔습니다.

여중생이 되고, 또 학년을 올라가면서 그나마 점점 놀림을 받는 일은 사라져 갔습니다. 말씀 드렸듯 친구를 사귀기도, 또 스스로를 위해 나름의 노력을 기울이기도 했습니다. 네, 책을 많이 읽고 공부를 잘하는 아이가 되고자 저는 노력했습니다. 예전보다 나아진 건 분명했지만 그래도 여전히 저는 격리된 느낌이었습니다. 경쟁에서 이겼을 때나 혹 작은 말다툼 뒤에는 마치 감춰둔 칼과 같은 '흥, 얼굴도 못생긴 게'를 들어야 했던 것입니다. 학대는 사라진 게 아니라... 아이들과 함께 성장하는 것이었습니다. 커가는 소녀의 육체처럼 좀더 은밀하고, 부드럽고... 풍만해진 것이었죠. 고통도, 고통을 참는 법도 저와 함께 성장해 있었습니다. 저를 둘러싼 세계도 마찬가지였습니다.

죽은 왕녀를 위한 파반느

5, 6미터쯤 떨어진 인간의 목소리를 들어보신 적이 있나 모르겠습니다. 들리지 않겠지, 속삭이는 목소리지만 그래서 더없이 선명하게 들리는 목소리를 말입니다. 좀더 떨어진 곳에서 난 지금 네가 못 듣게 이만큼 떨어진 곳에서 말하고 있는 거야, 하면서도 듣기를 바라는 계산된 목소리를 아실지 모르겠습니다. 그리고 터져나오는 난 아무 말 안 했어, 얘가 말하길래 웃은 것뿐이야 라는 느낌의 폭소를 아실런지 모르겠습니다. 더러 니가 알면 어쩔래, 하는 느낌의 비웃음을 보신 적은 있는지요. 또 난 아니야, 난 저렇게 노골적인 친구가 아니니 오해하지 말아줘... 가 서린 동조의 표정을 아실지 모르겠습니다. 그보다 아무 말 없이... 불쌍해, 하지만 사실은 사실이잖아... 동정의 시선을 받아보신 적은 있나 모르겠습니다. 그래, 그 모두를 느꼈어 - 말하면 열등감 덩어리란 소릴 듣고... 잠자코 있으면 바보가 되는... 그런 인간을 보신 적이 있나 모르겠습니다.

그것이 저라는 인간이었습니다.

고통을 견딘다... 진통이란 것에도 여러 종류의 방법이 있을 거라 생각합니다. 상처를 보호하고 아물 때까지 기다리거나... 혹은 마취를 시키거나... 최악의 경우엔 그 부위를 잘라내고 봉합을 해야 할 것입니다. 우선 사람들은... 또 세상은 저의 상처를 아물도록 내버려두지 않았습니다. 번갈아 끊임없이 할퀴고 찍고 짓누른 것입니다. 저 같은 여자들은 결국 스스로를 마취해야 합니다. 인형이라도 붙잡고 상상의 세계에서만 살아간다거나, 대인관계를 거부하거나... 혹은 여자가 아닌 다른 무엇으로 자신을 설정해야 하는 것입니다. 남자처럼 행동을 하는 친구도 있었고... 아예 망가진 모습으로 코미디를 자청하는 친구도 보았습니다. 특이한 여자, 웃기는 여자... 설령 여자의 일부를 포기한다 해도 못생긴 여자보다는 낫다, 생각할 수밖에 없는 것입니다. 이를테면 야근을 마치고 미쓰 리 이렇게 늦었는데 괜찮겠어? 건성으로 묻는 말에 그럼요, 전 얼굴이 무기잖아요! 대답이라도 해야 환영받는다는 사실을 깨닫는 것입니다. 그대와 나의 영원한 사랑... 이런 노래를 불러봐야 웃음거리만 된다는 사실을 알게 되는 것이고, 결국 앗싸를 외치거나 웃기는 춤이라도 춰야 박수를 받는다는 사실을 아는 것입니다. 그리고 살아가는 것입니다. 나는 이런 여자야... 끊임없이 스스로를 마취한 채 말입니다. 얼굴이 무기인 그녀들에게도 두려움이 있다는 사실을... 막춤을 추는 그녀들에게도 영원한 사랑의 발라드가 있다는 사실을 세상은 결코 인정해 주지 않습니다.

그리고... 저 같은 여자가 있습니다. 아무리 마취를 해도 고통을 이길 수 없는... 결국 어떤 방법도 찾을 수 없는 여자가 있는 것입니다. 저는 오래전에... 마음속에서 스스로의 얼굴을 도려낸 여자입니다. 이젠 어쩔 수가 없구나... 마음의 단두대에 올라 스스로를 절단한 것입니다. 눈에 보이지 않는 마음의 피... 흥건히 세상을 적시던 마음의 출혈을 잊을 수 없습니다. 발밑을 뒹구는 저 얼굴을 이제 누가 찌르고 찬다 해도 아프지 않을 거야... 그렇게 봉합을 끝내고 몸통만 남은 마음으로 살아온 것입니다. 그것이 제가 택한 진통의 방법이었습니다. 그러지 않고는 살 수가 없었어요. 그리고 그런 여자를... 도대체 누가 사랑해 줄 수 있겠어요.

　그렇습니다. 진정한 고통은 그것이었어요. 누구에게도 사랑받을 수 없다는 사실... 누구도 날 사랑해 주지 않을 거란 절망감... 가난이나 그런 것은 이미 제게는 아무런 고통도 아니었습니다. 아버지가 쓰러지고 생활이 더욱 궁핍해졌지만... 아무렇지 않았습니다. 고생을 하고, 조금씩 불편을 덜어가고... 그래도 어쨌거나 기회란 것이 있는 고통이니까, 또 어쨌든 노력에 따라 소소한 회복이 가능한 일이니까요. 하지만 이 '사랑'의 문제에 관해서는 어쩔 도리가 없었습니다. 세월이 가면, 하고 엄마는 중얼거리셨습니다. 다 괜찮아진다고, 괜찮아질 거라고 말입니다. 어느새 저도 그런 엄마를 이해하는 소녀가 되어 있었습니다. 받아들여야 한다고, 이것이 나의 운명이라고... 말없이 허공을 쳐다보면서 말입니다. 여드름이 난 얼굴로 얼굴을 붉히는 남자아이들처럼 세상의 소녀들도 이성과 사랑에 서서히 눈을 뜨던 시절이었습니다.

　저는 남보다 초경이 늦었습니다. 처음 생리를 시작한 중 3때의 겨울날을 지금도 잊을 수 없습니다. 눈이 많이 내린 날이었어요. 그리고 갑자기 그것이 시작된 것입니다. 이미 많은 이야기를 들은 터라 조금도 당황하지 않았습니다. 엄마는 장사를 나가셨고 그런 걸 챙겨줄 여력도, 분위기도 없는 집이었습니다. 아, 그것이구나... 라고 저는 느꼈고 아주 침착하게 모든 걸 처리했습니다. 문을 잠근 어둑한 방안에서... 마치 한 장의 증명서와도 같던 속옷을 우두커니 바라보던 일을 잊을 수 없습니다. 이제 여자가 되었다는 사실, 나도 여자란 사실... 모든 여자들이 느꼈을 그 순간이 제게도 찾아온 것입니다. 이유는 모르겠습니다. 저는 거울 앞에서 옷을 벗었고, 아무 말 없이 한참을 스스로의 몸과 마주해 있었습니다. 스스로의 몸을 그렇게 본 것도, 스스로의 전부를 그렇게 대면한 것도 그때가 처음이 아니었나 생각합니다. 친구들의 이야기도 귓속에 떠올랐습니다. 기쁘거나 놀랍거나 불쾌하거나... 그리고 그런 여타의 감정들과는 확실히 구분되는, 나만의 감정을 느낄 수 있었습니다. 그것은 '회의'였습니다. 도대체 내게 이런 것이 무슨 소용일까 라는 회의... 도대체 내게... 이런 게 왜 필요할까 라는 회의였던 것입니다. 그리고 세상의 소녀들은 여자의 삶을 살아가기 시작합니다. 한 달에 한 번씩 불편이나 통증... 혹은 약간의 두려움을 느끼면서 말입니다. 그런 건 이미 제게 아무런 문제가 아니었습니다. 그러니까 저는

매번 그때마다 '회의'를 하며 살아온 여자입니다.

그런, 여자로

저는 성장했습니다. 그래도 여상을 다니던 시절이 행복했다는 생각입니다. 물론 여자들만의 학교였고, 그런 저 자신의 '포기'와 도서관이 있었기 때문입니다. 말하자면 책 속에서... 그나마 저는 스스로의 자아를 찾을 수 있는 여자였습니다. 어떤 시선도 투영도 없이... 고요와 사색만이 존재하던 그 세계가 지금도 그립고 그립

죽은 왕녀를 위한 파반느

습니다. 물론 현실의 고통은 사라지지 않았습니다. 서울의 학교를 다니기 위해 저는 더없이 먼 길을 오가야 했으니까요. 말 그대로의 통학일 뿐이지만, 제게는 쉬운 일이 아니었습니다. 버스와 전철은 언제나 사람들로 붐볐고, 그 속엔 종종 더없이 이상한 인간들이 섞여 있기 마련이었습니다.

등 뒤에서 들려오는 "재수 없다"는 말이나, "토가 쏠린다"는 말이 기억 속에 남아 있습니다. 낯선 이들의 쑥덕거림과... 쳐다보지 않는 듯하면서도 쳐다보던 이들의 귓속말이 잊혀지지 않습니다. 여럿이 모여 있는 남자들은 믿을 수 없을 정도의 큰 소리를 내기도 했습니다. 그때마다 발밑을 뒹굴던... 저들이 차고 찔러대는 마음의 얼굴을 잊을 수 없습니다. 더욱이 이해할 수 없는 것은... 말없는 주변의 시선들이었습니다. 참 이상한 인간들이네, 그들을 바라보거나 나무라는 사람은 아무도 없었습니다. 어디 어디, 라는 느낌의 두리번거림... 그리고 참 이상한 얼굴이네... 미소 짓던 다수의 시선 앞에 저는 늘 굴복해야 했습니다. 어떤 개인도 세상을 이길 수는 없습니다. 자리를 피하고 자리를 피해도 저는 늘 혼자였습니다.

인간은 아름다운 얼굴을 사랑합니다. 신께선 모두를 사랑하신다 하지만, 그 말을 전하는 인간은 결코 모두를 사랑하지 않습니다. 아닙니다, 분명 그런 사람도 세상 어딘가엔 존재하고 있겠지요. 하지만 적어도, 제가 아는 인간이란 그런 존재들입니다. 다섯 군데였던 걸로 기억합니다. 원서를 넣었던 곳에서 저는 모두 탈락

했습니다. 문제는 성적이 아니라... 면접이었습니다. 그나마 한 곳에서 이유를 들을 수 있었습니다. 성적은 참 좋은데... 우리 업무가 대인관계가 중시되는 일이라 말이지... 새삼 놀랄 일은 아니었습니다. 선배들로부터 누누이 들어온 얘기였으니까요. 또 좋은 데가 나타날 거야, 안쓰러운 얼굴로 바라보던 선생님의 얼굴도 기억속에 남아 있습니다.

괜찮다고, 저는 스스로를 위로했습니다. 공부 말짱 필요 없다니까, 아무리 놀아도 이쁜 애들은 안내 데스크 다 들어가. 선배들의 농담이 농담이 아니란 사실도 알았지만, 그것은 또 그런 얼굴을 가진 여자들의 운명이라 저는 생각했습니다. 그러니 괜찮다고... 아니 실제로 무덤덤한 기분이었습니다. 고요하던 교무실과, 그중 어느 한 곳의 담당자에게 전화까지 걸던 선생님의 노력도 떠오릅니다. 좋은 애 보내달라고 해서 제가 추천서까지 넣었지 않습니까? 에이, 그래도 보통은 되어야지... 수화기를 통해 새나오던 목소리를 또렷이 들을 수 있었습니다. 농담이 아니라... 그렇게 좋은 성적임에도 불구하고 보통이 되지 못하는 제 자신이 안쓰럽고 미안할 따름이었습니다. 미안하다 말하던 선생님에게... 그렇습니다, 저는 결국 아니, 아니에요 라고밖에는 말할 수 없었습니다.

백화점에 들어간 것은 정말 운이 좋아서였습니다. 급작스레 전산업무가 가능한 졸업생을 필요로 했고, 성적순으로 자격증을 지닌 대부분을 직원으로 채용한 것입니다. 몹시도 기뻐하던 가족들의 얼굴이 지금도 떠오릅니다. 또 몹시도 설레던 저라는 인간을 기억하고 있습니다. 일단 입사만 하면 어떻게든 인정을 받을 수 있을 거라 저는 자신했습니다. 뭐랄까... 결혼을 하면 반드시 행복한 가정을 꾸릴 거야, 결심하는 신부와도 같은 마음이었어요. 그리고 백화점은... 마치 결혼식장처럼 거대하고, 화려하고... 눈부신 곳이었지요.

현실은 달랐습니다.

전산실은 곧 새로운 시스템을 구축했고 각 부서를 연결하거나... 실무지도니 그런 것들이 마무리되자 남은 일손을 줄였습니다. 정확한 이유는 알 수 없습니다. 총무부로 저는 부서를 옮겨야 했고 또 두 달 후, 세일 지원인력으로 편성이 되었습니다. 말하자면 점점 매장 직원이나 아르바이트생들의 업무를 맡게 된 것입니다. 아마도, 하고 윗사람들은 말했습니다. 이쪽보다는 그쪽 일이 적성에 맞겠다, 혹은 저곳에 지금 인력이 모자란다는 이유를 들고는 했습니다. 어느새 저는 성적이나 자격증과는 아무런 상관없는 잉여인력이 되어 있었습니다.

누구보다 열심히 일했다, 자부하고 있었지만 이 세상은 학교와 다른 곳이었습니다. 억울하다는 기억보다는 일상에서 툭툭 던지던 그들의 신념이 떠오릅니다. 여직원은 사무실의 꽃이야! 확실히, 맞는 말이라고 저도 생각합니다. 열심히 일하는 아름다운 여직원들은 누구에게라도 기분 좋은 대상이 아닐 수 없을 것입니다. 사무실의 꽃은 아니라 해도, 반드시 필요한 사무실의 '인간'일 거라 저는 생각했습니다. 하지만 현실은 그렇지 않았습니다. 시간이 흐를수록 저는 밀려나고, 또 밀려난다는 느낌을 지울 수 없었던 것입니다.

역시나 대인관계가 중요한 업종이라 생각했습니다. 활달한 표정을 짓고, 대화에 동참하고... 무엇보다 성실히 책임을 다하는 모습을 보이려 노력도 많이 했습니다. 하지만... 힘들었습니다. 무엇보다 상사나 남자직원들이 저와 대화를 원하지 않는다 – 라는 느낌을 강하게 받았기 때문입니다. 웃지 마, 웃으면 더 이상해. 면전에서 그런 말을 듣기도 했습니다. 그런 말을 듣고 나면 누구라도 웃을 수 없을 거라 저는 생각합니다. 도대체 어떻게... 웃을 수 있겠어요? 밥을 같이 먹으러 가자거나, 힘들지 않느냐는 말조차 들은 적이 없습니다. 외근을 하거나, 더러 저와 단둘이 업무를 진행해야 할 경우엔 이것 참 난감하다는 그들의 표정을 읽을 수 있었습니다. 저는 점점 묵묵히 일만 하는 직원이 되어야 했고, 곧 사라진 사실조차 눈에 띄지 않을 그런 직원이 되어야 했습니다.

매장을 돌면서는 더 힘든 일들이 많았습니다. 직접 고객을 상대해야 했으므로 누구나 저를 꺼리는 분위기였습니다. 노골적인 말투와 표정에서 매출에 지장이 있어! 라는 느낌을 받은 적도 많습니다. 가서 짐이나 가져와 – 그런 느낌으로 저는 점점 주차장과 창고를 들락거리는 직원이 되어갔습니다. 그렇습니다. 그것이 저라는 여자의 위치였습니다. 아름다움에는... 대접을 받아야 할 충분한 가치가 있다고 저도 생각합니다. 인간이 누구나 같을 수 없다는 사실도 잘 알고 있습니다. 다만 억울한 점이 있다면... 그런 것입니다. 왜 균등한 조건이 주어진 듯, 가르치고 노력을 요구했냐는 것입니다. 더불어 누군가에게 잣대를 들이댄다면... 그것은 분명 노력으로 극복이 가능한 부분이어야 한다는 생각입니다. 저는 한 번도 스스로의 인생을 평가받지 못했습니다. 저는 오로지 스스로의 태생만을 평가받아온 인간입니다. 당신을 만나던 무렵부터도 저는 줄곧 다른 직장을 알아보고 있었습니다. 여러 모로, 특히나 백화점은 제게 견디기 힘든 곳이었습니다. 그리고 그곳을 떠나왔습니다. 겨우... 떠나올 수 있었던 것입니다.

달이 보입니다.

서울의 방에서는 보이지 않던... 오랜만의 달입니다. 돌이켜보면 저는 늘 이곳, 이 책상에 앉아 저 달을 바라보던 소녀였습니다. 고단한 새 학기를 보내고 있는지 동생은 이미 잠이 든 지 오래입니다. 조금씩 저도 졸음이 몰려오고 있습니다. 조금씩, 매일 밤 쓰고 있는 이 편지가 그래서 문득 저 달을 닮았다는 생각이 듭니다. 말하자면 조금씩 졸음이 몰려온다는 어제의 문장에 이어, 문득 이 편지가 달을 닮았다는 오늘의 문장을 쓰는 것입니다. 잠을 자고 출근을 하고... 그런 일상의 모습을 건너뛰어, 저는 다시 이 편지를 쓰고 있습니다. 즉 편지를 쓰는 한 면만을 끝끝내 당신에게 보여주고 있는 것입니다. 어쩔 수 없긴 해도... 인간은, 특히 여자는 저 달과 비슷한 존재라 저는 믿고 있습니다. 언제나 보여주고 싶은 면과, 끝끝내 감추고 싶은 면이 있는 것입니다.

보이는 면과 감춰진 면...

처음 화장을 했던 때가 떠오릅니다. 취업시즌이 시작되고... 곧 사회로 나가야 할 아이들을 위해 학교에선 메이크업 강좌를 열어 주었습니다. '언니'에 가까운 선생님 한 분이 교실을 도는 게 고작인 강좌였지만, 또래의 아이들이 그렇듯 한껏 들떠 있는 분위기였습니다. 조금은... 저도 그랬습니다. 그런 건 나와 어울리지 않아, 나와는 먼 세계야... 라 믿었던 화장을, 수업이란 이름을 빌미로 시도해 볼 수 있었기 때문입니다. 두근거리는 마음으로, 또 떨리는 손으로 그려가던 아이라인이며 루즈의 감촉이 떠오릅니다. 서로의 화장을 고쳐주기도, 또 와아 하며 서로를 칭찬하던 아이들의 목소리도 여전히 귓가를 맴도는 느낌입니다. 그리고 거울 속의... 역시나 이상해 보이던 제 얼굴을 잊을 수 없습니다. 어쩔 수 없구나, 거울 속의 얼굴을 보며 마음은 다시 고개를 숙였습니다.

하지만 무척 이상한 기분이었습니다. 뭐랄까, 그럼에도 불구하고 화장을 하는 여자의 마음... 을 너무나 쉽게 이해할 수 있었기 때문입니다. 비록 아름답진 않다 해도 그것은 새로운 얼굴이었습니다. 화장을 시작한 여자에겐 두 개의 얼굴이 생긴다는 것을... 그리고 여자에겐 두 개의 자아가 있다는 사실을 저는 느낄 수 있었습니다. 꺄아~ 선생님이 직접 완성한 아이의 변화 앞에서 모두가 탄성을 질렀던 순간도 머릿속에 남아 있습니다. 그것은 누구를 위하거나 누구에게 보이려는 것이 아니라, 자신을 위한 일이었습니다. 난 오늘 씻지 않고 잘 거야. 서투른 화장을 지우지도 않은 채 매점과 복도를 몰려다니던 아이들과... 그런 아이들을 부러워하던 후배들의 모습도 눈앞에 떠오릅니다. 그렇습니다. 실은 여자는 남자를 위해 화장을 하는 것이 아닙니다. 스스로를 위해... 자기, 자신을 위해 화장을 하는 것입니다.

그리고 언제고... 그 모습으로 세상을 살아가고 싶은 것입니다. 저 달처럼, 오로지 한 면만을 모두에게 보여주면서 말이죠. 그래, 이 정도면 나... 추하다고는 생각지 않아. 아무리 형편없는 얼굴이라 해도 화장을 마치고 집을 나서는 여자의 마음은 그런 것입니다. 그리고 끝끝내... 자신의 '어쩔 수 없는' 모든 부분을 달의 뒷면 같은 곳에 묻어두는 것입니다. 늦은 밤 화장을 지우는 여자의 마음은... 그래서 달처럼 먼 곳에 머무르다 지상으로 돌아온 우주인과 같은 것입니다. 저 역시 그랬습니다. 그래도 조금은 나아진 게 아닐까, 부질없는 생각도 했지만 그것은 교실의... 게다가 강좌라는 빌미가 있어 가능한 일이었습니다. 웃지 마, 웃으면 더 이상해와 하나 다를 바 없는... 하지 마, 화장하면 더 이상해 – 의 시선을 저는 느낄 수 있었습니다. 스스로의 열등감이 아닐까 생각도 해봤습니다만. 어쩔 수 없이(유니폼이었으니까요) 백화점에서 짧은 원피스를 입었을 때도 마찬가지였습니다. 세상에서 가장 큰 비웃음을 사는 일이 무언지 아세요? 아름다워지겠다고 발버둥치는 못생긴 여자의 '노력'입니다. 다 쓰러져가는 철거민의 단칸방을 허물고 불태우듯... 세상은 못생긴 여자의 발버둥을 결코 용서하지 않습니다.

말하자면 저는, 세상 모든 여자들과 달리 자신의 어두운 면만을 내보이며 돌고 있는 '달'입니다. 스스로를 돌려 밝은 면을 내보이고 싶어도... 돌지 마, 돌면 더 이상해... 소리를 들을 수밖에 없는 달인 것입니다. 감춰진 스스로의 뒷면에 어떤 교양과 노력을 쌓아둔다 해도... 눈에 보이지 않는 달인 것입니다. 우주의 어둠에 묻힌 채 누구도 와주거나 발견하지 못할... 붙잡아주는 인력이 없는데도 그저 갈 곳이 없어 궤도를 돌고 있던 달이었습니다. 그곳은 춥고, 어두웠습니다.

갑자기 또... 눈물이 치밀어 오릅니다. 아시는지요? 돌이켜, 그곳이 춥고 어두웠노라 말할 수 있는 것도 이제는 스스로에게 그만한 어둠을 감당할 힘이 생겼기 때문입니다. 그렇습니다. 바로... 당신을 만났기 때문입니다. 어느 날 갑자기 당신은 제 눈앞에 서 있었습니다. 세월이 흘러 몹시도 지쳤을 눈을 언젠가 감아야 하는 순간이 닥쳐온다면, 저는 분명 당신을 떠올리게 될 것입니다.

말없이

제 짐을 들어주던 당신의 모습을 잊을 수 없습니다. 그것이 제가 기억하는 당신의 첫 모습이기 때문입니다. 그런 배려를 받은 것도, 이성과 함께 나란히 길을 걸은 것도 처음 있는 일이었습니다. 무슨 일이 일어난 건가, 순간 당황해하던 스스로의 모습이 떠오릅니다. 저는 당신을 아주 친절한 사람이라 생각했다가... 그런데 이 사람은... 분명 남자잖아... 라고 생각을 고쳐야 했습니다. 그렇습니다. 당신은 제가 만난 최초의 친절한 남자였어요.

그리고 유일한 남자일 것입니다. 친구가 되자고 당신이 말했을 때, 실은 가슴이 터질 것만 같았습니다. 말없이 짐을 들어준 당신이 없었다면... 땀 흘리며 길을 걷던 당신이 없었더라면, 저는 결코 그 말을 믿지 않았을 것입니다. 시간 있으세요? 어디서 차나 한 잔 할래요? 이미 비슷한 말들을 여러 차례 들어왔기 때문입니다. 가위 바위 보를 해서 진 사람이 저 여자한테 가서 말 걸기... 그런 벌칙의 대상으로 저는 더없이 합당한 여자였습니다. 그리고 들려오던 등 뒤의 킥킥거림도 제게는 잔인한 상처로 남아 있습니다.

차마 믿지 못할 일이었습니다. 그리고 점점 제게로 다가서는 당신을 느낄 수 있었습니다. 한 동안 어떤 일도 손에 잡히지 않았습니다. 또 스스로도 갈피를 잡을 수 없었어요. 꿈에서 도망치는 소녀처럼 저는 수없이 뒷걸음질을 쳐야 했고, 그러면서도 점점 당신의 손을 잡기 원하는... 성숙한 여자가 되어갔습니다. 비록 긴 시간은 아니었지만, 제게는 끝없는... 꿈과 같은 시간이었습니다. 설사 이 삶이 끝난다 하더라도 당신과 함께 걷던 길을... 내 손을 잡아주던 당신의 손을 저는 영영 잊을 수 없을 것입니다. 당신과 함께 바라보던 고궁의 담도... 그때의 노을과 떠 있던 구름도... 우리가 듣던 노래와 한 모금의 맥주도... 역시나 불을 밝힌 한 마리의 목마처럼 영원히 제 주위를 돌고 또 돌 것입니다. 그 순간순간마다 제가 얼마나 행복했는지 아마 모르실 거예요. 그리고 돌아와 얼마나 괴로워했는지도 모르실 겁니다. 당신을 만난 후로 저는 참, 많이 울었습니다. 남몰래 흘리는 눈물이었고... 남과는 다른 이유로 흘리는 눈물이었어요. 왜 나는 아름다운 여자가 아닐까 울기도 했고, 차라리 당신이 아무도 거들떠보지 않는 남자라면 얼마나 좋을까 울기도 했습니다. 또 그런 이유조차도 없이... 당신의 목소리를 떠올리거나 당신이 보내준 잡지를 펴들고 울기도 했습니다. 느닷없이... 보고 싶어 운 적도 있었습니다. 어두운 밤길을 처음 배웅해 준 그 순간에도 눈물이 났고... 돌아서 걸어가던 당신의 등이 떠올라 울기도 했습니다. 지쳐 보이는 얼굴을 보고 눈물이 나기도... 어, 아무렇지 않아 그냥 어디서 스쳤나봐 - 당신 스스로도 모르던 손톱만한 상처를 보고서도 눈물이 났습니다. 그리고 저는... 눈물이 뜨거운 것이란 사실을 처음으로 알았습니다.

그렇습니다. 그 전까지... 저는 한 번도 뜨거운 눈물을 흘려본 적이 없습니다. 눈물은 더없이 차가운 것이었고, 그때의 제 마음도 그런 것이었습니다. 그리고 알 수 있었습니다. 냉대를 받은 인간의 마음은 차가운 눈물을 흘린다는 사실을... 관심과... 사랑을 받은 인간의 마음만이 더없이 뜨거운 눈물을 흘릴 수 있다는 사실을 말입니다. 말하자면 당신은 한 여자의 체온을 바꿔주었고, 한 여자를 둘러싼 세상의 기후를 바꾸어주었습니다. 그리고 무엇보다... 달의 뒷면처럼 어둡고 어두웠던 저라는 여자를 바꾸어놓았습니다. 어느새 저는 느낄 수 있었습니다. 지난날의 모든 상처가 사라졌음을... 그리고 이제는 튼튼하게 아물었다는 사실을 말입니다.

저는 언제나 '진행형'의 상처를 안고 사는 여자였습니다. 끝없이 덧나고 영원히 이어질... 그런 상처를 안고 사는 여자였던 것입니다. 하지만 더는... 그렇지 않습니다. 이제 저는 그런, 흉터를 가진 여자일 뿐이에요. 그것이 얼마나 놀라운 차이인지 당신은 모르실 겁니다. 그리고 그것이... 한 사람의 여자에게 얼마나 큰 기적인지도 짐작할 수 없을 겁니다. 말하자면 제게... 당신은 그런 남자였습니다.

어느 날 아침 알 수 있었습니다.

저의 전부가... 보이지 않는 세포 하나하나까지... 당신을 보고 싶어한다는 사실을 말입니다. 눈을 뜨고 바라보던 방안의 풍경과... 흐트러진 이불이며, 그런 사소한 사물들과... 베갯잇에 떨어진 몇 올의 머리카락마저도... 당신을 그리워하는 느낌이었습니다. 저는 결국 매일 아침 당신이 보고 싶고... 당신을 떠나서는 살 수 없는 여자가 되어버린 것입니다. 그리고 저는... 당신을 떠나왔습니다. 말도 안 된다 생각하실지 모르겠지만, 많은 고민 끝에 저는 이 길을 선택했습니다. 그렇습니다. 글을 쓰고 있는 이 순간에도 저는 당신이 보고 싶은데 말입니다.

정말이지 많은 고민을 했습니다. 우선 두려웠던 것은 당신의 변화였습니다. 더 이상 같은 공간이 아닌, 또 다른 미래가 열려 있는 공간으로 당신은 나아갔습니다. 당신이라면 변하지 않을 거야, 그런 생각보다는... 당신에게도 변화가 생길 것이고 또 마땅히 변해야 한다는 것이 저의 생각입니다. 그리고 점점... 당신을 바라는, 당신이 나의 남자이길 바라는 저 자신의 욕구가 두려웠습니다. 알게 모르게 당신을 가두고 싶어하는 스스로를 보았을 때도... 저는 무척이나 놀랐습니다. 그런 요구가 이루어지는 것, 이를테면 그것이 사랑의 완결이라 사람들은 말합니다. 모든 여자들이 꿈꾸는 결혼이란 것도... 결국엔 그런 요구며, 꿈이 이루어지는 것이겠지요.

상상만 해도 가슴이 떨립니다. 언제나 당신이 곁에 있고, 당신의 여자가 될 수 있다면 말입니다. 당신이라면 변하지 않을 거야 - 가 현실적으로 성립되고, 그야말로 운 좋게 당신과 함께하는 상상도 무수히 했습니다. 어떤 변화가 생길까 두려워하고, 또 가끔 실망을 하기도 하면서... 그렇게 당신과 함께하는 삶을 '어쩔 수 없이' 생각한 것입니다. 그래서 저는 힘들었습니다. 말하자면 저는 '그런' 삶을 믿지 않기 때문입니다. 바라는 모든 걸 얻는 것이 인생의 가치라고는 생각지 않습니다. 겨우, 가까스로 얻은 것을 지키고 보살피는 것이 인생이라 믿기 때문입니다. 포기하고 포기하면서 세상을 살아온 저 같은 여자에게... 인생의 '가치'는 그런 것입니다.

가난한 집에서 태어나 가난한 삶을 살아왔습니다. 아무래도 저는, 당신에 비해 조금은 현실적일 거라 스스로를 여기고 있습니다. 결혼을 하고 살아가는 많은 이웃들을 보아왔고, 외면하고 싶

은 그들의 현실을 볼 수밖에 없는 삶이었어요. 지지고 볶는다는 –
한 줄의 표현처럼 그러기 마련인 것이 삶이라 믿고 있습니다. 또
그것이 당연하다 생각하고 있어요. 피곤하고 미워하고, 원망하고
후회하는... 그런 삶 속에 당신이 함께한다는 것은 떠올리고 싶지
도 않은 일입니다. 걱정 마라, 세월이 흐르면 다 짝이 나타나는 거
란다. 못이 박이도록 들었던 엄마의 위로처럼, 그런 삶을 함께할
남자라면 정말 누구라도 괜찮은 게 아닐런지요. 아니, 끝끝내 외
로운 여자로 평생을 살아야 한다 해도 저는 당신을... 그런, 당신
의 기억을 지켜내고 싶은 것입니다.

　이것이 옳은 선택이었는지를 판가름하는 것도 결국은 시간일
거라 믿습니다. 하고 싶은 말도, 보고 싶은 마음도 길고 긴 시간의
흐름을 따라 끝없이 이어질 것입니다. 그리고, 이어갈 것입니다.
문득 처음 요한 선배에게 물었던 스스로의 질문이 떠오릅니다. 좋
아할... 이유가 없잖아요? 아마도 그런, 질문이었다는 생각이지만
선배의 답변만큼은 또렷이 머릿속에 남아 있습니다. 믿지 않겠지
만 말이야... 인간은 매우 이상한 거야. 그렇습니다. 염치없는 부
탁이지만 이런 이상한 여자를... 부디 이해해 주셨으면 하는 바람
입니다. 정말 죄송합니다.

　그리고 감사합니다. 당신이 제게 준 빛이 있는 한... 이제 어떤 삶
을 살아도 저는 행복할 수 있을 거예요. 매일 아침 당신을 보고 싶
어하는 여자에게서 도망친 것이 아니라... 실은 이 길을 택함으로써
끝끝내 그녀를 보호하고 있는 셈이니까요. 그러니까 저... 정말 잘

지내고 있습니다. 그 얘기를 꼭 전하고 싶었어요. 앞으로도 계속 저는 당신을 보고 싶어할 것이고, 또 그런 할머니가 되어 행복한 표정으로 눈을 감을 수 있을 것입니다. 그렇습니다. 이렇게, 이런 얼굴로 태어난 여자지만 저의 마지막 얼굴은 당신으로 인해 행복한 얼굴일 거예요. 그리고 끝으로... 꼭 이 말을 하고 싶습니다.

사랑합니다.

한 번도 못한 말이고 다시는 못할 말이지만... 부디 받아주시면 감사하겠습니다. 차곡차곡 이 말을 눌러쓰면서 알았습니다. 누군가를 사랑할 수 있는 인간만이 스스로를 사랑할 수도 있는 거라고... 저 역시 스스로를 사랑하면서 살아가도록 하겠습니다. 안녕히... 안녕히 계시기 바랍니다.

꽃

편지는 그렇게 끝이 나 있었다.

바람만이 아는 대답

두툼한 편지 속에는 꼼꼼히 포장된 카세트 테잎 하나가 들어 있었다. 밥 딜런의 〈The Freewheelin'〉이었다. 나는 일어나 세수를 해야만 했고, 세수를 꽤... 오래 해야만 했고, 오랜만에 거울을 마주하고 깔끔히 면도를 시작했다. 그리고 또... 잠시 세수를 해야 했고, 얼굴을 닦고 나와선 짙은 올리브그린의 셔츠를 다리기 시작했다. 사각의 창을 통해 쏟아지던 햇살과... 그 속의 먼지들을 바라보며 나는 말없이 몇 장의 셔츠를 더 다렸다. 그리고 잠깐

다시 세수를 하고는, 처음 다린 올리브그린을 걸치고 단추를 채우기 시작했다. 가슴부터... 그리고 왼 소매의 단추를 채우다 말고 나는 잠시 서 있었다. 이유는 알 수 없다. 왜 이러고 서 있지 생각을 한 것도 아니고, 손에 쥔 단추를 놓거나 한 것도 아니었다. 하지만 잠시 그렇게 서 있었고, 다시 마저 단추를 채우고 나자 있는

힘을 다 쓴 기분이 들었다. 작은 쪽창 너머로 희미한 새소리가 들려왔다. 여지없이

봄이었다. 정말 잠깐, 세수를 한 번 더 하고는 나는 바지를 꺼내 입었다. 양말을 신고, 한 잔의 우유를 마시고… 한 권의 책과 워크맨과 딜런의 테잎을 챙겨 들고 집을 나섰다. 그리고 되는 대로 걷기 시작했다. 어린아이처럼 놀이터의 그네에 앉아 있던 봄볕과… 그 포근한 등을 살짝 살짝 떠밀던 소심한 바람을… 나는 보았다. 그리고 걸었다. 곧 잊어버릴 게 뻔한 마주 오는 사람들의 얼굴을 보았고, 그들의 대화를 나는 엿들었다. 그리고 계속 걸었다. 그대로 세상의 끝까지, 봄의 마지막까지 걷고 싶은 기분이었다. 아마도 그날이

그해의
봄의
절정(絶頂)이었다는 생각이다.

얼마나 먼 길을 걸어가야만 한 사람의 인간이 될 수 있을까[*]
얼마나 먼 바다를 건너가야만 갈매기는 쉴 수 있을까
얼마나 더 많은 포탄이 날아다녀야 우리에겐 평화가 올까

오 친구여 묻지를 마라

---

[*] 밥 딜런의 곡 〈Blowin' in the Wind〉의 가사 일부

바람만이 아는 대답을

　가야 할 곳이 없는데도 불구하고 가야 할 길이 너무나 멀게 느껴지는 봄날이었다. 아무 일 없는 세상을, 나는 음악을 들으며 아무 일 없이 쏘다녔었다. 아무 일 없는 듯 불어오던 바람과, 정해진 규칙에 따라 여지없이 점멸하던 신호등들... 횡단보도 앞에서 멈춰 선 차들과 육교를 오르는 사람들을... 보았다. 줄지어 지나가는 두 대의 유모차를 보았고, 풍선을 들고 서 있는 키 작은 아이를 보았다. 햇살이 너무 눈부시어, 말하자면 그래서... 나는 근처 상가의 화장실에 들어가 세수를 또 한 번 해야 했고... 삼삼오오 식당을 나서는 사람들과, 그들의 손에 들린 개업식 선물을 볼 수 있었다. 쥐처럼 살찐 몇 마리의 비둘기를 나는 보았고, 문방구며 속셈학원이 이어진 어느 길모퉁이에서 누군가가 잃어버린 낡은, 분홍색의 신주머니를 볼 수 있었다. 작은 여자아이가 신었을 듯한 작은 실내화 한 짝이 아무렇게나, 아무렇지 않은 듯 주머니 밖으로 코를 내밀고 있었다. 그런 풍경과... 그런 풍경이 또 한없이 이어질 듯한 느낌의 가로수 밑을 나는 걸었다. 녹색과 고요가 서려 있던 그 아래의 그늘도, 끝없이 펼쳐진 잔디처럼 길 위에 돋아 있던 봄볕의 흔들림도 더없이 따뜻하고 평화로운 것이었다. 난간 일부가 파손된 낡은 육교를 건너는 중에 나는 마침 떠 있는 커다란 애드벌룬을 보았고, 아무런 의미 없이... 그 아래 적힌 축 창립 20주년... 하는 글귀를 끝까지 읽어내렸다. 경적을 울리며 육교 아래를 통과하는 자동차들... 정류소를 막 출발하는 몇 대의 시내버스를 나는 보았고... 거리의 곳곳에 붙어 있는 색색의 현수막들을 볼 수

있었다. 여지없는

 봄이었다. 그리고 문득, 1945년 8월 6일 원폭이 투하되기 직전
의 히로시마도 이런 풍경이 아니었을까, 하고 나는 생각했었다.
말하자면 그 순간 몇 마리의 새가 날아올랐고, 딱 그 새들의 무게
만큼만 흔들리던 전선의 미동을 제외하고는 아무 일 없는 세상이
었다. 여전히 앞으로도 아무 일 없는 세상을 살아가겠지만... 다시
는 예전과 같은 세상을 살 수 없을 거라고, 나는 막연히 생각했었
다. 그해의 봄을 어떻게 보냈는지

 그리고 정확히 기억이 나지 않는다. 며칠씩 바다를 보고 오기도
하고, 꼼짝 않고 드러누워 천장을 바라보거나, 이미 휴학계를 낸
학교를 찾아가 도서관이며 주변을 기웃거리곤 했었다. 며칠을 연
달아 요한을 찾아가기도, 이른 아침의 영화관을 찾아 혼자 우두커
니 영화를 보기도 했다는 생각이다. 일병 휴가를 나온 친구의 푸
념을 들어주기도, 갑자기 운동권이 된 친구의 장광설에 하룻밤을
시달리기도 했다. 어쨌거나 다 좋다고

 나는 생각했었다. 젠장 사단장이 오기 전날 비가 왔거든. 부대
진입로에 흙탕물이 내려가다 말랐는데 자갈이 더러워졌다고 하
나 하나 닦으라지 뭐냐? 자갈을? 자갈을! 어쨌거나 수고가 많다고
나는 얘기해 주었다. 안녕하세요? 하루는 모 여성지 기자라며 어
떤 여자의 방문을 받기도 했다. 어머니 안 계시나요? 안 계시는데
무슨 일이죠? 아아 다름이 아니구요, 이런저런 얘기 끝에 갑자기

나와 아버지의 관계를 조심스레 물어보았다. 제가 들은 얘기가 있어서요. 사실이라면 너무 억울한 일이잖아요, 라는 그녀에게 그런 사람 모른다며 간단히 고개를 가로저었다. 혹시 새로 이사 오신 건가요? 그녀가 물었다. 아닌데요, 라고 뱉은 후 나는 문을 닫았다. 모든 게

귀찮은 봄이었다. 책을 읽지도 소설을 쓰지도 않았고... 그러니까 딱히 하는 일은 없었지만, 꼭 그렇다고도 말할 수 없는 나날이었다. 가끔 불현듯 뛰쳐나가 달릴 수 있는 데까지 달린다 - 는 느낌으로 조깅을 하고는 했다. 즉 심장이 터질 정도로 달리기를 하고 나서는, 우두커니 한 잔의 우유를 마시며 그래도 뭔가 했다는 기분으로 앉아 있던 봄이었다. 툭, 조용한 마루에 누워 옆집의 자목련이 잎을 떨구는 소리를 듣기도 했다. 그리고 틈틈이 나는 그녀의 편지를 꺼내 읽었다.

뚝

그 전까지 세계와 나를 연결해 온 긴장감 같은 것이, 그때마다 끊어지는 기분이었다. 그것은 묘한 기분이었고, 더없이 외로운 느낌이었다. 줄다리기를 하다 갑자기 상대가 줄을 놓았을 때처럼, 나는 이제 무엇을 붙잡고 잡아당겨야 할지 알 수 없었다. 요한의 말처럼 인간은 이상한 것이었고, 그녀의 말처럼 우리는 각자 자신의 어둠을 안고 사는 존재들이었다. 인간은 이상한 것이다. 인생은 이상한 것이다. 그리고 세상은... 더없이 이상한 것이라고 나는

생각했었다. 그리고 낙서를 하듯, 그런 생각들을 끼적이고 끼적였었다.

  사용할 일이 전혀 없는 지식을 왜 배우는 걸까. 이를테면 f(x+y) = f(x) + f(y)를 가르치면서도 왜, 정작 인간이 인간을 사랑하는 방법에 대해서는 가르치지 않는 것인가. 왕조의 쇠퇴와 몰락을 줄줄이 외게 하면서도 왜, 이별을 겪거나 극복한 개인에 대해선 언급을 하지 않는가. 지층의 구조를 놓고 수십 조항의 문제를 제출하면서도 왜, 인간의 내면을 바라보는 교육은 시키지 않는 것인가. 아메바와 플랑크톤의 세포 구조를 떠들면서도 왜, 고통의 구조에 대해서는 한 마디 언급이 없는가. 남을 이기라고 말하기 전에 왜, 자신을 이기라고 말하지 않는 것인가. 영어나 불어의 문법을 그토록 강조하면서 왜, 정작 모두가 듣고 살아야 할 말의 예절에는 소홀한 것인가. 왜 협력을 가르치지 않고 경쟁을 가르치는가. 말하자면 왜, 비교평가를 하는 것이며 너는 몇 점이냐 너는 몇 등이냐를 외치게 하는 것인가. 왜, 너는 무엇을 입었고 너는 어디를 나왔고 너는 어디를 다니고 있는가를 그토록 추궁하는가. 성공이 아니면 실패라고, 왜 그토록 못을 박는가. 그토록 많은 스펙을 요구하는 것은 왜이며, 그 조항들을 만드는 것은 누구인가. 그냥 모두를 내버려두지 않는 이유는 무엇이며, 그냥 모두가 그 뒤를 쫓는 이유는 무엇인가. 부러워할수록 부끄럽게 만드는 것은 누구이며, 보이지 않는 선두에서 하멜른의 피리를 부는 것은

  도대체 누구인가.

그리고 나는 누구인가, 어디에 있는가... 낙서를 끼적이다 긴 잠에 빠져들던 봄이었다. 이상하게 빨리 자라던 수염과, 이상하게 식욕이 없던 아침... 공복의 커피와 딜런의 노래... 지하철과 버스... 그리고 꽃... 빛이 들어온 커다란 등(燈)처럼 무리지어 핀 꽃들로 가득한 봄이었다. 문득 『어린 왕자』를 다시 읽기도, 그르니에의 『섬』을 읽다 책을 덮기도 하던 봄이었다.

　아무 일 없이 맞이하는 아침과
　아무 일 없이 맞이하던 밤

　그런 낮과 밤이 모이고 모여... 긴 세월이 흐른 후에는 하나의 섬처럼 자리하고 있을 것 같은 기분이었다. 아무 일 없는 아일랜드. 그 섬에 그런 이름을 붙여도 좋겠다는 생각을 하며 나는 맥주를 기울였다. 오랜만이네. 여전한 얼굴로 켄터키의 사장이 〈Hof〉를 직접 갖다 주었다. 네, 라고 나도 여전한 얼굴로 고개를 끄덕였다.

　그런데 왜 혼자야?
　모르겠어요.
　무슨 일 있어?
　아무 일 없어요.

　그런 거야, 라고 말하고 사장은 주방으로 들어가 말없이 치킨을

굽기 시작했다. 모두가 함께였던 그 자리에 앉아, 말없이 봄이 끝
나는 소리를 들을 수 있던 밤이었다. 그리고 정말이지... 그 아무
일 없던 봄으로부터 길고 긴 세월이 지나버렸다. 그랬었군, 하고
지금의 나는 고개를 끄덕여보지만 아무리 둘러봐도 그런 이름의
섬은 보이지 않는다. 그때의 생각과는 달리, 아무 일 없었다 믿었
던 그 봄은 흔적도 없이 사라지고... 대신 인생의 바다 위에 떠 있
는 비슷한 섬 하나를 나는 찾을 수 있었다. 단 하나의 푯말이 꽂혀
있는 그 봄은, 말하자면

　그녀가 너무 보고 싶었던 봄이었다.

　아무 일도 하지 않았는데, 살이 5kg나 빠졌다는 사실을 여름이
되면서 알 수 있었다. 한 잔의 우유를 들이켜고 집을 나선 것은 기
억하지만, 그것이 6월이었는지 7월이었는지는 불분명하다. 아무
튼 나는 길을 걷다가, 휴학계를 쓸 때처럼 마치 자기 자신과도 상
의를 하지 않은 기분으로—백화점을 찾아갔었다. 일을 좀 할까 싶
어요. 정말이지 일 같은 걸 하고 싶은 마음이었고, 정말이지 나는

　지쳐 있었다. 이게 누구신가? 경력자가 왔다며 주임은 뛸 듯이
기뻐했다. 여름은 최고의 시즌이었고, 세일에 지친 아르바이트생
들이 날마다 하나 둘 말없이 사라지던 무렵이었다. 귀찮았지만,

조장을 맡아달라는 주임의 부탁에도 나는 순순히 고개를 끄덕였었다. 흐름을 한눈에 파악할 줄 아는 사람이 필요해. 또 진득하게 말이야... 책임감 있는 그런 사람들이 결국엔 성공한다구. 멍한 눈으로 간식을 먹고 있는 아이들 앞에서 일장연설을 늘어놓는 것도 하나 달라지지 않은 모습이었다. 그리고 결국, 나는 다시 **그 자리로** 돌아와 있었다.

그녀도 요한도 보이지 않았지만, 왠지 그 시절이 내게로 돌아온 느낌이었다. 요한과 잡담을 나누던 그 자리에 앉아 나는 우두커니 모자를 벗어들었다. 뒷면의 벨트를 줄이고 모자를 고쳐 쓰자 짐을 들고 지나가는 한 무리의 여직원들을 볼 수 있었다. 아무 일 없이, 자판기와 통로를 지나 깔깔대며 엘리베이터를 기다리는 그녀들을 바라보는데... 갑자기 눈물이 나기 시작했다. 나는 얼른 고개를 숙이고 최대한 깊이 모자를 눌러 썼다. 많은 눈물은 아니었지만, 따뜻했던 그해의 봄이 응축된 듯

뜨겁고 뜨거운 눈물이었다.

예전처럼 피곤하지도, 짜증이 나지도 않았다. 아무 생각 없이 그저 시간을 때운다는 느낌으로 출근을 하고 퇴근을 했기 때문이다. 아니... 어느새 그것이 전부인 삶이 되었다는 사실을 나는 알 수 있었다. 숨을 쉬고, 일을 하고... 귀찮아도 밥을 먹고, 견디고... 잠을 잔다. 그리고 열심히 산다, 라고 생각하지만 그것이 삶이란 생각은 들지 않았다. 사랑이 없는 삶은

삶이 아니라 생활이었다. 무료, 해도... 어쩔 수 없이 대부분의 인간들은 생활을 하며 살아간다고 나는 믿었다. 무료하므로 돈을 모으는 것이다... 무료해서 쇼핑을 하고, 하고, 또 하는 것이다... 큰소리치는 인간도... 결국 독재를 하고... 전쟁을 일으키는 인간도... 실은 그래서 사랑에 실패한 인간들이라고 나는 생각했다. 잘 살아보자고 모두가 노래하던 시절이었지만, 그 역시 삶이 아니라 생활을 목표로 한 것이었다. 잠깐의 삶을 살다가

이제 생활을 하는 인간이 되어

나는 그 속에 섞여 있었다. 그런 인간들이 모여 사는 게 그렇지 뭐, 얘기를 한다. 그런 인간들이 모여 사는 게 별건가 뭐, 얘기를 한다. 지수 엄마는 오늘 뭐 샀어? 얘기를 하고 글쎄 우리 애가 이번에 올백 받았는데, 얘기를 한다. 남편의 승진을 떠들고 그래서 넓어진 평수를 떠들고 다들 이렇게 살잖아, 얘기를 하는 것이다. 그리고 잘 산다 못 산다 서로를 부러워하고 무시하는 것이다. 그렇지 뭐... 라고, 그 속에 섞인 채 나도 중얼거렸다. 그리고 늦은

여름이었을 것이다. 샤워를 하다 문득, 이별이 인간을 힘들게 하는 진짜 이유를 알 수 있었다. 누군가가 사라졌다는 고통보다도, 잠시나마 느껴본 삶의 느낌... 생활이 아닌 그 느낌... 비로소 살아 있다는 그 느낌과 헤어진 사실이 실은 괴로운 게 아닐까... 생각이 든 것이었다.

생활

생활

생활

쏟아지는 물줄기처럼 영영 이어질 생활과... 어느 순간 배수구 속으로 맴돌며 사라질 허무한 삶... 아니, 삶이 아닌... 생활... 잘 말린 옷을 입고 앉아, 선풍기 앞에서 시원한 참외를 깎아 먹던 그 날 저녁을 잊을 수 없다. 좋지도 나쁘지도 않은 기분이었고, 그저 무료한 마음으로 무료한 드라마를 지켜보던 여름밤이었다. 아무 일 없고, 아무 문제도 없는 생활이지만... 이것이 〈삶〉은 아니라고 참외를 씹으며 나는 생각했었다.

그 여름의 〈생활〉에 관해선 별다른 말을 하고 싶지 않다. 그 저... 길고 지루한 여름이었다. 땀을 좀 흘렸을 뿐이며... 길고 지루한 장마와... 길고 지루한 세일... 그리고 길고, 지루한 인파(人 波)가 삶의 전부였다는 생각이다. 다만 여름을 보내며 나는 내 속에 남아 있는 그녀와 요한을 느낄 수 있었다. 그리움과 안타까움의 대상이 아닌, 말 그대로의 〈그녀〉와 〈요한〉이었다.

그것을 어떻게 표현해야 할까. 이를테면 그녀의 어둠이... 그 어둠의 성분이 내게로 전이된 기분이었다. 예전에 비해 분명 어두워진 성격을 느낄 수 있었고... 또 문득, 마치 요한처럼 생각하고 요한과 비슷한 말투를 쓰고 있는 나 자신을 발견할 수 있었다. 가끔

죽은 왕녀를 위한 파반느

그런 스스로의 모습에 놀라워하다... 또 가끔 그녀의 편지를 꺼내
읽다가

스스로를 수긍하듯 고개를 끄덕일 수 있었다. 함께한 시간 동안
우리는 조금씩 서로를 닮아가고 흡수하고 있었음을... 좋든 싫든,
해서 서로에게 서로가 남아 있음을 나는 느낄 수 있었다. **나**에게
우리가 있다는, 그리고 **우리**에게 **내**가 있을 거란 그 사실이 조금
은 나를 기쁘게 해주었다. 가까스로, 그래서 외롭지 않은 여름이
었고... 커다란 고아원처럼 느껴지던 텅 빈 마루에 누워... 나는 비
로소 내 속의 그녀를 향해 중얼거릴 수 있었다. 나도

잘 지내고 있어.

그리고, 그 여름의 막바지에 요한은 거처를 옮겼다. 장마가 한
창일 무렵 연락을 받았고, 장마가 끝나기 전에 나는 요한을 찾았
다. 우산살이 휠 만큼 비가 온 날이었고, 돌아갈 엄두가 나지 않을
만큼 멀고 불편한 길이었다. 세 번이나 버스를 갈아타고, 길을 걷
고... 다시 산을 올라야 했던 그날 하루를 잊을 수 없다. 서울에서
150km가 떨어진 야산의 중턱에 요양원은 자리하고 있었고, 요한
은... 잘 지내고 있었다. 걷고, 시키는 대로 앉고... 식사도 잘 한다
는 간호사의 설명을 들었으므로 그렇게밖에는 달리 생각할 방법
이 없었다. 혈색이 많이 좋아진 것 같네요, 라고 얘기하자 그렇죠?
라는 표정으로 간호사가 고개를 끄덕였다. 여전히 반응이 없는,
출혈에 따른 산소 부족으로 그저 뇌에 작은 손상을 입었을 뿐인

요한과 함께... 그렇게, 나는 앉아 있었다. 면회실은 너무나 고요
해서 워크맨의 작은 스피커로도 충분히 음악을 들을 수 있을 정도
였다.

> 난 아직도 우리가 함께하거나*
> 나눌 대화가 있었으면 해요.
> 내가 다시 돌아오도록
> 내 마음을 바꿔봐요.
> 우리는 대화도 충분히 나누지 못했잖아요.
>
> 고민하지 말아요, 내 마음을 드리겠어요.
> 고민하지 말아요, 다 괜찮아요.

그러니까 요한도 잘 지내고 있어, 라고 나는 중얼거렸다. 산길을 걸
어 내려오던 우산 속이었는지, 한없이 흔들리던 버스의 뒷자리에
서였는지, 아니면 돌아와 얼굴을 묻던 어둑한 책상에서였는지는
알 길이 없다. 어쨌거나 문득, 내 속에 남아 있는 그녀를 향해 나
는 중얼거렸다. 장마의 마지막 눈물 같은 장대비가 늦도록 새벽까
지 이어지던 밤이었다. 그해의 여름은 그렇게 끝이 났다.

* 밥 딜런의 곡 〈Don't Think Twice, It's All Right〉의 가사 일부

곧 가을이 시작되었지만, 여전한 〈생활〉이 이어지고 있었다. 마땅히 할 애기가 없는 가을이지만, 그 가을의 일부였던 한 여자에 대해서는 어떤 식으로든 애길 꺼내지 않을 수 없다는 생각이다. 말하자면 그해 가을, 나는 또 다른 여자를 만날 수 있었다. 〈그녀〉란 명칭을

그 아이에게도 쓰고 싶지는 않다. 그 아이, 라고 하는 것은 이상하지만... 아무튼 그런 마음이다. 이름을 기억한다면 좋겠지만 그러기에도 너무 긴 세월이 지나버렸다는 생각이다. 그렇다. 그 아이의 이름은 이제 기억나지 않는다. 하지만 무렵에는 분명 이름을 알던 아이였다.

역시나 그 아이가 내 이름을 알았는지도 불분명하다. 분명 한동안은 엉뚱한 이름으로 나를 불렀으니까... 물론 언젠가 알긴 했겠지만, 역시나 지금은 잊었을 거란 생각이다. 뒤돌아보지 않는 데다, 잠시의 망설임도 없는 성격이었다. 그런 성격이나 특징보다 더 기억에 남아 있는 건 내심 내가 붙였던 그 아이의 별명이다. 한 번도 입 밖에 꺼내진 않았지만 나는 군만두, 라고 그 아이를 칭했었다. 그 별명만큼은 지금도 선명하게 기억 속에 남아 있다. 돌이켜보니 조금은 슬픈 별명이 아닐 수 없다.

가을이 되면서 사무실의 분위기는 눈에 띄게 달라져갔다. 삼삼오오 모여 수군대는 남자애들과 조금씩 화장이 짙어지던 여직원

들... 무엇보다 근엄해지고, 젠틀해지고, 도덕적이려고까지 애쓰는 주임의 모습을 볼 수 있었다. 달라질 만한 다른 이유는 전혀 없었다. 오로지 그 아이... 그러니까 군만두가 나타나면서부터다. 원래 별관에서 일을 하던 아이였는데 다른 두 명의 동료와 함께 본관으로 지원을 오게 되었다.

예쁘다.

자기소개를 하던 그 순간 고요 속에서 술렁이던 모두의 얼굴을 잊을 수 없다. 질투와 부러움이 번지는 여직원들의 얼굴과, 단체로 입을 벌리고 선 남자애들... 고령임에도 불구하고 한 마리 사슴을 닮고자 하는 주임의 눈웃음을 볼 수 있었다. 아닌 게 아니라 그 정도의 그룹에서는 확실히 눈에 띄는 미모였다. 다들 잘 부탁드려요! 그리고 쾌활한 성격이었다. 아니 그보다는, 그런 사람들의 반응에 매우 익숙한 아이라는 느낌을 나는 지울 수 없었다.

결코 나쁜 성격은 아니었지만, 대부분의 미녀들이 그렇듯 – 자신의 미모를 통해 무엇을 얻을 수 있는지를 – 너무나 쉽고, 빠르게 파악하는 아이였다. 이를테면 짐을·나르다가도 아, 힘들어 하는 표정으로 갑자기 쪼그린 채 울상을 짓는 것이다. 그러면 다투어 (분명 그런 느낌이었다) 주변의 남자애들이 짐을 들어주는 것이다. 어머 무거운데 괜찮아요? 라고는 해도... 혹은 무슨 남자가 힘이 그렇게 없어요, 따라가며 핀잔을 주는 것도 보았으나 나로선 관여할 바가 아니었다. 어쨌거나 다들 즐거워하는 얼굴이었고... 그런 거지 뭐, 싶은 마음이었다.

　종종 사무실을 휴게실처럼 사용하는 모습도 볼 수 있었다. 아휴 다리 아파, 하고 들어와서는 그대로 한두 시간 주임과 인생상담(딱히 다른 표현을 찾지 못하겠다)을 하는 것이다. 유독 진지해지던 주임의 표정과 싸늘히 식어 있던 커피 잔... 더러 퇴근시간이 될 때까지 이어지던 황금의 카운슬링을 잊을 수 없다. 그 순간 말이야, 결정을 내려야 했던 거지. 거 머시냐, 삶이냐 죽음이냐의 뒤안길(아마도 갈림길을 더 멋지게 말하려 한 게 아닐까 싶다)에서...

　폭탄을 발견한 순간을 떠올리는 주임의 눈빛도, 어머 주임님 진짜 대단하시다... 맞장구를 쳐주던 군만두의 표정도 그리 쉽게는 잊지 못할 것이다. 뒤따라 두세 명의 여직원이 가세라도 할 때엔 느닷없이 떡볶이 파티가 벌어지기도 했었다. 다시 말해 사무실은, 무척 화기애애한 곳으로 변해 있었다. 자네도 와서 좀 먹지 그래? 됐네요. 미녀를 바라보는 세상의 남자들은

　마치 킹콩과 같은 존재라고 나는 생각했었다. 시키지 않아도 엠파이어스테이트를 오르고, 가질 수 없어도 자신의 전부를 바친다. 자신의 동공에 새겨진 한 사람의 미녀를 찾아 쿵쾅대며 온 도시를 뛰어다닌다. 어떤 악의(惡意)도 없지만 그 발길에 무수한, 평범한 여자들이 상처를 입거나 밟혀 죽는다. 실제의 삶도 다를 바 없다. 빌딩을 오르고 떨어져 죽는다 한들, 미녀가 어깨를 기대는 남자는 따로 정해져 있다. 그것이 인간이 만든 세상이다. 전기와, 전파와,

원자력을 사용한다는... 게다가 민주주의라는... 인간의 세상인 것이다.

왜 일을 안 하지? 누구도 그 아이의 등을 떠밀지 않았고, 어느 누구도 그 아이를 미워하지 않았다. 오히려 얼마 안 가 여직원들의 구심점 같은 존재가 되어버린 느낌이었다. 수다를 떠는 중심에도, 어울려 몰려다니는 무리의 중심에도... 언제나 군만두가 빛을 발하며 서 있었다. 요한이 말한 〈빛〉이었다. 주변의 부러움이 모이고 모인, 실은 주변 각자의, 조금씩의 빛.

결코 낯설지 않은 구도라고 나는 생각했다. 남자들의 세계와 비슷하구나, 힘이 센 놈을 중심으로 질서가 편성되는 남자아이들의 세계를 나는 떠올렸다. 우열을 가리고 굴복하는... 또 곁에 붙어 다니면 자신의 힘도 강해지는 듯한 그 착각을 이해할 수도 있을 것 같았다. 그런 몇몇이 모이면 더 대담해지는 효과도 닮아 있었다. 심심찮게 그 무리의 쇼핑담을 들을 수 있었고, 나중에는 월급의 대부분을... 혹은 더 많은 돈을 쇼핑에 쓴다는 사실도 알게 되었다.

어쨌거나 사무실은 정말이지 그럴 듯한 곳이 되어갔다. 뭐랄까, 순식간에 반 평균이 쑤욱 올라간 느낌이었고... 쇼핑... 쇼핑... 쇼핑... 이 정도는 걸쳐야, 이 정도는 발라야, 그리고 결국... 이 정도는 고쳐야 – 로 스펙의 평균도 상승해 버린 것이었다. 세상도 마찬가지였다. 마침 〈중산층〉이란 단어가 한창 사회의 이슈가 되던 무렵이었고... 이 정도는 몰아야... 이 정도는 벌어야... 결국 이 정도는 살아야 – 사는 구나, 소리를 듣는 세상이었다. 평균을 올리는 것은 누구인가. 그것을 부추기는 것은 누구이며, 그로 인해 힘들어지는 것은 누구인가... 또 그로 인해... 이익을 보는 것은 누구인가, 나는 생각했다. 자본주의의 바퀴는 부끄러움이고, 자본주의의 동력은 부러움이었다. 닮으려 애를 쓰고 갖추려 기를 쓰는 여자애들을 보며 게다가 이것은 자가발전이다, 라고 나는 생각했다. 부끄러움과 부러움이 있는 한

인간은 결코

자본주의의 굴레를 빠져나가지 못한다. 군만두, 라는 단어가 떠오른 것은 세일이 끝나고 한가해진 어느 평범한 날의 오후였다. 평범했던 일상이 갑자기 특별해진 것은 당시의 톱스타였던 여배우 하나가 백화점을 찾았기 때문이었다. 주임의 심부름으로 2층 매장을 들렀다 그 사실을 알게 되었다. 매장마다 기웃 기웃 고개를 내민 직원들과, 옷을 고르는 여배우의 주변에 몰려 있던 사람들... 배시시 몸을 꼰 채 특하나 가장 가까이 서 있던 그 아이의 모습을 볼 수 있었다. 어쩐지 그것은 슬픈 풍경이었다. 뭐랄까, 양장 피며 팔보채를 시켰을 때 서비스로 나온... 그러나 좀처럼 눈길이 가지 않는... 그러니까 그저 성의로 받아주세요, 하는 느낌의

군만두를 보는 기분이었다. 같은 미녀라고는 해도, 즉 전체적인 비율이며 세세한 부분에서 그 정도의 차이가 〈눈으로〉 보여지는

것이었다. 부끄러워하고, 부러워하는 군만두의 표정도 볼 수 있었다. 평소에는 군만두를 향해 있던 여직원들의 시선도 여배우를 향해 있었다. 용무를 마치고 지하로 내려가면서... 그러고 보니 예전엔 만두 하나만을 메인으로 팔던 만두집들이 꽤나 있었다는 생각을 나는 했었다. 드높이 쌓여 있는 찜통과 그곳에서 피어오르던 연기... 그 자체로도 서비스가 아니라 하나의 요리였던 군만두를 나는 떠올렸었다.

평균을 올리는 것은 누구인가, 그로 인해 힘들어지는 것은 누구이며, 그로 인해 이익을 보는 것은 누구인가... 다시 한 번 나는 생각해야 했다. 전기와 전파와 원자력을 쓴다고 해도, 결국 인간은 한 마리의 고릴라와 같은 것이다. 올라간다 한들, 엠파이어스테이트의 꼭대기에서 고릴라가 할 수 있는 일은 무엇일까? 우워어 경치가 좋군... 그런 걸까? 배시시 지하 4층까지 따라내려와 기어코 사인을 받는 군만두를 보며 나는 생각했었다. 세상의 여자들도 실은 킹콩과 같은 삶을 살아야 한다. 이봐 콩(Kong), 거긴 너가 살던 집이 아니야. 세상의 만두집들은

사라진 지 오래야.

퇴근을 하고 나는 다시 그 여배우의 얼굴을 봐야만 했다. 대형 빌딩을 이용한 옥외광고가 처음으로 붐을 일으킨 무렵이었다. 둘러보니 그들은 어디에나 있었다. TV와 신문, 잡지와 스크린... 어쩔 수 없이 봐야만 하는 거대한 얼굴 앞에서 오늘 저 언니의 사인

을 받았지 뭐야, 기뻐할 군만두의 얼굴도 겹쳐 떠올랐다. 분명 저 언니가 구입한 옷과, 저 언니의 색조화장과, 저 언니가 신은 구두까지도 눈여겨보았을 표정이었다. 또다시 그 옷을 입은 군만두와, 엇비슷한 화장과, 구두를 눈여겨볼 주위의 아이들을 나는 떠올렸어야 했다. 세상의 평균은 그렇게 또 한 치 높아진다. 세상은 과연 발전한 것인가, 나는 의구심을 품지 않을 수 없었다.

고대의 노예들에겐 노동이 전부였다.
하지만 현대의 노예들은 쇼핑까지 해야 한다.

대학을 나와야 하고, 예뻐지기까지 해야 한다. 차를 사야 하고, 집을 사야 한다. 이런 내가, 대학을 가는 순간 세상의 평균은 또 한 치 높아진다. 이런 내가 차를 사는 순간에도... 하물며 집을 사게 된다면 세상의 평균은 또 그만큼 올라갈 것이다. 왜 몰랐을까, 나는 생각했다. 누군가를 부러워하는 이 순간 세상의 평균은 올라간다. 누군가를 뒤쫓는 순간에도 세상의 평균은 그만큼 올라간다 나는 생각했었다. 누군가

누군가의 외모를 폄하하는 순간, 그 자신도 더 힘든 세상을 살아야 한다. 그렇게 예쁜가? 그렇게 예뻐질 자신이... 있는 걸까? 누군가의 학력을 무시하는 순간, 무시한 자의 자녀에게도 더 높은 학력을 요구하는 세상이 주어진다. 아, 그렇겠지... 당신을 닮아, 당신의 아들딸도 공부가 즐겁겠지 나는 생각했었다. 사는 게 별건가 하는 순간 삶은 사라지는 것이고, 다들 이렇게 살잖아 하는 순

간 모두가 그렇게 살아야 할 세상이 펼쳐진다. 노예란 누구인가? 무언가에 붙들려 평생을 일하고 일해야 하는 인간이다.

자본주의는 언제나 영웅을 필요로 한다. 잘 좀 살아, 피리를 불 누군가를 필요로 하기 때문이다. 자본주의는 언제나 스타를 내세운다. 좀 예뻐져 봐, 피리를 불 누군가가 반드시 필요하기 때문이다. 피리를 불어주세요, 더 멋지게... 피리를 불어주세요, 더 예쁘게... 쫓고 쫓기는 경쟁은 그 뒤에서 시작된다. 서로를 밀고 서로를 짓밟는 경쟁도 그 뒤에서 일어나는 일들이다. 하멜른의 어떤 쥐들도 피리 부는 자를 앞서 뛰진 못했지 — 큰 쥐, 작은 쥐, 홀쭉한 쥐, 뚱뚱한 쥐, 근엄하게 터벅터벅 걷는 늙은 쥐, 명랑하게 깡충깡충 뛰는 어린 쥐. 가족끼리 열 마리씩, 스무 마리씩 쥐란 쥐는 죄다 피리 부는 사나이를 쫓아갔어. 그러고는 깊디깊은 베저 강에 빠져버렸지.* 그런 생각에 빠져 길을 걷다가도

문득, 그녀가 보고 싶어지던 가을이었다. 흔들리는 버스의 창에 이마를 기댄 채... 나는 그녀를 떠올리거나, 잠시 곤한 잠에 빠지고는 했었다. 차고 기우는 저 달처럼... 그리움도 그렇게 차고 기우는 것이었다. 이제 내려야 하므로, 그래서 미리 벨을 눌러주면서도 나는 그녀가 보고 싶었다. 버스가 멈춰 서는 그 느낌, 손잡이를 잡고 땅에 내려서는 그 느낌처럼... 그것은 나를 멈칫하게 만드는 감정이었다.

---

* 영국 빅토리아 시대의 시인 로버트 브라우닝이 쓴 『하멜른의 피리 부는 사나이』의 한 대목

그런 순간이면 말없이, 주머니에 손을 찌른 채 나는 속으로 중얼거렸다. 저도 잘 지내고 있어요, 나도 잘 지내고 있어… 마음의 협곡을 돌고 돌아, 또 어김없이 돌아오던 내면의 메아리를 잊을 수 없다. 나는 어디에 있는가, 그녀는 또 어디에 있을까… 어디로 가는 건가, 우리는 어디로 가고 있는가… 거대한 쥐떼처럼 흘러가는 밤의, 검은 강물을 바라보며 나는 생각했었다. 그런 순간만큼은, 어떤 피리소리도 들리지 않는 고요한 밤이었다.

군만두에 관한 얘기를 차례차례 써나가는 일은 쉽지가 않다. 그건 마치 단 한 곡의 골든 히트가 담긴 20년 전의 LP를 떠올리며, 그런데 B면의 곡들이 뭐였더라? 1, 2, 3, 4, 5 숫자를 적어 놓고 기억을 쥐어짜는 기분이기 때문이다. 스무 살 때의 기억이고, 게다가 무관심했던 상대에 대한 기억이다. 골든 히트의 가사를 지금도 외우듯 그녀와, 그녀에 관한 일들은 세세하게 떠오르지만… 군만두에 얽힌 일들은 무엇 하나 정렬이 되지 않는다. 그런 이유로

단편적인 멜로디나 언뜻 떠오른 제목의 일부… 말하자면 그런 기억의 조각들을 모아 그해의 가을을 얘기해 보고자 한다. 시작과

끝을 제외하고는 모든 순서가 뒤죽박죽이겠지만 어쩔 수 없는 일이란 생각이다. 누구도, 인생의 전부를 기억할 수는 없다. 물리적인 시간의 조건은 같다 해도, 결국 기억이란 이름의 앨범 역시 단한 곡의 골든 히트를 남길 뿐이다. 그런, 이유다.

한동안 그 아이와 가까이 지내게 된 동기에 대해선 지금도 정확히 알 수 없다. 가까웠다 라는 말을 쓰기도 뭣하지만, 어쨌거나 그랬다는 생각이다. 우선 나 자신이 그다지 신경을 쓰지 않았고... 무엇보다 일방적인 접근이었다는데 그 원인이 있을 것이다. 아니, 돌이켜보면 조금은... 그 아이가 나를 좋아하지 않았나 하는 생각이다. 어쨌거나 지난 일이다. 그리고 어쨌거나

그해 가을의 일이었다. 어느 날인가 근무 위치를 지키며 우두커니 앉아 있을 때였다. 한가한 오후였고, 자리다툼을 하던 몇 대의 봉고차가 서둘러 주차장을 빠져나간 직후였을 것이다. 커다란 박스 하나를 들고 가던 군만두가 갑자기 벤치 앞에서 박스를 내려놓았다. 아아 무거워. 때문에 빤히, 1미터도 안 되는 거리에서 허리에 한 손을 얹은 〈힘든〉 얼굴을 대면해야 했다. 현기증이 인다는 듯 그 아이는 짧은 한숨을 쉬었고, 그래도 반응이 없자 천천히 주위를 둘러보는 척 나와 눈을 마주쳤다. 한동안 그렇게, 둘의 시선은 고정되어 있었다.

그래서 뭐, 어쩌라고?

주머니에 두 손을 찌른 채, 나도 모르게 그런 소리가 터져나왔다. 왼발은 까닥까닥 〈소나기가 내릴 거야〉*의 박자를 짚고 있던 중이었다. 화들짝 놀라는 두 눈과, 귀밑까지 빨개지던 군만두의 얼굴이 떠오른다. 뭔가 자존심을 다쳤다는 표정으로 지그시 입술을 깨물었고, 두 눈은 여전히 나를 노려보고 있었다. 몸이... 아파서 그래! 정말이지 이마를 짚는 연약한 흰 손을 보며 풋, 나는 냉소를 흘렸었다. 뭐... 백혈병이냐?

번쩍 박스를 들고 일어나 또각또각 엘리베이터까지 걸어가던 군만두의 뒷모습이 지금도 생각난다. 인간의 뒷모습에도 표정이 있음을, 온몸으로 표현하는 〈두고 보자〉의 목소리를 나는 또렷이 느낄 수 있었다. 왜 그랬을까, 약간의 후회가 들기도 했지만 곧 그런 기분조차도 잊고 말았다. 아마 바로, 그날이었을 거란 생각이다. 모처럼 제시간에 퇴근을 했고 뭘 할까... 켄터키의 옛집이나 들러보자는 생각으로 백화점의 뒷문을 나서던 순간이었다.

이봐요, 송병구 씨!

내 이름은 송병구가 아니었지만, 주변에 사람이 없었으므로 마치 누군가 나를 부른 느낌이었다. 얼핏 돌아보니 군만두가 서 있었다. 팔짱을 낀 채 생글생글 웃고 있었고, 분명 나를 지목해 쳐다보고 있었다. 어디 가? 조금은 당황했던 게 사실이지만 태연한 척

---

* 〈The Freewheelin'〉 앨범에 수록된 밥 딜런의 곡 〈A Hard Rain's A-Gonna Fall〉

술 마시러 가, 라고 나는 답해 주었다. 따라가도 돼? 왠지 무척 지기 싫어하는 성격이란 게 느껴지는 말투였다. 맘대로 해, 중얼거리자 이내 바싹 군만두가 등 뒤로 따라붙었다. 그리워라 켄터키 옛집까지... 내용물을 알 수 없는 박스 하나를 무겁게 들고 가는 기분이었다.

걸음을 걷다 보니 송병구란 이름에 대해서도 짐작이 가는 바가 있었다. 사무실에 붙어 있는 조직 현황표를 봤구나... 형식적으로 작성해 놓은 오래전의 현황표에서 내 위치를 확인했을 거란 생각이 들었다. 어쨌거나 대단한 자신감이었다. 그렇게 사람을 불러 세우는 것도, 또 무작정 이름을 부르는 것도... 아아 무거워하는 것도... 따라가도 돼? 하는 것 역시도 마찬가지가 아닐 수 없었다. 주임님 우리 떡볶이 먹어요... 언제 어디서든 그래도 되는 세상을 이 아이는 살아왔겠지, 라고 나는 생각했었다. 미녀가 싫다기보다는

미녀에게 주어지는 세상의 관대함에 나는 왠지 모를 불편함을 느끼고 있었다. 뭐랄까, 그것은 부자에게 주어지는 세상의 관대함과도 일맥상통한 것이란 기분이 들어서였다. 관대함을 베푸는 것은 누구인가, 또 그로 인해 가혹한 삶을 살아야 하는 것은 누구인가... 나는 생각했었다. 나 역시 무작정 그들에게 관대했던 인간이었고, 그로 인해 가혹한 삶의 조건을 갖추어야 할 인간이었다. 불쾌했다기보다는

이상할 정도로

쓸쓸한 마음이었다.

아깐 미안했어, 라고 말하며 나는 군만두의 잔에 살짝 잔을 부
딪혀주었다. 조금은 편해지던 그 아이의 얼굴과... 집이 이 근처
야? 라던 질문, 정도를 기억하고 있다. 아니, 왜? 그런데 왜 여기
까지 와서 마시는 거야? 좋은 데도 아닌데. 나한텐 좋은 데야. 여
기 자주 와? 거의 매일, 아니면 한동안 안 오거나 그래. 그리고 주
로 그 아이의 얘기를 들어주었다. 말하자면 애초부터

나는 쓸쓸한 벽 하나를 세워둔 채 그 아이를 만났다는 생각이
다. 분명 나쁜 아이는 아니었고, 오히려 장점이 많다고도 말할 수
있는 아이였다. 하지만 벽, 너머의 아이였다. 몇 잔의 맥주가 돌고
나자 야, 송병구! 쉽게 이름을 외치며 친해지는 성격이었고, 앞으
로 잘 해 두고 보겠어! 를 외치는 귀여운 면도 지닌 아이였다. 즉

문제는 내게 있었다. 말없이 턱을 괸 채 정작 이름이 틀렸다고
도 말해 주지 않았고, 좋게 잘 지내자는 말에는 그렇다고 짐을 들
어달라거나 하진 말아줘, 퉁명스레 대꾸했었다. 치, 하고 군만두
는 입술을 내밀었다. 그러니까 그... 볼을 조금 부풀리고 입술을
오므리는... 약간 무리하면서도 쉽게 귀여워질 거라 믿는 그 표정
도 여러 모로 불편했다는 생각이다. 안 가? 하고 아마도 그 아이가
물었거나... 먼저 가, 계산은 내가 할 테니까. 이를테면 그런 정도
의 대답을 했을 거란 생각이다. 아니, 어쩌면 함께 호프를 나와 백
화점까지 어둑한 길을 걸었던 것 같기도 하다. 어쨌거나 몇 번 더

치, 소리를 들은 것은 확실하다. 치, 치

　하면서도 종종 군만두는 켄터키의 옛집을 들렀었다. 주로 귀찮을 때가 많았지만, 때로 어이 송병구! 하는 그 목소리에 외롭지 않았다... 고도 말할 수 있는 가을이었다. 돌이켜보면 그 창가에서, 나는 줄곧 누군가를 기다렸다는 생각이다. 아마도 그런 시기였으므로, 자리를 피하지도 술집을 옮기지도 않았다는 생각이다. 외로움은 때로 인간을 관대하게 만들어주는 것이었다.

　만약 내가 군만두를 먼저 만났더라면, 나는 별다른 이유 없이 그 아이와 가까운 사이가 되었을지도 모를 일이다. 인생의 향방 역시 몹시도 다른 포물선을 그리고 또 그렸을 것이다. 그녀를 발견하지 못했을 수도, 그녀의 편지를 받지도 못했을 것이다. 송어와 숭어의 차이를 알지 못한 채, 들어달라는 짐을 들어주며... 또점점 부피가 커지는 짐의 무게를 견뎌가며 끝끝내 흔한 인생을 살았을지도 모를 일이다. 아무리 관대하게 생각해 보아도

　인생은 어쩔 수 없이 이상한 것이다.

　넌 뭐가 될 건데? 언젠가 느닷없이 그런 질문을 받은 적이 있었다. 소설가라는 막연한 희망을, 아마도 단호하게 나는 힘주어 말했을 것이다. 우와~ 하고 소리치던 군만두의 표정도 생각이 난다. 잡지서 봤는데 베스트셀러 작가만 되면 떼돈 번대더라, 너 소설 잘 써? 한동안 말없이 두 눈만 깜박였던 기억도 떠오른다. 그

아이의 화법에는

  언제나 그런 묘한 구석이 자리잡고 있었다. 말하자면 너무나 직
설적이고 현실적이어서, 도리어 상대의 말문을 막히게 만드는 것
이었다. 물론 모두가 엄연한 사실이다. 베스트셀러 작가가 되면
돈을 버는 것도, 소설가가 되려면 소설을 잘 써야 하는 것도 당연
한 일이겠지만... 그렇다고 당근 빠다지 난 기필코 베스트셀러 작
가가 될 거야, 라고 말할 수 있는 인간이 과연 있을까 나는 생각했
었다. 그렇다고 반어법을 쓴다면... 즉 베스트셀러 작가 따윈 되고
싶지 않아 라거나, 그렇게 잘 쓰는 편은 아니야 라고 했다간

  그 즉시

  그럼 별 볼 일 없네 뭐~ 같은 반응을 충분히 예상할 수 있는 성
격이었다. 그런 이유로, 나는 결국 집어쳐! 라거나 그런 말 같지도
않은 소린 꺼내지도 마, 와 같은 답변을 선택했다는 생각이다. 피!
치! 흥! 예컨대 그런 파열음이나... 뭐가 말이 안 되는데? 따지는
편이 나로선 상대하기가 오히려 수월했기 때문이었다. 생각도 대
화도, 그리고 꿈도 지극히 현실적인 아이였다. 내 꿈은 매니저야.
매니저? 응, 매니저가 되면 월급도 얼마나 오르는데. 의류 코너 언
니들과는 그래서 특별히 친하려 애쓰는 편이야. 나 그쪽 일은 정
말 자신 있거든.

  몹시도 구체적이고 실현 가능한 꿈이었다. 또 얘길 들어보니 문

제의 언니들 중에는 모두의 부러움을 사는 선망의 대상들도 여럿 있었다. 고가의 옷을 사는 것도 구두를 사는 것도, 주말이면 나이트를 가는 것도 언니들과 함께였다. 화장실도 같이 간단 말이야. 화... 장실을 왜 같이 가는 거지? 왜 라니? 친하니까 같이 가는 거지. 알 수 없는 여자들의 세계에 대해 주로 함구하는 편이었지만

그런데 그렇게 생활이 돼? 월급만으로 말이야, 주제 넘는 질문을 던질 때도 있었다. 무리 해서라도 사는 거야. 그건 투자니까... 즉 자신을 위한 투자지. 투자... 라고? 그럼, 대우가 얼마나 달라지는데. 몰라? 여자는 꾸미기 나름이란 거. 즉 어느 정도 레벨이 있어야 그 레벨의 남자들도 눈길을 주거나 하는 거라구. 내 처지가 이렇다고 투잘 하지 않으면 결국 평생 그 레벨로 사는 거니까... 집값 오르는 거 봐. 무리 해서라도 사두면 절반이 빚이라도 프리미엄이 붙게 되잖아. 그럼 되팔고 더 큰 집을 살 수 있는 거랑 비슷한 거지. 빚도 재산이란 말 몰라?

몰랐다.

언니들과 함께 화장실을 가야만 배울 수 있는 놀라운 지식 앞에서 나는 때로 멍한 기분이 되기 일쑤였다. 이건 비밀이니까 아무한테도 얘기하지 마 알았지? 뭐가? 엘리베이터 모는 언니 중 한 사람은 룸에 나가. 룸? 룸 몰라? 룸살롱... 그러니까 몇 배로 더 버는 거지. 그 언니도 빚이 많아. 그런데도 더 쓰는 거지. 그 언니 말이 빚은 조금씩 갚는 게 아니라 한 번에 다 갚는 거래. 알아? 레벨

을 높여 그만큼 좋은 남잘 만나는 거라구. 거기 나가는 걸 넌 어떻게 알아? 나한테 살짝 얘기해 줬으니까 알지. 혹시 너도 일해 볼 생각 없냐고 그랬거든. 그렇다면, 하고 나는 말했다. 좋은 기회네, 투자를 위해서 말이야. 좋은 기회는 무슨! 난 그런 여자 아니란 말이야. 뭐... 무릴 해서 집을 사는 것과 같은 거잖아? 아 증마알~ 하고 눈을 흘기던 그 아이의 표정도 생각난다. 그나마... 그래도 그런 여자는 아니라는 생각으로

대개가 스스로의 도덕성을 확보하던 시절이었다. 그래도 그렇게 살아가는 사람들과, 그래도 그렇게는 살지 않는 사람들... 그래도 같은 방향으로 달려가는 사람들의 얘기 속에서... 나는 문득 그녀를 떠올렸었다. 세상엔 분명 그러나 그렇게 살 수 없는 사람들이 존재하는 것이었고, 나도 그녀도 그런 사람들 중의 하나였다는 생각이다. 편지 속의... 잘 지내고 있다는 그녀의 말에 대한 믿음이, 그래서 점점 옅어져 감을 느낄 수 있었다. 정말 잘 지내고 있는 거야? 마음속의 누군가를 향해 나는 그렇게 물었고 실은 나도... 하고 답장을 쓰는 기분으로 속삭였었다.

잘 지내지 못해.

물끄러미 바라보던... 〈희망〉이 사라진 창밖의 어둠과, 깜박이지도 철자가 틀리지도 않은 번듯한 입간판과... 그녀가 사라진 그 자리에서... 뭐해? 무슨 생각하는 거야? 눈을 깜박이며 처다보던 번듯한 얼굴도 다시 눈앞에 떠오른다. 너 지금 여자 생각한 거지?

320

누구야? 애인이라도 있는 거야? 그걸... 어떻게 알았을까, 조금은
당황스런 기분이었지만 내색을 하거나 하진 않았다. 나는 말없이
군만두를 쳐다보았고, 군만두는 이미 그것을 긍정의 뜻으로 느끼
는 눈치였다.

그렇구나, 없는 줄 알았는데... 대수롭잖다는 듯 군만두는 고개
를 한 번 갸웃했고, 이내 그런 언니들이며... 그래서, 그래도 의사
를 물었다거나... 잘나가는 증권회사의 팀장을 만났다거나... 어
쨌거나 그래서 결혼을 잘한 얘기들이며... 그런데 이를테면 누구
는 바람을 폈다거나, 사랑한다고 해놓고는 사랑해 주지 않는다거
나... 이를테면 글쎄 생일인데도 그냥 넘어갔다거나, 혹은 그 언니
가 아픈데도 신경을 써주지 않았다거나... 아무튼 남자들은 다 똑
같다는 얘기들을 늘어놓고는 휴, 하고 긴 한숨을 내쉬었다. 골똘
히 무슨 생각을 하는 듯했지만, 형들과 함께 화장실을 다니지 않
은 나로선 도무지 알 길이 없는 표정이었다. 저기... 하고 금이 간
테이블 모서리를 살짝 긁어보던 그 아이의 손톱과, 거기 칠해진
자주색의 매니큐어와... 그 위에 반사되던 흐릿한 조명의 작은 잔
광도 생각이 난다. 예뻐? 그러니까... 그 여자 예뻤어? 하고 군만
두가 물었다. 뜻밖의 질문이긴 했지만 나는 무덤덤하게 남은 맥주
를 들이켰었다. 작은 폭으로, 조명을 흔들듯 움직이는 손톱을 바
라보며 나는 조용히 대답을 들려주었다.

예뻤어.

화장실을 다녀오자 계산을 하고 있는 군만두의 모습을 볼 수 있었다. 왜 그래 내가 낼 건데, 하자 아니야 오늘은 내가 낼게 라며 지폐를 건네버렸다. 별 말 없이 나와 별 말 없이 걸어가던 그 밤길은 기억이 또렷하다. 거의 백화점이 가까워진 아파트 단지를 지날 때였다. 그런데... 왜 헤어진 거야? 조심스런 목소리로 군만두가 물었다. 모르겠어, 라고 대답을 하긴 했지만 실은 모르겠다고도, 이유를 안다고도 말할 수 없다 나는 생각했었다. 막상 누군가로부터 그런 질문을 받고 나자 누군가를 사랑하는 일도, 누군가와 헤어지는 일에도

실은 정확한 이유가 없는 게 아닌가 생각이 들어서였다. 많이 좋아했나 보네, 하고 군만두가 중얼거렸다. 글쎄, 하고 나는 그녀를 떠올리다가... 그런데 무슨 상관이지? 군만두를 향해 되물었었다. 아니, 그냥... 여자들은 원래 그런 게 궁금하거든. 그래서 여자들은, 원래 그런 걸 궁금해 하나 보다 생각했었다. 돌이켜보면 아무것도 모르던 나이였지만, 그럼에도 불구하고 모든 걸 알고 있다 여기던 시절이었다. 완벽한 사랑은 없는 거야, 완벽한 사람이 없듯이 말이야... 아마도 그래서라고 생각해, 말은 했지만

또 그 순간 그런데 과연 나는 그녀와 헤어진 것일까, 생각도 드는 밤이었다. 밤하늘의 공기가 싸늘해져 갈수록 그리움의 온도는 서서히 올라가던 가을이었다. 그날의 달을 말없이 바라보면서 나는 그녀를 생각했었다. 반달이라고도 초승달이라고도 할 수 없는... 부러진 손톱처럼 보이기도 하던, 그냥 그대로의 달이었다.

바르지 마, 바르면 더 웃겨.

그래서 한 번도 매니큐어를 바르지 못했을 그녀의 손톱을 떠올렸었다. 다시 한 번 그녀를 만날 수 있다면 평범한 색일지언정 작은 매니큐어 하나를 선물해 주고 싶었다. 별다른 말이 아니라 해도... 그리고 그저, 좋은데? 라고 말해 주고 싶었다. 그럴 수만 있다면, 하는 생각에 이르자 갑자기 조금 눈시울이 뜨거워졌다. 죽기 전에 드는 인간의 후회란 것도 어쩌면 그저 좋은데? 와 같은 말 한마디를 못했기 때문이 아닐까도 생각했었다. 그런데 말이야... 하고 군만두가 속삭였다. 나... 이쁘지 않아?

예뻐, 하고 나는 간단하게 답해 주었다. 그런데 왜 그런 걸 묻는 거지? 아니 그냥... 확인해 보고 싶어서. 인간은 과연 이상한 것이라고 나는 생각했었다. 끝없이 비교하고 확인해야 마음을 놓을 수 있다. 다함께 피리소리를 쫓아가면서도 난 저렇게는 살지 않아, 스스로를 믿고 있다. 휴가를 나왔던 친구의 말도 떠올랐다. 자갈을 다 닦고 나니 선임하사가 뭐라는지 알아? 뒤집어서 다시 닦으래. 뒤집어서? 그래 뒤집어서 뒷면까지 반들반들하게... 상병들은 일병들을 나무라고 일병들은 또 이병들을 재촉하지. 그래서 반들반들해진 진입로를 쳐다보는 것도 나름 장관이었다니까. 그리고 후, 담배를 꺼내 문 친구가 연기를 뱉으며 말했었다. 그런데 사단장은 말이야... 헬기를 타고 오더라고. 그러니까 진입로 따위 볼수도 없었던 거지.

매우 무더운 날이었는데... 문득 말이야, 그런 생각이 들더라고. 그러니까 스타는 따로 있는 거야. 헬기를 타고 오고 그저 단상에 앉아만 있어도 다들 사열한 채 스타는 좋겠다... 부러워하는 거지. 그러니까 화가 나더라고. 스타에 오를 리도 없는데 일병 7호봉이 되었다는 둥, 상병을 달았다는 둥... 군대에서 2개월 차이면 하늘과 땅이라는 둥 서로를 비교하고 위치를 확인하는 이 생활이 말이야. 어차피 자갈이나 닦으면서 내가 더 잘 닦는다는 둥, 누가 더 빨리 끝냈다는 둥... 그래서 이제 곧 병장을 다니 어쩌니... 사단장이 볼 땐 그런 게 진급으로 보이기나 할까? 말하자면 그런 거지. 물론 연설이야 그렇게 하겠지. 수고가 많다는 둥, 장병 여러분이 자랑스럽다는 둥...

그래서 문득 세상도 이런 게 아닌가 생각이 들었던 거야. 좋은 대학을 갔다는 둥, 너는 대린데 나는 과장이라는 둥... 뭘 해서 몇 억을 벌었다는 둥, 이번에 마흔다섯 평으로 이사 갔는데 집들이 올래? 라는 둥, 쟤보다는 내가 확실히 더 예쁘다는 둥, 어머 너도 나이 드니 주름살이 보인다는 둥, 지난번 동창회 때 누구는 무슨 백을 들고 나왔다는 둥, 이게 무려 몇 캐럿인 줄 아냐는 둥, 나도 이제 땅부자라는 둥... 그러니까 〈스타〉를 단 인간들이 내려볼 때는 그런 게 재산으로 보이기나 할까? 또 그런 게 미모로 보이기나 할까 이 얘기지. 군 생활이 그렇더라고... 사병을 괴롭히는 건 같은 사병들이야. 그리고 사병에 가까운 장교들이지. 비교하고 우위를 정하고 무시하고 과시하는... 어쨌거나 전역을 하고 나면 아무

상관없는 일이잖아. 누가 진급이 빠르고 누가 선임이었건... 길에서 마주친 영감탱이가 사단장이건 누구건... 마치 전역을 하듯 그리고 어떤 삶도 결국엔 죽음에 이르는 거잖아. 그래서 문득 그런 생각을 하게 된 거야. 이게 도대체

뭐하는 짓일까?

라고 말이야. 세상은 과연 그런 것이란 생각을 나도 지울 수 없었다. 밟고 밀치고 앞서고 따돌리고... 쥐를 죽이는 건 함께 뛰는 쥐들이고, 피리를 부는 자는 결코 뒤를 돌아보지 않는다. 살찐 쥐도 앞선 쥐도 재빠른 쥐도... 피리를 부는 자에겐 언제나 다 같은 쥐들일 뿐이니까. 결국 아무리 서로를 비교한다 해도, 다 이 뛰는 쥐들은 다 같은 쥐들일 뿐이라고 나는 생각했었다. 다들 이렇게 살잖아... 그리고 이 삶을 〈다수결〉이라 믿고 있는 것이다. 정말이지 이 삶은...

뭐하는 짓일까? 말하자면 늘 그런 기분이었다. 따라 뛰는 느낌... 끝없이 따라, 뛰어야 할 것 같은 느낌이 들었던 것이다. 얘기를 나누면 나눌수록, 그래서 점점 명한 표정으로 군만두를 바라보게 되었다. 관점의 차이를 느끼기는 그 아이도 마찬가지였을 것이다. 달리는 인간의 눈에 비친 서 있거나 걷는 인간의 시선 역시 이상하고

이상했을 거란 생각이다. 난 말이야... 매우 이상한 일이라고 생

각해. 뭐가? 내가 볼 땐 그래, 그래서 경제력이 좋은 남자를 만난다거나 그런 일들... 그러니까 일단은 그래서 눈에 들어온다는 얘기지. 직업을 본다거나 집안을 따진다거나... 말하자면 그런 배경이 있어야 오우, 케이 하는 거잖아. 그러니까 그에 맞는 결혼을 한다거나 그에 따른 윤택한 출발을 하는 일은 사랑이 아니라 영리활동(營利活動)이란 얘기지. 그것이 좋고 나쁘고의 얘기가 아니라... 뭐랄까, 그런 활동을 통해 어쨌거나 그만큼의 이익을 얻은 거잖아. 그럼 된 거 아닌가? 사랑해 주지 않는다거나, 생일인데도 그냥 넘어갔다거나... 말했듯이 그 언니가 몸이 아픈데도 바쁘다며 신경을 써주지 않았다거나... 그런 일들 말이야. 그런 건 그야말로 욕심인 셈이지. 즉 이윤을 추구해 놓고

자기최면이라도 하듯 이건 연애야, 그래서 우린 결혼한 거야 라고 다들 믿는 게 아닐까 싶어. 그러고는 사랑이 식었다는 둥, 환상이 깨졌다는 둥... 애당초 동기가 된 영리활동에 대해선 끝까지 부정하면서 말이야. 즉 세월이 흐를수록 남자 입장에선 돈만 벌어다 주면 되는 거잖아, 난 돈 버는 기계인가... 의 자각이 생길 수밖에 없는 거잖아. 그런 당연한 일을 왜 서운하게 생각하냐는 거지. 즉 매우 이상한 일이긴 하지만

그런 착각이나 포장을 버리지 않는 습성이 인간에겐 있다는 생각이야. 즉 투명하게 생각한다면 대부분의 결혼생활에 사랑이 없는 건 매우 당연한 일이 아닐 수 없어. 그러니까 정말 서로가 서로를 사랑할 수 있는 인간도 실은 지극히 희귀하다는 얘기지. 재벌

의 수만큼이나... 혹은 권력을 쥔 인간들, 또 스크린을 장악한 스타의 수만큼이나 회귀하다는 거야. 그럼에도 불구하고 끊임없이 착각하고 포장을 일삼는 이유도 마찬가지지. 실은 인간은 사랑하지 않고는 살 수가 없는 거야. 사랑 받지 못하면 살 수 없는 거라구. 어쩔 수 없이, 끊임없이 영리활동을 하면서도 사랑을 하는 기분, 사랑을 받는 기분... 같은 걸 느끼고도 싶은 거야. 인간의 딜레마지. 그러니까 언니들한테 얘길 해. 언니들은 그냥 그렇게 살면 되는 거라고. 남자들이 다 똑같은 게 아니라

함께, 똑같은 삶을 살 수밖에 없는 인간들이라고 - 와 같은 얘길 늘어놓아 군만두를 아연실색케 하는 것이었다. 너 진~짜 이상한 애다, 하면서도 군만두는 괴로운 표정을 지었고... 또 흥, 하거나 치 하며 아무도 그렇게 생각지 않아! 누구나 좋은 남자를 만나고 싶은 거고 누구나 좋은 여자를 만나고 싶을 뿐인 거잖아... 와 같은 말들을 늘어놓았다는 생각이다. 아무렴, 하고 변죽을 울리다가도 문득

이건 마치 요한이 아닌가, 스스로에게 놀라는 스스로를 발견하던 가을이었다. 돌이켜보면 좀더 그 아이에게 친절하게 대해주어도 좋았을 가을이고, 좀더 밝게 세상을 보았어도 좋았을 가을이었다. 결국 우리는 누구나 지치고 외로울 수밖에 없는 인간들이고, 어떤 면으로든 나 역시 외로웠거나 지쳐 있었으며

그런 내 모습에서 잠시나마 군만두는 호기심을 느꼈던 게 아닐

까 싶은 생각이다. 어쨌거나 감사한 일이라고 지금의 나는 생각한다. 어쩔 수 없이 우리는 살아야 하고, 어쩔 수 없이 우리는 서로를 스치거나 만나야만 했던 것이다. 왜 모두가 이렇게 살아야 하는지는 알 수 없지만, 결국 그런 이유로 우리는 겨우 이곳에서의 외로움을 견디고 모면할 수 있는 것이다. 인간은 기대를 걸기에는 너무 단순하고 포기를 하기에는 너무나 복잡한 존재이다. 신의 기대대로 살 순 없다 해도, 그래서 인간은 끝까지 스스로의 기대를 저버릴 수 없는 동물이다.

사랑이 있는 한
인간이 서로를 사랑하는 한은, 말이다.

11월이었다. 그리고 나는 스무 살이었다. 모든 게 마음에 들지 않았고, 그럼에도 불구하고 모든 걸 사랑할 수 있는 나이였다. 그러니까 이 이야기는 그 무렵 내가 포기했던 많은 것들, 그리고 끝끝내 기대를 저버리지 않았던 단 하나의 사랑에 관한 것이다. 길고 긴 인생의 터널을 생각하면 더없이 짧은 시기였지만

그 순간의 빛을 기억하면서, 나는 기나 긴 터널의 어둠을 지나왔다는 생각이다. 나는 그 무엇도 이해할 수 없었고, 그 무엇도 믿지 않았다. 따라 뛰는 사람들, 피리소리를 따라 어디론가 달려가던 사

람들과... 날이 갈수록 발전하는 세상의 풍경들을 그저 우두커니 바라볼 뿐이었다. 아름다워지는 여자들... 아름다워 〈져야만〉 하는 여자들과... 학력을, 차를, 또 집을... 말하자면 힘을 〈가져야만〉 하는 남자들... 서로에 의해, 서로에 비해, 올라선 서로를 위해 구축하던 프리미엄과... 올라서지 못한 서로에게 요구되던 또 그만큼의 스펙에 대해... 그러나 전혀 달라지지 않는 삶의 성질에 대해... 오로지 스펙과... 프리미엄만 늘어날 뿐인 이 삶에 대해... 하여 어떤 의미가 있는 걸까, 아무리 생각해 보아도

　알 수 없었다. 30년만 지나면 허물어야 할 한 채의 집을 위해, 실은 조건과 조건... 이윤과 프리미엄에 의해 만난 서로에 의해... 하여, 실은 있지도 않았던 사랑에 내내 절망할 이 삶에 대해... 그 〈생활〉에 대해... 하여 자신의 자녀밖에는 사랑할 수 없는 이 삶에 대해... 다시 사랑이란 명목으로 가두고 사육하는 이 삶에 대해... 갖추고 올라섰다 한들, 이를테면 일병 7호봉 정도나 될 그 대단한 프리미엄에 대해... 실은 허망한, 하여 과시밖에는 할 게 없는 이 삶에 대해... 그러나 결국 죽음을 맞이할 이 삶에 대해... 고생하셨어요, 말은 하지만 실은 유산을 셈하고 있을 자녀들에 대해... 그래서 실은 그 무엇도 남지 않을 이 삶에 대해

　나는 아무것도 알 수 없는 기분이었다. 누군가의 얘기도 어떤 서술도... 더러 밥 로스*의 그림처럼 척척척 전개되는 지식의 길

---

* Bob Norman Ross. 마르지 않은 물감 위에 다시 물감을 덧칠하는 wet-on-wet 기법으로 〈당신도 그릴 수 있습니다. 30분 만에 완벽한 유화를!〉이란 캐치프레이즈로 유명한 미국의 화가.

과... 그렇게 완성되는 한 폭의 철학... 눈앞의 성취와 눈앞의 아름다움... 어때요 참 쉽죠?* 하는 느낌의 책들이 있다 해도... 스무 살의 삶이란 그리 쉽게 참 쉽네요, 할 수 없는 성질의 것이라고 나는 생각했었다. 싸늘해진 11월의 바람과... 그 속을 떠도는 건조한 먼지들... 아무런 대답도 들리지 않던 그 바람 속에서, 하여 나는 외롭고 외로웠었다.

얼마나 오랜 시간이 지나가야만
저 산은 바다가 될까
얼마나 오랜 시간이 흐른 후에야
우리들은 자유로울까
얼마나 더 고개를 돌린 채로
고통을 외면해야 하는 걸까

오 친구여, 묻지 말라
바람만이 아는 대답을

딜런의 노래를 들으며 요한을 찾아간 것은 11월이 얼마 지나지 않은 한적한 주말이었다. 특별한 변화가 있을 리 없는 요한이었지만, 변하지 않는 이 삶에서도 끝끝내 포기할 수 없는 것들이 있다고 나는 생각했었다. 짧게 깎인 머리와 퀭해진 눈... 그 외엔 무엇

---

* 자신의 아트 쇼 〈그림을 그립시다(The Joy of Painting)〉에서 그림을 완성한 밥 로스가 던지던 유명한 대사.

도 달라지지 않은 요한 앞에서, 그래도 나는 예전보다 많은 말들을 할 수 있었다. 물론 일방적인 독백에 불과했지만 더는 마음이 슬프지도, 눈물이 나지도 않았다. 살아 있으므로... 결국 살아 있는 한 우리는 다 같은, 평범한 인간일 뿐이란 생각이 들어서였다. 그래서 형, 하고 무언가 지난 일들에 대한 얘기를 하고 있을 때였다. 저기 잠시만요, 하며 들어온 간호사가 한 장의 서류와 볼펜을 내밀었다. 이게 뭐죠? 면회 신청서인데요, 실은 들어오실 때 여기 기재부터 하셔야 하거든요. 네, 간단하게 몇 가지만...

아, 죄송합니다 하고 이름과 주소며... 정말이지 간단한 몇 가지 사항들을 나는 적어가기 시작했다. 방문 목적엔 면회... 그리고 주소... 그때였다. 멍하니 앉아 있던 요한이 갑자기 와락 서류를 빼앗아 움켜쥐었다. 앗, 하고 간호사와 내가 동시에 양손을 붙잡았지만 이미 찢어진 종이의 일부를 요한은 웃으며 씹고 있었다. 약간의 소동이 일긴 했지만 곧 능숙하게 간호사는 요한의 입을 헹궈주었다. 삼키진 못했으니 걱정 안 하셔도 될 거예요. 아 네, 감사합니다. 그리고 툭, 요한의 어깨를 쳐주며 왜 그랬어 형... 치킨인 줄 알았어? 농담을 하면서도

울지는 않았다. 그랬다, 요한과 함께 딜런을 들으며 나는 생각했다. 마치 노래를 부르듯... 생각했었다. 예전에 우린 함께 있었고, 지금은 단지 떨어져 있을 뿐이지. 예전엔 그저 맥주를 마셨던 거고, 지금은 단지 종이도 먹을 뿐이지. 단지 좋은 시절이 지나갔을 뿐, 더 좋은 시절이 언젠가는 다시 오겠지... 그런 노래라도 불

러주고픈 심정이었다. 돌이킬수록

　인생은 과연 이상한 것이 아닐 수 없었다. 그리고 털레털레 걸어 내려오던 산길이었거나, 혹은 여전히 흔들리던 버스의 뒷좌석에서 나는 문득 요한의 목소리를 떠올렸었다. 아마도 갓, 내가 백화점에서 일을 시작한 무렵의 일이었을 것이다. 우선 말없이 완장과 모자를 벗어던져. 그리고 뒤도 돌아보지 말고 사무실로 뛰는 거야. 주임이 있으면 기절이라도 시키고 책상 오른쪽 두 번째 서랍을 열어 신상명세서를 찾는 거야. 그걸 찢어 삼키든지 태우든지 하고 곧장 집으로 도망쳐. 그리고 다른 일자릴 알아보는 거야. 알았지?

　바람처럼 나를 흔들고 지나가던

　요한의 목소리를 잊을 수 없다. 그리고 오랜만에... 나는 하늘이거나, 혹은 창밖의 어딘가를 미소 띤 얼굴로 바라보았다는 생각이다. 어쩌면 주임의... 그 서랍 속에... 그녀의 주소가 있을지도 모른다는 생각이... 나는 들었다. 무형(無形)의 대답처럼 불어오던 바람의 속삭임을 느끼며 나는 집으로 돌아가던 길이었다. 아니, 어디로든 돌아갈 수 있는 길이었을 것이다.

　머뭇, 하는 느낌의 달이 구름 사이로 희미하게 떠 있던 밤이었다. 입사할 당시의 서류라면 분명 원래의 주소가 남아 있겠지... 역시나 그럴 가능성이 높다고 나는 결론을 내렸었다. 잠이 오지 않는 밤이었다. 그리고 그날의 잠을... 포기해도 좋은 밤이었다.

머뭇, 나는 조심해서 무거운 서랍을 열었고 조금은 빛이 바랜 그녀의 편지를 또다시 꺼내 읽었다. 이전과 다름없는 문장이었지만

　　이전과는 조금

　　다른 느낌이었다. 모든 걸 포기해 온 길고 긴 문장과... 모든 걸 포기하는 기나긴 문장... 설사 그것이 그날 밤의 착각이었다 해도, 그러나 그 속에 숨어 있는 희미한 기대감을 나는 느낄 수 있었다. 마치 끝없이 이어진 도로 위를 터벅터벅 걸어가다... 발아래, 아스팔트 속에 감춰진 흙의 존재를 깨닫게 된 기분이었다. 아스팔트를 뚫고 올라온 한 포기의 풀... 혹은 한 그루의 묘목 같은 사랑합니다 앞에서, 나는 스스로의 기대를 차마 저버리지 못한 그녀의 마음을 느낄 수 있었다. 모든 걸 포기한 인간에게 남겨진 한 가닥의 기대... 그것이 바로 희망임을 나는 알 수 있었고, 사랑이 바로 신이 인간에게 남겨준 마지막 〈희망〉이었다는 사실을 알 수 있었다. 지나온 미로를 복기하는 인간처럼, 나는 몇 번이고 그녀의 편지를 되풀이해 읽었다. 알 수 없는 어둠 속에서 그때마다 희망이 조금씩 싹트는 기분이었다. 길고 긴 문장의 길 끝에서 만나는 사랑합니다... 다시 돌아와 만나게 되는 사랑합니다... 여전히 그 자리에 서 있는 사랑합니다... 그리고 어느 순간 그 한 그루의 묘목 옆에 나란히 돋아 있는 또 한 그루의 〈사랑합니다〉를 나는 느낄 수 있었다. 나는 이미 그녀를 찾아낸 기분이었고

　　그녀를 찾아낸 〈나〉를, 새롭게 발견한 기분이었다. 먼동이 틀

때까지 나는 그렇게 우두커니 앉아 있었다. 졸리지도 피곤하지도 않은 새벽이었고, 다만 몹시 그녀가 보고 싶은 새벽이었다. 월요일이 올 때까지, 아니 그 언제까지라도 나는 한 그루의 묘목처럼 그 자리를 지킬 수 있을 것만 같았다. 다시 출근을 했지만

주임의 서랍을 여는 일은 쉽지가 않았다. 자리를 비운 사이 골똘히 책상을 관찰하기도 했으나 답이 나오지 않는 책상이었다. 우선 튼튼한 철제였으며, 상단의 다이얼에 의해 세 개의 서랍이 동시에 잠기는 금고 같은 구조였다. 아무런 소득 없이 하루, 또 하루가 지나고 나자 조금은 나도 초조한 마음이 되어갔다. 고민 끝에 나는 군만두와 상의를 했다. 무슨 수가 없을까? 주임은 너한테 꼼짝 못하잖아, 말은 했지만 실은 지푸라기라도 붙잡는 심정이었다. 왜? 무슨 일인데? 대충 설명을 했을 뿐인데도 군만두는 기가 막힐 정도로 빠르게 본질을 꿰뚫어 파악했다. 그 여자야? 두렵기조차 한 그 직감 앞에서 나는 역시나 아무 말도 할 수 없었다. 그렇구나, 팔짱을 끼고 고개를 끄덕이던 그 아이의 얼굴도... 한번 생각해 볼게 하던 목소리도... 또각또각 멀어져가던 발소리와 되돌아오던 인기척도... 혹시 모르니 이름이라도 적어줘, 내밀던 작은 손도 잊을 수 없다. 그리고 군만두가 돌아온 것은 두 시간 정도가 지난 후의 퇴근 무렵이었다.

머뭇, 하는 그 아이의 모습을 본 것은 그때가 처음이었다. 또 그토록 복잡한 표정을 본 것도 그때가 처음이었을 것이다. 왠지 서먹해진 분위기였고, 더없이 말을 아끼는 분위기였다. 저기... 하고

기어들어갈 듯한 목소리로 군만두가 물었다. 정말... 그 여자야?
순간 아마도 서류에는 증명사진 같은 것이 붙어 있겠구나 생각이
들었지만 나는 아무 말도 하지 않았다. 한동안 흐르던 무거운 침
묵을 들추며 군만두의 작은 손이 희고, 눈부신 쪽지 하나를 내밀
었다. 그리고 그 속에는

　처음 보는 그녀의 주소와 전화번호가 반듯한 글씨체로 또박또
박 적혀 있었다. 고맙다고 말하려 했지만 좀처럼 어떤 말도 나는
꺼내지 못했다. 약간은 슬픈 듯한, 또 어쩌면 화가 난 표정인지
도... 그러나 실은 아무렇지 않다는 표정으로 군만두가 속삭였다.
저기... 말이야... 그 사람한테 잘해줘. 아마도 그것이 내가 본 그
아이의 마지막 얼굴이었을 것이다. 다시 만나게 된다면 꼭 한 번
은 무거운 짐을 들어주고 싶은, 아름다운 얼굴이었다. 고마워, 정
말 고마워... 라고 말하고 나는 모자와 완장을 벗어 의자 위에 올
려놓았다. 나는 달렸다. 그리고 다시는

　그곳으로 돌아가지 않았다.

◦⟊◦

　그녀의 집은

　정확히 의정부라고는 할 수 없지만, 일단은 의정부로 표기되는

장소에 있었다. 이른 아침 집을 나와 버스와 전철을... 다시 국철을 타고 달려가면서 본 창밖의 풍경이 지금도 떠오른다. 11월의 중순을 넘긴 변두리의 벌판은 대체로 아무것도 없다, 는 표현을 쓸 수밖에 없는 풍경이었다. 원인을 알 수 없는 고장으로 전동차는 잠시 어느 역인가에서 머물렀고, 잠시 라는 안내방송과는 전혀 다르게 그곳에서 30분 정도를 멈춰 서 있었다.

의정부에 도착해서도 상황은 비슷했다. 의정부에서 — 정확히 의정부라고는 할 수 없지만, 일단은 의정부로 표기되는 장소를 찾는 일도 결코 쉽지가 않은 일이었다. 물어 물어, 또 몇 번의 시행착오 끝에 겨우 동네를 찾을 수 있었다. 이미 시간은 오후였고 아무거나 주세요, 근처의 식당을 찾아 되는 대로 끼니를 해결했다. 증기기관차 시대의 인부들이나 먹었을 듯한... 그러나 그들이 먹어도 좋을 만큼의, 많은 양의 식사였다.

그리고 결국 그녀의 집을 찾을 수 있었다. 아무도 없는 느낌의 집이었고, 아무것도 없지 않겠나 싶은 느낌의 가난한 집이었다. 흐린 하늘에 비례해 또 그만큼 어두운 느낌의 집이었지만, 그래도 내게는 〈그녀의 집〉이었다. 그리고 그제서야, 이제 어떻게 할 것인가를 나는 생각했었다. 스무 살이었다. 무작정 어떤 일을 벌이지 않고서는 아무런 일도 생각할 수 없는 나이였다. 평일이었으므로 선택의 폭은 의외로 간단했다. 집 앞에서 그녀의 퇴근을 기다리거나, 혹은 그녀의 회사를 찾아가거나... 결국 나는 박스를 전문적으로 만든다는 인근의 공장을 찾아보기로 했다. 다행히 대부분의 사람들이 그 공장을 알고 있었다. 그렇게 유명한 공장인가 싶었지만, 길을 걷다 보니 곧 그 이유를 알 수 있었다. 주택이 밀집한 지역을 제외하고는 모든 것이 듬성듬성 서 있는 풍경이었다. 해서, 매우 간단하게 찾긴 했다는 생각이지만... 또 의외로 많은 시간을 허비해야 했었다. 글쎄 이 길로 계속 가면 있다니까. 그럼 여기서 버스를 타면 그 앞에 서나요? 아 버스는 무슨 놈의 버스... 걸으면 금방인데. 그럼 몇 분쯤 걸릴까요? 몰라, 하여간에 걸으면 금방이야.

아무리 걸어도 공장은 나오지 않았다. 갈림길조차 없었으므로 길을 잘못 들 리도 없었지만, 그래서 내내 불안한 마음이었다. 더욱 알 수 없었던 것은 듬성듬성 마주친 사람들마다 한결같이 같은 대답을 했다는 사실이다. 그럼, 이 길로 쭉 가면 있어. 걸으면 금방이지. 걸으면 금방이라는 그 공장은... 그러나 실제로는 버스 스무 정거장 정도의 거리에 위치해 있었다. 뭔가 억울한 기분이 들었지만, 그래도 눈앞의 공장을 바라보며 나는 안도의 한숨을 쉬어야 했다. 이미 해가 뉘엿뉘엿 기울던 무렵이었다. 벽돌로 쌓아올린 낡은 정류장 옆으로

팔이 부러진 허수아비 같은 느낌의 표지판이 길고 긴 그림자를 드리운 채 서 있었다. 대체로, 아무것도 없다는 표현을 역시나 쓸 수밖에 없는 풍경이었지만... 그래도 내게는 〈그녀가 머물러 있을 풍경〉이었다. 그 허수아비의 곁에서 나란히, 그러나 그보다는 짧

죽은 왕녀를 위한 파반느

은 그림자를 드리운 채 나는 그녀를 기다렸었다. 그것은 환(幻)이었을까. 시간이 흐를수록 그녀가 통과할 공장의 정문이 조금씩, 조금씩 크게 보이기 시작했다. 그 낡고, 평범한 사각의 시멘트 기둥 두 개는... 그리고 노을이 온 주변을 물들였을 즈음엔 세상의 전부가 되어 있었다. 아무리 기다려도

그녀의 모습은 보이지 않았다. 어떤 이유인지 알 순 없었지만, 어떤 이유가 있겠지... 불 꺼진 공장을 바라보며 나는 생각했었다. 실망이라기보다는, 다시 와야겠다는 마음이었다. 둘러보니 설사 그녀를 만난다 해도 차 한잔 마실 곳이 없는 풍경이었다. 마침 근처에 꽂혀 있는 〈차와 식사 · 산토리니 · 300M →〉 라는 작은 팻말을 발견하고서 나는 그곳을 향해 걷기 시작했다. 조금은 배가 고팠던 것도 이유라면 이유였고, 또 실제의 거리가 3킬로일 수도 있다는 생각이 불현듯 들어서였다. 3킬로까지는 아니었지만, 그래도 300미터는 더 되지 않을까 싶은 곳에 산토리니는 위치해 있었다. 불행히도 카페의 불은 꺼져 있었고, 불행 중 다행히도 〈내부 수리중 12월 1일 재오픈〉이란 안내문을 볼 수 있었다. 가등 하나 켜져 있지 않던 밤이었지만

많은 것을 확인한 느낌의 밤이었었다. 서울로 돌아오는 버스에 나는 몸을 실었고, 결국 다시 와야 할 이 길의 모든 요소를 꼼꼼히 체크해 두었다. 여기서 서울로 가는 막차는 몇 신가요? 시간은 어느 정도 걸리죠? 배차 간격은 어떻게 되나요? 귀찮을 수도 있는 여러 질문에 기사는 친절히 답해 주었고, 나는 노선이며 그런 전

부를 일일이 수첩에 기록해 두었다. 집에 돌아오니 어느새 깊은 밤이었다. 그리고 여전히, 잠들 수 없는 밤이었다.

이상한 일이었다. 그녀를 만날 수는 없었지만, 어느 정도는 만나고 온 듯한 기분이 드는 것이었다. 밤의 어둠 속에서 나는 곰곰이 하루를 되새겨보았고... 확실히, 그렇다고 생각했었다. 샤워를 끝내고 한 잔의 커피를 마시고 나자 11월의 바람이 자정의 창을 두들기며 지나가는 소리가 들렸다. 결국 언제라도... 이젠 그녀를 만날 수 있다는 안도감이 한 잔의 커피보다 더 훈훈하게 온몸을 감싸는 기분이었다. 내일은 만나겠지 라며... 지도를 손에 쥔 탐험가처럼 나는 중얼거렸다. 정말이지 한 장의 지도가 눈앞에 펼쳐진 기분이었다. 그리고 그것이... 내 인생의 지도일 거라 그때는 생각했었다. 어떤 해답을 간구하듯 바람이 자꾸만 창을 흔들던 밤이었다. 하지만 예전처럼 나를 흔드는 바람이 아니라, 정해진 하나의 방향으로

떠밀고

떠미는 바람이었다. 하루의 흥분이 가라앉고 나자 이상하리만치 차분해지는 마음을 느낄 수 있었다. 그녀를 만난다면 맨 먼저 어떤 말을 할까... 그녀는 또 무어라 대답을 할까... 그녀는 어떤... 기분일까... 즉 그제서야 그런 뒤늦은 생각들을 할 수 있었다. 돌이켜보니 너무나 일방적인 방문이었고, 실은 아무런 준비도 갖춰지지 않은 방문이었다. 사실은 알 수 없는 그녀의 생각과... 우르

르 몰려나오던 그녀의 동료들... 이를테면 자칫 그녀의 입장을 곤란하게 할 수 있는 여러 변수들과... 아무것도... 아무것도 없다 말할 수 있는 황량한 벌판... 즉 그런 것들에 생각이 미치자 도리어 오늘의 엇갈림이 다행이란 생각마저 불현듯 드는 것이었다. 나는 좀더

근사하게, 그녀를 만나고 싶었고 무엇보다 확실하게, 그녀를 다시 맞이하고 싶었다. 그러기 위해선 그녀의 동의가 필요하다는 생각도 들었고, 보다 그녀의 의사를 존중해 주는 예의와 절차가 필요한 게 아닌가 생각도 들었다. 그리고 역시나... 말로는 표현 못할 자신의 감정을 어떤 식으로든 그녀에게 미리 전달해 주고 싶었다. 속도의 문제가 아니라 가치의 문제였고, 그것을 결정할 권리 역시 그녀의 몫이란 생각이 들었다. 생각 끝에 결국

나도 편지를 쓰기로 마음을 먹었다.

그것은 매우 이상한 경험이었다. 꼬박 매달려 한 통의 편지를 썼을 뿐인데, 어느새 일주일이 지나 있었다. 읽고 고치고 읽고 다시 시작하고... 읽고 포기하고 읽고 갈등하던... 하여 마침내 완성한 편지의 전문(全文)은 스스로도 믿을 수 없을 만큼 평범한 문장으로 채워진 것이었다. 게다가 지극히 간결한 내용이었다. 말하자면 안부와

그간의 심정, 이런저런 간추린 나의 생각들과 주소를 알게 된

경위... 또 그곳을 찾아가 보았으며 그냥 돌아왔다는 사실... 그리고 바라건대... 12월의 생일을 함께 보내고 싶다는 얘기... 공장 근처의 카페에 대한 얘기... 퇴근시간을 정확히 알 순 없지만 일곱 시부터 정류장 앞에서 기다리겠다는 얘기... 만약 이런 만남이 싫다면 나오지 않아도 전혀, 아무런 문제가 없다는 얘기... 그러나 가능하다면... 그런...

애기들이 그야말로 간결하고 평범한 문장들로 적혀 있었다. 그리고 더는, 어떤 말도 적을 수 없었다. 정성껏 봉한 편지를 품고 걸어가던 그 길을... 그 길의 끝에 서 있던 빨간 우체통의 작은 틈새를 나는 영원히 잊을 수 없을 것이다. 가까스로, 마치 신체의 일부를 떼어낸 느낌으로 나는 편지를 밀어 넣었고... 툭, 그 느낌에 비해 결코 가볍다고도 무겁다고도 말할 수 없는 통 속의 울림을 들을 수 있었다. 종이의 무게가 아니라 마음의 무게가 내는 소리였고... 나는 비로소 스스로의 모든 걸 운명에 맡긴 기분이었다. 기억하는 편지의 마지막 문장 역시 다음과 같이 짧고, 간결한 두 줄의 문장이었다. 오로지 진실인 이유로 평범할 수밖에 없는 문장들이었다.

보고 싶습니다.

그리고 사랑합니다.

어떤, 해후(邂逅)

   아주 어렸을 적의 일이다. 공터에 딸린 텃밭 근처를 기웃대다 나비가 될지 나방이 될지 알 수 없는 애벌레 한 마리를 발견한 적이 있었다. 그런 벌레를 본 것도 처음이었고 그렇게 느린, 살아 있는 생명을 본 것도 그때가 처음이었다. 꼼짝하지 않는다, 하는 느낌으로... 그러나 골똘히 지켜보고 있자면 분명 어느 순간 이동해 있는 연둣빛의 부드러운 움직임을 확인할 수 있었다. 말하자면 12월이 오기까지, 또 생일이 오기까지의 시간은 그런 것이었다. 아무리 기다려도 시간은 가지 않았고, 그럼에도 불구하고

   문득 12월이, 또 생일이 되어 있었다. 그런 느낌이었다. 작은 연둣빛의 애벌레처럼, 어쩔 수 없이 그런 시간의 줄기 위에 나도 꼼짝 않고 매달려 있었다는 생각이다. 생각할수록... 생각지 못한 변수의 가능성도 무성한 잎처럼 피어 있던 시간이었다. 등기로 보낼

걸 그랬나… 편지가 제대로 들어가지 않았을 수도, 또 만에 하나 그녀의 집이 이사를 갔을 수도… 그리고 무엇보다

그녀 스스로가 나와의 만남을 피할 수도 있겠다, 생각했었다. 하지만 더없이 편안한 마음이었다. 시간의 결과가 어떤 성충(成蟲)이 되어 날아오른다 해도, 혹은 지금 이대로의 모습으로 굳어버린다 해도 나는 좋다고 생각했었다. 정확히 스무 살이 된 그날 아침의 마음도 변함없이 그런 것이었다. 나는 깨끗이 목욕을 하고, 입을 수 있는 가장 근사한 옷들을 꺼내 입고선 무작정 집을 나섰다. 말 그대로 무작정, 그해의 첫눈이 쏟아지던 날이었다.

정확한 시간은 기억나지 않지만, 정말이지 일찍 집을 나섰다는 생각이다. 버스가 다니는 종로까지, 그리고 그곳에서 그녀에게 줄 작은 선물을 고를 때까지도 시간이 너무나 넉넉히 남아 있는 느낌이었다. 첫눈을 헤치며 들어서던 버스의 모습과 그, 붉은 번호판에 새겨진 노선의 번호를 확인하면서도 느긋한 마음이었다. 드문드문 앉아 있는 사람들 틈에서 나는 창가의 빈자리를 발견했고, 혹시나 하는 마음으로 활짝 열린 히터의 송풍구를 굳게 걸어 잠갔다. 따뜻한 바람이 쏟아졌다 한들 잠이 들 리도 없었겠지만

내내 잠을 잤어도 좋았을 만큼 길이 막히던 오후였다. 출발한 직후부터 버스는 서행을 시작했고, 차라리 걷는 편이 빠르겠다 싶을 만큼 눈 내린 도심을 벗어나지 못했었다. 서늘한 차창에 이마를 기대고서 나는 조금씩 넉넉했던 시간이 줄어들어 가는 것을 느

끼고 있었다. 시간이 흐를수록 초조한 마음이었지만, 그래도 그

쏟아지던 눈과

은(銀)빛의 눈부신 세계만큼은 평화롭고 거룩한 것이었다. 아무
것도 없는, 아무것도 아닌 이 세계 위로 눈은 내렸고... 한순간 이
세계를 연작으로 이어지는 한 편의 시(詩), 같은 것으로 만들어놓
았다. 그리고 그 위를 나는 그녀를 만나기 위해 달리고 있었다. 조
금씩, 도심을 벗어난 버스가 속도를 높이기 시작했고... 노을이,
그저 희미하던 노을이 스몄다 사라진 순간에도... 해서 등 뒤를 따
라 붙던 어둠과... 조금씩 거리가 좁혀지던 우리의 세계를 느끼며
나는 달리는 버스에 몸을 싣고 있었다. 있을까? 과연 있을까... 이
미 30분이나 약속을 넘겨버린 시계를 바라보며 나는 중얼거렸다.
돌이켜보면 마치 영원과 같은 순간이었다. 그리고 그 영원 속에서

눈을 맞으며 그녀는 서 있었다.

키보드에서 손을 내려놓는다.

결국... 나는 이 이야기를 시작한 첫 문장으로 돌아와 서 있다.
눈이 내리던 그 길, 눈을 맞으며 서 있던 그녀의 곁으로 기억을 밟

아 돌아온 것이다. 훗날 누군가 이 책을 읽게 된다면... 그리고 이후의 궁금한 점이 있다면 다시 돌아가 책의 맨 앞장을 펼치면 될 것이다. 이야기는 다시 시작되고, 또다시

눈을 맞으며 서 있던 그녀의 곁으로 돌아간다. 몇 번을 반복해 쓴다 해도 마찬가지가 아닐 수 없을 것이다. 프린트된 원고본을 들추어 나 역시 원고의 맨 앞부분을 읽어보기 시작한다. 일반인이라면 눈이 아플 정도의 큰 폰트겠지만... 해서 몇 줄을 읽고 곧 페이지를 넘기는 수고를 되풀이하면서도

나는 묵묵히 그날 밤의 일들을 끝까지 읽어나간다. 그리고 역시나... 실은 모두가 불분명한 기억들임을 다시 한 번 깨닫는다. 특히 조고약에 관한 회상이라든지... 그런 부분은 훨씬 더 전의 대화였을 거란 생각이 이제서야 드는 것이다. 추억이란 이런 것이다. 결국 인간의 추억은

열어볼 때마다 조금씩 다른 내용물이 담겨 있는 녹슨 상자와 같은 것이다. 나는 잠시 기지개를 켜고, 일어나 한 잔의 차를 마신다. 녹차의 향을 닮은 은은한 새벽의 빛이 녹차와 더불어 몸으로 스며드는 기분이다. 그날 밤 그녀에게 작은 매니큐어를 선물한 기억도 이제서야 떠오른다. 발라 봐. 아니, 괜찮아요. 보고 싶단 말이야. 그리고 분명

좋은데

라고 나는 얘기했다. 너무... 마음에 들어요... 고마워요, 라던 그녀의 목소리도 또렷이 생각난다. 서로의 표정에 번지던 은은한 빛과... 미소도 떠오른다. 반쯤 남은 찻잔을 내려놓고 나는 시디를 고르기 시작한다. 굳이 커버를 확인하지 않아도, 시디의 위치와 손끝의 질감만으로 나는 〈죽은 왕녀를 위한 파반느〉를 정확히 꺼내 든다. 시디를 정리해 두거나 그런 성격은 아니지마는, 모리스 라벨의 이 앨범만큼은 언제나 정확히... 가장 닳고 닳은 상태의 케이스로 그 자리에 꽂혀 있다. 오랜 세월이 흘렀다 해도

나에겐 언제나 그날 밤 들은, 그녀와 나의 음악이기 때문이다. 그래서다. 음악이 흘러나온다. 그녀의 체온이 서린 그날 밤의 LP는 아니라 해도, 어쩔 수 없이 이 음악을 들을 때마다 나는 그해의 일과... 그녀를 떠올리게 된다. 희뿌연 시야가 갑자기 더 뿌옇게 변해간다. 그러니까 나는... 울고 있다. 다시는 그 시간으로 돌아갈 수 없는

인간의... 연약한 인간의 눈물이다. 내가 간직한 추억이란 이름의 상자는 언제나 어김없이 그날 밤의 헤어짐을 끝으로 굳게 뚜껑이 닫힌다. 더는 열 수 없는 상자가 되는 것이고, 열어봤자 아무것도 보이지 않는 텅 빈 상자가 되는 것이다. 그녀가 준 라벨의 LP를... 나는 그날 밤 잃어버렸다. 그녀를 잃은 것도, 하물며 나 자신의 삶을 잃은 것도 그날 밤의 일이었다. 낡은 버스가... 굴곡이 심한 변두리의 길을 지나기엔

확실히, 너무 많은 눈이 얼어 있던 밤이었다. 어둠에 묻힌 그 길의 어딘가에서 버스는 5미터 가량의 언덕 아래를 한 대의 썰매처럼 미끄러져 추락했었다. 운전사와 다른 한 명의 승객은 사망한 채로, 비교적 가벼운 부상을 입은 또 한 사람의 승객과 나는... 뒤집혀진 버스의 좌석에 긴 채 세 시간 만에 발견되었다... 되었다고, 한다. 고개를 젖힌 채 깊이 잠들어 있었으므로 정작 나는 그 순간의 정황과 고통을 기억하지 못한다. 그런 사실을 알게 된 것도 의식이 돌아온 2년 후의 일이었다.

인생이란 뭘까?

지금도 자주 그런 질문을 던진다. 이렇듯 빛이 스미는 아침이거나, 저무는 저녁... 흡사 의식이 사라지고 스밀 때의 그런 느낌이 들 때마다 나는 인생에 대해 생각을 한다. 이렇듯 스며든 빛과, 그래서 밝아진 작은 방... 처음 의식이 돌아왔을 때의 느낌도 이와 크게 다르지 않은 것이었다. 잠이 들고

눈을 뜬다, 여타의 그런 경험과 다른 점이 있다면 이곳이 어딘지 모를 〈어둠〉이었다는 것뿐이다. 태어나 최초로 잠을 경험하고 눈을 뜬 아기에게 잠이란 무엇이었을까... 지친 눈꺼풀을 끝끝내 감아버린 노인에게 이 삶은 무엇이었을까. 성충이 된 애벌레에게 지나간 기억은 무엇이며, 고치를 짓기 전의 애벌레에게 다가올 미래는 무엇일까?

뭘까?

　이것은 뭘까? 라고 어둠 속에서 나는 생각했었다. 한참이 지나서야 주변의 소란을 느낄 수 있었고, 깨어났다는 외침과 이것은 기적이란 얘기를... 마치 실낱같은 희미한 목소릴 통해 전달 받을 수 있었다. 이건 뭘까? 〈이것도〉 삶이란 사실을, 그리고 〈이것이〉 삶이란 사실을 깨닫기까지는 그야말로 오랜 세월과 노력이 필요했었다.

　의식과 함께 기억은 고스란히 남아 있었지만, 처음부터 육신의 전부가 돌아온 것은 아니었다. 그 과정... 어머니의 인내며, 또 고마운 이들의 봉사와 희생... 이를테면 그 길고 긴 과정에 대해선 특별한 이야기를 하고 싶지 않다. 나는 이미 그에 대한 책을 한 권 썼으며, 그런 과정에 대해서라면 거의 전부를 그 한 권의 책에 담았다는 생각이다. 말하자면, 의식이 돌아온 89년의 1월을 기준으로

　나는 2년 만에 휠체어에서 일어날 수 있었고, 그로부터 4년 후 누군가의 보조 없이 혼자서 보행을 할 수 있게 되었으며... 또 그로부터 6개월 후에야 거의 정상인에 가까운 정교한 손동작을 할 수 있었다. 어느 정도 청력이 돌아온 것도, 또렷한 형체를 볼 순 없어도 지금 정도의 시력이 돌아온 것도 비슷한 무렵의 일이었다. 대소변의 처리를 스스로 한다거나, 컴퓨터와 워드를 배우고... 이를테면 음성인식 프로그램에 충분히 적응했다거나, 혹은 처음으

로 농담을 해 간호사들을 웃겼다거나... 특별히 안내방송을 듣지 않고도 3호선을 갈아타고 양재역에서 내렸다거나... 그런 얘기들을 모두 적자면 아마도 끝이 없을 것이다. 어쨌거나

지금의 내 삶은 이런 것이다. 이것도 삶이란 사실을, 이것이 삶이란 사실을 대부분의 사람들은 인정하지 않겠지만... 그 역시 어쩔 수 없는 일이라고 나는 생각한다. 인정할 수 있는 인간의 삶은 극히 드물다. 인간은 결국 자신이 나비인지 나방인지를 알 수 없는 애벌레와 같은 것이기 때문이다. 앞서 말했지만

그럭저럭 생활이 가능해진 96년부터 나는 한 권의 책을 쓰기 시작했다. 길고 긴 자활의 과정을 담은 평범한 수기였고, 어렵게 인연이 닿은 출판사의 사장이 그 평범한 원고에 〈평범한 기적〉이란 제목을 알아서 붙여주었다. 어떤 거창한 목표가 있었던 것도 아니고 아니, 실은 할 수 있는 일이 그뿐이었다는 생각이지만... 그 책이 의외의 결과를 불러 일으켰다. 믿기지 않는 결과였고 믿을 수 없는 결과였다. 이것도 삶이란 사실을, 이것이 삶이란 사실을 인정하지 않는 대부분의 사람들이 그토록 뜨거운 반응을 보인 이유를 지금도 알 수 없다. 인생은 뭘까? 라고, 완연히 환해진 작은 방 안에서 나는 또 한 번 중얼거린다.

음악을 끈다. 이제 곧 외출을 해야 할 시간이다. 플로피 디스크에 원고를 담고, 다시 그것을 편지 봉투에 담는다. 이메일이란 걸 쓰면 쉬워요, 편집자의 조언이 떠올랐지만 나는 아무래도 이 방식

이 편하다. 네, 오늘 제가 외출할 일이 있어서요... 경비에게 맡겨
둘 테니 찾아가도록 하세요. 짧은 통화를 끝내고 시간과 날짜를
확인한다. 업소에서도 좀처럼 쓰지 않을 커다란 전광 시계가 깜빡
깜빡 고요한 불빛을 발하고 있다. 1999년 11월 19일

금요일이다. 80년대의 인간들이 지구가 멸망할 거라 떠들던 그
해를, 나는 살고 있다. 지구가 멸망할 거라 생각하진 않았지만, 언
젠가 서른넷이 될 거라고도 나는 믿지 않았다. 막연히... 스무 살
과 같은 것이 내내 이어져 인생의 전부를 채울 거라 생각했었다.
디스크가 담긴 봉투를 경비실에 맡기고 나는 오피스텔을 나선다.
약간은 흐린 날씨다. 그리고 약간은, 우울한 기분이다. 나는 택시
를 잡는다. 그 겨울의

그날 밤으로부터 이제 13년이란 세월이 흘렀다. 어디로 모실까
요? 그런, 물음도 없이 시간은 또 물처럼 흘러갈 것이다. 행선지를
일러주고 나는 다시 원고의 마지막 문장을 떠올린다. 그리고... 그
녀를 떠올린다. 엔진의 소음에 놀란 비둘기들이 찢겨진 악보 위의
음표들처럼 후두둑 날아오른다. 날아오르는 소리, 들린다.

시간의 검은 강바닥에는 늘 커다란 돌처럼 그녀에 대한 죄책감
이 가라앉아 있다. 아무리 시간이 흘러도 그것은 다듬어질 뿐이지
녹거나 떠내려가지 않는다. 그런... 이유로, 다시는 돌아갈 수 없
는 그 장소를 실은 한 번도 떠날 수 없었던 삶이다. 다시, 아무리
긴 시간이 흐른다 해도 나는 크고... 무겁고, 우울한 돌처럼 그 장

소에 박혀 있을 것이다. 다만 둥글어진 돌처럼... 나의 노년도 그러하리라 믿고 있다.

제대로 볼 수도, 움직일 수도 없는 몸속에서 내내 그 점이 괴로웠었다. 변두리에서 일어난 소소한 교통사고가 신문을 장식할 리 없었던 시절이다. 설사 모퉁이에 작은 박스 기사가 실렸다 해도 그녀가 기사를 읽었을 가능성은 제로에 가깝다고 나는 생각했었다. 말하자면... 그리고 그녀는 나를 분실한 셈이었다. 얼마나 기다렸을까, 또 얼마나 연락을 해보았을까... 돌연 변심을 했을 거라 추측하진 않았을까... 그런 나로부터 버림을 받은 거라 생각하진 않았을까... 그후 그녀의 삶은 대체 어떤 것이었을까... 의식을 찾았을 때는 이미 2년이란 세월이 지나 있었고, 어느 정도 연락을 시도할 수 있었던 것은 또 훨씬 많은 시간이 지나서였다. 희미하게 기억하던 그녀의 집 번호는 결번으로 안내되었고, 나는 즉시 그곳을 찾아갈 수 없는 몸이었다. 지난해 봄이었던가... 돌연 택시를 타고 그 동네를 찾아간 적이 있었다. 10여 년의 세월이 흐른 후였다. 아파트가 들어서고... 공장도 자취를 감춘 일대를 유령처럼 떠돌던 기억이 다시금 떠오른다. 연기처럼

모든 게 사라졌다 해도 하나 이상할 게 없는 세월이었다. 창밖의 하늘이 더 흐려진 느낌이다. 그런데 말이죠, 하고 나는 기사에게 말을 건다. 그리고 되는 대로 화젯거리로 떠오른 뉴스며... 그런 얘기들을 늘어놓는다. 질세라 기사도 맞장구를 친다. 한참을 우리는 토로하고 성토한다. 다른 이유가 있다기보다는, 그런 일상

의 힘을 빌리지 않고는 이 기억의 강을 무사히 건널 수 없다. 그
너머에 서 있는 그녀를... 차마 미안해서 바라볼 수 없는 것이다.
다 그런 거죠 뭐, 기사의 한숨을 끝으로 대화는 끝이 난다. 나는
물끄러미

흐린 창밖을 응시한다. 그리고... 하필이면 열리지 않던 희뿌연
창과... 움직이기 시작하던 버스와... 서려 있던 김을 소매로 문지
르던 내 모습과... 문질러도 다시금 서리던 김과... 너머에서 손을
흔들던 그녀와... 버스를 따라, 몇 발짝을 떼던 그녀의 발걸음과...
덜컹이며 내 이마를 부딪던 서늘한 창과... 결국 흐린 창문을 통해
서밖에 볼 수 없던 그녀의 얼굴을... 어쩔 수 없이 떠올린다. 그리
고 안녕... 마음속으로 중얼거린다.

나 이렇게... 잘 지내고 있어.

오늘은 특별한 날이다.

4년을 머물러 있었고, 그후 줄곧 통원치료를 받았던 병원의 정
문을 나는 택시를 타고 통과한다. 간호처장이란 분의 전화를 받은
것은 보름 전이었다. 어렵겠지만 조촐한 강연회를 해달라는 내용
이었고, 대상은 장기입원을 한 환자들, 그들의 가족들... 또 병원
과 연계된 호스피스 센터의 자원봉사자들이라 했다. 아마 많은 용
기를 얻을 거라 믿구요, 또 봉사자들 입장에서는 큰 보람을 얻을
거라 믿습니다. 나는 흔쾌히 제의를 수락했고... 또 며칠 후 전화

를 다시 걸었다. 가능하다면 말입니다... 저를 돌봐주셨던 호스피
스 분들을 따로 만나뵐 수 있을까요? 행사가 끝나고 제가 꼭 식사
를 대접하고 싶습니다. 어머, 다들 매우 기뻐할 거예요. 흔쾌히 처
장도 제의를 수락해 주었다. 돌이켜보면 그 감사한 분들의 얼굴과
이름마저도 제대로 알지 못한 채 인생을 살고 있었다. 그런, 인생
의 빛을 통해 살아가는 나 자신이야말로

　이 세상의 평범한 기적이다. 오늘 이 자리에 계신 분들의 손길
이 없었다면 저는 대소변조차 해결할 수 없던 인간이었습니다, 로
나는 강연을 시작했다. 물론 특별한 내용은 아니었다. 책이 알려
지고 이런저런 잡지며 방송에 소개될 때 했던 말들... 그런 말들이
쌓이다 보면 절로 한 시간가량의 〈할 말〉을 이래저래 얻게 되는
법이다. 삶과 죽음, 인간의 노력... 존재의 가치... 이를테면 모두
가 아는 말들이지만, 또 세상엔 이런 말들을 간절히 필요로 하는
누군가가 있기 마련이다. 같은 처지였던 사람들, 또 같은 입장에
선 이들을 상대로 얘길 하다 보니 절로 눈물이 나기도 했다. 우리
는 함께 울었고... 함께 박수를 쳤다. 더러 손을 들 수도, 박수를
칠 수 없는 이들도 앉아 있었다. 박수의 다른 수단인 그들의 눈물
을 보면서 나는 다시 눈물을 흘려야 했다.

　예정대로 행사가 끝나고 나를 간호해 주었던 자원봉사자들을
따로 만날 수 있었다. 천사들은 대부분 4, 50대의 여성들이었고,
더없이 평범한 외모를 가진 이들이었다. 병원에서 마련해 준 뷔페
를 통해 식사를 하고 우리는 함께 오랫동안 환담을 나누었다. 어

쩔 수 없이... 그때도 눈물이 났다. 지나온 날들과 베풀어준 손길들을 떠올리며 몰랐던 많은 얘기들을 또 전해들을 수 있었다. 천사들은 대개 누군가를 떠나보내거나 누군가를 그리워하는... 상처를 지닌 이들이었다. 말하자면 하늘이라도 날 것 같은 미모와 권력을 쥔 자들이 아니라 상처, 투성이의 인간들이었던 것이다. 김소희 천사님, 구숙영 천사님... 한 사람 한 사람의 성함을 적은 책들을 나는 그들에게 선물했고 커다란 꽃다발을 답례로 받을 수 있었다.

정말 감사합니다. 모든 일정이 끝나고 나는 관계자들과 함께 가벼운 티타임을 가졌다. 환자들에게도, 또 특히나 자원봉사를 해주신 분들께도 굉장한 도움이 되었어요. 녹차를 내밀며 간호처장이 얘기했다. 별 말씀을요. 오히려 저야말로 뜻 깊은 자리였습니다... 그나저나 한 분도 빠짐없이 다들 오신 건지요? 글쎄요, 제가 알기론... 하고 처장은 옆에 앉은 직원과 잠시 귓속말을 나누었다. 거의 다 오셨다 하네요. 세 분 정도가 개인 사정으로 불참하셨다고 합니다. 그렇군요, 하고 나는 고개를 끄덕였다. 혹시 괜찮으시면 다음에 그분들 주소라도 좀 알려주시기 바랍니다. 개인적으로 작은 보답이라도 해드리고 싶네요. 아, 그야... 하고 처장이 미소를 지었다. 강연료라며 건네준 사례비를 나는 마다했고, 결국 논의 끝에 결탁된 자선단체에 기부하는 걸로 얘기가 모아졌다. 이래저래, 특별한 시간이었다는 생각을 하며 나는 병원을 나섰다.

그리고 며칠

시간이 지났다. 모처럼 주말을 푹 쉴 수 있었고, 월요일엔 출판사 사장을 만나야 했다. 오피스텔을 찾아온 그와 함께 점심을 먹었고, 건네준 원고에 대해 이런저런 얘기를 나누었다. 저기... 곤란한 표정을 지으며 그가 말했다. 뭐랄까... 이런 부분이 좀 문제가 아닐까 싶어서 말입니다. 둘러 얘길 하는 그에게 편하게 말씀하십시오 라고 나는 말을 건넸다. 뭐 다른 것보다... 여주인공이라면 우선 아름다워야 하지 않나, 그런 부분에 대해 좀 우려를 하고 있습니다. 우려... 를요? 예, 우선 보편적인 시각이란 게 있지 않습니까. 저는 그걸 벗어나서는 어떤 작품도 성공할 수 없다는 확신을 가지고 있습니다. 더군다나 로맨스라면... 왜 그런 말도 있지 않습니까, 다른 건 다 용서해도 못생긴 건 용서할 수 없다고. 누가

누구를 용서한다는 거죠? 그리고 왜, 용서를 받아야 하는 겁니까. 그게 그래도... 말하자면 사람들이 절대 좋아하지 않는다는 거죠, 아직 결말이 안 난 이야기라 그렇긴 한데... 다른 직원들의 의견을 들어봐도 거의 비슷합니다. 수정을 해야 하는 게 아닌가, 예를 들면 아주 가난하긴 하지만 비할 바 없이 아름다운 여자라거나... 애당초 설정을 말입니다. 아니면 다이어트를 하거나 수술을 통해 몰라볼 정도로 변신을 한다거나 말이죠, 즉 미운오리새끼의 구도에 신데렐라가 가미되는 것이죠... 그러니까 그런 대수술이 필요하지 않나, 하는 게 저희들 입장입니다. 아, 물론 애쓰셨다는 건 누구보다 제가 잘 알고 있습니다만 우선 다 같이 좋은 결과를 얻는 게 작가님을 위해서도 도움 되는 일 아니겠습니까? 아, 그렇

군요 라고 나는 고개를 끄덕였다. 그럼 이 상태로는 출판하기가 힘들겠군요. 솔직히 말씀드리자면... 그렇습니다. 그렇다면 생각을 좀 해보겠습니다, 라고 나는 고개를 끄덕였고

다시 오늘 사장에게 전화를 걸었다. 생각해 봤는데 아예 새로운 얘기를 쓰는 쪽이 낫겠다 결심을 굳혔습니다. 또 어차피 이 원고는 제가 개인적으로 소장하기 위했던 것이구요. 예, 이건 그냥 제가 보관만 할 생각입니다. 또 애초에 말씀하셨듯 소설보다는 편안한 에세이 쪽이 제게는 더 맞는 거 같아서요. 예, 그렇죠. 그런

얘기를 나누었다. 좋은 기분도 나쁜 기분도 아닌 상태로 나는 일어나 가볍게 체조를 한다. 한 잔의 차를 마시고 라디오를 켠다. 역시나 브리트니 스피어스가 흘러나온다. 듣지 않으려 해도 듣지 않기도 힘든 노래가 아닐 수 없다, 나는 생각한다. 피할 수 없고... 봐야만 한다. 그녀들의 패션과 사생활까지도 알아야 하는 세상이다. 괴벨스의 선전문구도 이보다 광범위하지는 않았을 테지... 생각한다. 그런, 세상이다.

베이비, 원 모어 타임*
베이비, 원 모어 타임

전화벨이 울린다. 볼륨을 줄이고 나는 다시 책상으로 다가가 수

---

* 1999년 발표된 브리트니 스피어스의 데뷔곡 〈Baby One More Time〉의 가사 일부.

화기를 든다. 안녕하세요 선생님, 하는 목소리가 전해져 온다. 간
호처장의 목소리였다. 네, 일전에 알고 싶다 하셨던 봉사자 세 분
주소 말이죠... 네, 네 하고 나는 메모를 준비하기 시작한다. 5절
크기의 스케치북을 펼치고 사인펜을 집어든다. 네, 불러주시죠.
천천히 또박또박 불러주는 이름과 주소를 나는 받아적기 시작한
다. 주소의 아래엔 연락처를 기재한다. 네, 그리고 마지막 한 사람
의 이름을 적는다. 적으면서도... 적다가 문득 메모를 멈추고 멈
칫, 한다.

그녀의 이름이었다.

아무튼, 진심으로 감사드립니다.

나는 힘없이 수화기를 내려놓는다. 네 본인인데요, 실례지만...
약간의 방언이 섞인 목소리에서 그녀가 아니란 사실을 이미 알 수
있었다. 어머, 안녕하세요? 그렇잖아도 그런 행사가 있다 연락을
받긴 했는데... 나오지 못한 이유와, 또 사실 자신은 나에 대해 또
렷한 기억이 남아 있지 않다 – 는 말을 듣게 되었다. 그때만 해도
다들 초창기였어요, 호스피스 봉사 외에도 재활지원이며 구분 없
이 마구 일을 시작했던 때라... 네, 저도 그리 오래 활동했던 게 아
니라 참석하기가 영 쑥스럽기도 했죠... 그런, 얘기를 들어야 했

다. 흔하다면 분명

　흔하다고도 할 수 있는 이름이겠지... 정신없이 부풀었던 머릿속의 풍선 같은 것이 조금씩, 바람이 빠져나가는 기분이었다. 방안의 사물이며 풍경... 깜박이는 시간의 흐름... 그 모든 것이 원래의 모습을 되찾는다. 이런 설렘에도... 어김없이 따라 붙는 실망에도 이제 익숙해진 지 오래라고 나는 스스로를 위로한다. 위로, 하면서도 문득 또 다른 희망의 끈을 당겨보듯 전화를 걸어본다. 24일까지 출장 중인 관계로... 필요한 용건은... 자동응답으로 되풀이되는 목소리를 듣고는 다시 수화기를 내려놓는다. 믿을 만한 흥신소라던 출판사 사장의 목소리도 함께 딸각이며 머릿속을 스쳐간다. 대체 이 삶의... 이 세계의... 무엇을 믿을 수 있을까, 그런 생각들과... 또 엇비슷한 상념에 잠겨들다 나는 쉬이 피로해진다. 소파에 앉아 기댄 몸이 어느새 모로 누워 있음을 나는 느낀다. 지저분한 잡음처럼 창을 넘어오는 빗소리 때문에... 마치 TV를 켜둔 채 잠이 드는 기분이다. 나는 잠이 든다.

　눈을 뜨니 어느새 사위가 고요하다. 고요하고, 어둡다. 창밖으로 보이는 야산의 언덕 위에 더 단단한 어둠으로 비 맞은 관목들이 몸을 떨며 앉아 있다. 어둠 속에서 그것은 흡사 땅위로 내려앉은 수십 마리의 새떼 같다. 마치 켄터키의 닭들 같군, 하고 나는 희미하게 웃어본다. 요한에 대해서는 이미 추적을 포기한 지 오래다. 그 지역엔 이미 신도시가 들어섰습니다... 희망의 끈 하나를 나는 또 그렇게 놓쳐야만 했다. 다시 라벨을 듣는다. 늘어선 켄터키의 닭들이 자신의 품속으로 일제히 고개를 파묻는 느낌이다. 보이지 않는 바람의 손길이 닭들의 머리를 쓰다듬고

또 쓰다듬는다. 렌지의 요리 등을 밝히고 나는 물을 끓이기 시작한다. 잠을 자고 난 머릿속이 멸망해 버린 세계처럼 텅 비어 있는 느낌이다. 아닌 게 아니라 모든 것이 사라진 세계다. 십여 년의 세월이 흘렀고, 그야말로 완벽히... 홀로 남아 있는 밤인 것이다. 차분한 마음으로, 그저 터무니없는 기대였다고 나는 이제서야 고개를 끄덕이기 시작한다. 만약 그녀가 내 곁에 있었다면 어떤 식으로든 그녀의 감정을 어머니가 몰랐을 리 없겠지... 여자와 여자 사이엔 적어도 그런 네트웍이 존재한다는 사실을 나는 또 잠시 망각한 것이었다. 부질없는 희망이 부질없는 실망을 낳았을 뿐, 변한 건 없다고 생각하며 나는 한 잔의 차를 마신다. 때 묻은 요리 등이 흡사 그 옛날의 〈희망〉처럼 깜박이고

깜박인다. 한 번 더 그런 전화를 받는다면... 그래도 조금은 진척이 있다거나, 차지... 차지가 더 필요하다는 얘기가 되풀이된다면... 이제 모든 걸 포기하고픈 밤이다. 요리 등을 끄고 나는 창가로 다가선다. 안단테 마에스토스... 겨울의 전주곡과도 같은 바람이 〈느리고 장엄하게〉 이 땅과, 하늘 사이를 군림하는 느낌이다. 곧, 또 한 해가 갈 것이다. 그러나 곧, 그녀를 잊을 순 없겠지만

그래도 곧

이제 나의 왕녀를 기억의 땅 속 깊이 묻어야 할 때가 되었다고, 나는 생각한다. 그리고 나는 내내 그녀를 그리워할 것이다. 그리고 내내... 슬퍼할 것이다. 어쩌면 내 인생은 애당초 그렇게 정해진 것이었는지도 모르겠다. 어둠 속에서 결국 나는 살아 있는 왕녀를 위한 왈츠가 아닌, 죽은 왕녀를 위한 〈파반느〉로서의 내 삶을 직시한다.

이것이 현실이다. 그리고 현재의 내 삶이다. 아무래도 좋다는 생각이다. 어렴풋이 의식이 돌아오던 때의 느낌이 떠오르고... 희미하게나마 시력을 회복하던 때의 감각도 떠오른다. 그 모두가 기적이라고 의사나 간호사들은 얘기했었다. 실은 어떤 삶도 기적이 아닐 수 없다. 〈파반느〉로서의 나의 여생도 마찬가지일 것이라나는 생각한다. 비록 느리고 장엄해도

누군가를 사랑한 삶은
기적이다.

누군가의 사랑을 받았던 삶도
기적이 아닐 수 없을 것이다.

살며시, 먼지 긴 창의 오른켠에 나는 스스로의 이마를 기대어본다. 서른넷이란 나이가 차고 서늘한 현실처럼 머릿속에 스미는 느낌이다. 이제 편하게 이 평범한 기적을 받아들이자고... 나는 창밖의 어둠을 바라보며 중얼거린다. 아무것도 보이지 않는 어둠이

다. 반복... 재생을 누르지 않았던가? 음악이 멈춘 어두운 실내는

더없이 현실적이다.

⟨⟨⟩⟩

Would you care for a drink?
Coffee, please.

암스테르담을 이륙한 비행기는 어떤 흔들림도 없이 프랑크푸
르트를 향해 날고 있었다. 형, 졸리시면 담요 하나 달라고 할까요?
커피를 마시던 병세가 속삭였다. 괜찮아, 자는 거 아냐. 빌리 진의
가사조차 번역하지 못하던 13년 전의 중학생이 어느덧 성인이 된
머리를 끄덕인다. 피식 하고 갑자기 놈이 실소를 터트렸다. 왜?
하긴 형은... 엎드려서도 잘 수 있잖아요. 오래전의 일을 떠올리며
슬그머니 나도 미소를 머금는다. 무리한 휴가를 얻어 이곳까지 동
행해 준 그 옛날의 중학생에게 나는 문득 고마움을 느낀다. 지금
몇 시니? 잠깐만요, 하는 병세의 입에서 다섯 시 이십 분이란 숫자
가 튀어나온다. 다 왔구나, 라고 나는 중얼거린다. 다 왔어요, 라
고 병세도 속삭였다.

반갑습니다. 많이 힘드셨죠? 아닙니다, 별 말씀을... 약속대로
영호 씨는 마중을 나와 있었다. 그는 사진작가고 또 틈틈이 르포

를 쓰기도 하는 재주가 많은 사람이다. 현재 내가 속한 출판사와 계약을 맺고 독일 여행기를 쓰기 위해 이곳에 거주 중이다. 이래 저래 그간 폐가 많았습니다. 아닙니다, 무슨 말씀을요. 뚜렷한 이 목구비를 볼 순 없다 해도 말투에서 묻어나는 분위기를 통해 매우 온화한 사람임을 느낄 수 있었다. 형, 그럼 조심하세요. 병세와는 공항에서 작별을 했다. 여기까지 온 김에 친구가 있다는 베를린에서 이틀을 보내고 다시 이곳에서 만나기로 한 것이다. 즉 그 사이는 영호 씨가 나를 책임져주기로, 다시 떠나는 날 병세가 바통을 이어받기로 얘기가 된 것이다. 공항 곳곳에 걸린 커다란 〈2000〉이란 숫자를 바라보며 이곳 역시 밀레니엄의 분위기가 대단했음을 알 수 있었다. 자 가시죠. 우리는 함께 공항버스에 몸을 실었다. 흔들리는 창밖으로 곧 프랑크푸르트의 야경이 드러나기 시작한다. 낯선 조명과

귓가를 울리는 독일어가 이곳이 프랑크푸르트라는 현실에 더욱 확실한 못 하나를 박아준다. 체크인이며 룸의 위치까지 모든 걸 확인해 준 영호 씨에게 차라도 한잔 하자고 내가 말했다. 차라리 맥주가 어떨까요? 습관처럼 카메라 가방의 끈을 쓰다듬으며 그가 물었다. 좋습니다. 우리는 함께 호텔 1층의 로비로 내려갔다. 저기가 레스토랑입니다, 내일 약속이 다섯 시였죠 아마? 그렇습니다, 라고 내가 답하자 양손을 벌린 그의 어깨가 가볍게 으쓱, 한다. 로비의 대각선에 위치한 바에 자리를 잡고서도 나는 한동안 레스토랑을 응시한다. 그러니까 내일 다섯 시

나는 저곳에서 그녀를 만나기로 되어 있다. 아직은 실감이 나지 않지만, 또 시간은 그 모두를 현실로 못 박아줄 것이다. 우리는 가볍게 목을 축이고 그간의 일에 대한 감사며... 그런 의례적인 인사와 몇 마디 잡담을 나누었다. 책은 잘 되갑니까? 글쎄요, 정작 베를린 쪽에서의 작업이 아직 미비한 편이라... 게다가 출판과는 상관없이 그만 스페인에서 일주일을 보내고 왔지 뭡니까, 하하 이건 한국에선 비밀로 해주시기 바랍니다. 그럼요 그럼요. 어떻게, 내일 오전엔 시내라도 좀 둘러보시겠습니까? 아닙니다, 귀한 시간을 뺏고 싶지는 않습니다... 아니 그보다는, 혼자 시간을 보내고 싶습니다. 독일은 처음이신가요? 그가 물었다.

예, 처음입니다 라고 나는 답한다. 한 시간가량 얘길 더 나눈 후에 우리는 자리를 일어섰다. 악수를 나누고, 또 한 번 고맙다는 말을 건넨 끝에 저기... 라고 나는 말을 이었다. 어떤... 느낌이었나요? 그러니까 그 사람의 인상 같은 것 말입니다. 혹시 많이 변했다면 당황하게 될까 싶어 그럽니다. 아, 네... 하고 그는 또 한 번 어깨에 둘러멘 가방의 끈을 쓰다듬는다. 저야 뭐 잠깐 뵈었을 뿐인데... 굳이 말씀 드리자면 매우 사무적이란 인상을 받았습니다. 사무... 적이다? 즉 뭐랄까, 독일 사람보다 더 독일 사람 같다는 느낌이랄까요? 독일 사람보다

더 독일인 같다... 라고 나는 속으로 중얼거린다. 뭐 제가 말씀 드릴 수 있는 건 그 정돕니다. 워낙 간단히 용건만 묻고 말씀하셔서 그런 건지도 모르겠습니다. 그렇군요, 라고 나는 고개를 끄덕

인다. 영호 씨와 작별을 한 후에도 나는 한동안 로비에 남아 있는다. 소파에 앉아, 그리고 우두커니 레스토랑의 불빛을 응시한다. 로비의 천장에도 〈2000〉이란 숫자가 커다랗게 박힌 휘장이 드리워져 있다. 오늘은 2월 11일, 또 분명 약속한 날의 하루 전이란 현실을... 이것이 현실임을... 이국(異國)의 도심에서 나는 또 한 번 떠올리고 되새긴다. 좀처럼

잠이 올 것 같지 않은 밤이다.

홍신소의 연락을 받은 것은 크리스마스가 거의 다가온 무렵이었다. 말을 돌리거나 늘이던 여느 때의 어조와는 달리 지극히 간결하고 사무적인 목소리였다. 찾았습니다. 그 한마디의 말 외에 또 어떤 말을 들었는지는 기억이 나지 않는다. 직원의 방문을 받기 전까지도 그 말은 내내 비현실적인 〈현실〉로 머릿속에 머물러 있었다. 독일에 나가신 지 10년이 넘으셨더군요. 그래서 정말 찾기가 힘들었습니다. 직원이 건네준 봉투 속에는 프랑크푸르트의 주소와 연락처, 직업 : 간호사, 독신 등의 내역이 몇 장의 형식적인 보고서와 함께 들어 있었다.

확인해 보시죠?

라는 말을 듣고도 확인을 할 수 없었다. 직원이 돌아간 후에도 또 크리스마스가 지난 연말까지도 나는 내내 확인을 미루고 또 미뤄야만 했었다. 몇 번을, 수화기를 들고 번호를 누르기는 했지만

신호를 듣는 순간 번번이 수화기를 내려놓아야 했다. 이상한 일이었다. 무슨 말을... 또 어떻게 해야 할지 알 수 없었다. 어디서부터 이야기를 꺼내야 할지, 또 어떤 이야기를 끝끝내 준비해 보아도... 힘없이 내려놓는 수화기를 더는 쥐고 있을 힘조차 나지 않았다. 그리고 딱 한 번 그녀의 전화가 통화 중인 때가 있었다. 마음 편히

그 신호를 들으며 지금 저곳에 그녀가 있다는 사실을... 살아, 숨 쉬고 말하고 있다는 사실을 나는 비로소 확인할 수 있었다. 이것이 현실임을 그제서야 인정하던 마음과... 수화기를 든 손을 타고, 흐르던 눈물을 잊을 수 없다. 결국 내가 할 수 있는 유일한 일은 그녀의 주소로 책을 보내는 것이었다. 사라진 세월과... 사라져야 했던 이유가 고스란히 담긴 책이었다. 그리고 그것은... 한 권의 편지였다. 어떤 메모도 연락처도 적지 않은 우편물을 그렇게 느닷없이 독일로 부쳤었다.

책이 도착했으리라 짐작되던 무렵에도, 무심코 받아든 책을 지금쯤이면 읽었겠지... 싶은 무렵에도 그러나 전화를 걸기가 쉽지 않았다. 너무나 긴 시간이 지나 있었다. 아무리 정확한 현실의 문이 있다 해도, 지나버린 시간은 도저히 그 문을 빠져나갈 수 없는 비현실적인 부피의 바위와도 같은 것이었다.

메신저가 되어준 것은 영호 씨였다. 출판사 사장의 소개로 나는 그와 통화를 했고, 그는 기꺼이 나의 부탁을 들어주었다. 만나고 싶습니다. 직접 그녀를 찾아가 말을 전한 것도, 그녀의 대답과...

약속을 통보해 준 것도 영호 씨의 역할이었다. 만나고... 싶어했습니까? 실은 조금 긴장했더랬습니다. 한참을 말없이 창밖만 바라보셨거든요. 그... 시간이 너무 길어서 말이죠, 부정적인 답변을 듣는 게 아닌가 걱정이 들기도 했습니다.

그랬군요.

그리고 단호하게 〈좋습니다〉라고 말씀하셨습니다. 괴테하우스 근처의 한 카페를 얘기하셨고 그러다 곧 아니다, 숙소를 정하면 바로 근처의 레스토랑이 좋겠다고 하셨습니다. 그래서 일단 제가 숙소를 예약한 후, 장소를 통보해 드리기로 얘기가 되었구요. 네, 네. 혹시 특별히 원하는 장소라도 있으신지요? 아니, 그런 건 아닙니다. 그렇습니까? 그럼 제가 알아보고 곧 좋은 곳을 잡아보도록 하겠습니다.

그리고 그 장소에, 지금 나는 〈현실적으로〉 앉아 있다. 방으로 올라와 이렇듯 침대에 걸터앉은 지도 오래지만... 잠이 오지 않는다. 그저 말없이 한참을 나도 창밖을 바라볼 따름이다. 눈이라도 내릴 듯한 흐린 어둠과 그래서 더 흐려보이는 독일의 달을 바라본다. 이제 내일이면 그녀를 만나게 된다. 단지 시간이 남았을 뿐, 엘리베이터를 타고 내려가 로비를 몇 발짝 걸으면 되는 거리에 그녀가 있다. 현실의 문은 더 정확해졌지만... 왠지 모르게 더 커진 듯한 삶의 모호함을 나는 깨닫는다. 이제 그녀에게 어떤 말을 할 것인가? 간결해질수록 사무적으로 돌변하는 현실의 삶 앞에서 나는 또다시 할 말을 잃고 만다.

잠이 오지 않는 밤이다.

⋙

오랜만이에요.

먼저 입을 연 것은 그녀였다. 천천히 그녀가 걸어오고 눈이 묻은 외투를 벗어 의자의 팔걸이에 걸 때도... 그리고 앉아 서로를 마주했을 때도 아무런 말을 할 수 없었다. 잠시 그렇게 서로를 바라보았다는 생각이다. 그리고 먼저 그녀가 입을 열었다. 오랜만이에요. 나지막하긴 해도 또렷한 목소리였다. 힘이 느껴지는 그 목소리가 아니었다면 그만 눈시울이 붉어졌을지도 모를 일이었다. 네, 라고 나도 가볍게 고개를 끄덕였다. 정확한 그녀의 표정을 볼 순 없었지만 두 손을 가지런히 모은 채 약간 턱을 치켜든 모습이었다. 은발의 웨이터가 서로의 자리를 오가며 빈잔 가득히 물을 따라주었다. 그녀는 짙은 자주색의 터틀넥을 입고 있었고 짧은 커트머리를 하고 있었다.

물론 각오한 일이었지만

어쩐지 낯선 느낌이었다. 그것을 정확히 실망이라 부를 순 없겠지만... 결코 희망이라 부를 수도 없는 성질의 느낌이라 나는 생각했었다. 비행기를 타는 일이 피곤하진 않으셨나요? 그녀가 물었다. 피곤... 했었다. 게다가 분명 잠을 제대로 잔 얼굴도 아닐 거라 생각하며 나는 고개를 가로저었다. 잠시 창밖을 바라보던 그녀가 다시 나를 바라보았다. 유럽은 어딜 가나 오후가 무척 짧아요. 곧 저녁이죠. 아닌 게 아니라

이미 어두워진 창밖으로 눈이 쏟아지고 있었다. 그녀의 입가에 쓸쓸한 미소가 번지고 지나갔다. 오시면 꼭 식사를 대접하고 싶었어요. 어떠세요? 괜찮으시면 지금 주문을 해도 좋을 것 같은데... 아, 네 하고 나는 고개를 끄덕였다. 연어도 괜찮을 거예요. 그녀가 설명해 준 몇 가지 요리들 중 나는 하나를 골랐고 그녀는 정말 사무적인 느낌의 독일어로 요리를 주문했다. 와인 정도는 괜찮으시죠? 주문을 하다 문득

생각이 났다는 듯 그녀가 물었다. 역시나 그렇다고 나는 고개를 끄덕인다. 아무 일 없는 사람들처럼 그리고 우리는 식사를 시작했다. 대화의 대부분은 그녀의 일상에 관한 것이었다. 독서 낭독회에 가입되어 있는데 지난주 토요일엔 자신이 낭독자였다, 밀란 쿤데라의 한 대목을 골랐는데 마침 똑같은 부분을 준비해 온 회원이 있어 자신이 양보를 했다... 그래서 엉망으로 낭독을 한 거예요. 이를테면 그런 얘기들을 나누며 우리는 식사를 했다. 그녀는 쉴 새 없이 얘길 했다. 그리고 자주 웃었다. 함께 웃으며 식사를 하는 그 풍경이

그래서 매우 낯설다는 생각을 나는 했었다. 식사를 마치고 우리는 따로 주문한 샐러드와 남은 와인을 사이에 두고 서로를 바라보았다. 식사는 괜찮으셨어요? 그녀가 물었다. 예, 아주 좋았습니다. 마땅히 나는 고개를 끄덕였지만 무어라 말할 수 없는 희미한 슬픔을 느끼고 있었다. 실은... 하고 내가 말했다. 연어보다는 송어를 먹어보고 싶었습니다. 생각이 났다는 듯 살며시 박수를 친 후 그녀는 손으로 입을 가린 채 웃음을 터트렸다. 숭어가 아니구요? 그녀가 물었다. 숭어였던가요? 라고 나도 고개를 끄덕였다. 끄덕... 였지만

이상할 정도로 나는 슬픈 마음이었다. 잔잔히 제목을 알 수 없는 음악이 실내를 흐르고 있었다. 약간은 과장된 듯한 제스처를 취하며 웃음을 터트린 그녀가 빈잔 가득 와인을 따라주었다. 그리고 잠시 우리는 아무 말도 하지 않았다. 실은... 하고 시선을 창밖으로 돌리며 그녀가 중얼거렸다. 희미하나마 고요히 수직으로 떨어지는 편편(片片)의 눈들을 나도 볼 수 있었다. 약속시간을 어기고... 늦게 나올까 생각도 했었어요. 그럼 늦어서 죄송해요, 라고 할 말이 생기잖아요. 많이 기다리셨나요, 물어볼 수 있는 말도 생기고... 그러니까

그런 사소한 말들

아무것도 아닌 말들을 생각해 낼 수 없었어요. 무슨 말을 해야

할지... 그리고 어떤 말을 해야 할지... 턱을 괸 채 지그시 아랫입술을 깨문 그녀가 고개를 떨구었다. 그리고 한참을 우리는 아무 말도 하지 않았다. 그 사소한 말들, 아무것도 아닌 말들을 할 수 없어 나 역시 수화기를 내려놓곤 했었다. 말없이 와인을 기울이며 역시나 그런, 그녀의 얼굴을 나는 멍하니 바라보았다. 책은... 잘 받았어요. 고개를 든 그녀가 침묵을 깨며 속삭이듯 말했다.

출판사의 주소가 인쇄된 봉투라... 그쪽으로 연락을 하면 전화번호 정도는 알 수 있겠다 생각을 했어요. 하지만 역시 전화를 걸고... 사소한 말을 꺼내야만 하는 나 자신을 견딜 수가 없었어요. 어떤 말도 떠오르지 않았고... 다시 창밖을 바라보며 그녀는 말을 멈추었다. 조금씩 눈이 가늘어져 문득 세상이 고요해진 느낌의 순간이었다. 그러고 보니 정말 오랜 시간이 흘렀어요. 기억나지 않는다 해도

하나 이상할 게 없는 시간이죠. 어떤 감정도 스미지 않은 목소리였다. 낮은, 그러나 힘 있는 또박또박한 음성으로 그녀는 자신의 이야기를 꺼내기 시작했다. 사소한 말들... 아무것도 아닌 말들을 이제 하지 않아도 된다는 안도감에 나 역시 수평의 땅위에 내려앉은 눈처럼 편안한 마음이었다. 그 순간 아득한 창공을 하강해온 삶이... 그런, 서로의 삶이 비로소 나란히 땅위에 누워 우리가 지나온 밤하늘을 뒤돌아보는 기분이 들었다.

그리고 갑자기 연락이 되지 않았어요. 혹은... 당신이 연락을 끊

었다고밖엔 생각할 수 없었던 거죠. 다른 연락을 취해볼 방법도 없었고... 결국 저로선 그저 그 시간들을 견뎌야만 했어요. 그럴 리 없다 생각했지만, 어떤 이유에서건 당신이 나라는 여자의 현실에 눈을 뜨고... 눈을 돌렸겠지 생각도 들었어요. 혹시 당신에게 어떤 사고가 생긴 건 아닌가 생각이 들 때도 있었지만... 그건 그야말로 상상도 하기 싫은 일이었지요. 차라리 버림을 받은 거다... 그쪽이 저로선 더 편하고 행복한 선택이었어요. 다만

좀더, 조금만 더 당신이 제게 머물러 주었다면... 야속한 마음이 들 때도 있었지만 분명 미워하진 않았다고 생각해요. 아니... 이젠 그런 기억조차도 불분명할 정도로 저는 그 시절을 잊어버렸어요. 미안해요. 하지만 그러지 않고서는 살 수가 없었어요. 그리고 얼마 안 가 저는 공장을 나왔어요. 사표를 던진 거죠. 어떤 안 좋은 일이 있었다기보다는... 우연히 사장이 큰 소리로 전화통화 하는 걸 엿듣게 되었어요. 엿들으려 한 건 아닌데 목소리가 워낙 컸던 거죠. 사실 갑자기 자리가 났던 게 그 전의 경리 여직원이 연애를 했던 거예요. 무슨 사정이 있었는지 약간의 공금을 들고 남자와 함께 도망을 쳤다 그러더군요. 그런 일도 있구나, 그런 마음으로 별 생각 없이 저도 일을 했던 것이죠. 통화를 이어가던 사장이 갑자기 상대에게 그런 조언을 하더군요. 야 경리직원은 절대 예쁜 애 뽑으면 안 돼, 꼭 인물값 한다니까... 아무튼 성실하고 최대한 못생긴 애를 뽑아야 해, 연애라고는 생각도 못할 그런 애들 말이야... 그러니까 그 순간

제가 왜, 어떻게... 그 자리에 앉을 수 있었는지 이유를 알았던 거예요. 경제적으로 많이 힘들 때였는데... 또 비교적 순응하고... 그런 편이었는데 이상하게 사표를 쓰지 않을 수 없었어요. 그래도 예전과 다른 점이 있었다면 더는 울지 않았다는 거죠. 그리고 더, 힘든 길을 스스로 선택했어요. 돌이켜보면 우연이었다고 생각해요. 아버지의 상태가 악화되면서 또 힘들게 병원신세를 져야 하면서 간호사 한 분을 알게 되었어요. 그리고 그런 학원이 있다는 것... 자격증을 따면 외국에 나갈 수 있다는 얘길 듣게 된 거죠. 무슨 힘이었는지는 모르겠어요. 정말 버티고 버티면서 저는 다시 공부를 시작했어요. 그리고 이곳으로 오게 된 거죠. 그런데... 하고 핸드백을 뒤지던 그녀가 담배를 꺼내 들며 나를 바라보았다. 지금도 안 피세요? 나는 말없이 고개를 끄덕였다. 슬림 사이즈의 담배를 꺼내 문 그녀의 입에서 길고 가느다란 연기가 일직선으로 피어올랐다.

외로웠어요.

실은 많이, 그리고... 친구가 필요했던 거죠. 재를 터는 그녀의 입가에 살며시 미소가 번져 있었다. 연기에 가려 불분명하긴 해도 그 미소의 끝이 재를 터는 손끝처럼 떨리고 있다는 사실을 알 수 있었다. 기다란 담배가 조금씩 타들어갈 때까지 다시 그만큼의 침묵이 재와 함께 쌓이고 있었다. 여전히 제목을 알 수 없는 음악이 연기와 섞인 채 우리의 주변을 흐르고 있었다. 그 누구의 삶에도 제목을 붙일 수 없는 거라고, 또 제목을 알 수 없는 거라고 나는 막연히 생각했었다. 여기 와서 가장 생각났던 게 당신이었어요. 또 혹시라도 당신이 뒤늦게 연락을 했다면 어쩌지... 부질없는 공상에 잠긴 적도 있었어요. 그리고 무엇보다... 당신이 보고 싶었어요. 예, 참 많이 보고 싶었어요. 떨리는 목소리는 아니었지만

떨리는 시선으로 창밖을 보던 그녀가 다시 쏟아지는 눈을 가리키며 미소를 지었다. 눈이 다시 내리네요. 네, 라고 말하며 나는 그녀의 잔에 와인을 따라주었다. 고마워요, 라고 그녀가 말했다. 와인을 한 병 더 시키고 우리는 샐러드를 먹기 시작했다. 그녀는 또 잠시 몇 년 전 이탈리아에 갔을 때 앤초비(멸치를 짜게 숙성시킨 음식)를 참 맛있게 먹었다, 지금도 가끔 그걸 구하러 자일(Zeil) 거리의 식료품점을 뒤진다 그런 얘기를 들려주었다. 실제론 여덟 시 정도가 아닐까 싶은 시간인데도 샐러드를 절반가량 비웠을 무렵엔 심야(深夜)의 기분이 느껴지는 밤이었다.

참 열심히 일했어요. 그리고 이제 어느 정도 정착을 했다는 생각이에요. 한국을 떠나온 것에 후회도 없고... 돌이켜보면 그런 생각이 들어요. 저는 그곳에서 여자가 아닌 다른 그 〈무엇〉으로 살아야 했던 게 아닌가... 남성과 여성의 구분이 아닌 매우 이상한 그 어떤 것... 상처받고 일그러질 수밖에 없는 그 무엇이 아니었을까, 그런 생각이 들어요. 어쨌거나 이 선택을 후회하지 않는 이유가 여기선 그냥 〈여자〉로 살아갈 수 있다는 점일 거예요. 그냥 여자... 성형을 받거나 굳이 예뻐야 하거나 하이힐을 신지 않아도 되는

말 그대로의 그냥 여자 말이에요. 굳이 분류를 당한다 해도 저는 이제 못생긴 여자가 아니라 독신의 동양인 여자로 삶을 살아가고 있는 거예요. 물론 속으로야 어떤 생각을 한다 해도 자신의 시각으로 남을 비하할 수 없다는 게 상식인 사회란 거죠. 사회의 가치는 그런 거라고 생각해요. 동등한 기회를 얻고, 그 대가를 바랄 수 있는... 그리고 노력할 수 있는... 그런 점에서 저는 이곳이 정말 마음에 들어요. 어떤 생각을 하실진 몰라도

그런 면에서 제가 한국에서 겪은 일들은 매우 야만적인 것이었어요. 야만이죠. 아름답지 않으면... 화장을 하지 않고선 외출하기가 두려운 사회란 건요... 총기를 소지하지 않으면 집 밖을 나설 수 없는 사회란 거예요. 적어도 여자에겐 그래요, 지극히 야만적인 사회였어요. 물론 지금은 많이 달라졌겠지만, 아무튼 말이죠. 그래서 저... 잘 살고 있다는 생각이에요. 적어도 직장에서만은 특별한 차별 없이 일을 하고, 보수를 받고... 비슷한 취미를 가진 사람들과 이런저런 클럽을 만들고, 토론을 하고... 전시회를 관람하고 공연을 즐기고... 이 삶이 좋은 거예요.

어떤, 정해진 시간이 되었는지 유리의 절반을 덮고 있던 차양이 미세한 기계음과 함께 천장으로 올라가기 시작했다. 평소라면 떠 있는 달과 많은 별들을 볼 수 있을 정도의 높이였고, 때문에 실내 전체가 마치 테라스와 같은 느낌으로 변해 있었다. 음악의 분위기도 달라지기 시작했다. 여전히 제목을 알 수 없는... 낮고, 매우 느

슨한 재즈를 들으며 아마도 이 시점이 저녁과 밤을 구분 짓는 경계겠구나, 나는 생각했었다. 때문에

눈이 더, 많이 오는 느낌의 창밖을 보며 그녀는 다시 한 개비의 담배를 꺼내 물었다. 저... 많이 변했죠? 그녀가 물었다. 실은 그 점에 대해 줄곧 생각을 하고 있었습니다만... 하고 나는 고개를 숙였다. 그리고 다시 고개를 들며 말했다. 장소는 달랐어도... 분명 저 역시 같은 분량의 시간을 지나와야 했던 것입니다. 그래서 지금 그런 생각을 하고 있어요. 나란히, 함께 나이가 들어가는 것이 인간에겐 큰 축복이라고... 때문에 서로가 서로를 이해할 수 있는 거라고 말입니다. 나란히라... 그렇군요, 라고 그녀가 속삭였다. 그리고... 이제 우리

서른다섯 살이 되었어요.

가늘고 긴 담배연기가 무수한 눈들을 거슬러 하늘로 올라가는 느낌이었다. 멍하니 창밖을 바라보면서 그녀는 잠시 생각에 잠겨 있었다. 그리고 애써 시선을 피하려는 듯 얼굴을 돌린 채 얘기를 이어갔다. 책은... 잘 읽었어요. 가늘고 긴 한숨이 연기와 함께 그녀의 입에서 새어나왔다. 한동안 그녀는 말이 없었고 다만 지긋이 내리는 눈들을 바라볼 뿐이었다. 너무나 갑자기... 너무 놀랍게도 당신의 연락을 받을 수 있었던 거예요. 13년이란 세월이 흐른 뒤에... 말이죠. 게다가 그 연락은... 제가 가장 원했던 소식과 두려워한 소식이 함께 담긴 것이었어요. 마침 퇴근길에 들른 뢰머

(Roemer)광장에서 회전목마를 보았고... 그래서 간만에 당신을 떠올렸던 날이었지요. 네, 당신이 날 떠났다 해도 언젠가 꼭 바라던 작가가 되기를 빌었어요. 그리고 정말 어떤 사고를 당한 것만은 아니기를 그보다 더 빌고, 빌었던 거예요. 그러니까 나 때문에... 나 때문이란 죄책감에 한동안 너무 시달려야 했어요.

　어차피 이런 직업을 가진 터라 그런 사고가 누구에게나 일어날 수 있다는 걸 알면서도... 그랬어요. 지금 막 라디오에서 토론을 벌이고 있는 기업인이 헬기사고로 두 다리가 잘린 채 병원에 실려 온 적도 있었고... 러닝머신에서 운동을 하다 갑자기 전신마비를 일으킨 주부를 본 적도 있었어요. 하지만 그런 경험과는... 전혀 별개의 것이었어요. 적어도 제게는... 또 저 때문에 그날 그 자리에 당신이 있었던 거니까... 그리고 그렇게 많은 환자들을 돌봐왔으면서도 당신을 단 한 번도, 돌봐주지 못한 거니까...

　잠시 그녀는 말을 멈추었고, 힘을 줘 입술을 깨물었다. 아니, 나도 함께 입술을 깨물고 있는 느낌이었다. 돌이킬 수도 없이... 이미 너무 많은 것들이 헝클어져버린 거예요. 그러니까 저는... 그리고 그녀는 더 말을 잇지 못했다. 잠시 유리창 너머의 바람이

　유리창을 건너, 스산한 마음속의 또 다른 유리창을 두드리는 느낌이었다. 저는... 하고 나는 그녀의 말을 가로막았다. 말하자면 이것이... 제 삶이란 생각을 하게 되었습니다. 생각했던 삶이 아니라 해도... 결국 이것도 다른 누구의 삶이 아닌 나 자신의 삶이란

사실을 깨닫게 된 것입니다. 그러니까... 인간은 결국 주어진 삶을 살 수밖에 없고, 또 그런 이유로 서로에게 죄책감을 가질 수밖에 없다는 사실을... 이제 어느 정도 이해하게 된 것이죠. 그럼에도 불구하고

나는 왜 이곳으로 오고 있는가, 비행기를 타고 오면서도 줄곧 그런 의문을 스스로에게 던졌습니다. 지금도 정확히 그 이유를 알 순 없지만... 말하자면... 보고 싶었던 것입니다. 헝클어진 모든 것을 풀기 위해서가 아니라, 어쩔 수 없이 헝클어진 삶임에도 불구하고... 무사한 당신을 꼭 한 번은 보고 싶었던 것입니다. 또 그래야만

남은 인생을 살아갈 수 있겠다 생각을 했습니다. 뒤돌아 헝클어진 삶을 볼 때마다 마음이 아픈 것과, 그럼에도 불구하고 이제 아프지 않다는 것에는 큰 차이가 있다는 생각입니다. 즉 나와 당신이 무사하다는... 우리가 무사하다는 기억을 저는 꼭 가지고 싶었던 것입니다. 어쩌면 그게 제가 이곳을 찾은 이유의 전부란 생각입니다. 당신이 무사해서... 당신이 무사하니까 이제 저도 무사할 수 있습니다. 얼마나 다행한 일인지 모르겠어요.

그리고 누구도 입을 열지 않았다. 느릿한 몇 곡의 재즈와 함께 나는 어두운 터널을 지나온 느낌이었고, 그 순간이 지나고 나자 다시 사소한 말들, 아무것도 아닌 말들이 필요한 시간이 우리에게 돌아왔다. 헝클어진 그 모두를 그대로 둔 채, 스무 살이었던 여자

의 잔에 서른다섯이 된 남자는 와인을 따라주었다. 그리고 서른다섯이 된 여자의 와인을 받은 것은, 아주 오래전

스무 살이었던 한 남자였다. 은발의 웨이터가 다가와 곧 문을 닫을 거란 얘기를 일러주고 돌아갔다. 몇 마디의 사소한 말과 함께 건배를 하고 나는 레스토랑의 출입문을 바라보았다. 이제 저 문을 나서고, 주어진 각자의 길을 걸어갈 것이다... 그런 생각을 하니 마치 남아 있는 삶의 한 모금을 미리 시음한 듯한 기분이 들었다. 그것은 입 안 가득 머금고 있는 지금의 와인처럼 깊고, 복잡한 맛이었다.

이제 헤어져야 할 시간이었다.

호텔의 정문 앞에 나란히 선 채로, 그러나 누구도 얘기를 꺼내기가 쉽지 않았다. 거의 그쳤다고 해도 좋을 만큼 눈발은 약해져 있었고, 또 그만큼 약해진 2월의 바람이 희미하게 두 사람의 사이를 가르며 지나갔다. 언제 돌아갈 예정이세요. 그녀가 물었다. 내일 오전 비행기를 예약해 두었습니다. 내가 대답했다. 실은 모레 아침의 비행기였지만, 이상하게 그런 대답을 할 수밖에 없는 기분이었다. 그렇군요, 라고 그녀가 말했다.

어떤 약속이라도 한 듯, 그리고 우리는 한동안 하늘을 바라보았다. 나란히, 그리고 아마도 비슷한 생각을 했을 것이다. 마치 오래전의 그날 밤... 과 같은 밤이었다. 그녀의 마음을 알 순 없었지만

죽은 왕녀를 위한 파반느

순간 나는 어두운 하늘과, 눈 덮인 은빛의 세계를 둘러보며 가슴이 뭉클해져옴을 느낄 수 있었다. 떠나갈 이와 배웅하는 이의 입장이 바뀌었을 뿐 다시금 그날 밤, 그 자리에 돌아와 선 기분이었다. 자칫, 나는 울 뻔했지만... 울지 않았다. 그리고 최대한 담담한 표정으로 그녀를 향해 속삭였다. 택시를 불러야 하지 않을까요?

고개를 숙인 채 그녀는 잠시 답변을 미루었고, 곧 얼굴을 들어 괜찮아요... 걸어갈 만한 거리니까, 라고 대답했다. 그럼... 하고 그녀는 지그시 입술을 깨물었다. 조심해서 가세요. 그리고... 만나서 정말 기뻤어요. 저도 그렇습니다. 그리고 우리는 악수를 나누었다. 오래전 스무 살이었던 여자의 손은 서른다섯이 된 남자의 손보다는 작고, 따뜻한 것이었다. 그녀는 조금 걷다가... 말없이 손을 들어 보이는 나를 돌아보고는 잠시 손을 흔들어주었다.

그리고 걸어가는
그녀의 모습을 볼 수 있었다.

그녀의 뒷모습은 조금씩
조금씩 작아져갔고

또 조금씩
작아지다가

이상하게 더는

작아지지 않았다.

　착시일까, 생각이 들었지만 그렇게 굳어진 그녀의 뒷모습은 얼어붙은 작은 눈사람처럼 계속 그 자리에 머물러 있었다. 어떻게 된 일일까, 어떤 알 수 없는 인력(引力)에 이끌려 나도 모르게 조금씩 그녀를 향해 걷기 시작했다. 조금씩, 조금씩 다가오는 그녀의 뒷모습과... 또 조금씩 커지다가, 더는 그 모습이 커지지 않을 만큼 다가선 후에야... 나는 그녀의 어깨가 가늘게 들썩이고 있음을 알 수 있었다. 나는 잠시 서 있다가

　말없이, 그 작은 어깨를 손으로 감싸주었다. 순간 뒤돌아선 그녀의 얼굴이 뜨겁게 내 품을 파고들었다. 그녀를 부둥켜안은 것은 분명 나였지만, 오히려 더 큰 품으로 나를 감싸준 것은 그녀의 입김이었다. 그리고 그녀의... 뜨거운 눈물이었다. 우리... 하고 그녀가 속삭였다. 그리고 그녀는 한참을 울었고 또다시...

　또다시 이렇게 헤어지진 말아요.

　라고 속삭였다. 드문, 어깨에 내려앉는 눈을 맞으며 우리는 그렇게 꼼짝 않고 서로를 껴안았다. 기나긴 시간을 지나 다시 돌아온... 어둡고 눈 내린 순은(純銀)의 세계에서 무사했던 우리가 할 수 있는 일은 그것이 전부였다. 다만 고요히 눈이 내리는 밤이었다.

해피엔딩

여름의

라우터브룬넨(Lauterbrunnen)*은 한산했다. 아마도 이른 아침이어서 더 그랬을 것이다. 호스텔에서 적당히 아침식사를 마치고 우리는 마을을 둘러보았다. 스위스 산간 특유의 아기자기한 집과 오솔길들... 그리고 작은 공동묘지를 볼 수 있었다. 주로 시간을 보낸 곳은 묘지였다. 주로, 묘지에서, 시간을 보냈다니... 매우 이상한 느낌의 문장이긴 하지만 누구라도 그 묘지를 보게 된다면 절로 고개를 끄덕이지 않을 수 없을 것이다.

세상에 이보다 더 예쁜 묘지가 있을까... 여기 묻힌 모두가 정말

---

* 스위스의 산간 마을. 인터라켄을 거쳐 융프라우요흐에 오르는 산악열차의 중간 거점이다.

예쁘게 살다 간 사람들 같아요... 그런 얘기를 나누며 우리는 묘지를 산책했다. 아기자기한 죽음의 증거물들 사이에서 살아, 맞잡은 서로의 손에 고인 땀을 느낄 수 있었다. 잠깐만, 하고 나는 손수건을 꺼내 그녀의 땀을 닦아주었다. 이마의 땀을... 또 손바닥의 땀을 닦아주었다. 아기자기한 삶의 증거물들이 방울방울 손수건을 적시는 그 느낌이, 나는 싫지 않았다. 괜찮아요...

괜찮아.

그런 대화를 통해 마치 스무 살로 돌아간 그 느낌도 싫지 않았다. 그러니까 그 무엇도 싫지 않은 얼굴로 우리는 천천히 라우터브룬넨 역(驛)을 향해 발길을 돌리기 시작했다. 작은 제과점이 있었다. 초콜릿을 살까? 녹을지 모르니까 다른 걸 찾아봐요. 결국 한 박스의 슈크림을 가방에 담고 우리는 역까지 걸어갔다. 융프라우요흐에 오르기 위해 모여든 사람들이 크고 작은 배낭을 둘러멘 채 산악열차를 기다리고 있었다. 열차는

해발 3454m의 산을 오른다고 하기에는 너무나 평범한 외양을 지니고 있었다. 멀리, 그러나 가까워 보이기도 하는 눈 덮인 산의 정상을 바라보며 우리는 함께 열차에 몸을 실었다. 점점 가팔라지는 철로의 경사를 느끼며, 또 잠깐 쏟아지던 소나기를 바라보며 우리는 별 말 없이 슈크림을 먹기 시작했다. 무슨 생각 하는 거예요? 실은 별다른 생각을 하지 않았는데 그녀가 물어보았다. 그러니까, 하고 나는 그녀를 향해 속삭였다. 부드럽고, 부드럽다는 생

각을 하고 있었어. 표정은 굉장히 굳어 있는 걸요. .글쎄, 아마도 너무 부드러운 걸 먹고 있기 때문이 아닐까? 그럼 지금의 제 표정도 굳어 있겠네요. 그런 것... 같아.

초콜릿을 살 걸 그랬나 봐요. 희미한 미소를 지으며 그녀가 속삭였다. 그리고 살며시 내 어깨에 머리를 기대었다. 부드러운 머릿결이 또 잠시 오른뺨을 스쳤으므로 나는 더 굳어진 얼굴로 입안의 슈크림을 녹여야 했다. 그녀의 오른손이 또다시 나의 왼손을 부드럽게 마주 쥐었다. 살과 뼈로 이루어진 인간의 신체라 해도... 문득 서로를 사랑하는 인간의 몸만큼은 슈크림과 같은 것이 아닐까, 나는 생각했었다. 그리고 녹아들 듯

우리는 잠깐 깊은 잠에 빠져들었다. 다 왔어요, 내려야 해요. 희미한 그녀의 목소리에 서둘러 잠을 깼고, 산악열차의 종착역을 빠져나온 우리는 정말이지 융프라우요흐에 올라 있었다. 그 감정을... 말로 표현하기란 쉽지가 않다. 그래서일까, 우리는 별 말 없이 눈 위를 걸어 가파른 벼랑 끝의 전망대에 발을 디뎠다. 다만 서로의 손을 놓지 않은 채, 그리고 알레치 빙하가 한눈에 들어오는 어느 한 지점에서 우뚝 멈춰 섰다... 서야만 했다. 아름다워요... 라고 그녀가 속삭였다. 왜 그랬을까? 아름다워, 라고 말하진 않았지만... 나는 그 순간

보다 더

385
죽은 왕녀를 위한 파반느

이 세계를 사랑할 수 있겠다는 생각이 들었다. 나란히 선 두 개의 탑처럼 우리는 눈앞의 광경을 오래오래 바라보았고, 굳은 표정으로... 그러나 부드럽고, 부드러운 무언가를 가슴 깊이 담고 서 있었다. 정말 이곳에 올 수 있었네요, 그녀가 속삭였다. 인생은 정말이지 알 수 없는 거야, 라고 나는 중얼거렸다. 알 수 없는 인생처럼

갑자기 한순간 축포(祝砲) 같은 흰 눈이 쏟아져 내리고는 자취를 감추었다. 이게 뭐지? 내가 물었다. 아마 봉우리의 눈이 바람에 흩어진 걸 거예요, 그녀가 속삭였다. 오늘이 7일... 그녀의 휴가가 끝나기까지는 아직 5일의 시간이 남아 있었다. 산을 내려가면 스페인으로, 또 마드리드를 찾아 프라도 미술관을 둘러볼 생각이다. 그곳에서 우리는 다시 한 점의 그림을 오랜만에 감상할 수 있을 것이다. 많은 세월이 흘렀지만

벨라스케스의 그 그림은 아직도 내 가슴에 그날 밤의 추억으로 남아 있다. 느리고 장엄한 음악처럼, 협곡의 바람소리가 알레치 빙하의 한복판을 가로질러 지나갔다. 두 손을 꼭 잡은 채 눈길을 걸어가다 슈크림이 좀 남았을까? 그녀에게 물어보았다. 글쎄요... 절반 정도는 남았을 거예요, 그녀가 대답한다. 그리고 또... 사소한 말, 아무것도 아닌 해야 할 말들을 머릿속에 떠올리다가... 나도 모르게 독일어는 배우기 어려워? 라는 말이 입 밖으로 튀어나왔다. 물끄러미 그녀가 나를 쳐다보았다. 또 몹시 나는 굳어진 표정이었지만 그 속의 부드럽고, 부드러운 삶의 이유를 눈치 챈 듯 그녀가

웃으며 속삭였다.

쉬워요.

이제 산을 내려갈 일만이 남았다.

Writer's cut
그와 그녀, 그리고 요한의 또 다른 이야기

요한의 이야기

이런, 담배가 없잖아?

텅 빈 담뱃갑을 바라보며 요한은 중얼거린다. 혹시나 하고 주머니며 서랍을 뒤져보지만 담배는 보이지 않는다. 잠시 요한은 머리를 긁적인다. 사러 나갈까 말까... 갈등을 하다 결국 귀찮아, 하고 의자에 주저앉는다. 마흔이 되면서 느끼는 가장 큰 변화는

만사가 귀찮아진 거라고, 그는 스스로에게 투덜거린다. 요한은 전화를 건다. 나야, 어떻게... 일은 잘 봤고? 오케이, 오케이... 저기 올 때 말이야 담배 좀 사다주면 좋겠는데... 그러니까, 아예 두 보루 정도... 뭐, 〈희망〉은 많을수록 좋은 거잖아. 오케이, 조심해서 오고... 삿포로(札幌)에 나간 아내가 돌아오려면 적어도 한 시간은 넘게 걸릴 것이다. 물끄러미 시계를 바라보다 요한은 다시

전화를 건다. 아... 미안한데, 그냥 와... 내가 나가서 사오는 편이 낫겠어... 그래, 게다가 짐도 많을 텐데 말이야... 그러게, 내가 잠시 미쳤었나봐. 풋, 하는 아내의 웃음을 들으며 요한은 수화기를 내려놓는다. 그리고 귀찮아, 운동화를 꺾어 신으며 그는 다시 한번 투덜거린다.

담배를 물고

요한은 멍하니 책상 위에 올려둔 자신의 원고를 바라본다. 두툼히 쌓인, 비로소 프린트된 자신의 활자들이 문득 낯설게 느껴진다. 이제 제목만 붙이면 되는 건가, 고개를 끄덕이며 그는 원고의 앞부분을 다시 들춰 읽어본다. 그리고 곧, 읽기를 포기한다. 그의 손끝에서 흩어진 연기들이 늦봄의 햇살 속에 느리고, 고르게 분포된다.

준비해 둔 봉투를 꺼내 요한은 조심조심 원고를 담는다. 2000. 6. 12. 날짜와 사인을 하고는... 결국 제목은 아내의 몫이란 생각으로 봉투의 입구를 굳게 봉해버린다. 아내 몰래, 틈틈이 써온 소설이지만 결국 아내를 위해 쓴 소설이었다. 내가 정말 미쳤었나봐. 두툼한 봉투의 무게를 가늠해 보다 그가 피식 실소를 터트린다. 요한은 묵묵히 집안을 정리하기 시작한다. JR(일본 열차)에 올랐을 아내와 딸이 이제 곧 오타루(小樽)에 다다를 시간이다.

세화는 자? 예 잠들었어요. 오늘은 뭘 읽어줬는데? 〈재크와 콩
나무〉요. 큭큭 재크와 콩나무라… 좋지, 그건 그렇고 간만에 맥주
나 한잔 할까? 뭐, 다른 이유보다… 실은 좀 할 말이 있어서 그래.
할 말이라구요? 그래, 말 그대로… 그냥 좀 할 말이야. 어차피 밤
이기도 해서 그런 거겠지 뭐. 말없이 요한을 바라보던 그의 아내
가 천천히 고개를 끄덕인다. 1평이 채 안 되는 작은 부엌엔 이미
뭔가를 구운 냄새가 은은하게 퍼져 있다. 재크가 열심히 나무를
타는 동안 난 새우를 몇 마리 구웠지 않겠어. 머리를 긁적인 요한
이 잘 냉장된 두 개의 캔을 꺼내온다. 흐릿한 조명이 켜진 식탁 위
엔 새우가 담긴 접시와 물, 그리고 두툼한 서류봉투 하나가 놓여
있다. 음악을 좀 틀까? 요한이 묻는다. 아니, 괜찮아요 라고 그녀
는 고개를 가로젓는다.

실은 말이야, 나 여행을 좀 다녀올까 해.

여행이요?

응, 늦게 말을 해서 미안한데… 사실 오래전부터 생각해 온 일
이야. 이틀 정도… 어딜 간다기보다는 그냥 집을 떠나 있겠다는
거지. 지큐미사키(地球岬)*도 한번 둘러보고 도야(洞爺)*에서 좀 쉬
기도 하고… 그러다 올 참이야. 사이토에게도 미리 얘길 해놨어.

---

* 일본 북해도의 대표적인 관광지들.

정식으로 회사에 월차 보고까지 마쳐놓은 상태고.

그렇... 군요. 저야 물론 괜찮아요, 그런데 갑자기... 게다가 실은 오래전부터 생각해 온 일이란 게 마음에 걸리네요.

걱정할 일은 전혀 없어. 단지 부탁하고 싶은 게 있어 그런 거니까.

부탁이라뇨?

내일 아침 내가 떠나고 나면 말이야... 이 봉투에 담긴 글을 읽어줘.

이게 뭔데요?

내가 쓴 소설이야. 그리고 어떤 이야긴지는 아마 읽어보면 알수 있을 거야. 당신을 위해 쓴 거니까... 실은 그래서 여행을 계획한 거야. 이 글을 읽고 있는 당신을 대면하기가... 또 당신 역시 그런 상태에서 나와 함께 밥을 먹고, 그런 일들이 무지 어색하지 않을까 싶어서야. 즉 내가 돌아올 때까지 다 읽어줬으면, 하는 부탁이지.

어때 괜찮겠어? 라고 요한이 물었다. 그의 아내는 얼른 마땅한 대답을 찾지 못하는 눈치다. 새우가 담긴 접시는 이미 깨끗하게 비워졌고, 조명이 드리워진 식탁엔 그래서 더욱 봉투만이 남아 있는 느낌이다. 깊고, 고요한 봄밤이다.

이틀이 지나서, 요한이 집으로 돌아온 것은 저녁 무렵이었다.

털게야. 오는 길에 잠깐 창고에 들렀더니 사이토가 주더라구. 아빠~ 하고 매달린 어린 딸이 그의 품에서 좀처럼 떨어지려 하지 않는다. 세화가 얼마나 기다렸는지 몰라요. 아무 일 없다는 얼굴로

일상의 그녀가 얘기한다. 그랬어? 라고, 일상의 요한도 대답한다. 가족은 함께 식사를 하고, 요한과 딸은 게임을 한다. 이제 자야지, 퀼트를 만들던 그녀가 딸을 어를 때까지, 또 요한이 오늘은 아빠가 『아이누의 착한 곰』 읽어줄게 할 때까지, 해서 다섯 살인 그들의 딸이 잠들 때까지 일상은 이어진다. 딸을 재우던 요한도 그만 깜박 토막잠이 들고 만다.

눈을 뜨고, 잠시 화장실을 들렀다 나온 요한의 눈에 식탁에 앉아 있는 그녀의 모습이 들어온다. 일상이 아닌 시간, 다시 이틀 전의 문제로 돌아간 두 사람의 시간이 - 말끔한 식탁 위에 부담스런 식사처럼 차려져 있는 느낌이다. 말을 잊은 듯 그녀는 앉아 있고 요한은 그런, 그녀의 눈치를 살핀 후 요리를 시작한다. 두부를 썰고, 털게와 파를 다듬고... 중간 사이즈의 나베(일본식 냄비)를 꺼내 전골을 끓이기 시작한다. 물이 끓는 소리, 또 후루룹 그가 간을 보는 소리가 들릴 때까지도 두 사람은 결코 대화를 나누지 않는다. 어디 보자, 라며 오븐장갑을 낀 요한의 손이 식탁 한가운데에 전골을 내려놓는다. 달그락, 수저를 놓은 것도, 오는 길에 와인을 하나 샀지 않겠어? 술잔을 들고 온 것도 요한이었다.

고개를 돌린 채 앉아 있는 그녀를 바라보다 요한은 바스락, 담

배를 꺼내 문다. 불을 붙인다. 잠시, 환하게 타오른 불꽃과 더불어 가늘고 긴 연기가 피어오르기 시작한다. 요한이 내려놓는 담뱃갑 엔 시위가 팽팽한 활과 화살의 로고가 그려져 있다. 곧 시위를 떠 날 듯한 화살과... 그 아래 적힌 영문의 〈HOPE〉*를 바라보며 요한 은 길게, 또 느리게 연기를 내뱉는다. 창문을 넘어온 서늘한 바람 이... 혹은 한 촉의 화살처럼 날아온 지난 세월이, 문득 두 사람의 가슴에 날아와 꽂히는 느낌이다. 전골은 이미 식은 지 오랜데 전 골이 식겠어... 라고 요한은 중얼거린다. 대답 대신, 그녀는 고개 를 들어 눈물을 참는다... 참아보려, 한다.

미안해, 내가 괜한 짓을 했나봐. 전골을 데워온 요한이 비로소 말을 꺼낸다. 아니, 아니에요 라고 비로소 그녀도 말을 꺼내기 시작 한다. 한동안 두 사람은 술을 마시고... 겨우 국물이나 이를테면 두부, 처럼 부드러운 것을 먹기도 한다. 고스란히 남은 게를 바라 보던 요한이 한 덩이의 게살을 발라 그녀의 접시에 얹어준다. 약 간의 게살을... 그래서 겨우, 그녀도 먹기 시작한다. 두 잔째의 와 인을 비우고 요한은 물끄러미 창밖을 바라본다. 살을 파낸 털게의 껍질처럼, 단단하고 공허한 어둠이 그곳에 머물러 있다. 물론 소 설이긴 하지만 말이야... 하고, 마치 독백을 하듯 요한은 중얼거린 다. 어떤 식으로든 써보고 싶었던 거야.

우리의 이야기를...

---

* 일본의 담배 브랜드

그리고 그 이야기를 당신에게 주고 싶었을 뿐이야. 다시 꺼내
문 그의 담배를, 그 작은 불빛을 그녀는 물끄러미 바라본다. 창밖
에 서 있던 또 한 명의 인간처럼... 늦봄의, 밤의, 바람 한 줄기가
열려 있는 창문의 문고리를 말없이 잡고 흔들어댄다.

ᠬᠢᠸ

많은 술을 마셨지만

누구도 취하지 않은 밤이었다. 아니, 취할 수 없는 밤이라고...
요한은 생각한다. 실제와 다른 부분도 많았어요 라고, 그녀가 얘
기한다. 소설을 쓰고 싶어했던 건 당신이었잖아요, 그리고 또...
당신은 자살을 시도하지도 않았고... 물론이지, 라고 요한은 중얼
거린다. 소설이니까... 몸을 돌려, 벽에 머릴 기댄 채 요한은 멍하
니 자신의 손목을 바라본다. 마흔이 된 남자의 손목에는 아직도
선명한 두 줄의 흉터가 남아 있다. 그 무렵에 대해 말하자면 말이
야... 나 그런 일을 벌였다 해도 하나 이상할 게 없는 상태였어. 뭐
랄까... 정말이지 될 대로 되라는 심정이었거든. 그 친구나, 또 당
신을 만나지 않았다면 정말이지 소설처럼 또 한 번 자살을 시도했
을지 몰라... 그러니까 참 이상한 거야 인생은... 글을 쓰면서도 늘
그런 생각이 들었어. 그리고 그는... 하고, 굳어진 얼굴로 그녀가 말
한다. 그리고 더는, 말을 잇지 못한다.

알아, 무슨 말을 하려는지... 그리고 어떤 생각을 했는지... 하지만 그래서 그가 살아 있는 이야기를 꼭 써보고 싶었던 거야. 그리고 보여주고 싶었어, 당신에게...

힘들게, 아주 힘들게 그녀가 울기 시작한다. 소리를 내어 우는 것도 아니고, 눈물을 닦으며 우는 것도 아니다. 그래서 그냥, 운다고밖에는 말할 수 없는 울음이다. 미안해, 라고 말하며 요한은 담배를 꺼내 문다. 덤덤한 얼굴로 말을 잇는 그의 입에서, 평소보다 무거운 느낌의 흰 연기가 새어나온다.

갑자기 그런 기분이 들었던 거야. 이 삶을... 이 구멍투성이의 삶을 조금은 메우고 싶다는 기분... 아무도 알아주지 않겠지만... 그래도 정말 힘들게, 한번은 꼭 그런 시도를 하고 싶었던 거야. 그거 알아? 한국을 떠난 후로 우리 단 한 번도 그에 대한 얘길 나눈 적이 없어. 그리고 지금까지 시간이 흐른 거야. 다음 달 7일이 어떤 날인지 잘 알거야. 말은 하지 않아도... 당신 역시 해마다 그를 생각하지 않을 수 없었을 거야. 그리고 그건... 나도 마찬가지야. 작년부터 조금씩, 그래서 나 돌아가고 싶다는 생각을 많이 해. 그리고 가능하다면... 당신과 함께 가고 싶어. 세화도 데리고... 이런 우리의 모습을 보여주고 싶은 거야. 어쨌거나 살아 있는 건 우리니까...

찾아갈 수 있는 것도.

잊지 않았다, 증명할 수 있는 것도
감사한다,
사랑한다 말할 수 있는 것도
결국 우리의 몫이란 거야.

10년이란 세월이 흘렀어. 호프집의 입간판에도... 담배의 케이스에도 〈희망〉이란 글자를 새기는 게 인간이야. 문득... 그래서 그런 생각도·드는 거야. 살아 있는 인간들은 모든 죽은 자들의 희망이 아닐까 하는... 그래서 정말이지 꼭 한 번은 그에게 보여주고 싶은 거야.

반짝이는 당신을...
그리고 반짝이며 살고 있는... 우리를 말이야.

부탁이야... 같이 가지 않겠어? 라고 요한이 물었다. 별다른 대답을 하지 않은 채, 그녀는 텅 빈 시선으로 창밖을 응시할 뿐이었다. 식탁 위의 잔은 모두 비었고, 평소보다 더딘 걸음으로 창밖의 어둠 속을 밤이 서성이고 있었다.

그녀의 이야기

잘 지내시나요?

저도 잘 지내고 있습니다. 무의미한 물음과 답이 될 수도 있겠지만... 정말이지 꼭 한 번 당신을 향해 그렇게 묻고 싶었습니다. 저는 지금 김포공항을 이륙한 비행기의 창 쪽 좌석에 앉아 있습니다. 제 옆에는 딸 세화가, 또 그 옆자리엔 요한이 앉아 있습니다. 밤 비행기를 타려 한 건 아닌데... 공항에 도착한 직후 배가 아프다며 세화가 울었습니다. 짐과 가방을, 또 세화를 번갈아 안아가며 의무실이며 이곳저곳을 한참이나 뛰어다녀야 했습니다. 다행히 사소한 급체였고, 지금은 쌔근쌔근 잘 자고 있습니다. 덕분에 티케팅을 두 번이나 미뤘고, 결국 마지막 편에 몸을 실어야 했습니다. 화장실에서 빤히 얼굴을 마주보며 엄마, 나 되게 큰 똥 나왔어 하는 여자아이의 얼굴을 보는 기분을... 그리고 곧 아무렇지 않

죽은 왕녀를 위한 파반느

게 뛰어다니는 아이를 바라보는 기분을... 아실지 모르겠습니다. 어쨌거나 고요히 지금은 창밖의 구름을 보고 있습니다. 아니, 차마 고요하다고는 말할 수 없겠군요. 그렇습니다. 조금 전부터 요한은 코를 골기 시작했습니다.

사는 게

이렇습니다. 그래도 이렇게 살아, 당신을 향해 잘 지내시나요? 라고 묻고 있습니다. 어제 당신의 납골당을 들렀을 때도 차마 그런 인사를 건네지 못했습니다. 지난 세월 참아온 눈물을... 그 많은 눈물을 흘려야 했기 때문입니다. 그리고 많이, 미안했습니다. 미안합니다... 그리고 이젠 자주 당신을 찾으려 합니다. 실은 지난달부터 한국으로 돌아올 계획을 세우고 있습니다. 결코 쉬운 문제가 아니겠지만, 또 어떻게든 돌아와 사는 게 이렇다는 얘기를 당신에게 들려드리고 싶습니다. 잘은 모르겠습니다. 실은 당신의 영전에서보다... 지금 이 순간 당신을 더 가깝게 느끼고 있습니다. 그것이 눈 아래 보이는 구름 때문인지... 아니면 그 아래의... 작고 하찮아진 세상과의 거리감 때문인지는 모르겠습니다. 어쨌거나 지금 이 순간, 저는 당신을 느끼고... 생각하고 있습니다. 그래서 묻고 싶은 것입니다. 잘, 지내시나요... 라고 말입니다. 어제는

당신이 눈을 감은 지

꼭 10년이 되는 날이었습니다. 그날 밤 사고를 당한 당신이...

그리고 3년 넘게 의식을 잃고 있던 당신이... 끝끝내 죽음이란 강을 건너가 버린 그 순간을... 그래요, 제가 어떻게 잊을 수 있겠어요. 하물며 그 후의 제 삶을 당신에게 말하는 것 역시... 제게는 커다란 고통이자 상처가 아닐 수 없습니다. 실은 어떻게, 무슨 얘기를 해야 할지도 모르겠습니다. 망연히, 구름 위에 펼쳐진 어두운 창공을 바라보며... 그랬구나, 요한도 이런 마음으로 그 글을 써내려갔겠구나 생각하고 있습니다. 그렇습니다. 당신과 나의 이야기를... 또 우리의 이야기를... 요한은 글로 썼습니다. 아마도 느끼실 거라 믿습니다. 지금의 제 마음엔 요한의 그 글이 그대로 담겨 있으니까요. 그러니까

우리도 노력하고 있습니다. 당신을 잊지 않으려... 또 당신에게 우리가 해줄 수 있는 무언가를 찾기 위해... 노력해 나갈 생각입니다. 죄송합니다. 갑자기 또 눈물이 솟구쳐 오르네요. 잠시... 눈물을 좀 닦아야겠습니다. 당신이 계신 곳에서 본다면 이런 제 모습 역시 – 엄마, 나 되게 큰 똥 나왔어 하는 여자아이의 얼굴과도 같은 것이겠지만... 그래요, 부디 사는 게 저런 거라 이해해 주시면 고맙겠습니다.

저 역시 눈이 쏟아지던 그날 밤을 잊을 수 없습니다. 인생에서 가장 행복했던 그 순간이... 하룻밤 사이 인생에서 가장 끔찍하고 죄스러운 순간으로 변해버리고 만 것입니다. 가슴 뛰며, 끝없이 달콤한 꿈을 꾸며 누워 있던 그 밤 내내... 어디선가 피를 흘렸을 당신을 생각하면 더더욱 그랬습니다. 그 이후의 삶은... 차마 삶이

라곤 말할 수 없는 것이었어요. 삶도 죽음도... 생활도 아닌 그 어떤 형태로, 저도 그후의 일들을 견뎌야 했습니다. 요한 역시 그랬을 거란 생각입니다. 주임의 책상 속에 들어 있던 제 주소를 꺼내준 것은... 다름 아닌 요한이었으니까요. 그렇습니다. 끝끝내 그런 죄책감을... 우리는 떨치지 못하고 있습니다. 그리고 이렇게... 살아 있습니다.

회사가 쉬는 주말마다... 또 여건이 닿는 대로 당신의 병실을 찾았습니다. 당신이 숨을 거두었다는 소식을 듣기 전까지... 그랬습니다. 하지만 돌이켜보면 그런 생각이 드는 것입니다. 요한이 쓴 글에서처럼... 그것이 같은 이름을 가진 다른 여자였다 해도, 또 이름조차 다른 완벽한 타인이었다 해도 의식을 잃은 당신에게 어떤 차이가 있었을까, 생각이 드는 것입니다. 그렇습니다. 저는 당신을 위해... 실은 아무것도 해줄 수 없는 무력한 인간이었습니다. 정말 죄송합니다. 그런, 저라는 '인간'을 부디 용서해 주시기 바랍니다.

장례식을 치르고... 차마 당신의 육신을 불태우는 광경을 저는 지켜볼 수 없었습니다. 공범처럼 우리는 함께 그곳을 빠져나왔고... 다만 멀리서... 저는 하늘을 향해 올라가던 한 줄기의 연기를 볼 수 있었습니다. 얼마나 많은 눈물을 흘렸는지 모릅니다. 그리고 다시는 요한도 저도 당신을 찾지 못했습니다. 찾아갈 수... 없었습니다. 그후의 삶은 생각조차 하기 싫은 것이었습니다. 이렇게 사람은... 스스로의 목숨을 저버릴 수 있는 거구나, 문득 그런 생각에 빠져 있는 제 자신을 발견할 때도 많았습니다. 요한은 그후 말이 없는 사람으로 변해 있었습니다.

그리고

우리는 결혼을 했습니다. 지금 생각해 봐도 매우 이상한 일이 아닐 수 없습니다. 서로를 사랑한 것도 아니었고... 프러포즈를 한 것도 아니었습니다. 다만 줄곧 서로를 의지할 수밖에 없는 생활이 었고... 그러다 어느 날 우리 같이 일본으로 가지 않을래? 얘기를 듣게 된 것입니다. 제대로 식을 올린 것도 아니었습니다. 다만 이곳을 떠나지 않으면 살 수가 없다는 생각으로... 저는 무작정 요한을 따라나섰습니다. 죄송합니다. 또 그런 이유로... 그후 우리는 한 번도 당신의 이야기를 입 밖으로 꺼내지 않았습니다. 요한의 말처럼

인생은 매우 이상한 것이었습니다. 서둘러 혼인 신고를 하고... 마치 도망치는 사람처럼 우리는 이곳을 떠났습니다. 우리가 도착한 곳은 북해도(北海道)였고, 그곳에는 십대 때 함께 밴드를 했다는 요한의 친구가 작은 냉동회사를 운영하고 있었습니다. 거처를 구하고, 요한은 바로 그곳에서 일을 하기 시작했습니다. 매우 이상했던 우리의 삶은

그렇게 이어져 온 것입니다. 그리고 살아왔습니다. 부부라고는 해도, 처음엔 줄곧 각방을 쓰며 생활을 했습니다. 서로를 거부한

죽은 왕녀를 위한 파반느

것은 아니지만 함께 잠자리를 가질 수 없었어요. 이상하게도... 그
랬습니다. 1년이 넘도록 우리는 말없이 그런 생활을 이어갔습니
다. 그리고 언젠가 둘 다 술을 많이 마신 상태에서 갑작스레 관계
를 가질 수 있었습니다. 겨우... 정말이지 겨우 관계를 마치고 나
서 우리는 함께 눈물을 흘렸습니다. 그리고 다시는, 어둠 속에서
흘린 그 눈물에 대해서도 이야기를 꺼내지 않았습니다. 그렇게...
살아왔습니다.

　당신을 결코 잊은 것은 아니었지만... 요한이 쓴 글을 읽으며 저
는 다시금 당신을 떠올릴 수 있었습니다. 곁에 있는 사람처럼...
그리고 곧 전화를 걸거나, 말을 걸어줄 사람처럼... 과거의 당신을
다시금 느낄 수 있었습니다. 제가 당신에게 썼던 편지를 요한이
보관하고 있다는 사실도 처음 알게 되었습니다. 어떻게 해야 할까
요, 당신이 편지를 들고 왔고... 읽어보고 얘길 해줄게, 그러다 여
차여차 돌려줄 기회가 없었다고 하더군요. 어쨌거나, 13년 전에
쓴 자신의 글을 읽으며... 저는 또 한 번 많은 눈물을 흘려야 했습
니다. 말씀 드리자면... 그렇습니다, 저는 여전히 당신을 잊지 못
하고 있습니다. 그리고 여전히

사랑하고 있습니다.

　제가 특별한 여자여서가 아니라, 어떤 누구라도 그럴 수밖에 없
을 거란 생각입니다. 제가 어떤 여자였다 하더라도 당신이 사랑해
줬던 것처럼 말입니다. 길고 긴 어둠의 터널을 지나올 수 있었던

것도… 그리고 이렇게 살아갈 수 있는 것도… 그때의 그 빛… 당신으로부터 받았던 그 빛이 있었기 때문이라 지금도 믿고 있습니다. 감사합니다. 언제까지라도

감사하며 살겠습니다. 요한이 준 글을 읽으며… 때로 놀랄 때가 많았습니다. 우리 사이의 일들을 너무나 많이… 또 자세히 요한이 알고 있어서였습니다. 돌이켜보면 우리는 또 그렇게 서로 각자의 고민을 요한에게 털어놓았던 것 같습니다. 그리고 어쩌면, 그런 이유로 서로가… 서로를 정말이지 흡수한 게 아닌가 생각도 드는 것입니다. 무작정 요한을 따라나설 수 있었던 것도 어쩌면 그런, 요한의 속에 남겨진 당신의 일부가 있었기 때문인지도 모르겠습니다.

그리고 정말… 열심히 살아왔습니다. 요한은 꾸준히 냉동창고의 관리일을 계속 해오고 있습니다. 주말엔 가끔 사장인 친구와 더불어 창고 귀퉁이에 마련한 작은 연습실에서 합주를 하다 오곤 합니다. 수산물을 취급하는 곳이라 정말이지 필요 이상의 생선을 온 가족이 먹고 있습니다. 그리고 저는… 이곳에서 퀼트와 자수를 익혔습니다. 뜨개질을 배우며 시작한 바느질이, 점점 그쪽으로 방향을 잡아가게 된 것입니다. 지금은 꽤 알려진 공방에 소속되어 꾸준히 거래를 이어오고 있습니다. 뜨개질을 배우기 시작한 이유를… 아실런지 모르겠습니다. 외국인이 할 수 있는 일이 드문 것도 이유는 이유였지만… 그렇습니다, 실은 처음 바늘을 잡는 순간 서툰 솜씨로 당신의 머플러를 짜던 그 순간의 감정이 떠올라서였

습니다. 그런 감정으로... 그래서 줄곧 이 일을 사랑할 수 있었습니다. 사고를 당했을 당시 당신이 그 머플러를 하고 있었다는 사실이... 제게는 그나마 실낱같은 위안이었습니다. 그래도 조금은... 조금은 당신이 따뜻했겠지, 라고 스스로를 위로할 수 있었던 것입니다.

조금 늦은 감은 있었지만... 그리고 딸이 태어났습니다. 어떤 여자라도 자신의 딸이 아름답길 바랄 것이고... 저 역시 마찬가지였다는 생각입니다. 바람처럼 모두가 우러러볼 예쁜 얼굴은 아니라 해도(물론 제게는 그렇습니다만)... 그 아이는 매우 '평범한' 얼굴을 가지고 태어났습니다. 그리고 그 평범함을... 평범하게 사랑하며 우리 부부는 살아가고 있습니다. 아마도 어제 그 아이를 보셨을 거라 믿습니다. 우두커니 서 있던 우리와는 달리, 그 아이는 정말 환하게 웃고 떠들며 납골당 주변을 뛰어다녔으니까요. 아이에겐 세화란 이름을 지어줬습니다. 그리고 역시... 이 아이에게도 당신의 일부가 남아 있을 거라 저는 믿고 있습니다. 네, 지금 제 곁에서 쌔근쌔근 잠들어 있는 이 아이는... 요한과 나, 그리고 당신의... 딸이란 생각입니다.

덕분에 우리는 많이 밝아진 삶을 살고 있습니다. 아마 지금의 요한도 당신이 알고 있던 요한의 모습에 꽤나 가까워졌을 거란 생각입니다. 비록 더디다 해도... 또 그렇게 우리는 스스로를 복구해 올 수 있었습니다. 우리는 지금 오타루란 곳에서 살고 있습니다. 오래전 폐기된 운하가 있고, 유리 공예와 오르골로 유명한 작고 아담한 도시입니다. 한국을 찾기 전 당신에게 줄 선물을 고르려 이곳의 유명한 오르골당을 찾았습니다. 그리고 그곳에서 오르골이 내장된 작은 스노우볼 하나를 골랐습니다. 다른 이유가 있어서라기보다는, 그 작은 유리구(球) 안에 역시나 작은 융프라우가 조각되어 있었기 때문입니다. 그렇습니다. 언젠가 함께 가보고 싶다 얘기했던

알프스의 산입니다. 흔들면 한바탕 눈이 쏟아지는... 투명한 유리구 속의 작은 산을, 어제 당신의 납골당 안에 조심스레 넣어두었습니다. 부끄럽습니다. 그리고... 미안한 마음입니다. 고작 그것이, 당신께 드릴 수 있는 선물의 전부라는 게... 하지만 언젠가는 더 큰 선물을 드릴 수 있을 거라 스스로를 위로하고 있습니다. 엄마 왜 울어? 울지 마. 납골당에서 딸아이의 외침을 듣던 그 순간도 또렷이 머릿속에 떠오릅니다. 언젠가 다시는 울지 않을 거라 얘기했던 제 자신의 고백도 지금 이 순간 생생하게 떠오릅니다. 그렇습니다. 인간의 약속이란

이토록 하찮고, 나약한 것이었습니다. 알고 계실 거라 믿지만... 그 외의 다른 일들을 저도 이번 기회를 통해 알게 되었습니다. 비자 문제로 가끔 한국을 오가면서 요한은 꾸준히 당신의 어머니를 찾아뵙곤 했었더군요. 잘 지내고 계십니다. 그리고 3년 전, 어머님께선 재혼을 하셨습니다. 뵌 적은 없지만 무척 좋은 분이란 얘기를 요한을 통해 듣게 되었습니다. 살아 있는 사람들은 또 이렇게 각자의 삶을 살아가고 있습니다.

그리고 저는

　그래도 예전보다는 평범한 얼굴에 속해가고 있다... 서서히 그
런 느낌을 받으며 살아가고 있습니다. 그사이 제가 예뻐진 것이
아니라... 다른 모든 여자들이 함께, 나이를 먹어가기 때문입니다.
그렇습니다. 다 함께 늙어가고 있는 것입니다. 정말이지 그래서
서로가 비슷해져 간다는 사실을 느끼고 있습니다. 더 세월이 흐르
고... 노인이 된다면 세상의 모든 얼굴은 비슷해지는 것이 아닌가
생각이 들 때도 있습니다. 네, 이렇게 저도 서서히 늙어가고 있습
니다. 늙어가는 만큼...

　또 그만큼, 당신과 저의 거리도 점점 좁혀져 간다는 생각을 하
고 있습니다. 살아갈수록, 그래서 이 삶이 제게는 하나의 길처럼
느껴질 따름입니다. 걸으면 걸을수록... 우리는 점점 비슷해지고,
또 결국엔 같아질 거란 생각입니다. 얼마 지나지 않아 이 비행기
는 오사카에 도착하게 될 것입니다. 내일 하루 그곳에서 요한의
친구들을 만나고, 우리는 다시 북해도로 돌아갈 예정입니다.

　그리고 곧 한국으로 돌아올 것입니다. 길고 긴 세월을 지나...
그래서 겨우 저는 당신의 안부를 물어볼 수 있었습니다. 비록 당
신이 들을 수 없다 해도, 또 서서히 우리는 가까워지고 있는 것이
니까요. 세월이 흐를수록 그 목소리는 점점 커질 것이고, 결국 언
젠가는 저도 당신의 목소리를 들을 수 있을 거란 생각입니다. 그

러니까 그때까지... 잘 지내시기 바랍니다. 저 역시 잘 지내도록
노력하겠습니다. 사랑합니다.

당신을 사랑합니다.

그리고, 그의 이야기

산악열차가 오기까지는

아직 많은 시간이 남아 있었다. 잠깐, 축포처럼 쏟아지던 그 눈을 바라본 후... 갑자기 밀려든 약간의 현기증을 느낄 수 있었다. 왜 그러세요? 그녀가 물었다. 아니, 잠시 어지러워서...

우리 쉬었다 가요. 그녀의 부축을 받으며 우리는 나란히, 인적이 드문 곳의 벤치에 앉게 되었다. 무릴 한 건지... 혹은 기압의 영향인지, 조금씩 시야가 흐릿해져 옴을 느낄 수 있었다. 왜 이럴까, 고민을 하면서도 겉으론 태연한 척 웃음을 지어야 했다. 산을 내려가면 괜찮아질 거라고

약해진 스스로의 마음에 용기를 심어준다. 슈크림이나 좀 먹을

까? 그래요, 그녀의 목소리와... 배낭을 여는 소리가 들린다. 초점이 잡히지 않을 만큼 흐릿해진 시야가 이제 조금씩 어두워지기 시작한다. 이런 현상을 겪은 것은 처음이다. 산을 내려가면 좋아질 거라고, 나는 다시 한 번 속으로 중얼거린다. 그녀가 쥐어준 슈크림의 감촉도 그 어느 때보다 부드럽다. 마실 걸 하나 사올게요. 그녀가 일어서는 소리... 눈을 밟으며 그녀가 걸어가는 소리가 들린다. 그리고

작은 여자아이의 웃음소리를

나는 듣는다. 열차를 탔을 때도, 또 전망대에서도 아이를 본 적이 없었으므로... 조금은 생소하고 의아한 소리이다. 돌아온 그녀가 따뜻한 종이 잔을 한 손에 쥐어준다. 뭐지? 그만 순간, 묻고 말았다. 왜... 안 보이세요? 아니 잠깐 눈이 피곤해서 그래. 밀크 티예요. 조금 쉬면 괜찮아질 거예요. 다독여주는 그녀의 손길을 느끼며, 또 밀크 티를 마시며 근방을 뛰어다니는 듯한 웃음소리를

나는 다시 듣는다. 근처에 여자애가 있나봐, 내가 묻는다. 여자... 애라뇨? 주변을 둘러보는 듯 그녀가 천천히 되물었다. 웃는 소리가 들리는데? 아뇨, 주변엔 아무도 없어요. 바람소리를 잘못 들은 것 아닌가요? 그런가? 하고 나는 말하려 했지만

다시 또렷한 웃음소리를 듣고야 만다. 분명 웃음소리야. 송어와 숭어의 차이만큼이나 분명한 걸, 하고 나는 미소를 짓는다. 그런

죽은 왕녀를 위한 파반느

가요? 라고 되물은 건 오히려 그녀였다. 애써 여유를 찾으려는 듯 그녀가 웃음 띤 목소리로 나지막이 속삭였다. 귀여워요? 귀여워. 그리고 무척...

행복한 웃음이야.

그럼 된 거네요, 하고 그녀가 내 손을 어루만져준다. 한 잔의 밀크 티라도 엎질러진 듯 순간 온몸이 따뜻해지는 기분이다. 알레치 빙하를 건너온 바람이 강물처럼, 혹은 한 무리의 송어 떼처럼 우리의 발목을 스치고 지나간다. 사랑해요, 라고 그녀가 속삭인다. 그녀의 어깨에 잠시 머리를 기대며... 들릴 듯 말 듯 나도 속삭인다.

사랑해.

부끄러워하지 않고
부러워하지 말기

그날은 비가 왔고, 아내와 저는 이런저런 집안일을 끝내고 말 그대로 흰, 와이셔츠 같은 마룻바닥에 앉아 커피를 마시고 있었습니다. 계절은 초봄이었고 아내가 임신을 하기도 훨씬 전이었으며, 그러니까 십여 년 전의 일요일 오후였고 저는 폴 데스몬드의 판을 골라 〈Circles〉에 막, 턴테이블의 바늘을 올려놓던 중이었습니다. 우리는 신혼이었고 아내는 잘 다려진 셔츠의 깃보다도 훨씬 더 눈부셨으며, 저는 매일... 커피 믹스 속의 커피 알갱이 수만큼이나 사랑한다는 말을 쏟아 붓는 남자였습니다(가진 게 없어서 그랬습니다, 이해해 주세요). 어쨌거나 그때

그래도 절... 사랑해 줄 건가요?

커피를 마시던 아내가 갑자기 물었습니다. 저기... 미안한데 음악 때문에 앞의 말을 못 들었어, 라고는 했지만 실은 아내의 말을 저는 전부

들었습니다(생각할 시간이 필요했던 것입니다). 그러니까... 제가 아주 못생긴 여자라면 말이죠. 띄엄띄엄, 그러나 또렷하게 아내는 다시 한 번 질문을 되풀이했습니다. 폴 데스몬드의 곡이 끝날 때까지... 그리고 저는 아무 말 없이 턴테이블 앞에 서 있었습니다. 그때 그 자리에서 이 소설은 시작되었습니다.

그 질문은 오랫동안 저를 괴롭히는 화두가 되었습니다. 세상의 모든 남자와 마찬가지로 저는 못생긴 여자를 사랑하지 않는, 또 결코 사랑할 수 없는 인간이었습니다. 부끄러운 고백이지만 아무리 좋은 말로 포장을 한다 해도 잔인한 진실은 변하지 않는 법이니까요. 어쩔 수 없이 미남과 부자가 좋은 당신이라면 그런 저 자신의 〈어쩔 수 없음〉에 대해 잘 알고 계실 거라 믿습니다. 부디 용서해 주시기 바랍니다. 인간에겐 너무나 먼 〈가야 할 길〉이 펼쳐져 있습니다.

슬프게도 나이를 먹고, 슬프게도 저는 이 소설을 계속 미루고 미뤄왔습니다. 글을 쓸 용기를 얻은 것은 슬프게도 달이 기울던 지난해 여름의 새벽이었습니다. 그날은 무더웠고, 저는 혼자 맥주를 들이켰으며, 음악 따위는 듣고 싶지도 않은 지루하고 끈적한 밤이었습니다. 지쳐 잠든 아내의 얼굴을 바라보다 저는 문득 십여 년 전의 그 질문을 떠올렸습니다. 그리고... 이윽고 어떤 대답을 할 수 있는 제 자신을 발견하게 되었습니다. 몸부림이 심한 아들 녀석처럼, 그리고 저는 이 소설을 쓰고 싶었습니다. 아마도 이 소설은 가장 못생긴 작가가 쓰는 가장 못생긴 여자를 위한 선물일 것입니다. 늦었지만 길고 긴 연서(戀書)를 쓰는 마음으로 저는 이 소설을 썼습니다. 아마도 이것은 못생긴 여자와, 못생긴 여자를 사랑하는 남자를 다룬 최초의 소설이 될 것입니다. 그렇습니다. 이것은 매우 비현실적인 소설입니다. 한 사람의 개인을 떠나... 단언컨대, 인류는 단 한 번도 못생긴 여자를 사랑해 주지 않았습니다. 만약 진실로 그런 남자가 존재한다면 우리는 그를 네오 아담이라 불러야 할 것입니다. 비극이든 희극이든, 소설과 영화 속의 무수한 히어로들은 전적으로 아름다운 히로인을 위한 존재들이었습니다. 아름다운 것만이 사랑받을 수 있다던 아리스토텔레스의 말처럼, 인간은 너무너무, 실은 우매할 정도로 아름다운 것만을 사랑하고 사랑해 왔습니다. 권력과 부가 남성에게 부과된 힘이었다면, 미모는 소수의 여성만이 얻을 수 있는 강력한 힘이었습니다. 여성은 아름다워지지 않을 수 없었습니다. 인류가 설정한 진화의 방향이었기 때문입니다.

적어도 아직까지는, 우리는 〈힘〉을 얻기 위해 진화해 왔습니다. 강해지기 위해, 이 세계에서 유리해지기 위해... 우리는 지금도 노력하고 있습니다. 힘... 말하자면 저는 인간을 이끌고 구속하는 그 〈힘〉에 대해 말하고 싶었습니다. 부를 거머쥔 극소수의 인간이 그렇지 못한 절대다수에 군림해 왔습니다. 미모를 지닌 극소수의 인간들이 그렇지 못한 절대다수를 사로잡아 왔습니다. 그 이유는 무엇일까요? 극소수가 절대다수를 지배하는 이 시스템에 대해 저는 많은 생각을 해야만 했습니다. 부와 아름다움은 우리를 지배하는 가장 강력한 이데올로기가 되었습니다.

부와 아름다움에 강력한 힘을 부여해 준 것은 바로 그렇지 못한 절대다수였다고 저는 생각합니다. 우리는 끝없이 욕망하고 부러워해왔습니다. 이유는 그것이 〈좋은 것〉이기 때문입니다. 누가 뭐래도 그것은 좋은 것입니다. 누가 뭐래도 우리는 그런 세상을 살고 있으며, 누가 뭐래도 그것은 불변의 진리입니다. 불변의 진리에서 벗어나는 유일한 방법은 그것을 〈시시하게〉 만드는 것이라고 저는 생각합니다. 마치 지금 70년대의 냉전을 돌아보듯, 마치 지금 지구를 중심으로 태양은 돈다 믿었던 중세의 인간들을 돌아보듯 말입니다. 물론 그것은 〈좋은 것〉이지만, 그것만으론 〈시시해〉. 그것만으로도 좋았다니 그야말로 시시한 걸. 이 시시한 세계를 시시하게 볼 수 있는 네오 아담과 네오 이브를 저는 만들고 싶었습니다. 두려울 것은 없습니다. 가능성의 열쇠도 실은 우리가 쥐고 있습니다. 왜?

바로 우리가 절대다수이기 때문입니다.

우리는 진화의 재능을 가지고 있습니다. 재능은 자기 자신, 즉 자기의 힘을 믿는 것이라 고리끼는 말했습니다. 굳이 그의 말을 빌리지 않더라도 인간은 그런 재능을, 힘을 지닌 존재라 저는 믿고 있습니다. 한 사람의 개인처럼, 이제 인류도 스스로의 얼굴에 책임을 져야 할 때입니다. 이 진화의 계단을 밟고 올라서며 저는 아름다움에 대해, 눈에만 보이는 이 아름다움의 시시함에 대해 말하고 싶었습니다. 인간이 스스로 책임져야 할 인간의 얼굴에 대해 말입니다. 그리고

우리의 손에 들려진 유일한 열쇠는 〈사랑〉입니다. 어떤 독재자보다도, 권력을 쥔 그 누구보다도... 어떤 이데올로기보다도 강한 것은 서로를 사랑하는 두 사람이라고 저는 믿고 있습니다. 그들은 실로 대책 없

이 강한 존재입니다. 세상은 끊임없이 우리가 부끄러워하길 부러워하길 바라왔고, 또 여전히 부끄러워하고 부러워하는 인간이 되기를 강요할 것입니다. 부끄러워하고 부러워하는 절대다수야말로 이, 미친 스펙의 사회를 유지하는 동력이었기 때문입니다.

와와 하지 마시고 예예 하지 마시기 바랍니다. 이제 서로의 빛을, 서로를 위해 쓰시기 바랍니다. 지금 곁에 있는 당신의 누군가를 위해, 당신의 손길이 닿을 수 있고... 그 손길을 기다리고 있을 누군가를 위해, 말입니다. 그리고 서로의 빛을 밝혀가시기 바랍니다. 결국 이 세계는 당신과 나의 〈상상력〉에 불과한 것이고, 우리의 상상에 따라 우리를 불편하게 해온 모든 진리는 언젠가 곧 시시한 것으로 전락할 거라 저는 믿습니다.

이 글은 독립된 이야기로도, 서로 연결된 하나의 이야기로 볼 수 있는 두 개의 결말을 가지고 있습니다. 그런 이유로 두 개, 혹은 세 개의 이야기를 저는 겨우 구축할 수 있었습니다. 이제 남은 것은 당신의 이야기입니다. 가장 중요한 이야기는 바로 그것이라고 생각합니다. 저는 당신이, 스스로의 이야기에서 성공한 작가가 되기를 간절히 기도합니다.

사랑하시기 바랍니다.
더는 부끄러워하지 않고
부러워하지 않는
당신 〈자신〉의 얼굴을 가지시기 바랍니다.

저는 그것이
우리의, 아름다운 얼굴이라고 생각합니다.

* * *

이 글은 예스24를 통해 6개월간 연재되었고, 역시나 많은 분들의 노고와... 사랑에 힘입어 빛을 볼 수 있었습니다. 연재기간 내내 함께 해주신 모든 분들께 다시 한 번 감사드립니다.

한 편의 소설을 위해 네 곡의 음악을 만들고, 연주해 준 친구들이 있습니다. 그룹 〈머쉬룸〉의 친구들에게도 역시나 진심으로 감사한 마음입니다.

그리고 무엇보다, 인내하고 배려하며 6년을 기다려준 지극히 〈비현실적〉인 출판사가 있었습니다. 위즈덤하우스의 모든 분들... 특히 땀흘려주신 박선영, 한수미, 하은혜 님께 거듭 진심으로 감사의 말씀 전합니다. 끝으로

이 글을 읽어준 당신께
그리고 누구보다, 말없이 기다려준 아내에게

감사드립니다. 더, 열심히 쓰겠습니다.

− 2009년 여름, 박민규

죽은 왕녀를 위한 파반느

초판 1쇄 발행 2009년 7월 20일 **초판 62쇄 발행** 2024년 5월 10일

지은이 박민규
펴낸이 최순영

출판1 본부장 한수미
라이프 팀

펴낸곳 ㈜위즈덤하우스 **출판등록** 2000년 5월 23일 제13-1071호
주소 서울특별시 마포구 양화로 19 합정오피스빌딩 17층
전화 02) 2179-5600 **홈페이지** www.wisdomhouse.co.kr

ⓒ 박민규, 2009

ISBN 978-89-5913-391-8 03810